LE VOL
DES AIGRETTES

DU MÊME AUTEUR :

Le Secret des abeilles, Lattès, 2004.

www.editions-jclattes.fr

Sue Monk Kidd

LE VOL DES AIGRETTES

Roman

Traduit de l'anglais (États-Unis)
par Marie Boudewyn

JC Lattès
17, rue Jacob 75006 Paris

Titre de l'édition originale
THE MERMAID CHAIR
publiée par Viking, USA.

ISBN : 978-2-7096-2736-8

À Scott Taylor et Kellie Bayuzick Kidd
avec beaucoup d'amour

« Je ne t'aime pas telle une rose de sel, topaze, œillets en flèche et propageant le feu : comme on aime de certaines choses obscures, c'est entre l'ombre et l'âme, en secret, que je t'aime. »

Pablo Neruda [1]

« Les amants ne finissent pas par se rencontrer.
Ils sont présents l'un en l'autre depuis le début. »

Rûmi

1. Traduction française de Jean Marcenac et André Bonhomme.

Prologue

À une époque de ma vie de couple où j'étais avant tout l'épouse de Hugh et la mère de Dee, l'une de ces femmes pas ambiguës pour deux sous, n'ayant aucune envie de troubler l'ordre du monde, je suis tombée amoureuse d'un moine bénédictin.

Cette histoire remonte à l'hiver et au printemps 1988 mais il m'a fallu attendre un an avant de me sentir prête à en parler. Il paraît qu'on peut supporter n'importe quoi, à partir du moment où l'on arrive à mettre des mots sur son expérience.

Je m'appelle Jessie Sullivan. Debout à la proue d'un bac, j'aperçois l'île aux Aigrettes ; le minuscule récif où j'ai grandi, au large de la Caroline du Sud, de l'autre côté de Bull's bay. Je la vois émerger à près d'un mille ; un petit arc roux et vert. Le vent s'est chargé des senteurs de mon enfance et l'eau aux couleurs changeantes miroite comme du taffetas. Je n'aperçois pas encore la flèche de l'église du monastère mais je sais qu'elle est là, qui s'élance dans la blancheur du soir.

C'est fou ce que j'étais quelqu'un de bien avant de le rencontrer ! Je menais une vie étriquée, je coulais des jours heureux, mais sans passion ; comme on enfile des perles. Si peu de gens savent de quoi ils sont capables ! À quarante-deux ans, je n'avais encore jamais rien fait d'extraordinaire et il me semble aujourd'hui que c'est là que le bât blessait : dans mon incapacité chronique à m'étonner moi-même.

Il n'y a sans doute personne au monde qui me juge plus sévèrement que moi ; et je n'exagère pas ! J'ai provoqué un désastre monumental. On pourrait dire qu'une main invisible m'a conduite à ma chute mais ce serait faire preuve d'une trop grande indulgence. Si je suis tombée, c'est parce que je me suis jetée en avant, tête la première.

Mon frère et moi avions l'habitude d'explorer en canot le labyrinthe des criques et, sauvage comme je l'étais, je m'amusais à mêler de la mousse à mes cheveux, composant ainsi d'inquiétantes coiffures. Mon père me racontait alors que des sirènes vivaient autour de l'île et prétendait les avoir aperçues une nuit depuis son bateau, aux heures rosées de l'aube, lorsque le soleil flotte sur l'eau comme une framboise. À en croire son récit, les sirènes s'étaient approchées à la nage, bondissant entre les vagues comme des dauphins.

Petite fille, j'avalais toutes ces histoires à dormir debout.

— Est-ce qu'elles se peignent les cheveux assises sur les rochers ? lui demandai-je.

Tant pis s'il n'y avait pas de rochers autour de l'île, rien que de la spartine changeant au gré des saisons, passant du vert au brun puis au jaune avant de revenir au vert, selon le cycle perpétuel de la nature que mon corps subissait également.

— Oui, les sirènes se pomponnent sur les rochers, me répondit mon père, mais leur principale tâche consiste à sauver les hommes. C'est pour ça qu'elles se sont approchées de mon bateau : pour être là, au cas où je tomberais par-dessus bord.

Au bout du compte, les sirènes n'ont pas réussi à le sauver. Par contre, je me demande si elles ne m'ont pas sauvée, moi. Il y a au moins une chose dont je suis sûre : les sirènes sont venues à ma rencontre, aux heures rosées de ma vie, en m'apportant un profond réconfort.

J'ai plongé vers elles, contre toute attente, d'un bond salutaire et nécessaire, au mépris des convenances, tandis que ma vie filait derrière moi. Comment vous expliquer ? J'ai plongé, puis une paire de bras invisibles sont apparus, des bras généreux qui m'ont rattrapée, aussitôt sous l'eau, pour me conduire, non pas à la surface, mais au fond, avant de me pousser à l'air libre, le moment venu.

À l'approche du débarcadère, des odeurs de poisson mêlées aux verts parfums des palmes me chatouillent les narines. Mon passé me revient en mémoire, telle une étrange créature aquatique. Peut-être en aurai-je bientôt terminé avec lui ? Peut-être finirai-je par me pardonner ? À ce moment-là, ce que j'ai vécu me soutiendra comme une paire de bras pour le restant de mes jours.

À l'aide de sa corne de brume, le capitaine annonce notre arrivée. Eh oui, me voilà de retour ! Moi – la femme qui a touché le fond avant de refaire surface, celle qui voulait nager comme les dauphins en bondissant entre les vagues, et qui ne désirait au fond qu'une seule chose : vivre en accord avec elle-même.

1.

Le 17 février 1988, une multitude de bruits m'ont tirée du sommeil : d'abord la sonnerie du téléphone de l'autre côté du lit, qui, à cinq heures du matin ne pouvait annoncer qu'une calamité !, puis la pluie tambourinant sur le toit de notre maison victorienne avant de s'infiltrer en douce jusqu'au sous-sol, et enfin le souffle de Hugh s'échappant de sa lèvre inférieure avec la régularité d'un métronome.

Vingt ans que je l'entendais souffler de cette façon ! même lorsqu'il ne dormait pas encore, mais épluchait sa pile de journaux psychiatriques, au fond de son fauteuil de cuir, après dîner. Comme si sa respiration rythmait ma vie entière.

Le téléphone sonna de nouveau. Je ne bougeai pas, attendant que Hugh décroche, persuadée qu'il s'agissait d'un de ses patients, sans doute le schizophrène paranoïaque qui avait appelé la veille en croyant dur comme fer que la CIA cherchait à le coincer dans un immeuble fédéral du centre d'Atlanta.

Au bout de la troisième sonnerie, Hugh souleva le combiné à tâtons.

— Oui, allô ? dit-il d'une voix rauque et ensommeillée.

En me tournant sur le côté, je distinguai par la fenêtre une vague clarté brumeuse puis je me rappelai aussitôt, sous le coup d'une inévitable bouffée de culpabilité, qu'on était ce jour-là le mercredi des Cendres.

Mon père était mort un mercredi des Cendres, l'année de mes neuf ans et, d'après un raisonnement tortueux qui n'avait de sens que pour moi, je me sentais en partie fautive.

À en croire la rumeur, un incendie s'est déclaré sur son bateau, suite à l'explosion de son réservoir d'essence. Quelques semaines plus tard, des débris ont échoué sur le rivage, dont un morceau de la poupe barré de l'inscription *Jes-sea.* Mon père avait baptisé son bateau en mon honneur ; pas en celui de mon frère Mike, ou de ma mère, qu'il adorait pourtant, mais en mon honneur à moi, Jessie.

Je fermai les yeux. Des flammes rousses m'apparurent en pensée. À l'époque, un quotidien de Charleston avait qualifié l'explosion de « suspecte », incitant la police à mener un semblant d'enquête qui ne donna jamais rien. On s'en est aperçus, Mike et moi, en chipant une coupure de presse que Maman conservait dans le tiroir de sa coiffeuse – étrange cachette où s'entassaient des rosaires brisés, des images saintes et des médailles pieuses au rebut, à côté d'une statuette de Jésus amputé de son bras gauche. Ma mère ne s'attendait sans doute pas à ce qu'on fourre notre nez parmi ces débris de piété !

Pendant plus d'un an, je suis retournée, chaque jour ou presque, dans ce terrible sanctuaire. J'ai lu et relu l'article jusqu'à m'en obséder l'esprit, fascinée par une phrase en particulier : « La police suppose qu'une étincelle de sa pipe a enflammé l'essence qui fuyait de son réservoir. »

Je lui avais offert cette pipe pour la fête des pères. Auparavant, il ne fumait pas.

Depuis, chaque fois que je pensais à lui, le terme « suspect » me revenait en mémoire, et avec lui, le souvenir du jour où mon père avait été réduit en cendres alors qu'ailleurs, tout le monde allait à l'église en recevoir une croix sur le front (à commencer par Mike, ma mère et moi). Une ironie du sort parmi tant d'autres, je suppose...

— Oui, bien sûr, je me souviens de vous, répondit Hugh au téléphone, ce qui me ramena soudain au coup de fil. Oui, tout va bien ici. Et chez vous ?

Il faut croire que ce n'était pas un patient. Ni notre fille, Dee. Du moins, c'est ce que je conclus du ton guindé de Hugh. Peut-être un de ses collègues ? Ou un interne de l'hôpital ? Ça leur arrivait d'appeler au sujet d'un malade, quoique rarement à cinq heures du matin.

Je repoussai les couvertures et m'approchai de la fenêtre, pieds nus, en me demandant si la pluie ne risquait pas une fois encore de noyer la veilleuse du chauffe-eau au sous-sol. Lorsque je vis la rue inondée par un déluge glacial de grêlons sous un brouillard bleuté, je regrettai en frissonnant de ne pas habiter une maison plus simple à chauffer.

J'avais tellement insisté pour qu'on achète cette grande maison incommode que Hugh avait failli en perdre la tête. On y habitait depuis sept ans déjà que je refusais encore de lui trouver des défauts. Je raffolais des cinq mètres de hauteur sous plafond et des impostes en vitraux. Et la tourelle... Ah ! j'adorais la tourelle. Combien de maisons en possèdent ? À l'intérieur, des escaliers en spirale menaient à mon atelier, une mansarde aménagée au second étage sous un plafond en pente raide percé d'une lucarne ;

un lieu inaccessible et enchanteur que Dee surnommait « la tour de Raiponce ». Elle me taquinait sans arrêt à ce sujet.

— Hé, Maman, quand vas-tu te décider à descendre de ta tour d'ivoire ?

Elle était comme ça, Dee : espiègle. Mais je savais aussi bien qu'elle ce qu'elle voulait dire : j'avais tendance à me confiner chez moi, à me surprotéger, à trop m'attacher aux convenances. Lors des précédentes vacances de Noël, pendant que Dee séjournait chez nous, j'avais fixé sur le réfrigérateur un dessin humoristique de Gary Larson, me décernant le titre de « Meilleure Maman du monde ». On y voyait deux vaches paître dans un pré idyllique. L'une d'elles annonçait à sa compagne : « Je m'en fiche de ce qu'on peut dire ; je ne suis pas satisfaite de mon sort ! » Je l'avais affiché en guise de clin d'œil à ma fille, histoire de plaisanter un peu.

Hugh en a beaucoup ri. Hugh déchiffre les gens comme des tests de Rorschach, pourtant il n'y a vu aucun sous-entendu. Dee, par contre, a observé le dessin un long moment avant de me lancer un drôle de regard. Elle n'a pas ri du tout.

Il faut avouer qu'à ce moment-là, déjà, je me sentais fébrile. Ça datait de l'automne, cette impression que le temps s'accélérait, que je manquais d'air ; dans ces moments-là, je n'éprouvais plus la moindre envie de monter à mon atelier. Ça me tombait dessus sans prévenir : l'insatisfaction des vaches dans leur pré, leur incessante rumination.

L'arrivée de l'hiver ne fit qu'aggraver mon malaise. Quand je croisais un voisin en train de courir sur le trottoir, j'imaginais qu'il s'entraînait à escalader le Kilimandjaro. Ou alors, une amie de mon club de lecture me racontait par le menu sa tentative de saut à l'élastique depuis un pont en Australie. Ou (pis encore !) je voyais à la télé une femme intrépide sillonner seule la Grèce et ses eaux bleutées ; et, à l'idée de la coulée de braises qui alimentait tous ces gens en leur vivifiant le sang, je me sentais anéantie. Ça me sapait le moral de songer à l'immensité du monde, aux aventures extraordinaires qui attendaient encore d'être vécues, même si au fond, les projets de ce type ne me disaient rien. À ce moment-là, j'ignorais encore ce que je voulais mais je n'en éprouvais pas moins une douleur palpable.

Le matin du 17 février, debout près de la fenêtre, je sentis cette drôle d'impression s'insinuer en moi, sans parvenir à me raisonner. Hugh avait l'air de croire que ma petite « baisse de tonus » (Dieu seul sait ce dont je souffrais au juste !) s'expliquait par le départ de Dee pour l'université, par son abandon du « nid maternel » et ce genre de clichés.

L'automne dernier, après avoir installé notre fille dans sa chambre d'étudiante à la fac de Vanderbilt, Hugh et moi, on s'est dépêchés de rentrer pour qu'il puisse participer au tournoi de tennis contre le cancer auquel il se préparait depuis le début de l'été. Pendant trois mois, Hugh avait bravé la canicule pour s'entraîner deux fois par semaine avec une raquette en graphite de professionnel. Le hic, c'est que j'ai éclaté en sanglots sur le trajet du retour. Je revoyais sans cesse Dee devant son dortoir en train de nous dire adieu alors qu'on s'éloignait déjà. Elle a touché ses yeux puis sa poitrine avant de pointer le doigt sur nous ; un geste qu'elle nous adressait déjà, toute petite. Les yeux. Le cœur. Droit à vous. Je n'ai pas pu le supporter. De retour à la maison, malgré mes protestations, Hugh a demandé par téléphone à son partenaire, Scott, de le remplacer au tournoi et il a regardé un film avec moi. *Officier et gentleman.* Il a même été jusqu'à prétendre que l'intrigue le captivait.

La profonde tristesse que j'ai ressentie dans la voiture ce jour-là a persisté deux semaines avant de s'atténuer. Dee me manquait, forcément ! mais je savais que ce n'était pas vraiment le problème.

Alors, Hugh m'a proposé de consulter le Dr Ilg, une psychiatre de son cabinet. J'ai refusé sous prétexte qu'il y avait un perroquet en cage auprès de son divan.

Je me doutais bien que ça rendrait Hugh à moitié fou ! Bien entendu, j'avais décliné son offre pour une autre raison. Je n'ai rien contre les propriétaires de perroquets, si ce n'est qu'ils mettent leur animal en cage. J'avais juste inventé cette excuse pour qu'il comprenne que je ne prenais pas sa suggestion au sérieux. Ç'a été l'une des rares fois où je ne me suis pas rangée à son point de vue.

— Elle a un perroquet, et alors ? s'est exclamé Hugh. Je suis sûr que le courant passerait entre vous.

Certes, mais je ne me décidais pas à franchir le pas ; à patauger dans la soupe au vermicelle de mon enfance, en tentant d'assembler en phrases éloquentes les pâtes en forme de lettres, dans l'espoir de comprendre pourquoi ma vie suivait le cours qu'elle suivait. À ce moment-là, un désir de rébellion croissait en moi.

N'empêche que je m'imaginais parfois en analyse avec le Dr Ilg. Je lui parlais de mon père pendant qu'elle prenait des notes sur un minuscule carnet en grommelant comme si c'était tout ce qu'elle savait faire. Je me représentais son perroquet sous les traits d'un cacatoès blanc perché sur le dossier de son fauteuil et qui clamait haut et fort ses opinions en répétant comme un chœur de tragédie grecque :

— Tu t'en veux ! tu t'en veux ! tu t'en veux !

À un moment (je ne sais pas ce qui m'a pris !) j'ai parlé à Hugh de ces séances imaginaires avec le Dr Ilg, et même de son drôle d'oiseau. Il a souri.

— Tu devrais au moins jeter un coup d'œil à son perroquet. Ton Dr Ilg m'a tout l'air d'une parfaite imbécile.

Pour l'instant, Hugh marmonnait « Oui, oui » au téléphone. Il plissait les sourcils en prenant une expression attentive des plus sérieuses (« son air de ne pas plaisanter », comme disait Dee) et c'est tout juste si l'on ne distinguait pas les différents pistons en mouvement à l'intérieur de sa tête : Freud, Jung, Adler, Horney, Winnicott.

Le vent glissa sur le toit et la maison se mit à chanter comme à son habitude, de sa voix suraiguë de cantatrice. (Et encore, je ne vous parlerai pas des portes qui ne voulaient pas se fermer ni des antiques cabinets dont la chasse d'eau refusait parfois de fonctionner. « Les toilettes font encore de la rétention anale ! » s'écriait alors Dee). Je devais aussi veiller à ce que Hugh n'extermine pas les écureuils logés dans la cheminée de son bureau. « Si jamais, un jour, on demande le divorce » aimait-il plaisanter « ce sera à cause des écureuils ».

Malgré tout, j'adorais ma maison ; vraiment. Il n'y avait que les inondations au sous-sol et les courants d'air l'hiver qui me rebutaient. Et le vide laissé par le départ pour l'université de ma fille ; je le détestais, ce vide.

De son côté du lit, Hugh courbait le dos, les coudes appuyés sur les genoux. Les nœuds de sa colonne vertébrale saillaient à travers son pyjama.

— Vous êtes consciente de la gravité de la situation ? Elle a besoin de consulter quelqu'un ; un psychiatre, un vrai.

À ce moment-là, il me parut évident que Hugh avait affaire à une interne de l'hôpital, même s'il s'adressait à elle d'un ton supérieur qui ne lui ressemblait pas.

À travers la fenêtre, le voisinage paraissait à demi-englouti, comme si les maisons (dont certaines aussi grandes que l'Arche de Noé) allaient glisser de leurs fondations pour flotter le long de la rue. À la perspective de me frayer un chemin sous ce déluge, mon moral descendit en flèche mais je ne songeai pas à renoncer. Comme chaque année, j'irais en voiture à l'église du Sacré-Cœur de Marie où le prêtre déposerait sur mon front une traînée de cendres. Un jour, par inadvertance, Dee avait appelé l'église « la sacrée peur de Marie ». Depuis, il nous arrivait encore de la désigner sous ce nom et c'est vrai qu'il lui allait bien ! Si Marie était encore parmi nous, comme beaucoup de gens le pensent (dont ma mère, qui n'en a jamais assez, dans ce domaine !), peut-être éprouvait-elle une sainte frousse à l'idée de trôner sur son piédestal hors d'atteinte ; elle, la mère accomplie, la parfaite épouse, le parangon des vertus féminines. Sans doute que depuis son socle inaccessible, elle jetait un regard de côté, en espérant voir tomber une échelle ou un parachute qui lui permettrait de descendre jusqu'à nous.

Depuis la mort de mon père, je n'avais pas manqué une seule célébration du mercredi des Cendres. Pas même quand je devais emmener avec moi Dee bébé en l'emmitouflant sous un tas de couvertures, armée de tétines et de biberons de lait maternel. Je me demandai soudain pourquoi, année après année, je m'étais sentie obligée d'aller au Sacré-Cœur de Marie entendre l'incantation lugubre du prêtre : « Souviens-toi que tu es poussière et que tu retourneras en poussière. » Une croix de cendres sur mon front.

Il y a au moins une chose dont j'étais consciente : c'était ainsi que je conservais le souvenir de mon père.

Hugh se leva.

— Vous voulez que je la prévienne ?

Il me regarda et mon cœur se serra d'angoisse. Je m'imaginai une vague descendant la rue, là où la vieille Mrs Vandiver avait installé un kiosque trop près de l'allée de son garage ; une vague sans doute pas aussi énorme qu'un tsunami, non, une sorte de colline d'eau fonçant droit sur moi en emportant le kiosque ridicule, les boîtes aux lettres, les niches à chiens, les poteaux téléphoniques et les buissons d'azalées. Un coup de balai radical.

— C'est pour toi, me prévint Hugh.

Je ne réagis pas tout de suite. Il m'appela de nouveau.

— Jessie, on te demande au téléphone.

Il me tendit le combiné, l'air préoccupé. Son épaisse chevelure se dressait sur son crâne comme sur celui d'un petit garçon. La fenêtre dégoulinait d'un milliard de gouttes d'étain crépitant sur le toit.

2.

Je ramassai la robe de chambre qui traînait au pied du lit et la jetai sur mes épaules en m'emparant du téléphone. Pendant ce temps-là, Hugh restait planté devant moi, en se demandant s'il valait mieux qu'il parte ou qu'il reste. Je couvris le combiné d'une main.

— Personne n'est mort, rassure-moi ?

Il me fit signe que non.

— Va t'habiller. Ou retourne te coucher.

— Non, attends..., commença-t-il puis, en m'entendant répondre « allô », il entra dans la salle de bains.

— Ma pauvre petite, je t'ai réveillée à l'aube ! s'exclama une voix de femme. Tu sais, je ne l'ai pas fait exprès ! Je suis debout depuis si longtemps que j'ai oublié l'heure !

— Excusez-moi mais qui est à l'appareil ?

— Oh Seigneur ! Quelle incorrigible optimiste je suis ! Je pensais que tu me reconnaîtrais. C'est Kat. De l'île aux Aigrettes. Ta marraine. Celle qui a changé tes maudites couches quand tu étais bébé.

Mes yeux se fermèrent comme par réflexe. Kat était la meilleure amie de ma mère depuis la nuit des temps. À soixante ans passés, elle portait encore des hauts talons avec des socquettes en dentelle qui lui donnaient l'allure d'une délicieuse vieille dame un peu farfelue dont le caractère bien trempé se serait fragilisé en même temps que ses os – illusion ô combien trompeuse !

Je me rassis. À ma connaissance, Kat n'avait aucune raison de m'appeler… aucune à part ma mère, Nelle Dubois, la célèbre excentrique. La réaction de Hugh ne me disait rien qui vaille.

Maman vivait toujours sur l'île aux Aigrettes, où l'on avait jadis formé une famille ; je dirais même une famille « ordinaire » si nous n'avions pas habité à côté d'un monastère bénédictin. On ne peut pas avoir pour voisins les plus proches une quarantaine de moines et prétendre qu'il n'y a rien que de très ordinaire là-dedans !

Les débris du bateau de mon père se sont échoués sur les terres de l'abbaye. Une délégation de moines nous a apporté la planche barrée du nom *Jes-sea* en la présentant à Maman à la manière d'un drapeau militaire. Sans s'émouvoir, ma mère a allumé un feu de cheminée avant d'appeler Kat et Hepzibah – les deux autres membres de sa trinité. Elles nous ont rejoints juste à temps pour voir Maman jeter la planche au feu d'un geste solennel. J'ai regardé les lettres noircir à mesure que les flammes les dévoraient. Parfois, je me réveillais la nuit en m'en rappelant, j'y avais même pensé en plein milieu de ma messe de mariage. Il n'y a pas eu d'enterrement ni de service funèbre, rien que cet instant à garder en mémoire.

À partir de là, Maman a pris l'habitude de préparer le déjeuner des moines au monastère et il y avait maintenant trente-trois ans qu'elle cuisinait pour eux. À vrai dire, Maman faisait plus ou moins une fixation sur les moines.

— Je crois que ça ne te ferait ni chaud ni froid d'apprendre que notre petite île a été engloutie, reprit Kat.

Il doit y avoir quelque chose comme cinq ans, six mois et une semaine que tu n'as plus mis les pieds ici, je me trompe ?

— Le compte me paraît juste.

Ma dernière visite, à l'occasion du soixante-dixième anniversaire de ma mère, avait tourné à la catastrophe biblique.

Dee, alors âgée de douze ans, était venue avec moi. On avait offert à Maman un magnifique pyjama en soie rouge orné d'un dragon chinois brodé sur la veste. Elle n'en a jamais voulu. Et ce, pour une raison idiote au possible : à cause du dragon qu'elle a tour à tour qualifié de « bête », de « démon » et de « symbole de la turpitude ». C'est sous les traits d'un dragon que Satan avait avalé sainte Marguerite d'Antioche. Est-ce que je m'attendais vraiment à ce qu'elle dorme dans un truc pareil ?

Quand ma mère commençait comme ça, il n'y avait pas moyen de la raisonner. Elle a fini par jeter le pyjama à la poubelle et j'ai bouclé nos valises.

La dernière fois que j'avais vu ma mère, elle se tenait sur le seuil de sa maison en criant :

— Si tu pars, ne reviens plus !

Et Dee, la pauvre petite Dee, qui aurait juste aimé avoir une grand-mère à peu près normale, s'était mise à pleurer à chaudes larmes.

Ce jour-là, Kat nous a déposées à l'embarcadère dans la voiturette de golf qu'elle conduisait avec un enthousiasme sans faille sur les routes embourbées de l'île, en actionnant sans arrêt son klaxon dans l'espoir de changer les idées à ma fille.

À l'autre bout de la ligne, Kat se mit à me reprocher avec malice mon absence prolongée, à laquelle je ne souhaitais pourtant pas du tout mettre fin.

Dans la salle de bains, la douche coulait en couvrant le crépitement de la pluie contre les vitres.

— Comment va Benne ? demandai-je en cherchant à gagner du temps ; il me semblait qu'une épée de Damoclès allait s'abattre sur moi d'un instant à l'autre.

— Bien, m'assura Kat. Elle s'efforce toujours de lire les pensées de Max.

Malgré mon anxiété croissante, j'éclatai de rire. La fille de Kat, qui devait avoir atteint la quarantaine, n'était « pas comme les autres », pour reprendre l'expression de sa mère. En fait, elle souffrait d'un retard mental depuis sa naissance mais, à côté de ça, il lui venait des prémonitions d'une étonnante justesse. Elle devinait ce qui allait se passer grâce à de mystérieuses antennes dont nous autres, simples mortels, étions dépourvus. On la disait capable de déchiffrer les pensées de Max, le chien de l'île qui appartenait à tout le monde et à personne en particulier.

— Alors, qu'est-ce qu'il lui passe par la tête, à Max, ces temps-ci ?

— Oh, comme d'habitude : « je ne dirais pas non, si quelqu'un me grattait les oreilles » ou « qu'est-ce qui te fait croire que j'ai envie de te ramener ton fichu bâton ? ».

Je m'imaginai Kat à l'intérieur de sa maison couleur citron (perchée sur pilotis comme toutes les autres constructions de l'île), assise à la longue table de chêne de sa cuisine où, au fil des ans, elle avait décortiqué des milliers de crabes auprès d'Hepzibah et de ma mère.

— Hum..., fit-elle en s'éclaircissant la gorge. Je t'appelais au sujet de ta mère. Il faudrait que tu viennes t'occuper d'elle, Jessie. Ne cherche pas d'excuses.

Je m'allongeai sur le lit, le moral dans les chaussettes.

— Mais j'ai une excuse ! repris-je. Elle ne veut pas me voir chez elle. Elle est...

— … invivable, je sais. Pour autant, tu ne peux pas prétendre que tu n'as pas de mère.

Je faillis en rire. Autant prétendre qu'il n'y a pas de sel dans l'océan ! Impossible d'oublier l'existence de ma mère : sa voix retentissait encore dans mes pensées plus souvent qu'à son tour.

— J'ai invité Maman à la maison, à Noël dernier. Est-ce qu'elle est venue, à ton avis ? Bien sûr que non. Je lui ai envoyé des cadeaux pour son anniversaire, pour la fête des mères (des cadeaux sans dragons, je tiens à le préciser) et je n'en ai pas reçu le moindre écho.

Heureusement que Hugh ne pouvait pas m'entendre sous la douche : j'aurais juré avoir hurlé !

— Elle n'a pas besoin de tes cadeaux ni de tes coups de fil, c'est de toi qu'elle a besoin.

De moi !

Pourquoi en venait-on toujours là ; à moi, sa fille ? Pourquoi n'appelait-elle pas Mike en Californie pour l'accabler de reproches ? À notre dernière conversation, il était devenu bouddhiste. Sans doute qu'un bouddhiste cache en lui des trésors de patience, non ?

Un silence s'installa. La douche cessa de couler et la tuyauterie résonna.

— Jessie, si je t'appelle c'est parce que… hier, ta mère s'est coupé le doigt avec un hachoir. L'index de sa main droite.

Les mauvaises nouvelles mettent un certain temps à m'atteindre ; les mots parviennent à mes oreilles mais sans leur signification. Ils planent un moment dans un recoin de la pièce, en attendant que mon corps se prépare.

— Elle va bien ?

— Oh, elle s'en sortira. Il a fallu l'opérer à l'hôpital de Mount Pleasant et, bien entendu, elle a piqué l'une de ses fameuses crises en refusant de passer la nuit là-bas, si bien que j'ai dû la conduire chez moi hier soir. Pour l'instant, elle dort dans le lit de Benne, sous calmants, mais à la minute même où elle se réveillera, elle voudra rentrer chez elle.

Hugh ouvrit la porte de la salle de bains et un nuage de vapeur envahit la chambre.

— Ça va ? me demanda-t-il à mi-voix.

Je hochai la tête. Il referma la porte et je l'entendis tapoter son rasoir contre le lavabo. Trois fois, comme toujours.

— En fait..., s'interrompit Kat avant d'inspirer à fond. Bon ! autant ne pas tourner autour du pot : il ne s'agit pas d'un accident. Ta mère est allée à la cuisine du monastère se couper le doigt. Délibérément.

C'est alors que je pris conscience de l'atrocité de la situation. Au fond, je m'attendais depuis des années à ce qu'elle fasse quelque chose de dingue. Mais pas ça !

— Pourquoi ?

Je me sentis prise d'une envie de vomir.

— Je suppose que ce n'est pas simple ! Le médecin qui l'a opérée pense que son geste peut s'expliquer par un manque de sommeil. Nelle ne parvenait plus à fermer l'œil depuis des semaines.

Mon abdomen se contracta et je laissai tomber le combiné sur le lit avant de bousculer Hugh, planté devant le lavabo, une serviette autour de la taille. De la sueur ruisselait le long de mes côtes. En me débarrassant de ma robe de chambre, je me penchai sur les toilettes où je rendis le peu de nourriture que contenait encore mon estomac.

Hugh me tendit un gant de toilette.

— Je suis navré, s'excusa-t-il. Je voulais te l'annoncer moi-même mais elle a insisté pour s'en charger. Je n'aurais pas dû l'écouter.

— Laisse-moi le temps de me remettre ! le priai-je en désignant le combiné sur notre lit. Kat est encore en ligne.

Il ramassa le téléphone pendant que je me frottais le gant de toilette sur la nuque. Je m'effondrai sur un fauteuil en bambou en attendant que mes nausées passent.

— Ce n'est pas facile pour elle, expliqua Hugh.

Maman a toujours été, disons… « fervente ». Autrefois, elle nous incitait, Mike et moi, à déposer des pièces de monnaie dans des bouteilles de lait vides pour les « bébés sans religion » et, tous les vendredis, elle allumait les bougies du Sacré Cœur de Jésus avant de réciter les quinze dizaines du rosaire à genoux dans sa chambre en embrassant le crucifix où le Christ n'était plus que l'ombre de lui-même à force d'avoir été si dévotement caressé. Tout de même, elle n'était pas la seule à en faire autant et ça ne voulait pas dire qu'elle était forcément folle !

Après l'incendie du bateau de Papa, Maman s'est métamorphosée en Jeanne d'Arc sans armée ni combat, mais nourrie des mêmes obsessions religieuses. À l'époque, elle ne souffrait que d'une folie douce somme toute ordinaire ; c'était une catholique fervente à l'excès, voilà tout. Même lorsqu'elle s'est mise à accrocher à son soutien-gorge tant de médailles bénites qu'il cliquetait sans arrêt ou à cuisiner pour les moines en se donnant l'air de diriger l'abbaye, j'ai pensé qu'elle faisait juste une fixation sur sa religion et son salut.

Je m'approchai de Hugh, qui me tendit le combiné.

— Ça n'a rien à voir avec l'insomnie, déclarai-je à Kat en interrompant sa conversation avec mon mari. Elle a perdu la tête, voilà tout !

— Ne dis plus jamais ça ! s'indigna Kat. Ta mère n'a pas perdu la tête. Elle est perturbée. Ce n'est pas pareil.

Vincent Van Gogh s'est coupé l'oreille. Tu crois qu'il avait perdu la tête, lui aussi ?

— Si tu veux savoir, oui.

— Eh bien, un tas de gens très compétents estiment qu'il était simplement perturbé.

Hugh se tenait toujours auprès de moi. Je le chassai d'un geste de la main, incapable de me concentrer tant qu'il traînait à mes côtés. Il se dirigea vers la penderie en secouant la tête.

— Et qu'est-ce qui perturbe Maman ? Je t'en prie, ne me dis pas qu'il s'agit de la mort de mon père ; ça remonte tout de même à trente-trois ans !

J'avais toujours eu l'impression que Kat détenait sur le compte de ma mère des informations taboues pour moi. Kat ne répondit pas tout de suite et je me demandai si elle allait me dire la vérité.

— Tu cherches une explication, poursuivit-elle. Mais ça ne nous aidera pas. Ça ne changera rien à ce qui s'est passé.

Je soupirai au moment même où Hugh, en caleçon blanc et en chaussettes bleu marine, finissait de boutonner sa chemise en coton. Il attacha sa montre à son poignet en émettant son petit bruit familier, cette espèce de souffle du bout des lèvres.

La scène me parut répétitive à l'extrême : réglée au millimètre comme du papier à musique. J'y avais assisté un bon millier de fois sans le moindre désir de révolte, et voilà qu'à l'instant même où l'invraisemblable crise de Maman me tombait sur les bras comme un nourrisson en pleurs, je sentis se réveiller en moi le sentiment d'insatisfaction qui me tenaillait depuis le début de l'hiver.

— Alors, reprit Kat, tu comptes venir ou pas ?

— Oui. Bien sûr que je vais venir.

Aussitôt, je me sentis soulagée ; pas à la perspective d'affronter ma mère et son comportement grotesque ! Non, de cela, je n'attendais aucun soulagement ; plutôt une immense appréhension. Si, à cet instant-là, je me suis sentie déchargée d'un poids, c'était à la seule idée de m'en aller bientôt.

Je m'assis sur le lit, le combiné en main, moi-même étonnée de ma réaction ; et un peu honteuse, aussi. Maman avait beau passer par une crise atroce, je m'en réjouissais presque car elle m'offrait à son insu ce que je désirais à tout prix sans me l'avouer : une raison de partir. Une raison on ne peut plus valable de quitter ma pâture idyllique.

3.

Lorsque je descendis au rez-de-chaussée, Hugh préparait le petit déjeuner. Je reconnus le grésillement des saucisses sur le feu avant même d'entrer dans la cuisine.

— Je n'ai pas faim, lui avouai-je.

— Il faut que tu manges. Tu ne vas plus vomir, crois-moi.

Chaque fois qu'on traversait une crise, Hugh nous mitonnait l'un de ses petits déjeuners gargantuesques. Sans doute croyait-il que cela nous requinquerait.

Avant de descendre, il m'avait réservé un aller simple pour Charleston en annulant ses rendez-vous de l'après-midi car il tenait à me conduire lui-même à l'aéroport.

Je m'assis à table en chassant de mon esprit l'image du hachoir tranchant le doigt de ma mère.

Le réfrigérateur émit un bruit de succion en s'ouvrant. Hugh en sortit quatre œufs qu'il cassa dans une poêle sur la gazinière avant de les brouiller à l'aide d'une spatule. Une rangée de boucles brunes tombait sur son col. L'envie me prit de lui conseiller d'aller chez le coiffeur car il commençait à ressembler à un hippy sur le retour mais, en fin de compte, je me suis retenue, ou plutôt, les mots ont fondu sur le bout de ma langue.

Je me suis alors surprise à dévisager Hugh. Partout où il allait (au restaurant, au théâtre ou dans les librairies), les gens le dévisageaient, surtout les femmes. Il avait des cheveux et des yeux de la riche teinte automnale qu'on associe le plus souvent aux cornes d'abondance ; et aussi une superbe fossette au menton.

Un jour, je lui avais avoué sur le ton de la plaisanterie que, dès qu'on allait quelque part ensemble, personne ne faisait plus attention à moi vu qu'il était beaucoup plus beau que moi, et il s'était senti obligé de me lancer des compliments sur mon physique. En vérité, je ne lui arrivais pas à la cheville. Ces derniers temps, un éventail de rides s'était creusé autour de mes yeux et il m'arrivait de m'étirer les tempes du bout des doigts devant le miroir. Quelques fils gris se mêlaient à mes cheveux, couleur noix de muscade. Je sentais une main au bas de mes reins me pousser vers le monde mystérieux de la ménopause. Déjà, mon amie Rae y avait disparu alors qu'elle n'avait que quarante-cinq ans.

Hugh, lui, prenait de l'âge sans que cela ne lui porte ombrage : à sa beauté s'ajoutait une maturité nouvelle. De toute façon, c'était surtout son esprit vif et sa grande bonté qui attiraient les gens – et qui m'avaient moi-même séduite au départ.

Je me penchai sur la table glaciale en granit en me remémorant notre rencontre. Dieu sait pourquoi, il fallait soudain que je me rappelle le début de notre relation ; notre attitude à tous les deux, à l'époque.

Hugh était passé jeter un coup d'œil à la première exposition de mes « œuvres d'art » dans un stand miteux, loué par mes propres soins au marché aux puces de Decatur. Je venais de quitter la fac, nantie d'un diplôme en arts plastiques et de la prétention délirante de vendre mon travail, comme une authentique artiste pur jus. Ce jour-là, personne ne s'était beaucoup intéressé à mes boîtes ; mis à part une dame qui persistait à les qualifier de « boîtes à surprise ».

Hugh, à l'époque interne en psychiatrie, était venu au marché acheter des légumes. En passant devant mon stand, il a posé les yeux sur ma boîte aux « oies en train de se becqueter », une drôle de création ; ma préférée, en un sens.

J'avais aménagé l'intérieur en salon victorien, à l'aide d'une chute de papier peint rose et de lampes miniatures à l'abat-jour frangé, avant de placer au centre un canapé de poupée en velours où deux oies en plastique collées sur les coussins s'embrassaient bec contre bec.

Je m'étais inspirée d'un article sur une oie sauvage ayant quitté son troupeau en pleine migration pour rester avec son compagnon blessé sur le parking d'un centre commercial. L'employé d'un magasin avait conduit l'animal souffrant à un refuge et l'autre oiseau avait erré dans le parking une semaine entière en criaillant de tristesse jusqu'à ce qu'il rejoigne l'autre au refuge. L'article précisait qu'une « chambre » avait été attribuée au couple d'oies.

La coupure de presse figurait au-dessus de la boîte, à côté d'un klaxon de bicyclette rouge produisant un bruit semblable au cri d'une oie. Seule la moitié des badauds intéressés par la boîte l'avait actionné. Je suppose que c'était révélateur de leur part, qu'ils avaient plus d'humour que la moyenne des gens, qu'ils se tenaient moins sur la réserve.

Hugh, lui, s'est penché sur la boîte pour lire l'article. J'ai guetté sa réaction : il a pressé le klaxon à deux reprises.

— Combien en demandez-vous ?

Je ne lui ai pas répondu tout de suite ; il fallait d'abord que je trouve le courage d'annoncer « vingt-cinq dollars ».

— Quarante dollars, ça vous irait ? me proposa-t-il en sortant son portefeuille.

J'hésitai, n'en revenant pas que quelqu'un accepte de payer aussi cher pour des oies en train de se becqueter.

— Cinquante, alors ?

— D'accord, cinquante, conclus-je en gardant un visage impassible.

Nous sommes sortis ensemble le soir même. Quatre mois plus tard, nous étions mariés. Hugh a gardé des années la boîte aux « oies en train de se becqueter » sur le dessus de son chiffonnier, avant de la poser sur une étagère de son bureau. Un jour, je l'ai même surpris à sa table de travail en train de recoller chaque élément avec un soin méticuleux.

Il m'a avoué par la suite qu'il m'avait offert une somme aussi astronomique rien que pour me convaincre de sortir avec lui mais, franchement, il raffolait de ma boîte, et le fait qu'il ait actionné le klaxon m'a paru révélateur d'un aspect de sa personnalité que peu de gens soupçonnaient. Sa prodigieuse intelligence et ses capacités d'analyse sautaient aux yeux mais il adorait aussi s'amuser ; d'ailleurs, il me proposait souvent les sorties les plus inattendues : « On pourrait fêter l'indépendance du Mexique aujourd'hui, à moins que tu ne préfères assister à une course de matelas ? » C'est ainsi que nous avons passé un samedi après-midi à regarder des lits montés sur roulettes rivaliser de vitesse dans le centre d'Atlanta.

Il n'y avait pas grand monde qui se doutait de l'extrême sensibilité de Hugh, pourtant il fondait en larmes chaque fois qu'un de ses patients attentait à ses jours, et ça le rendait souvent mélancolique de songer aux murs de douleur derrière lesquels se retranchent la plupart des gens.

L'automne dernier, en rangeant du linge propre, j'ai trouvé par hasard la boîte personnelle de Hugh au fond de son tiroir à sous-vêtements. Je n'aurais peut-être pas dû mais j'ai fouillé dedans. Il y avait là les dents de lait de Dee au grand complet, minuscules et jaunies comme des grains de maïs, et des dessins griffonnés de sa main sur son bloc d'ordonnances. J'ai aussi trouvé la médaille de guerre de son père, la montre à gousset de son grand-père et les quatre paires de boutons de manchette que je lui avais offerts à diverses occasions. En ôtant l'élastique d'une petite liasse de papiers, j'ai découvert une photo abîmée de moi datant de notre lune de miel aux montagnes Blue Ridge. Quant au reste, c'étaient des cartes postales et des mots d'amour que je lui avais écrits au fil des ans. Il n'en manquait pas un seul.

C'est lui qui, le premier, m'a dit « je t'aime », pendant qu'on prenait notre petit déjeuner dans un routier près du campus, deux semaines après avoir fait ma connaissance, avant même no.re première nuit ensemble.

— Je ne sais pas grand-chose de toi mais je t'aime, m'a-t-il annoncé et, depuis cet instant, il n'avait jamais manqué à son serment ; d'ailleurs, il se passait rarement un jour sans qu'il me le répète.

Au début, j'éprouvais pour lui un désir presque insatiable, mais mon espèce de boulimie s'est calmée après la naissance de Dee. Je l'ai domptée comme on dompte un animal sauvage, en l'enfermant dans un bel habitat artificiel où il se résigne à sa condition parce qu'il connaît l'heure exacte de son prochain repas, même si le plaisir de chasser lui manque parfois.

— Et voilà ! s'écria Hugh en posant devant moi une assiette remplie d'œufs et de saucisses.

Je mangeai à son côté, face à la fenêtre badigeonnée du vernis de la nuit. La pluie crépitait au fond des gouttières. Un volet claqua au loin.

Je posai ma fourchette et tendis l'oreille.

— Quand une tempête se déchaînait sur l'île, les volets claquaient contre les murs de la maison.

Ma vue se brouilla. Hugh s'arrêta de mâcher pour m'observer.

— Maman recouvrait la table de cuisine d'un drap, poursuivis-je, et on se blottissait dessous, Mike et moi, pour l'écouter nous lire une histoire à la lueur d'une lampe torche. Elle avait cloué un crucifix sur l'envers de la table et, pendant qu'elle nous faisait la lecture, on le regardait, allongés par terre. On appelait ça « la tente-tempête ». On pensait que rien ne nous arriverait jamais là-dessous.

Hugh me tendit les bras. Aussitôt ma tête vint se nicher au creux de son cou ; un geste bien huilé, automatique, qui remontait aux premières années de notre mariage.

On est restés blottis l'un contre l'autre pendant que les œufs refroidissaient et que les volets claquaient par intermittence. À un moment donné, je me suis sentie écrasée par le poids de nos vies indissociables ; incapable de dire où finissait son épaule et où commençait ma tête. J'éprouvai la même sensation qu'enfant, lorsque mon père pressait son doigt contre le mien, comme s'ils ne formaient plus qu'un seul et unique membre.

Je m'écartai de Hugh, en me redressant sur ma chaise.

— Je n'arrive pas à croire qu'elle ait fait une chose pareille. Dis-moi, tu penses qu'il faudrait l'interner ?

— Je ne peux pas te répondre, à moins de m'entretenir avec elle. À mon avis, elle souffre d'un trouble obsessionnel.

Hugh baissa les yeux sur mes mains. Je venais d'enrouler ma serviette autour de mon doigt comme pour stopper une hémorragie. Je défis mon bandage, gênée de voir ainsi mon corps s'exprimer à mon insu.

— Pourquoi son doigt ? Pourquoi ?

— Comment le savoir ? Les obsessions sont souvent irrationnelles. Si je t'accompagnais ? me proposa-t-il en se levant. Je pourrais modifier mon emploi du temps, on partirait ensemble.

— Non, répondis-je, un peu trop sèchement à mon goût. Jamais ma mère n'acceptera de se confier à toi, tu le sais bien. Sans compter que tu dois t'occuper de tes patients.

— En tout cas, je ne veux pas que tu te retrouves seule face à ce problème, conclut-il avant de déposer un baiser sur mon front. Passe un coup de fil à Dee. Préviens-la de ton absence.

Dès que Hugh eut tourné les talons, je préparai mes bagages que je posai dans l'entrée avant de monter à mon atelier m'assurer qu'aujourd'hui, au moins, pour une fois, la toiture ne fuyait pas.

J'allumai la lampe. Une flaque de lumière jaune cireuse se répandit sur ma table de travail (une splendeur en chêne dénichée chez un brocanteur). Une boîte en cours d'assemblage y traînait sous une couche de poussière. J'avais cessé d'y travailler en décembre dernier, au retour de Dee, le temps des vacances. Dieu sait pourquoi je ne m'y étais jamais remise.

Je cherchais des yeux d'éventuelles coulées d'eau sur le sol lorsque le téléphone sonna. Au bout du combiné retentit la voix de ma fille.

— Devine ! me dit-elle.

— Quoi ?

— Papa m'a envoyé plus d'argent de poche que prévu et je me suis acheté un caban bleu marine.

Je l'imaginai assise en tailleur sur le lit de sa chambre d'étudiante, ses longs cheveux tombant sur ses épaules. La plupart des gens trouvent qu'elle ressemble beaucoup à Hugh : ils ont tous les deux la même allure flamboyante.

— Un caban ? J'espère que tu as renoncé à ton blouson de motard ?

— Et toi alors ? Tu te rappelles, ta veste à franges en cuir rouge ?

Je souris mais la légèreté de ses propos ne tarda pas à se dissiper lorsque je pensai de nouveau à Maman.

— Écoute, ma puce, j'allais t'appeler ce matin. Je pars aujourd'hui voir ta grand-mère. Elle ne va pas bien.

De peur que Dee ne la croie sur son lit de mort, je lui racontai ce qui s'était passé.

La première phrase qui franchit ses lèvres ne fut autre que :

— Waouh ! Putain !

— Dee ! m'écriai-je d'un ton outré car elle m'avait sincèrement choquée. Ce n'est pas un langage digne d'une jeune fille !

— Je sais, je parie que tu n'as jamais rien dit de tel de toute ta vie.

— Je ne voulais pas te faire la leçon ! m'excusai-je en soupirant.

Dee garda un moment le silence.

— D'accord, je n'aurais pas dû dire ça mais c'est tellement bizarre. Pourquoi Mamie s'est-elle coupé un doigt ?

La lucidité proverbiale de ma fille ne l'empêchait pas de rester aveugle aux défauts de sa grand-mère, qu'elle considérait juste comme une délicieuse vieille dame, un peu excentrique sur les bords. Sans doute la nouvelle que je venais de lui annoncer briserait-elle ses illusions une bonne fois pour toutes.

— Je n'en ai pas la moindre idée, à mon grand regret !

— Tu vas t'occuper d'elle, hein ?

En fermant les yeux, je revis en pensée ma mère sous la « tente-tempête » au lendemain de la mort de Papa, alors qu'il faisait ce jour-là un temps splendide.

— En tout cas, j'essayerai.

Une fois le combiné raccroché, je m'installai à ma table de travail en observant les fragments de miroir et de coquille d'œuf collés au fond de la boîte à l'abandon.

Dee se trompait : j'avais déjà prononcé le même juron ; en décembre dernier, alors qu'elle passait les vacances à la maison. Un matin, pendant que je prenais ma douche, Hugh s'est faufilé dans la salle de bains en ôtant ses habits avant de se glisser en catimini derrière moi. J'ai sursauté si fort que j'en ai renversé la bouteille de shampooing.

— P'tain ! me suis-je écriée ; ce qui ne me ressemblait pourtant pas : je n'ai pas l'habitude de jurer et je ne sais pas qui, de moi ou de Hugh, en est resté le plus estomaqué. Excuse-moi, ai-je aussitôt ajouté, mais ça m'a fait un coup au cœur.

— Au cœur ? s'est esclaffé Hugh. Ce n'était pas vraiment mon but !

Je n'ai rien répondu. Je ne me suis même pas retournée. Ses doigts ont papillonné le long de mes côtes en effleurant le bout de mes seins. Un grognement étouffé lui a échappé. J'aurais voulu éprouver du désir pour lui mais son arrivée m'a fait l'effet d'une intrusion. Raide comme un piquet sous le jet de la douche, j'ai dû lui faire songer au tronc d'un arbre ; un arbre pétrifié qui se métamorphoserait lentement en rocher.

Au bout de quelques instants, la porte de la cabine de douche s'est ouverte avant de se refermer. Hugh est parti.

Après cette aventure, je me suis promis de faire de sérieux efforts. J'ai partagé la cabine de douche avec Hugh à deux reprises, en adoptant d'incroyables positions yogiques à force de me contorsionner dans tous les sens. La deuxième fois, j'ai gardé la marque du robinet dans le dos (une sorte de tatouage ressemblant à s'y méprendre à un oiseau roulé en boule sur lui-même).

Un jour que Dee était sortie profiter des soldes de Noël avec ses amies, j'ai retrouvé Hugh à son cabinet après le départ de son dernier patient, en lui proposant de coucher ensemble sur son divan. Je suppose que c'est ce qui se serait passé si son bip n'avait pas sonné à cet instant précis. Une malade avait tenté de se suicider. Je suis rentrée à la maison, convaincue que mes efforts n'aboutiraient jamais.

Le lendemain, Dee est repartie à l'université.

Sa voiture s'est engagée dans la rue avant de bifurquer au tournant. Lorsque je suis rentrée chez moi, un silence si épais planait à l'intérieur que j'en ai eu les bras coupés.

C'était ce même genre de silence qui venait de s'installer dans mon atelier. Je levai les yeux sur la lucarne. Les feuilles d'ormes qui la jonchaient laissaient filtrer une épaisse lumière grisâtre. La pluie et le vent avaient enfin cessé.

Dehors, les pneus de la Volvo de Hugh crissèrent dans l'allée. Il claqua sa portière et les murs de la maison vibrèrent à l'unisson. En descendant les escaliers, j'eus l'impression que nos années de mariage s'étaient accumulées un peu partout, dans les moindres recoins de notre intérieur. Je me surpris alors à penser qu'au fond, dans la vie, on ne sait plus toujours très bien où finit l'amour et où commence la routine.

4.

Au moment d'embarquer, j'hésitai un instant, un pied sur le ponton et l'autre sur le bateau, étourdie par le flot de lumière qui inondait Bull's bay. Une demi-douzaine de majestueuses aigrettes blanches s'envolèrent des marais en poussant leurs cris rauques. Je montai à bord en les regardant traverser la baie, à la suite les unes des autres.

En réalité, le bac n'était qu'un vieux chaland baptisé *Le courant des marées*. Je posai mes valises contre une glacière blanc cassé, sous une paire d'horloges à marées, avant de m'asseoir sur un banc. Le taxi que m'avait réservé Hugh venait de me déposer à l'embarcadère d'Awendaw juste à temps pour le dernier départ de la journée, vers seize heures.

Je ne dénombrai à bord que cinq autres passagers ; sans doute parce que les touristes n'arrivent jamais en force avant le printemps ou l'été, lorsqu'ils peuvent enfin admirer les marais fourmillant d'aigrettes au plumage éclatant, perchées sur des branches d'arbres le long des criques. Quelques passionnés d'histoire venus de Charleston sont aussi attirés par la visite guidée de l'île et de son cimetière d'esclaves qu'organise Hepzibah – la gardienne de la culture de l'île, ou plutôt la « griotte », comme elle aime le répéter. Hepzibah connaît un bon millier de légendes traditionnelles et parle couramment le « gullah », une langue créée par les esclaves mêlant l'anglais à leurs langues maternelles africaines.

Je me demandai si je ne reconnaîtrais pas certains passagers. Sur l'île vivaient une centaine de personnes (sans compter les moines) et la plupart d'entre elles occupaient la même maison depuis ma plus tendre enfance, mais à l'évidence, il n'y avait que des touristes à bord.

L'un d'eux portait un T-shirt du Hard Rock Café de Cancun, avec un bandana rouge autour du crâne. Il devait mourir de froid ! Il surprit mon regard et me demanda :

— Vous avez déjà dormi au Chien de l'île ?

— Non, mais c'est très chouette. Vous allez vous y plaire, l'assurai-je en haussant le ton à cause du bruit du moteur.

Le Chien de l'île (la seule pension de famille sur l'île aux Aigrettes) se situait dans une maison bleu pâle de deux étages aux volets blancs. Je me demandai si Bonnie Langston s'en occupait encore. C'était une « comya », comme aurait dit Hepzibah en gullah : quelqu'un qui ne venait pas de chez nous. Ceux qui étaient originaires de l'île, elle les appelait des « binyas ». On ne comptait pas beaucoup de « comyas » sur l'île aux Aigrettes mais il y en avait quand même quelques-uns. Depuis mon dixième anniversaire, je n'avais plus caressé qu'un seul et unique rêve : quitter l'île.

— Je veux devenir une « goya », avais-je un jour confié à Hepzibah, qui commença par en rire, en me sondant de son regard inquisiteur.

— Tu ne pourras jamais te couper de tes racines, m'affirma-t-elle de sa voix la plus douce. Libre à toi de t'en aller vivre ailleurs ; à l'autre bout de la terre, si tu le souhaites, mais sache que jamais tu ne pourras tirer un trait sur l'endroit d'où tu viens.

Il me semblait pourtant lui avoir prouvé le contraire, depuis.

— Allez déjeuner Chez Max, conseillai-je au touriste, et ne manquez pas les crevettes au gruau de riz !

En fait, il ne lui restait pas d'autre choix, s'il ne voulait pas manger sur le pouce ! Le café (comme la pension de famille) avait été baptisé en l'honneur du labrador noir dont Benne lisait soi-disant les pensées. À l'arrivée du bac, Max ne manquait jamais d'accourir sur le quai ; cela lui valait un statut de célébrité locale. Par temps chaud, lorsque les tables du café faisaient leur apparition sur la chaussée, il trottait entre les jambes des clients, gonflé du sentiment de son importance, comme s'il faisait une fleur aux pauvres humains en leur offrant une occasion de lui rendre hommage. Les touristes se dépêchaient de sortir leur appareil photo ; à croire que Lassie en personne venait d'entrer en scène ! La célébrité de Max s'expliquait aussi par sa prétendue immortalité : à en croire Bonnie, il atteignait l'âge canonique de vingt-sept ans, mais en réalité, Max était le quatrième rejeton de sa lignée et c'est à différents Max que je m'étais attachée depuis mon enfance.

Le long de l'île s'étendait une plage de sable appelée *Bone Yard*, jonchée de bouts de bois mort formant de gigantesques sculptures contournées le long de la grève. Peu de gens s'y aventuraient car de dangereux courants marins y rendaient la nage impraticable et les moustiques y pullulaient. Il suffisait de se planter là pour comprendre qu'un jour ou l'autre l'océan reprendrait ses droits sur l'île.

La plupart des touristes venaient visiter le monastère de Sainte-Sénara, baptisé en l'honneur d'une sirène canonisée après sa conversion au catholicisme. Au départ, il ne s'agissait que d'une simple annexe, ou, comme disaient les moines, de la « maison fille » d'une abbaye de Cornouailles, en Angleterre. Les frères l'avaient construite eux-mêmes dans les années trente, sur un terrain légué par une famille catholique de Baltimore qui y venait jusqu'alors camper et pêcher l'été. Au début, le monastère jouissait d'une si mauvaise presse auprès des habitants de l'île (tous protestants) que ceux-ci le surnommaient « Sainte-Peccata » mais aujourd'hui il ne restait pratiquement plus de protestants sur l'île aux Aigrettes.

La plupart des ouvrages consacrés à la région présentaient le monastère comme une curiosité à cause de la chaire aux sirènes située dans une chapelle latérale de l'église. Les guides touristiques la jugeaient tous « remarquable » et ce n'est pas moi qui leur donnerais tort ! Il s'agissait d'une réplique d'une très vieille chaire assez célèbre dans la maison mère de l'abbaye. Les bras sculptés représentaient deux sirènes ailées aux couleurs éblouissantes – des queues de poisson vermillon, des ailes blanches et des cheveux roux flamboyant.

Enfants, Mike et moi, on se faufilait à l'intérieur de l'église quand il n'y avait personne en vue, fascinés par les seins nus des sirènes où étincelaient quatre grenats incrustés en guise de tétons. Je me moquais toujours de Mike quand il les serrait au creux de ses paumes en s'asseyant sur la chaire. À l'évocation de ce souvenir, je ris toute seule dans ma barbe en espérant que les autres passagers ne s'apercevraient de rien.

Si la chance souriait aux touristes et si l'accès à la chapelle ne leur était pas défendu, ils pourraient à leur tour prendre place sur la chaire aux sirènes en récitant une prière à sainte Sénara. Le simple fait de s'asseoir sur la chaire est censé garantir une réponse aux fidèles – ainsi le veut du moins la tradition. En fait, c'est un peu comme de jeter des pièces de monnaie dans une fontaine en formulant un vœu ; ce qui n'empêche pas que de véritables pèlerins en fauteuil roulant débarquent sur l'île de temps à autre.

Le bac avançait lentement entre les criques et les minuscules îles couvertes de spartine jaune agitée par le vent. La marée basse laisserait bientôt à découvert des tas de râteaux. Tout semblerait alors mis à nu, vulnérable.

À l'abord des anses, le pilote accéléra. Des pélicans volaient au-dessus de nos têtes en essayant de gagner le bateau de vitesse. Je les suivis des yeux jusqu'à ce qu'ils disparaissent. Mon regard s'arrêta sur des cordages enroulés pendus à un crochet. Je m'efforçai de ne surtout pas penser à ma mère. J'avais eu le cœur serré d'appréhension pendant tout le trajet en avion mais là, je me sentais tout à coup plus sereine, peut-être à cause du vent, ou d'une impression nouvelle de liberté.

J'inclinai le front contre la vitre en respirant l'odeur sulfureuse des marais. Le capitaine du bateau, qui portait une casquette rouge délavée et des lunettes de soleil à monture métallique, s'adressa aux touristes dans son micro : il leur expliqua où louer des voiturettes de golf avant d'entamer un discours sur la colonie d'aigrettes et les permis de pêche. Sa voix s'échappait d'un haut-parleur au-dessus de ma tête.

Il conclut en racontant la même plaisanterie que lors de ma dernière visite :

— N'oubliez pas qu'il y a des alligators sur l'île ! Vous ne risquez pas trop d'en croiser en cette saison mais, si par malheur, vous tombez nez à nez avec un alligator, rappelez-vous que personne ne peut les battre à la course.

Arrangez-vous seulement pour courir plus vite que celui ou celle qui vous accompagne.

Les touristes gloussèrent en échangeant des regards étonnés. Leur projet d'excursion sur une île de la Caroline venait de leur apparaître sous un jour nouveau, vaguement périlleux.

Je sortis sur le pont au moment où le bac s'engageait dans un étroit chenal entre les marais, en contournant l'île. Des vagues couleur de thé glissaient le long de la coque. En me retournant pour évaluer la distance déjà parcourue par le bateau, je me rendis compte que j'avais passé mon enfance isolée, loin du monde, sur une île qu'aucun pont ne reliait à la terre ferme. Je me trouvais alors prisonnière de l'eau, et pourtant, je ne me suis pas une seule fois sentie seule avant de fréquenter le lycée, sur le continent. Chaque matin, Shem Watkins nous emmenait – nous, la demi-douzaine d'enfants de l'île – de l'autre côté de Bull's bay, à bord de son crevettier, avant de nous ramener chez nous en fin d'après-midi.

À l'époque, Mike et moi, on se prenait pour les Robinson suisses : mon frère sillonnait à la rame le labyrinthe des criques en pêchant des crabes qu'on allait vendre comme appât à cinquante cents la livre sur le débarcadère. On connaissait l'emplacement des moindres bancs de sable et on savait où exactement les râteaux risquaient d'érafler la coque de notre canot à marée basse. L'été de mes neuf ans, avant que tout ne s'écroule autour de moi, Mike et moi, on a suivi la piste d'alligators, et on est partis à la recherche de dindons sauvages. À la tombée de la nuit, quand les feuilles des palmiers se mettaient à bruisser autour de la maison, on s'enfuyait par la fenêtre au cimetière des esclaves où l'on mettait les fantômes au défi de se montrer.

Qu'était devenue la petite Jessie de ce temps-là ? Le regard plongé dans l'eau couleur de tannin, j'éprouvai soudain un immense désir de la retrouver.

La force de mes souvenirs, ravivés par la proximité de l'île, me surprit moi-même. Je me rappelai mon père en train de manœuvrer son bateau de vingt pieds de long, la pipe d'écume que je lui avais achetée serrée entre les dents et moi, blottie contre lui face au gouvernail. Pour un peu, je l'aurais entendu m'annoncer : « Jessie, les dauphins sont là. » Je m'imaginai courant sur le pont, l'oreille tendue, à l'affût de leur souffle, de la brèche dans les ténèbres de la mer au moment où ils jailliraient à la surface.

Lorsque le côté nord-ouest de l'île apparut, je pensais à l'explosion de son bateau et à la coupure de presse dans le tiroir de Maman. « La police suppose qu'une étincelle de sa pipe a enflammé l'essence qui fuyait de son réservoir. » Je balayai des yeux la surface des flots, en me rappelant où l'accident avait eu lieu, puis je détournai le regard.

Je longeai le pont en regardant l'île s'approcher. Elle ne mesurait que huit kilomètres de long et quatre de large, pourtant elle semblait encore plus petite, vue de la mer. Bientôt, des boutiques se matérialisèrent derrière le quai. Des mouettes rieuses volaient au-dessus des toits. Au cœur de l'île éternellement verte, les palmiers et la myrte proliféraient.

Le moteur ralentit à l'approche du ponton. Quelqu'un lança un cordage et le bois déjà ancien de la coque craqua tandis que l'équipage attachait les amarres.

Sur la jetée, quelques pêcheurs d'ombrine se tenaient assis dans des chaises de plage. Pas de Kat ni de Benne en vue. Kat avait pourtant promis de venir à ma rencontre. Je ramassai mes bagages et me postai face à la vitre tandis que les autres passagers descendaient.

Quelques instants plus tard, Kat et Benne arrivèrent au pas de course, main dans la main, en compagnie de Max qui trottinait derrière elles. Benne donnait l'impression de remorquer sa mère qui portait des socquettes et des talons hauts. Des rubans rouge sombre (« bordeaux » aurait dit Maman) retenaient ses cheveux. Une poignée de mèches folles voletait autour de son visage.

Elles s'arrêtèrent au bord du quai en dévisageant les passagers. Max, blotti entre elles, agitait la queue.

Lorsqu'elle m'aperçut enfin, Kat me parut toute ragaillardie.

— Ne reste pas plantée là ! Viens donc ! s'écria-t-elle.

Benne entama une drôle de gigue en trépignant.

— Jessie ! Jessie ! chantonna-t-elle.

Max se mit à aboyer, effrayant un essaim de mouettes qui prit son envol le long du quai.

Les autres passagers nous observèrent en échangeant des coups d'œil gênés.

— Bienvenue chez toi, Jessie ! Il ne me restait plus qu'à ramasser mes bagages et… allons-y gaiement !

Des demi-lunes jaune pâle cernaient les yeux de Kat, qui me prit dans ses bras. L'arôme de l'île me chatouilla les narines ; un puissant mélange de limon, de vieux casiers à crabes, d'air salin et de terre poisseuse grouillant de créatures menaçantes.

— Te voilà ! me dit Kat, et je lui souris.

Benne frotta son visage poupin contre la manche de mon manteau en s'accrochant à moi comme une coque à son rocher. Je la serrai contre ma poitrine.

— Tu ne voulais pas venir ! lança-t-elle. Tu détestes venir ici !

— Ça suffit, Benne, s'interposa Kat en s'éclaircissant la gorge.

Mais Benne n'avait pas fini :

— Maman s'est arrêtée pile-poil sur la tache de sang !

Je baissai les yeux, aussitôt imitée par Kat et Benne. Une sombre éclaboussure se devinait sous la chaussure de Kat. Je m'imaginai leur course effrénée jusqu'à l'embarcadère, et la main de Maman enveloppée d'une serviette éponge pendant tout le trajet en bateau.

Kat écarta le pied. En cette fin d'après-midi parfaitement paisible, nous sommes toutes les trois restées plantées là un bon moment, les yeux rivés sur le sang de ma mère.

5.

On a fini par s'entasser à trois dans la voiturette de Kat, garée au bout de la jetée. Benne a pris place à l'arrière à côté de ma valise pendant que je grimpais sur le siège avant en adressant un regard méfiant au klaxon – un mauvais souvenir de mon dernier trajet.

— Ne t'inquiète pas, me dit Kat. Je n'actionnerai pas mon avertisseur à moins de croiser quelqu'un d'assez fou pour se jeter sous mes roues.

— Je déteste ce machin !

— Eh bien, ne te prive pas : déteste-le tout ton soûl, mais n'oublie pas qu'il a quand même sauvé la vie d'un bon paquet de touristes.

— Avant, dès que Maman apercevait un touriste, elle fonçait droit dessus, précisa Benne.

— Oh non, c'est faux !

— Je ne crois pas que Benne soit capable de mentir, avouai-je, et Kat soupira d'un air indigné en s'engageant sur la route étroite.

Au-dessus de nos têtes, le ciel virait à l'orange et l'obscurité s'insinuait sous les derniers feux du couchant. Personne n'ouvrit la bouche en passant entre les boutiques, pas même Benne.

Devant tous les commerces – le minuscule bureau de poste y compris – poussaient des pensées violettes en bacs. La boutique de Shem, Tout pour la pêche, venait d'être repeinte en orange. Des selles de poney étaient attachées aux pélicans en bois devant le magasin d'alimentation générale, sans doute pour permettre aux enfants de s'y asseoir. Une poignée de touristes désireux de s'inscrire à des excursions en bateau ou des promenades consacrées à l'observation des oiseaux se pressait au bureau des Aigrettes en balade. Même au cœur de l'hiver, l'île restait vivante.

Je pointai du doigt un petit commerce coincé entre le café Chez Max et la pension de famille Le Chien de l'île. Un auvent rayé blanc et bleu abritait la devanture où une pancarte indiquait : La Légende de la sirène.

— Ce n'était pas une poissonnerie, avant ?

— Elle a fermé, m'apprit Kat.

— C'est la boutique de Maman, précisa Benne.

— Sans blague ? Elle est à toi, cette boutique de souvenirs ?

Je n'en revenais pas ! Je connaissais Kat depuis ma naissance et jamais elle n'avait manifesté le moindre intérêt pour le commerce. Depuis la mort de son époux, vingt ans plus tôt, elle se contentait d'une pension de réversion et des aides de l'État pour subvenir à ses besoins (et à ceux de Benne).

— Je l'ai ouverte au printemps dernier.

— Qui s'en occupe, en ce moment ?

— Quand je dois m'absenter, je ferme.

— Son nom me plaît bien.

— Je voulais l'appeler Fin fatale mais ta mère n'a pas voulu en entendre parler. Elle n'a aucun sens de l'humour !

— Ce n'est pas nouveau.

— Tu te trompes ! Elle possédait un sens de l'humour très développé, à une certaine époque.

Kat quitta la route, face au crépuscule. Elle se pencha en avant, comme pour inciter sa voiturette à dépasser la limite de vitesse de trente kilomètres heure. À cet instant précis, une foule de souvenirs me revint en mémoire, comme le rire de ma mère, du temps où l'on menait encore une vie normale et heureuse. Kat avait raison de dire que Maman ne manquait pas d'humour. Un soir, elle nous avait servi des crevettes à la noix de coco, vêtue d'un pagne de vahiné. Et un jour, Mike, à l'âge de huit ans, s'était coincé le pénis dans le goulot d'une bouteille de Coca en faisant pipi dedans pour une raison que personne n'a jamais éclaircie. Comme son pénis avait, disons, pris du volume, une fois dans la bouteille, Maman s'était efforcée de compatir à sa douleur avant d'éclater de rire.

— Mike, lui a-t-elle conseillé, va t'asseoir dans ta chambre en pensant à Mère Teresa et ton pénis va désenfler en moins de deux.

— Ce qui se vend le mieux, ce sont les panneaux « danger : passage de sirènes », me confia Kat, et aussi les brochures explicatives. Tu te souviens du père Dominic ? Il a écrit l'histoire de sainte Sénara dans une brochure intitulée *La Légende de la sirène*, comme la boutique. Je me retrouve sans arrêt en rupture de stock. Dominic vient de temps en temps dédicacer des exemplaires, coiffé de son maudit chapeau biscornu. À croire qu'il se prend pour l'auteur du dernier best-seller !

J'éclatai de rire. Petite fille, j'avais souvent croisé le père Dominic pendant que je jouais aux abords du monastère, en attendant que Maman termine son travail en cuisine. Il raffolait des jeux de mot idiots mais sa personnalité était sans doute plus complexe qu'il n'y paraissait. Il y avait en lui un je ne sais quoi d'obscur que je ne parvenais pas bien à cerner. C'était lui qui était venu avec une poignée d'autres moines nous remettre les débris du bateau de mon père en regardant ma mère les brûler dans la cheminée.

— Il porte encore le même chapeau de paille ?

— Eh oui ! D'ailleurs, la paille commence à pourrir.

Un silence s'installa pendant que nous longions le bord de l'île où poussait un amas confus d'arbres rabougris taillés par le vent. Après un tournant, les arbres laissèrent la place à une prairie couleur caramel au-delà de laquelle s'étendait l'océan. La teinte de la mer ressemblait à celle de l'encre de Chine et, Dieu sait pourquoi, je me rappelai soudain pourquoi j'étais venue ici. Ma mère menait une vie si bizarre !

Je me demandai si l'accident avec le hachoir serait quand même arrivé sans ma négligence coupable. J'aurais dû le prévoir, non ? Pour ce que j'en savais, Maman pouvait très bien se trancher le reste de ses doigts au chaud chez elle en ce moment même !

Mais pourquoi son doigt ? Pourquoi ?

Benne fredonnait dans ses dents sur le siège arrière.

— Qu'est-ce qu'il est devenu, son doigt ; celui qu'elle s'est coupé ? demandai-je à Kat en aparté.

— Il se trouve dans un bocal de mayonnaise près du lit de ta mère, me répondit-elle, sans s'émouvoir.

La flèche de l'abbaye apparut au moment même où la voiturette quittait la route pavée. Kat ne prit pas la peine de ralentir et une secousse nous fit bondir de nos sièges dans un nuage de poussière à l'entrée du chemin de terre battue.

— Accroche-toi ! cria-t-elle à Benne.

Les cheveux de Kat s'échappèrent de son serre-tête pour voltiger dans son cou. À côté de l'entrée du monastère se dressait l'église paroissiale en planches où les moines célébraient la messe pour les insulaires et où tous les enfants de l'île aux Aigrettes, moi y compris, avaient été scolarisés. Une seule institutrice du nom d'Anna Legare se chargeait de toutes les classes. C'est elle qui, l'année de mes dix ans, m'a annoncé de but en blanc que j'étais une artiste née. Quelques mois plus tard, elle a accroché mes innombrables croquis de naufrage au mur de la chapelle en invitant les habitants de l'île au grand complet à mon « exposition ». Kat a d'ailleurs profité de l'occasion pour m'acheter un dessin à vingt-cinq cents.

— Qu'est-ce qu'il est devenu, mon dessin que tu avais accroché dans ta cuisine ?

— Je le garde précieusement. Pour l'instant, il décore le mur de ma boutique.

En passant devant chez elle, j'aperçus un panneau « danger : passage de sirènes » cloué à un poteau près de sa boîte aux lettres.

Enfin, la voiturette ralentit au cœur d'une forêt de palmiers, devant la maison de Maman : un cottage perché sur pilotis, construit dans un style en vogue au début du siècle passé, comme la plupart des habitations sur l'île, avec des fenêtres en saillie, des volets noirs et une immense galerie couverte tout le long de la façade.

Le vert jadis éclatant des murs avait été rongé par le soleil. Des yuccas infestaient le jardin et au milieu de tout ce désordre se dressait l'horrible grotte de Maman.

Dix ans plus tôt, elle avait demandé à Shem d'enterrer à moitié une baignoire. Comme Shem ne comprend pas vite ce qu'on attend de lui, il a laissé les robinets apparents ; ce qui n'a pas empêché Maman de placer une statue de la Vierge Marie en béton sous l'arche en porcelaine. Le jour de mon arrivée, des traînées de rouille maculaient les parois de la baignoire et un fil de fer maintenait des espèces de fleurs en plastique sous le robinet.

La première fois que j'ai vu son installation, j'ai dit à Maman que si les statues de Marie versaient des larmes – ce que certains prétendaient d'ailleurs – c'était à cause du mauvais goût de ses adoratrices. Dee, bien entendu, avait trouvé la Madone à la baignoire : « sensationnelle ! »

La voiturette s'arrêta. Benne en descendit d'un bond et je reconnus sur le seuil de la maison Hepzibah, vêtue à l'africaine d'une tunique en batik couleur safran qui lui arrivait aux chevilles, et d'un carré de tissu assorti enroulé autour de ses cheveux. Elle me parut resplendissante, dressée là devant nous de toute sa hauteur.

— Regardez-la : une vraie reine hottentote ! s'écria Kat en la saluant, puis elle posa une main sur mon bras. Jessie, si jamais ta mère te dit que les poissons volent, va dans son sens, dis-lui qu'elle a raison et que « oui, les poissons volent ». Ne cherche pas à la convaincre du contraire, compris ?

— Certains poissons volent bel et bien, remarqua Benne. Je l'ai lu dans un livre.

Kat l'ignora. Elle ne me quittait pas des yeux.

— Ne t'avise pas de la contrarier !

— Ça n'était pas dans mes intentions, l'assurai-je en m'écartant.

Hepzibah m'accueillit sur le perron, enveloppée d'un parfum de gombo : elle venait de nous préparer à dîner.

— *We glad fa see oona*, m'accueillit-elle en gullah comme chaque fois qu'elle me souhaitait la bienvenue.

Je lui souris. Mon regard se posa sur la fenêtre éclairée, dont le cadre en bois commençait à se fendiller. Je me concentrai sur une petite tache huileuse du chambranle lorsque les larmes me montèrent aux yeux. Impossible de les retenir !

— Allons ! Qu'est-ce qu'il y a ? me demanda Hepzibah en m'attirant contre sa tunique aux motifs éblouissants.

Je reculai d'un pas. En voilà, une question saugrenue ! J'avais presque envie de lui répondre « au cas où tu ne le saurais pas, il y a un doigt de ma mère qui traîne au fond d'un bocal de mayonnaise dans sa chambre », mais c'eût été une remarque aussi déplacée qu'injuste et, en plus, ce n'était pas tant ma mère que mon père, qui me préoccupait.

La dernière fois que j'ai vu Joseph Dubois, il pelait une pomme près de la fenêtre en s'efforçant d'obtenir une unique épluchure en spirale (prouesse anodine, à côté de son fameux répertoire de tours d'adresse en tous genres !). Ce soir-là, assise par terre au centre d'une flaque de lumière, j'ai regardé la peau du fruit s'enrouler sur la lame de son couteau en me demandant avec anxiété s'il réussirait à ne pas rompre la pelure en hélice. Au dernier tour de couteau, je me suis dressée sur mes genoux. Si mon père réussissait, j'accrocherais la spirale rouge à la fenêtre de ma chambre, à l'aide d'un bout de fil à coudre, auprès d'autres pelures en hélices à différents stades de racornissement.

— Une pelure de pomme pour ma pomme de Reinette ! s'écria-t-il en laissant tomber l'hélice au creux de ma paume.

C'est la dernière chose qu'il m'a dite ; la dernière fois qu'il m'a appelée de son surnom favori.

Je me suis précipitée dans ma chambre sans me retourner, sans lui avouer que ce que j'aimais le plus dans ces moments-là, c'était qu'il m'appelle sa « pomme de

Reinette », comme si j'étais un fruit, sorti de ses mains expertes.

En voyant mes larmes, Kat gravit les marches du perron pour fondre sur moi, les bras écartés à la manière des ailes d'un râle gris (une espèce de grosse poule parmi les oiseaux les plus bruyants du marais). Je sentis ma colère contre elle fondre avant même qu'elle n'ouvre la bouche.

— Jessie, je parle trop et je ne sais pas tenir ma langue. Bien sûr que tu ne vas pas contrarier ta mère, je...

— Ça va. Ça n'a rien à voir. Je t'assure.

Benne nous rejoignit en traînant ma valise qu'elle déposa devant la porte. Je les remerciai : elles pouvaient me laisser, maintenant, tout irait bien. Si je pleurais, c'était parce que je tombais de sommeil ; rien de grave, en somme.

Elles s'éloignèrent dans la voiturette de golf en rebondissant sur les racines d'arbres (« les ralentisseurs de l'île » comme les appelait Kat). Vas-y, entre ! m'encourageai-je, et pourtant, je restai encore quelques minutes sur le perron. Enfin, une brise chargée des relents du marais m'enveloppa en apportant la dernière touche à ce que je venais de subir ce jour-là : un véritable baptême de tristesse.

6.

Frère Thomas

Il se tenait les bras en croix, prostré à même le sol de l'église, puni pour les réflexions consignées dans son petit carnet relié en cuir que le père Sebastian (le prieur du monastère) avait ramassé sur le comptoir de la boutique à souvenirs où il l'avait posé, le temps d'indiquer les toilettes à un touriste et de répondre à ses questions sur les filets de pêche en vente dans le magasin. Depuis combien de temps les moines en fabriquaient-ils ? Avaient-ils appris la technique des habitants de l'île ou de leur maison mère en Cornouailles ? En vendaient-ils assez pour subvenir aux besoins du monastère ? Comme il regrettait maintenant d'avoir passé tant de temps à répondre !

La scène se passait en février, le mercredi des Cendres. Le sol de l'église lui semblait humide et glacial à travers son habit noir. Étendu par terre, il écouta les moines réciter leurs prières du soir entre les stalles en vis-à-vis, de part et d'autre du chœur. Le frère Timothy roucoulait comme un chanteur de charme. « Ô bienheureuse Vierge Marie ! »

À la fin du *Salve Regina*, les moines rabattirent leurs sièges à charnières grinçantes avant de s'aligner en traînant les pieds afin que l'abbé les asperge d'eau bénite. Enfin, toutes les lumières s'éteignirent (sauf celle qui éclairait la stalle de l'abbé) et le frère Thomas se retrouva enveloppé d'un épais silence, dans une quasi-obscurité.

À quarante-quatre ans, il était le plus jeune des moines et aussi le dernier arrivé, un « novice » n'ayant prononcé que des vœux temporaires. La cérémonie de ses vœux définitifs (*usque ad mortem*, jusqu'à la mort) approchait à grands pas. Mais qu'est-ce qui lui était passé par la tête pour qu'il se mette à jacasser comme s'il vivait depuis toujours au monastère ? Dire qu'il n'avait pas tari au sujet des filets de pêche !

En attendant, le voilà par terre, à se maudire de sa propre bêtise. Le père Sebastian (que sa vocation appelait sans doute plus à devenir adjudant que moine) en avait profité pour feuilleter son carnet, sous prétexte qu'il se souciait de son âme, avant de le montrer à l'abbé ; un Irlandais très vieux jeu qui finit par convoquer Thomas dans son bureau au sein de la redoutable « clôture papale », comme celui-ci l'appelait parfois en son for intérieur. Et le voilà étendu par terre de tout son long.

L'abbé l'avait déjà sermonné une bonne douzaine de fois au moins, mais puni, ça non, c'était une première ! En fin de compte, son châtiment ne lui semblait pas si terrible : il resterait là jusqu'à ce que l'abbé estime sa méditation sur les périls du doute assez longue et envoie quelqu'un le libérer. Ça devait faire une heure ou même un peu plus qu'il se tenait là, par terre.

Le sol de l'église sentait le détergent, mais aussi quelque chose d'autre, de plus âcre, comme un relent de fumier : sans doute un mélange de tourbe des marais et de terreau, incrusté dans les moindres crevasses du plancher, où les souliers des moines passaient et repassaient depuis un demi-siècle.

Ce lieu sacré interdit à tout étranger au monastère, où les frères se prenaient pour des saints à force de prier du matin au soir, renfermait... un tas de crotte mêlée à de la bouse de vache ! Cette constatation le réjouit au plus haut point : il était déjà arrivé au frère Thomas de rêver des pieds du Christ ; pas de sa crucifixion, ni de sa résurrection, ni de son Sacré Cœur mais de ses pieds.

En un certain sens, l'odeur nauséabonde du sol de l'église, et même l'apparition des pieds du Seigneur, au cours de son rêve, grandissaient la religion dans son estime. Sans doute que les autres moines, comme Sebastian, dénigreraient les dépôts dans les crevasses du bois en raison de leur caractère profane. Au contraire, Thomas, lui, savait qu'il respirait là un résidu de la chose la plus pure et la plus sainte qui soit au monde : la terre.

Voilà près de cinq ans qu'il vivait à l'abbaye de Sainte-Sénara sur une petite île de la Caroline du Sud, en proie à la pénible impression de se débattre dans des ténèbres. Aucune clarté n'est encore venue les dissiper, songea-t-il, même si, de temps à autre, il se sentait touché par un rai de lumière jailli de nulle part, comme lorsque l'odeur du sol lui avait chatouillé les narines.

Au moment où avait pris fin sa vie d'avant, auprès de sa femme et de son enfant à naître, il s'était cru sur le point de perdre la tête à jamais. Parfois, sa quête lui semblait vouée à l'échec. Jusqu'à présent, il n'avait compris qu'une seule chose : Dieu ne cesse de se dérober en se dissimulant sous la réalité la plus banale – ce qui lui déchirait d'ailleurs le cœur. Et voilà tout.

En fait, il s'appelait Whit O'Conner. Autrefois, il exerçait le métier d'avocat à Raleigh où il luttait contre les promoteurs et les industries polluantes pour le compte d'associations de protection de l'environnement. Il partageait une maison en briques entourée d'un jardin avec son épouse, Linda, enceinte de sept mois et demi, secrétaire dans un cabinet d'orthodontistes. Elle voulait rester chez eux élever leur enfant, même si ce n'était pas « dans le coup ». En fait, ce qui lui plaisait chez elle, c'est qu'elle se fichait pas mal de savoir ce qui était ou pas « dans le coup ». Ils s'étaient rencontrés à l'université avant de se marier, le dimanche suivant la remise des diplômes, dans la paroisse méthodiste de la famille de Linda, en Caroline du Nord. Ils n'avaient pas encore passé un seul jour l'un sans l'autre lorsque la roue d'un camion s'était détachée sur l'autoroute, juste devant la voiture de Linda. Le secouriste appelé sur le lieu de l'accident avait affirmé à Whit qu'elle était morte sur le coup, comme si son empressement à le quitter lui apporterait une consolation.

Il s'était alors senti doublement abandonné : par Linda, avec qui il comptait fonder une famille, mais surtout par Dieu, en qui il croyait jusqu'à ce jour fatal avec la ferveur de ceux qui n'ont jamais vraiment souffert.

Le jour de sa mort, Linda l'avait appelé à son travail pour lui annoncer qu'elle était presque certaine d'attendre une fille. Jusque-là, elle hésitait, alors que lui croyait dur comme fer qu'ils auraient un garçon. La révélation du sexe de leur enfant lui était venue sous la douche, le matin même. Elle avait deviné qu'il s'agissait d'une fille rien qu'en touchant son ventre. Ce souvenir amena un sourire aux lèvres de Whit, qui effleura de sa bouche le plancher de l'église. Après les funérailles, le médecin légiste lui avait confirmé que Linda ne s'était pas trompée.

Il ne se rappelait pas au juste quand il avait eu l'idée de venir ici. Un an après sa mort, à peu près. Il avait dû envoyer au monastère ses certificats de baptême et de confirmation, des recommandations de différents prêtres ainsi qu'une longue lettre de candidature rédigée avec soin. Tout le monde, y compris l'abbé, avait cru qu'il cherchait une échappatoire à son deuil. Ils n'y comprenaient donc rien ! Il s'était repu de son deuil au point de le chérir. D'ailleurs, il avait longtemps refusé de s'intéresser à autre chose, de crainte de renoncer à Linda une bonne fois pour toutes.

Parfois, il se demandait ce qu'il fichait là, auprès d'une poignée de vieillards. Certains avaient si mauvais caractère qu'il faisait des pieds et des mains pour les éviter, et au moins quatre d'entre eux ne quittaient plus l'infirmerie, sauf pour de courtes promenades à l'aide d'un déambulateur. Frère Fabian écrivait au pape un monceau de courriers où il se plaignait des faits et gestes des autres moines. Il en affichait même des copies dans les couloirs. Frère Basil souffrait d'un drôle de tic nerveux : il criait « Mipe » pendant qu'ils chantaient en chœur ou en d'autres moments ô combien solennels. « Mipe. » Qu'est-ce que ça signifiait ? Au début, Thomas s'en rendait malade. Mais au moins, Basil était gentil, pas comme Sebastian.

Thomas n'avait jamais idéalisé la vie monastique et, de toute façon, une semaine à l'abbaye aurait suffi à dissiper ses illusions.

En fait, son deuil avait débouché sur des abîmes plus insondables encore.

« Je ne suis pas venu ici trouver des réponses à mes questions, avait-il écrit dans son carnet, mais le moyen de vivre dans un monde sans réponses. »

Avant de l'accepter, l'abbé dom Anthony avait refusé sa candidature trois fois en trois ans. Thomas ne croyait pas à l'hypothèse d'un revirement de la part de l'abbé. Celui-ci avait simplement dû céder, de guerre lasse. En plus, il fallait à la communauté un homme assez jeune pour changer les ampoules en grimpant à l'échelle sous la charpente de l'église ; un homme qui s'y connaisse en informatique (qui ne cherche pas à traiter les « virus » par des antibiotiques, comme certains moines croyaient utile de le faire). Surtout, il manquait au monastère quelqu'un qui sillonne les criques en canot afin de mesurer la taille des œufs d'aigrettes, de dénombrer leurs petits et de contrôler le degré de salinité de l'eau – ce que l'abbaye s'était engagée à faire pour le compte du département des ressources naturelles de la Caroline du Sud, en échange de revenus supplémentaires. Thomas ne demandait pas mieux que de s'en charger. Il adorait se balader dans la réserve naturelle.

Ses bras commencèrent à l'élancer. Il changea de position et tourna la tête. Il vit l'église comme la verrait une souris. Ou un scarabée. Il leva les yeux au plafond, sans bouger, comme s'il se tenait au dernier degré de l'échelle du monde, en l'observant en contre-plongée. « Au point où toutes les échelles commencent. » Yeats n'avait-il pas écrit un poème là-dessus ? À l'abbaye, il avait passé beaucoup de temps à lire, surtout de la poésie. Il en avait même dévoré tous les volumes de la bibliothèque. Son poète préféré, c'était Yeats – sans conteste.

Allongé là, par terre, il prit soudain conscience de son insignifiance. Les gens convaincus de leur importance, songea-t-il, ceux qui siègent au Congrès ou au Vatican ou qui dirigent les compagnies de télécommunications, devraient s'allonger dans la même position un petit moment. En levant les yeux, ils verraient les choses sous un autre angle.

Avant d'arriver ici, il était assez imbu de lui-même – autant l'admettre. Les affaires de la plus haute importance dont il s'occupait à l'époque lui valaient de temps à autre de voir son nom apparaître à la une des journaux. Il lui arrivait encore de songer avec nostalgie à sa vie d'antan. Il se souvenait en particulier d'une victoire sur une compagnie de traitement des déchets basée à New York qui voulait déverser des eaux de vidange en Caroline. Son nom était apparu dans le *New York Times* et il avait même accordé quelques interviews à la télévision. À l'époque, il s'était largement complu dans sa notoriété.

À bord du bateau, le jour de son arrivée à l'abbaye, il avait pensé aux eaux du Styx, comme si le pilote du bac l'aidait à franchir un ultime seuil, à quitter sa vie passée pour aborder une nouvelle existence à l'abri des regards du monde. En voilà une idée dramatisante à souhait ! N'empêche que sa comparaison lui plaisait bien. En fin de compte, les arbres lui laissèrent une impression plus forte encore que la mer – leurs branches tordues en drôles de spirales sous la force des vents venus de l'océan. À la seconde même où il les aperçut, il comprit que la vie sur l'île devait être rude, aux prises avec les éléments.

Bien sûr, il avait pris le nom de Thomas à cause de son incrédulité tenace ; et tant pis si ce choix correspondait à l'un des pires clichés possibles. Il doutait de Dieu. Peut-être découvrirait-il un jour qu'il n'y a jamais eu de Dieu. À moins qu'il ne finisse par renoncer à une certaine idée de Dieu au profit d'une autre, encore imprécise ? Il n'en savait rien ! En attendant, il devinait la présence de Dieu à la manière dont les moines arthritiques sentaient le temps tourner à la pluie : comme eux, il en percevait les signes avant-coureurs.

La première page de son carnet portait la mention : « Questions disputées » en hommage à Thomas Merton, un moine, auteur d'un ouvrage du même titre. Bien sûr, pour sa défense, il s'en était expliqué à dom Anthony mais sans succès. Si l'on voulait devenir hérétique, mieux valait mourir au préalable et laisser au public le loisir de redécouvrir son œuvre bien plus tard, sans que celui-ci ait à se préoccuper des questions de conformité doctrinale.

Il tenta de se rappeler les passages les plus infamants de son carnet : les questions qui l'empêchaient de fermer l'œil la nuit, et qu'il notait en écoutant par la fenêtre ouverte la mélodie harmonieuse des balises sur la baie. Se peut-il que le mal existe sans la complicité de Dieu ? Et Nietzsche alors ? Son fameux « Dieu est mort » ? Que penser de ceux qui prétendent que Dieu n'existe pas au ciel mais en nous, tel un guide intérieur de notre âme ?

L'idée que l'abbé ne tarderait pas à prendre connaissance de ses réflexions le démoralisa. Il aurait voulu se lever pour aller le trouver et s'expliquer. Mais que dire ?

Le vent se leva sur la baie et se mit à siffler en s'infiltrant sous le toit. Sans doute fendait-il les flots, là-bas, à la surface de l'océan. La cloche du monastère retentit en signalant aux moines l'heure du coucher. Il se demanda si, par hasard, l'abbé ne l'avait pas oublié.

L'église se remplit d'ombres et les étroites fenêtres en verre décoloré s'obscurcirent. Il songea à la chapelle, où la chaire aux sirènes trônait sur une estrade en moquette. Il aimait s'y installer de temps à autre, quand aucun touriste ne traînait aux alentours. Il ne comprenait pas pourquoi Sénara, la fameuse sainte patronne de l'abbaye, y figurait sous la forme d'une sirène, à demi-nue qui plus est ! Ce n'était pas la représentation de la sainte qui lui posait problème, non ; il appréciait même beaucoup le résultat. Seulement, ses seins dénudés ne cadraient pas vraiment avec le système de valeurs des bénédictins !

À l'instant même où il avait découvert la chaire aux sirènes, il s'était pris de passion pour Sénara, à cause de son existence mythique en mer mais surtout parce qu'à en croire la légende, elle écoutait les prières des insulaires qu'elle sauvait régulièrement des ouragans... ainsi que des terrains de golf.

Au début, il s'asseyait sur la chaire en songeant à son épouse, à leurs nuits d'amour ensemble, mais aujourd'hui, il pouvait s'écouler des semaines sans qu'il n'y pense. Quand sa chair le tourmentait, il s'imaginait en compagnie d'une femme quelconque qui ne ressemblait en rien à Linda.

Au début de son noviciat, il n'avait pas eu de peine à renoncer à toute vie sexuelle. À l'époque, il ne s'imaginait pas faire l'amour à quelqu'un d'autre que Linda. Ses cheveux étalés sur l'oreiller, son odeur – tout avait disparu. Sa vie amoureuse n'existait plus. Il l'avait laissée s'éteindre.

Il ressentit comme un pincement au niveau de l'aine. Quelle bêtise de croire qu'aucune pulsion charnelle ne reviendrait plus le tourmenter ! Les désirs commencent par se tapir sous terre, ils s'enfoncent comme s'enfoncent les poids que les moines attachent à leurs filets de pêche mais ils ne restent pas indéfiniment enfouis. À un moment ou un autre, tout ce qui se dissimule finit par reparaître au grand jour.

Depuis quelques mois, il pensait trop souvent à sa sexualité. Il avait consenti à un véritable sacrifice en y renonçant mais il ne s'en estimait pas sanctifié pour autant, non ; plutôt brimé, comme le premier moine venu, qui peste contre son célibat. En juin, il prononcerait ses vœux définitifs. Et puis voilà !

En entendant des pas s'approcher, il ferma les yeux, pour les rouvrir, aussitôt le silence revenu. Il aperçut le bout d'une paire de Reebok, qu'effleurait l'ourlet d'un froc noir.

— J'espère que le temps que vous venez de passer ici vous aura été profitable ? commença l'abbé, qui avait conservé un fort accent irlandais en dépit de ses nombreuses années aux États-Unis.

— Oui, révérend père.

— La punition ne vous a pas paru trop pénible ?

— Non, révérend père.

Thomas ignorait l'âge exact de dom Anthony mais celui-ci semblait vraiment très vieux : la peau de son visage pendait de son menton et de ses joues en plis épais, et parfois, il professait des opinions venues d'un temps si reculé qu'elles semblaient presque hors d'âge. Un dimanche matin, au cours d'une réunion du chapitre, assis sur sa chaire pareille à un trône, sa crosse à la main, il avait déclaré :

— Le jour où saint Patrick a chassé les serpents d'Irlande, il a transformé les vieilles païennes en sirènes.

Thomas avait trouvé sa remarque pittoresque, et un peu bizarre aussi. L'abbé y croyait-il sincèrement ?

— Allez vous coucher ! lui ordonna dom Anthony.

Thomas se leva et sortit de l'église dans la pénombre, sous des rafales de vent. Il rabattit son capuchon sur sa tête et traversa le cloître pour rejoindre les cellules doubles éparpillées sous les chênes tortueux près du marais.

Il partageait son logement avec le père Dominic, le bibliothécaire, mais aussi le petit plaisantin du monastère. (« Chaque cour a son bouffon », aimait-il à répéter.) Dominic nourrissait l'ambition de devenir écrivain ; d'ailleurs, le bruit de sa machine à écrire empêchait Thomas de dormir la nuit. Il ne savait pas à quoi travaillait Dominic de l'autre côté de la cloison mais il n'aurait pas été surpris d'apprendre qu'il s'agissait d'une énigme policière : un abbé irlandais retrouvé mort dans le réfectoire, étranglé avec son propre rosaire, ou quelque chose dans ce goût-là.

Des plaques de ciment indiquaient les différentes stations du chemin de croix le long du sentier. Enveloppé d'écharpes de brouillard, Thomas les dépassa en se rappelant que Dominic avait un jour dessiné des bonshommes en train de sourire sur plusieurs d'entre elles. Dom Anthony l'avait obligé à nettoyer les plaques puis les stalles du chœur pendant que les autres regardaient *La Mélodie du bonheur* à la télé. Pourquoi ne s'attirait-il pas des ennuis pour les mêmes raisons que Dominic, à cause d'une plaisanterie quelconque ? Pourquoi fallait-il qu'il se retrouve puni pour les âneries qu'il notait dans son carnet ?

Au début, il craignait d'essuyer des remontrances parce qu'il se servait d'une carte à l'effigie d'un joueur de base-ball comme marque-page dans son livre de prières, mais il faut croire que personne ne s'en souciait, pas même l'abbé. Thomas n'en revenait pas de regretter autant des choses aussi banales que le base-ball. De temps en temps, il obtenait la permission de regarder un match à la télé mais ce n'était pas pareil. Il n'avait vu son joueur fétiche marquer qu'un seul point la saison dernière.

Linda lui avait offert la carte à l'occasion de leur dernier Noël ensemble. On y voyait Eddie Matthews, en 1953. Ça avait dû lui coûter une fortune !

Soudain, il envia Dominic qui, à quatre-vingts ans passés, portait un chapeau de paille en loques partout sauf à l'église. C'était lui qui avait convaincu l'abbé d'installer un téléviseur dans la salle où les moines écoutaient de la musique. Un jour, Dominic avait frappé à la porte de Thomas à la nuit tombée pour lui proposer de regarder en cachette une émission consacrée aux séances photo du numéro spécial maillots de bain d'un célèbre magazine de sport. Thomas avait refusé. Aujourd'hui encore, il s'en mordait les doigts.

Il avait presque rejoint sa cellule lorsqu'il s'arrêta en croyant entendre une voix de femme au loin. Il se tourna vers l'est, où nichait la colonie d'aigrettes. Son habit noir se mit à claquer contre ses jambes.

Un engoulevent bois-pourri chanta. Hepzibah Postell, la « gullah » qui entretenait le cimetière des esclaves, lui avait dit un jour que les engoulevents bois-pourri n'étaient autres que les esprits de nos chers disparus. Il n'en croyait rien (et sans doute qu'elle non plus !) mais il aimait se dire que Linda chantait parfois pour lui, de sa voix lointaine.

Thomas s'imagina son épouse (ou une femme quelconque ?) en maillot de bain. Il se représenta le creux entre ses cuisses, au-dessus de ses genoux, la douceur de sa peau. Il eut envie de l'embrasser.

Debout sous un arbre aux branches tordues, enveloppé d'un épais silence, il réfléchit au sens de sa vie, à la fuite hors de soi. Puis il entendit à nouveau une voix de femme. Il ne s'agissait ni d'un oiseau, ni du vent en train de gémir, mais d'une femme, oui – sans l'ombre d'un doute.

7.

À l'intérieur de la maison flottait une odeur de gombo qui provenait de la cuisine. Je posai ma valise sur le tapis beige et me rendis à la chambre de ma mère, au bout de l'entrée.

— Maman ? C'est moi, Jessie, la hélai-je d'une voix rauque, fatiguée

Il n'y avait personne dans son lit. Sa couverture était repoussée de côté et ses draps blancs, sens dessus dessous, comme si une bande de gamins venait d'y jouer à cache-cache.

La lueur d'un néon filtrait de sous la porte close de la salle de bains. J'étirai mes épaules et mon cou endoloris en attendant que ma mère apparaisse. Une paire de pantoufles usées en tissu éponge traînaient sur le tapis, beige comme son frère jumeau du salon. Maman se méfiait des tapis autres que beiges, et aussi des murs ou des rideaux qui ne soient ni blancs ni crème ni ivoire. La peinture verte ne lui déplaisait pas à l'extérieur mais, dans la maison, tout devait être de la couleur de l'eau de vaisselle – la couleur d'une existence exsangue.

Mon regard s'arrêta sur sa coiffeuse un peu vieillotte, que bordait un rideau plissé. Était-elle beige ou d'un blanc sali par les outrages du temps ? Sur le dessus, bien en évidence, une madone en céramique tenait un Jésus joufflu contre sa hanche. À la voir, on aurait dit qu'elle souffrait du baby blues. À côté se trouvait une photo de mon père sur son bateau. L'eau bleu marine semblait filer dans son sillage à l'infini.

Le peu de bruit que faisait Maman dans la salle de bains ne m'étonna pas tout de suite. Une seule chose me préoccupait : cette impression persistante que je m'insinuais dans la chambre et dans la vie de ma mère sans cesser de me débattre contre le mélange inextricable d'amour et de dégoût qu'elle éveillait en moi. Sur sa table de chevet traînaient son vieux rosaire aux perles rouges, deux flacons de médicaments, un rouleau de gaze, du sparadrap, des ciseaux et un réveil à quartz. En fait, je cherchais le bocal à mayonnaise mais je ne l'aperçus nulle part.

— Maman ?

Je frappai à la porte de la salle de bains. Un silence me répondit. Une vague appréhension me serra le cœur. Je tournai la poignée puis entrai, mais derrière la porte, je ne découvris que la minuscule salle de bains. Vide.

Je me rendis à la cuisine, qu'on aurait pu croire pétrifiée comme par magie, tant elle avait peu changé au fil des ans. Il suffisait d'en franchir le seuil pour entreprendre un voyage dans le temps jusqu'aux années cinquante – eh oui ! toujours le même ouvre-boîtes, les mêmes bocaux en métal ornés de coqs, la même théière en cuivre, la même boîte à pain en fer-blanc et les mêmes cuillers à thé tordues sur leur présentoir en bois ! L'horloge murale à côté du réfrigérateur rep ésentait un chat noir dont la queue se balançait à chaque seconde. L'immortel Félix ! Je m'attendais à trouver Maman en train de manger du gombo à la table en formica, mais la cuisine aussi était déserte.

Je courus à la salle de séjour avant de jeter un coup d'œil aux deux autres chambres, celle de Mike et la mienne. Maman devait pourtant se trouver chez elle quand Hepzibah préparait le repas, il y avait quoi ? dix minutes de cela ? Je retournai à la cuisine chercher le numéro de téléphone de Hepzibah lorsqu'en décrochant le combiné, je vis que la porte de derrière était entrebaîllée.

Je pris une lampe torche qui traînait là et descendis les escaliers en braquant le faisceau sur le jardin. Sur la dernière marche du perron, je reconnus la ceinture bleue de la robe de chambre de Maman. Je la ramassai aussitôt mais le vent qui venait de se lever me l'arracha des mains, et elle se perdit dans l'obscurité.

Où ma mère avait-elle bien pu passer ?

Je me rappelai qu'un jour, à l'âge de cinq ans, Dee avait échappé à ma surveillance dans un centre commercial. Sur le coup, je m'étais mise à paniquer avant qu'un calme presque anormal ne s'installe en moi. Une voix intérieure me dit alors que la seule façon de retrouver Dee consistait à penser comme elle. Je me suis assise sur un banc en essayant de me mettre à la place de Dee puis j'ai foncé sans plus attendre au magasin de chaussures pour enfants où j'ai retrouvé ma fille à côté des tennis aux couleurs de la série télé *5, rue Sésame*, dont Dee tentait de chausser ses petits pieds ! À ma connaissance, il n'y avait qu'une seule chose qui comptait autant pour Maman que la série *5, rue Sésame* pour ma fille.

Au bout du jardin partait un chemin menant au monastère, entre des ciriers de la Louisiane taillés en voûte, des magnolias et des ronces. Les moines avaient ménagé une brèche dans le mur d'enceinte de l'abbaye, de manière à ce que Maman n'ait pas à faire un détour par l'entrée lorsqu'elle venait préparer leurs repas. Ils appelaient ce passage « la porte de Nelle ». Maman, bien entendu, en avait bondi de joie ! Depuis, elle avait dû m'en parler une bonne centaine de fois au moins.

Je criai son nom en franchissant le mur d'enceinte. Une bête se fraya un chemin entre les broussailles puis un engoulevent bois-pourri cria. Le vent se calma un instant et j'entendis au loin le murmure de l'océan, le choc sans fin des vagues.

Le sentier tracé par les pas de Maman rejoignait le chemin principal reliant le cloître aux cellules des moines. Je le suivis en m'arrêtant une ou deux fois pour appeler ma mère mais le vent étouffait ma voix. La lune venait d'apparaître. Elle semblait flotter au-dessus des marais – un drôle de globe de lumière opalescente.

Dès que je vis l'enceinte du cloître, j'éteignis ma lampe torche en accélérant le pas. Je longeai les stations de la croix à vive allure, sous une brume filandreuse où soufflait le vent du large. Je passai devant les bâtiments crépis où les moines confectionnaient leurs filets de pêche. Au-dessus de la porte figurait l'inscription *fortuna, Maria, retia nostra*, « Bénissez, Marie, nos filets ».

La statue de sainte Sénara se trouvait dans un jardin clôturé à proximité de l'église. J'en franchis la grille et me retrouvai aussitôt au centre d'une masse de rosiers dont les branches dénudées projetaient en se dressant vers le ciel des ombres semblables à des candélabres. Au centre du jardin partaient six allées espacées en rayons. C'est là que les moines avaient mis en terre la statue de sainte Sénara, comme au cœur d'une magnifique couronne de fleurs.

Enfant, je venais souvent jouer ici. Pendant que Maman travaillait d'arrache-pied à la cuisine du monastère, je cueillais des douzaines de roses aux couleurs bigarrées dont j'éparpillais les pétales lors de cérémonies secrètes, dans les marais derrière l'église, autour du tronc de certains chênes vénérables ou sur la chaire aux sirènes (que je révérais le plus, pour Dieu sait quelle raison). Il s'agissait pour moi d'une sorte de rituel funéraire, d'une comédie solennelle à laquelle je me suis plus d'une fois prêtée après la mort de mon père. À mes yeux, les pétales symbolisaient ses cendres et il me semblait ainsi lui dire adieu mais en fait, c'était peut-être tout le contraire : je tentais de me raccrocher à lui, de l'enfouir dans des cachettes que j'étais la seule à connaître. Des semaines plus tard, je retrouvais les pétales brunis et desséchés.

Soudain, la nuit me parut plus pâle, comme si le vent venait d'en chasser les ténèbres. Immobile, je balayai du regard les chemins baignés d'une clarté lunaire. Aucun signe de ma mère.

Je regrettai alors de ne pas avoir appelé Hepzibah et Kat au lieu de perdre mon temps à courir ici ! Pourtant, je m'attendais vraiment à retrouver ma mère au monastère ! bien plus que je ne m'attendais à tomber sur ma fille à la boutique de chaussures, ce fameux jour où je l'avais perdue de vue. Dès qu'elle avait commencé à cuisiner à l'abbaye, Maman s'était autoproclamée gardienne de la statue. Ce n'était pas rare qu'elle vienne la nettoyer des déjections d'oiseau à l'aide d'un baquet d'eau savonneuse. Quatre fois par an, elle enduisait même Sénara d'une sorte de pommade qui fleurait bon les pelures d'orange et les citrons verts. C'est à ses pieds que ma mère venait épancher les tourments de son cœur, au lieu d'aller à l'église se confier à Dieu. Sénara n'était qu'une moins que rien dans la hiérarchie des saints mais Maman croyait en elle.

Elle en voulait d'ailleurs pour preuve les péripéties de ma naissance, qu'elle ne se lassait jamais de raconter : je ne me présentais pas comme il fallait, pendant l'accouchement ; heureusement, Maman a adressé une prière à Sénara qui m'a retournée sans tarder et j'ai pu faire mon entrée dans ce bas-monde, tête la première.

La statue plantée au beau milieu du jardin ressemblait à l'étamine d'une immense fleur abîmée par un hiver rigoureux. Tout à coup, je compris que la sainte avait présidé à mon enfance, et que son ombre planait sur le vide qui s'était créé dans ma vie, l'année de mes neuf ans.

Ma mère ne nous a jamais infligé pire punition, à Mike et moi, que le jour où on a revêtu la statue d'un maillot de bain deux pièces en lui ajoutant des lunettes de soleil et une perruque blonde. On avait coupé le bas du maillot en deux en l'attachant par des épingles aux hanches de Sénara. Certains moines ont trouvé son déguisement comique mais Maman nous en a beaucoup voulu de notre manque de respect. Elle nous a obligés à copier l'*agnus dei* cinq cents fois chaque jour, pendant une semaine : « Agneau de Dieu, qui enlèves le péché du monde, prends pitié de nous. » Au lieu de m'en repentir, j'en avais éprouvé une grande confusion, comme si j'avais trahi Sénara en la libérant par la même occasion.

Je me demandais quoi faire, puisqu'à l'évidence, Maman n'était pas ici, lorsque j'entendis un grattement près de la statue de sainte Sénara ; comme un petit oiseau fouillant la terre à la recherche de larves d'insectes. Je m'approchai... et voilà Maman assise par terre, à côté du bocal de mayonnaise ! Ses cheveux blancs émettaient une sorte de halo phosphorescent dans l'obscurité.

Elle portait son manteau bleu marine à la coupe toute simple par-dessus sa robe de chambre, et se tenait les jambes écartées, comme un enfant dans un bac à sable. De sa main gauche, elle creusait la terre à l'aide d'une louche en acier inoxydable. Un bandage maculé de terre, de la taille d'un gant de base-ball, enveloppait sa main droite.

Trop absorbée par sa tâche, elle ne me vit pas. Je l'observai quelques secondes. Mon soulagement de l'avoir enfin retrouvée ne tarda pas à céder la place à mon inquiétude.

— Maman, c'est moi, Jessie.

Elle sursauta et la louche tomba entre ses jambes.

— Jésus ! Marie ! Joseph ! s'écria-t-elle. Tu as failli me faire mourir de peur ! Qu'est-ce que tu fabriques ici ?

Je m'assis à côté d'elle.

— Je suis venue à ta recherche, répondis-je en m'efforçant de prendre un ton dégagé ; j'essayai même de sourire.

— Eh bien, tu m'as trouvée ! répliqua-t-elle en ramassant la louche et en continuant à creuser au pied de la statue.

— Bon, tu sais aussi bien que moi pourquoi je suis ici. Mais toi, qu'est-ce que tu fais ?

— Ça ne te regarde pas.

Quand j'ai retrouvé Dee dans la boutique de chaussures, je l'ai prise par les épaules en ayant envie de lui hurler dessus à cause de la frayeur qu'elle m'avait causée. Là aussi, j'ai ressenti le même genre de rage irrationnelle. J'aurais voulu secouer ma mère jusqu'à ce que ses dents tombent.

— Comment peux-tu dire une chose pareille ? Hepzibah a dû te prévenir de mon arrivée et tu t'es enfuie avant même que je ne pousse la porte de la maison. Tu as bien failli me faire mourir de peur, toi aussi.

— Oh, pour l'amour du ciel, je n'avais pas l'intention de t'effrayer. Il fallait juste que je m'occupe de certaines choses.

Ah bon ? Mais quoi au juste ? J'allumai ma lampe torche en pointant son faisceau sur le bocal de mayonnaise. Son doigt se trouvait à l'intérieur. Il avait l'air propre et net à souhait. L'ongle semblait même limé. En levant le bocal à hauteur d'yeux, j'aperçus un bout d'os saillant entouré d'un lambeau de peau racornie.

Un malaise comparable à ma nausée du matin s'insinua en moi. Je fermai les yeux sans dire un mot. Maman creusa de plus belle.

— Je ne sais pas ce que tu fiches ici, lui dis-je enfin d'un ton las, mais tu ne vas pas bien et il vaudrait mieux pour toi que tu te lèves et que tu rentres à la maison avec moi.

— Comment ça, je ne vais pas bien ? Je vais on ne peut mieux !

— Ah bon ? Tu as déjà vu beaucoup de gens qui allaient bien se couper un doigt ? soupirai-je. Doux Jésus !

Elle se tourna vers moi.

— Pourquoi parles-tu de ce que tu ne connais pas ? répliqua-t-elle d'un ton acerbe. Personne ne t'a demandé de venir.

— Si : Kat.

— Kat ferait mieux de se mêler de ce qui la regarde.

— Compte là-dessus et bois de l'eau fraîche !

Un éclat de rire retentit au fond de sa gorge – un drôle de bruit que je n'avais pas entendu depuis longtemps ! Dieu sait pourquoi, ma colère retomba aussitôt.

Je me glissai contre elle en lui prenant la main, celle qui serrait encore la louche. Je craignais qu'elle ne me repousse, mais non. Je sentis contre ma peau ses os pareils à des brindilles, couverts d'un lacis de veines saillantes.

— Je suis navrée de ce qui s'est passé, lui dis-je. Je t'assure.

Elle se tourna vers moi en fixant sur mon visage ses yeux inondés de larmes où je distinguai mon reflet comme dans un miroir. À croire que c'était elle, la fille, et moi, la mère ! On avait inversé l'ordre naturel des choses et on ne savait plus comment revenir à la normale !

— Parle-moi, tu veux bien ? Dis-moi pourquoi tu t'es fait ça.

— Joe, ton père..., commença-t-elle, puis sa mâchoire s'affaissa comme si son nom lui pesait trop pour qu'elle le prononce.

Elle me regarda et se lança dans une nouvelle tentative :

— Le père Dominic..., reprit-elle et sa voix mourut.

— Quoi ? Comment ça, le père Dominic ?

— Rien, conclut-elle en refusant de poursuivre.

Dieu seul savait ce que le père Dominic avait à voir avec cette histoire !

— Je n'ai pas reçu de cendres sur le front aujourd'hui, remarqua-t-elle.

Moi non plus ! C'était la première fois depuis la mort de mon père que je manquais la célébration du mercredi des Cendres.

Elle enfonça la louche dans le sol.

— La terre est trop compacte.

— Tu cherches à enterrer ton doigt ?

— Je veux juste le déposer au fond d'un trou et le recouvrir ensuite.

« Si ta mère te dit que les poissons volent, va dans son sens. »

Je lui pris la louche des mains.

— Très bien !

J'élargis le trou que ma mère avait creusé au pied de la statue jusqu'à ce qu'il atteigne une quinzaine de centimètres de profondeur. Maman sortit son doigt du bocal en l'observant un long moment d'un air de profonde vénération. Quant à moi, je ne lui accordai qu'un regard abasourdi.

Et voilà que j'enterrais le doigt de ma mère ! que j'enfouissais son index sous terre ! Dire que cette histoire concerne mon père..., songeai-je. Et aussi le père Dominic. La situation ne m'aurait sans doute pas paru plus étrange si nous avions allumé le bout de son doigt en le laissant se consumer comme un cierge.

Maman déposa son index au fond du trou, en plaçant l'ongle vers le haut, puis elle l'effleura de sa main encore valide, avant de le recouvrir de terre, à l'aide de la louche. Je le regardai disparaître. Une image se forma dans ma tête : celle d'une petite bouche s'ouvrant puis se refermant aussitôt à même le sol, en avalant une partie de ma mère que celle-ci ne supportait plus.

Des pétales de rose desséchés jonchaient le sol, comme autant de flammes rouges. J'en ramassai une poignée.

— Rappelle-toi que tu es poussière et que tu retourneras à la poussière, dis-je en pressant un pétale contre le front de Maman puis contre le mien. Voilà ! Tu as reçu tes cendres !

Maman me sourit.

Un calme parfait s'est alors établi dans le jardin. Ni moi ni ma mère ne l'avons entendu approcher. Maman a levé les yeux en même temps que moi, et il est apparu tout à coup devant nous, sorti des ombres, vêtu de son long habit noir, le visage éclairé par la lune.

8.

Je me levai aussitôt, mais pas Maman. Le moine, qui devait mesurer un bon mètre quatre-vingt-cinq, posa les yeux sur elle. Sa maîtrise de lui-même, ajoutée à sa mince silhouette, lui donnait l'allure d'un athlète ; un nageur ou un coureur de fond, peut-être.

— Nelle ? s'inquiéta-t-il. Tout va bien ?

Il ne nous demanda pas ce qu'on fabriquait par terre dans le noir avec une louche et un bocal à mayonnaise vide, à côté d'un petit monticule de terre.

— Ça va, l'assura Maman. Je suis venue voir la sainte, c'est tout.

Il repoussa le capuchon qui lui masquait le visage et adressa à ma mère un sourire communicatif d'une grande douceur. Ses cheveux noirs étaient coupés très courts.

Il jeta un coup d'œil au bandage de Maman.

— Je suis vraiment navré de ce qui vous est arrivé. Nous avons prié pour vous lors de la messe.

Il se tourna vers moi et, pendant quelques secondes, son regard croisa le mien. La lune luisait assez pour que je distingue la couleur de ses yeux, bleu pâle, et son teint, hâlé. Il se dégageait de sa personne un je ne sais quoi d'enfantin, ajouté à une certaine gravité qui me frappa de prime abord.

— Frère Thomas, se présenta-t-il en m'adressant un sourire et j'éprouvai soudain un drôle de serrement au cœur.

— Je suis la fille de Nelle, Jessie Sullivan.

Plus tard, je me repasserais en mémoire notre premier contact sans jamais m'en lasser, convaincue qu'au moment de faire sa connaissance, tous les muscles de mon corps ont tressailli en comprenant qu'enfin, le voilà ! celui que j'attendais depuis toujours ; mais je ne sais pas si c'est la vérité ou si j'ai simplement fini par m'en persuader. Je crains surtout d'avoir chargé notre rencontre du poids de mes fantasmes. N'empêche que j'ai bel et bien senti mon cœur se serrer en l'apercevant. Dès le premier regard échangé, il s'est passé quelque chose entre nous deux.

Maman fit mine de se lever à son tour. Il lui tendit la main et ne la lâcha pas avant qu'elle n'ait retrouvé son équilibre.

— Qui vous fait la cuisine en ce moment ? lui demanda ma mère.

— Le frère Timothy.

— Oh non ! Pas lui ! C'est un excellent réfectorier : il se débrouille très bien pour ce qui est de dresser le couvert et de remplir les pichets de lait, mais il ne sait pas cuisiner.

— Bien sûr que non ! renchérit Thomas. C'est pour ça que l'abbé l'a choisi. Il nous a préparé un ragoût très bizarre aujourd'hui. De toute façon, nous devons jeûner à cause du carême.

Maman le gratifia d'une petite tape complice de sa main valide et – chose assez surprenante ! – ce simple geste me révéla toute l'affection qui la liait aux moines. Jusqu'alors, je croyais que les moines considéraient Maman comme une sorte de mascotte au mauvais caractère alors qu'en fait, elle comptait sans doute beaucoup à leurs yeux.

— Ne vous inquiétez pas, je serai de retour aux fourneaux d'ici quelques jours.

— Oh non, rétorquai-je un peu trop brusquement. Il faudra peut-être patienter des semaines et des semaines avant que ta main ne guérisse.

Ses yeux me lancèrent des éclairs.

— Des semaines ! s'exclama Thomas. Nous serons tous morts de faim d'ici là ! Notre jeûne prolongé nous aura purifiés mais il ne nous restera plus que la peau sur les os.

— Je viendrai avec Jessie, affirma Maman. Elle m'aidera à faire la cuisine.

— Non, non, prenez le temps de vous remettre, protesta-t-il, je ne faisais que vous taquiner.

— Il faut qu'on rentre, marmonnai-je.

Je les suivis le long du chemin qui menait à la maison en passant par la porte en fer forgé. Thomas guidait Maman en la tenant par le coude. Elle n'arrêtait pas de babiller. Moi, je portais le bocal et la louche d'une main et, de l'autre, je braquais devant moi le faisceau de ma lampe torche.

Le frère Thomas nous raccompagna jusqu'à « la porte de Nelle » où Maman s'arrêta un instant.

— Donnez-moi votre bénédiction !

La demande de ma mère parut le déstabiliser et je me fis la réflexion qu'il ne semblait pas très à l'aise dans son rôle de moine. Il leva la main droite en traçant une vague croix au-dessus de la tête de ma mère, qui parut s'en contenter. Sans plus attendre, elle se remit en route.

À mon tour, je franchis la porte en me tournant vers le moine, de l'autre côté du mur en briques qui m'arrivait à la taille.

— Merci de nous avoir raccompagnées. Rien ne vous obligeait à le faire.

Il me sourit une nouvelle fois. Les plis au coin de sa bouche se creusèrent.

— Ne vous inquiétez pas. Tout le plaisir était pour moi !

— Vous devez vous demander ce qu'on fabriquait au jardin, Maman et moi.

Sur le dessus du mur, je posai le bocal, la louche maculée de terre et la lampe torche dont le faisceau se mit à éclairer la cime des arbres. Je ne sais pas pourquoi, je me sentis soudain obligée d'éclaircir certains détails. Sans doute parce que la situation me mettait mal à l'aise.

— Ma mère n'est pas venue voir sainte Sénara pour rien : je l'ai trouvée à genoux au pied de la statue, elle voulait y enterrer son doigt. Elle m'a paru si décidée que j'ai fini par creuser le trou moi-même. Je ne sais pas si j'ai bien agi ou pas ; si je l'ai aidée ou si, au contraire, je n'ai fait qu'empirer les choses.

— J'en aurais sans doute fait autant à votre place, m'assura-t-il. Pensez-vous qu'elle considérait son doigt comme une offrande à sainte Sénara ?

— Franchement, je ne sais plus quoi penser !

Son regard se posa sur moi ; le même regard fascinant que tout à l'heure.

— Vous savez, nous sommes nombreux au monastère à penser qu'on aurait dû prévoir ce qui s'est passé. Nous côtoyons Nelle chaque jour que Dieu fait et aucun de nous ne la soupçonnait d'être aussi…

Je crus qu'il allait dire « folle ». Ou « détraquée ».

— Désespérée, conclut-il.

— Désespérée ? repris-je. C'est bien pire que ça !

— Vous devez avoir raison. En tout cas, nous regrettons sincèrement ce qui lui est arrivé.

Un silence se fit, tandis qu'un petit vent glacial nous enveloppait. Je me retournai. Les fenêtres de chez Maman déversaient une lumière jaune dans les ténèbres environnantes. Apparemment, ma mère avait eu le temps de grimper les marches du perron avant de disparaître dans sa cuisine.

Je n'avais aucune envie de la suivre. Je levai les yeux au ciel. La vue des étoiles laiteuses disséminées un peu partout me fit éprouver une sensation de flottement. En baissant la tête, j'aperçus sur le mur les mains puissantes et bronzées du frère Thomas, à quelques centimètres à peine des miennes, et je me demandai ce que j'éprouverais à leur contact.

— Écoutez, si vous avez besoin de quoi que ce soit, si nous pouvons vous être utiles, appelez-nous.

— Merci ! De toute façon, pour vous trouver, je n'ai qu'à sauter par-dessus le mur ! répondis-je en tapotant les briques ; histoire de plaisanter un peu, de soulager mon embarras.

Il rit et releva son capuchon. Son visage disparut dans l'ombre de son habit monastique.

Je ramassai ce qui traînait sur le mur et me hâtai de traverser le jardin. Sans me retourner.

9.

Le lendemain matin, en me réveillant dans mon ancienne chambre de petite fille, je me suis souvenue d'un rêve où apparaissait le frère Thomas.

Face à la lumière du jour qui inondait la pièce, tout me revint en détail : on flottait sur l'océan, côte à côte à bord d'un canot pneumatique. Je portais un maillot de bain qui ressemblait à s'y méprendre au bikini que Mike et moi, nous portions à sainte Sénara, il y a des années de ça. Le frère Thomas était vêtu de son froc noir, au capuchon rabattu sur sa tête. Il s'est tourné vers moi en s'appuyant sur son coude pour me regarder droit dans les yeux. Les vagues ondoyaient sous nos corps en nous berçant à leur rythme. Autour de nous, des pélicans plongeaient pour attraper des poissons. Le frère Thomas a ôté son capuchon en me lançant le même genre de sourire ensorcelant que dans le jardin – un sourire que je trouvai très érotique. En frôlant ma joue de sa main, il a prononcé mon nom « Jessie », de sa voix de basse. À cet instant précis, mon corps entier s'est tendu vers lui. Ses doigts se sont glissés dans mon dos et il a dégrafé le haut de mon maillot de bain. Sa bouche a effleuré le lobe de mon oreille. La chaleur de son haleine m'enveloppait chaque fois qu'il inspirait. Je me suis tournée pour l'embrasser, puis je me suis retrouvée en proie à un accès de panique, comme si j'avais perdu toute notion du temps. Autour de nous, il n'y avait rien qu'une immense étendue d'eau moutonnante, aussi loin que portait ma vue.

Je me rappelle rarement mes rêves. En général, je n'en garde qu'un vague souvenir frustrant, qui persiste aux frontières de mon inconscient pour se dissoudre dès que j'ouvre les paupières. Curieusement, celui-là s'est gravé très précisément dans ma mémoire. Je revois encore les perles d'eau de mer qui luisaient sur l'habit en laine noire du frère Thomas, éclaboussé par les pélicans. Et son regard brûlant, au fond de ses prunelles bleues ; ses doigts qui se glissaient dans mon dos…

Je me demandai comment Hugh – ou même le Dr Ilg – analyserait ce genre de rêve mais, au fond, je préférais ne pas le savoir. Je m'assis en tâtonnant à la recherche de mes pantoufles et me passai une main dans les cheveux en les démêlant comme je pouvais. Je tendis l'oreille, curieuse de savoir si Maman dormait encore ou pas, mais un épais silence planait sur la maison.

Maman et moi, nous nous étions toutes les deux couchées, dès notre retour, hier soir ; trop épuisées l'une comme l'autre pour entamer une discussion. À la perspective de lui parler aujourd'hui, j'eus envie de retourner me blottir sous les couvertures. Qu'est-ce que j'allais lui dire ? « Tu comptes te mutiler d'autres parties du corps ? » En voilà, une question ! Il fallait pourtant que je sache si elle représentait un danger pour elle-même et s'il fallait, oui ou non, la placer dans un établissement adapté.

À la cuisine, je mis les placards sens dessus dessous avant de dénicher enfin un paquet de café Maxwell. J'allais devoir préparer du café à l'aide d'un percolateur électrique vieux de vingt ans, au cordon abîmé. Je me demandai si ma mère avait déjà entendu parler des machines à expressos. L'appareil se mit à glouglouter. Je me postai devant la chambre de ma mère en tendant l'oreille. Son ronflement régulier s'élevait à travers la cloison. Maman devait s'être débarrassée de ses insomnies en même temps que de son doigt.

Je revins à la cuisine. La lumière du jour naissant éclairait à peine la pièce, où il faisait même un peu froid. Je craquai une allumette, afin de mettre en route le radiateur. Les flammes de gaz jaillirent en produisant le même bruit que dans mes souvenirs. Je plaçai deux tartines dans le grille-pain en regardant rougir ses spirales de métal et je songeai à Thomas, le moine, à notre étrange rencontre. Soudain, il était apparu au beau milieu du jardin, comme surgi de nulle part.

Je repensai à notre conversation de la veille, à son regard qui m'avait sondée jusqu'au fond de mes entrailles, à mon corps frémissant. Et voilà que je venais de faire le genre de rêve dont j'entendais si souvent Hugh parler ; comme si un grand avion mystérieux avait traversé mon sommeil à tire-d'aile en larguant dans mes pensées cette espèce de bombe à retardement.

Les tranches de pain bondirent en l'air. Je me versai du café, que je sirotai en grignotant mes tartines. Le radiateur venait d'élever la température de la cuisine, à tel point qu'on se serait cru dans un marécage de la Caroline ! Je me levai pour le couper. Je ne comprenais pas ce qui m'arrivait ; pourquoi est-ce que le frère Thomas revenait sans cesse hanter mes pensées ? un moine en plus ! Et pourquoi mes sens s'enflammaient-ils ainsi ? À quoi est-ce que cela rimait ?

En m'imaginant Hugh, seul à la maison, je me sentis soudain terriblement vulnérable. Comme si ce qu'il y avait de mieux gardé en moi – le cœur de mon être, ce qui constituait mon moi le plus intime – venait de s'ouvrir à tous les vents, sans espoir de résister au moindre assaut.

Lorsque je me rendis au salon, l'impression que m'avait laissée mon rêve – une vague sensation de perte de repères – s'insinua de nouveau en moi. Sur l'un des murs figurait une quinzaine de photos en désordre, dont certaines décolorées sur les bords. La plupart d'entre elles nous avaient immortalisés, mon frère et moi, du temps où on allait encore à l'école, avec des coupes de cheveux abominables, les yeux à demi-fermés, un appareil dentaire à la bouche. Dee appelait ça « le mur de la honte ».

Sur la seule photo qui ne datait pas des années soixante, j'apparaissais à côté de Hugh et de Dee, à l'époque où celle-ci n'était encore qu'un bébé. Hugh s'était servi du retardateur pendant qu'on prenait la pose sur le sofa, en coinçant entre nous notre fille, dont le petit visage endormi est venu se blottir sous nos mentons.

Le soir même, on a fait l'amour pour la première fois depuis la naissance de Dee. En théorie, on devait attendre six semaines avant de reprendre une activité sexuelle mais, au final, on a été en avance de deux jours.

En passant devant la nursery, cet après-midi-là, j'ai surpris Hugh penché sur le berceau de Dee. Elle dormait à poings fermés mais ça n'empêchait pas mon mari de lui chanter une berceuse d'une voix toute douce. La lumière ambrée d'une veilleuse s'étalait au plafond en saupoudrant ses épaules d'une poudre d'or.

Une intense chaleur a envahi mon corps. Plus encore que le reste, c'est la tendresse de Hugh vis-à-vis de notre fille qui m'a frappée : il laissait libre cours à son amour paternel sans que personne ne s'en aperçoive.

Je me suis alors rappelé nos instants d'intimité dans les bras l'un de l'autre, au moment de donner vie à notre fille, dans la pièce voisine. Je me suis approchée de Hugh et j'ai glissé les bras autour de sa taille en pressant ma joue contre son dos. Il s'est retourné. Ses mains ont esquissé des cercles concentriques un peu partout sur mon corps.

— Il nous reste encore deux jours à patienter, a-t-il soupiré, et quand je lui ai répondu que je n'en pouvais plus d'attendre, il m'a emportée dans notre lit.

Cette nuit-là m'a paru différente de toutes les précédentes – débridée, d'une intensité inédite, effrénée. La naissance de Dee n'y était sans doute pas étrangère ; comme si les liens qui nous unissaient, Hugh et moi, s'étaient encore resserrés un peu plus.

Dee a fini par se réveiller en pleurs alors qu'on se reposait en travers du lit. Hugh a installé l'appareil photo pendant que je la nourrissais. Je portais ce jour-là une robe d'intérieur couleur pêche, même pas boutonnée jusqu'au col, et Hugh… Ah ! Hugh ! Il fallait voir son expression sur la photo : son petit air satisfait, un peu cachottier sur les bords. En général, il suffisait que je pose les yeux sur cette photo pour éprouver une immense bouffée d'allégresse…

Je me plantai face au mur, en attendant le résultat, mais il me semblait aujourd'hui bien lointain, ce fameux soir – un peu comme un magnifique bateau, prisonnier d'une bouteille. Je ne savais ni par quel miracle il y était entré, ni comment l'en sortir.

Je décrochai le combiné et composai mon propre numéro.

— Allô ? répondit Hugh ; et le simple fait d'entendre sa voix me déstabilisa.

— C'est moi.

— Tiens ! Je pensais justement à toi. Tu vas bien ? Je t'ai appelée hier soir. Personne n'a décroché.

Oh super ! Il faudrait que j'achète un répondeur en plus d'une nouvelle machine à café !

— On était au monastère. C'est là que j'ai retrouvé Maman, en train d'enterrer son doigt.

— Tu veux dire qu'elle creusait un trou dans le sol pour l'y enfouir ?

— Exactement.

Un long silence me répondit.

— C'est peut-être bon signe, du moins pour le moment. Ça pourrait indiquer qu'elle a retrouvé son équilibre, que son obsession ne va plus... refaire surface, si je puis dire.

Intriguée, je haussai les sourcils, prête à reprendre espoir.

— Tu crois vraiment ?

— Pourquoi pas ? Ta mère a quand même besoin de consulter un professionnel. En principe, elle aurait dû séjourner au service de psychiatrie. Avec le temps, ses troubles risquent de se manifester à nouveau.

J'étirai le cordon du téléphone pour m'asseoir à table.

— Tu veux dire qu'elle pourrait se couper un autre doigt ?

— Hum... oui ; ça, ou quelque chose de tout à fait différent. Les obsessions de ce type peuvent revêtir à peu près n'importe quelle forme.

Un petit bruit me fit alors comprendre que Hugh s'adressait à moi dans le combiné du sans-fil pendant qu'il se rasait dans la salle de bains.

— Je ne crois pas que la mutilation de son doigt soit le fruit d'un pur hasard. Je pense au contraire que le geste de Maman a un lien avec quelque chose de bien précis.

— Oh, j'en doute, rétorqua Hugh en rejetant mon idée, et en me rejetant, moi, par la même occasion.

Je laissai échapper un soupir, tandis que je me ratatinais sur ma chaise.

— Je compte lui parler aujourd'hui pour voir si…

— Je suppose que ça ne peut pas lui faire de mal, me coupa-t-il. Par contre, je me disais… Je vais sans doute venir te rejoindre ce week-end. Il ne vaut mieux pas que tu te retrouves seule face à une telle situation.

— Oh non ! Je ne crois pas que ce soit une bonne idée. Maman serait sans doute plus apte à…

— Son problème est bien trop complexe pour que tu essaies de le résoudre sans l'aide de personne, Jessie.

Bien sûr, il avait raison. Autant chercher à résoudre une équation mathématique de deux pieds de long ! Les pensées qui tourmentaient ma mère formaient un rébus dépassant de si loin mes facultés intellectuelles que c'en devenait presque pathétique. Je songeai un instant à répondre à Hugh : « Mais oui ! Viens donc ici tout arranger. » Le hic, c'est qu'à mon avis, ça n'amènerait rien de bon. Sans être psychiatre, je me sentais tout de même en mesure d'épauler ma mère bien mieux que mon mari. Je m'estimais capable de tirer les choses au clair par mes propres moyens.

Peut-être aussi ne voulais-je pas de la présence de Hugh à mon côté. Et si je souhaitais passer un peu de temps seule, quel mal y avait-il à cela ?

Je me persuadai que ma réaction n'avait aucun rapport avec le frère Thomas ou ce qui s'était passé la veille au soir. D'ailleurs, il ne s'était rien passé du tout. Non, pour une fois, j'étais la seule concernée, et je voulais agir comme bon me semblait, ne serait-ce qu'une fois dans ma vie. Cela dit, je finirais par m'interroger plus tard sur mes raisons d'agir. Sait-on jamais vraiment ce qui motive nos décisions ?

— Je t'ai dit que j'allais m'en occuper. Je ne veux pas que tu viennes, conclus-je d'un ton plus emporté que je n'en avais l'intention.

— Oh, ça va ! Ça ne sert à rien de me hurler dessus !

Je jetai un coup d'œil à la chambre de Maman, en espérant ne pas l'avoir réveillée.

— Et si j'ai besoin de crier un bon coup, moi ? repris-je, prête à déclencher une dispute, sans même savoir pourquoi.

— Mais dis donc ! Je cherchais simplement à t'aider ! C'est quoi, ton problème ?

— Je n'ai aucun problème.

— Ah bon ? Pourtant on dirait que si ! poursuivit Hugh en haussant le ton.

— En fait, si je te comprends bien, à partir du moment où je n'ai pas besoin de ton aide, c'est qu'il y a quelque chose qui cloche chez moi ?

— Tu es ridicule ! s'emporta-t-il d'un ton qui me déchira le cœur. Tu m'entends ? Ri-di-cule !

Je raccrochai aussi sec. Je me resservis du café et restai là sur ma chaise, à serrer ma tasse entre mes mains tremblantes.

J'attendis un bon moment que le téléphone sonne, que mon mari me rappelle. Puis, comme rien ne se passait, je me mis à paniquer. Je venais d'échouer sur l'île déserte où campait mon ego en me demandant par quel miracle je réussirais à m'y maintenir en vie.

Pour finir, je me penchai sous la table. Le crucifix n'avait pas bougé, depuis toutes ces années : le Christ de la « tente-tempête ».

10.

Ce matin-là, en changeant le pansement de ma mère, je dus plus d'une fois détourner les yeux de sa plaie. Je nettoyai les points de suture avec de l'eau oxygénée avant d'étaler de la pommade antibiotique sur une compresse stérile. Pendant ce temps, Maman se tenait assise dans un fauteuil en osier face à sa coiffeuse. Elle s'était coupé l'index à la hauteur de la première phalange. Je n'arrêtais pas de me dire qu'il fallait vraiment une force incroyable pour sectionner un os à l'aide d'un simple hachoir. Lorsque je plaçai la compresse sur son moignon enflé, Maman tressaillit.

Je jetai un coup d'œil à la photo de mon père, en me demandant ce qu'il aurait pensé de ma mère et de la tournure qu'avait prise sa vie depuis sa disparition. Comment aurait-il réagi en apprenant qu'elle s'était mutilée ? À son tour, Maman se mit à examiner la photo de mon père.

— Je sais que ce que j'ai fait te semble dingue.

À qui s'adressait-elle ? À moi ou à mon père ?

— J'aimerais que tu m'aides à comprendre ce qui t'a poussée à commettre un tel acte, risquai-je à tout hasard.

— Cette photo date du jour où ton père a commencé à travailler pour son propre compte, précisa Maman en tapotant le cadre en verre du bout de son ongle.

J'avais cinq ans à l'époque. Depuis, je gardais le souvenir d'un père capitaine du *Jes-sea*, au lieu du simple pêcheur de crevettes qu'il était jusque-là. Avant d'acheter son bateau, il travaillait pour Shem Watkins. Il « se crevait à pêcher des crevettes », comme il disait. Il partait en mer sur l'un des chalutiers de Shem et revenait au bout d'une semaine en traînant quatre mille livres de crevettes dans ses filets, mais au fond, il ne désirait qu'une chose : diriger sa propre affaire, être son propre patron, libre de sortir en mer ou de passer du temps chez lui auprès de sa famille quand il le voulait. Un beau jour, il a décidé de ne plus pêcher que près des côtes puis il a mis de l'argent de côté afin de s'acheter un bateau – qui, quatre ans plus tard, a explosé.

Mon père prétendait que sa religion, c'était la mer ; sa religion et sa famille, aussi. Il nous racontait, à Mike et moi, des histoires de royaume marin gouverné par une bande de limnées tronquées sans pitié que de courageuses fissurelles tentaient de renverser. Il possédait une imagination débordante. À l'en croire, si on agitait des queues de pastenagues de telle ou telle façon, les vagues nous chanteraient la mélodie de *Dixie* ; résultat auquel mon frère et moi avons tenté de parvenir des heures et des heures durant, en vain. Il nous racontait que, si jamais on rêvait d'une aigrette, on trouverait ses plumes sous notre oreiller le lendemain matin. Plus d'une fois, j'ai découvert des plumes blanches dans mon lit au réveil, mais jamais je n'ai pu me rappeler le moindre rêve peuplé d'aigrettes Par contre, je n'oublierai jamais le plus incroyable de ses contes à dormir debout : la bande de sirènes qui, un beau jour à l'aube, nageait vers son bateau.

Je ne me rappelle pas avoir vu mon père assister une seule fois à la messe, pourtant c'est lui qui m'a emmenée le premier au monastère, à la chaire aux sirènes, et c'est lui qui m'a raconté la légende qui s'y rattachait. À mon avis, il faisait juste semblant d'être un mécréant.

Il semblait même admirer la ferveur religieuse de Maman, tout en refusant de la partager. À l'époque, le comportement de ma mère de ce point de vue-là n'avait encore rien de pathologique. Parfois, je me dis qu'il l'a épousée rien que pour sa foi sans limite, sa capacité à avaler n'importe quelle doctrine, n'importe quel dogme absurde proclamé par l'Église. Peut-être que la croyance sans faille de ma mère compensait l'impiété de mon père. Tous deux formaient un drôle de couple – Walt Whitman et Jeanne d'Arc – mais leur union fonctionnait à merveille. Ils s'adoraient l'un l'autre. J'en étais certaine.

Maman se détourna de la photo en attendant que je finisse d'enrouler la gaze autour de sa main. Elle portait sa robe de chambre bleue, sans la ceinture. Elle releva son col et posa une main sur la poignée du tiroir où s'entassait sa collection de bondieuseries. Je me demandai si la coupure de presse sur la mort de mon père y traînait encore.

Pourquoi diable lui avais-je offert une pipe ?

Il était resté en admiration devant, un jour qu'on allait faire des emplettes ensemble à l'épicerie. Il avait pris la pipe entre ses doigts, en faisant mine d'en tirer une bouffée.

— J'ai toujours rêvé d'être le genre d'homme à fumer la pipe, m'a-t-il confié à cette occasion.

J'ai dépensé jusqu'au dernier cent de mon argent de poche (gagné en pêchant le crabe) pour lui acheter une pipe le jour de la fête des pères. Maman a cherché à m'en dissuader, sous prétexte qu'elle ne voulait pas le voir fumer, mais j'ai fini par l'acheter quand même.

Jamais elle ne m'a laissé entendre que sa pipe était à l'origine de l'incendie.

Je détachai un bout de sparadrap que je collai sur le ruban de gaze au poignet de Maman. Avant qu'elle ne se lève, je m'agenouillai devant elle en posant mes mains sur ses genoux. Je ne savais pas par où commencer mais j'étais bien décidée à me lancer. Depuis que j'avais envoyé paître mon mari, le problème de ma mère ne concernait plus que moi, et moi seule.

Hélas ! Ma belle assurance ne tarda pas à s'effriter et je commençai à me demander si je m'en sortirais un jour sans l'aide de personne. Maman me regarda droit dans les yeux. À voir de si près son visage ridé, elle me parut bien plus vieille qu'en réalité.

— Hier soir, dans le jardin, tu m'as parlé du père Dominic. Tu te rappelles ?

Elle me fit signe que non. Je pris sa main valide qui pendait sans vie dans son giron.

— Je t'ai demandé pourquoi tu t'es fait ça à ton doigt et tu m'as parlé de Papa, puis du père Dominic. Est-ce que cette histoire le concerne, dis-moi ?

Maman me lança un regard vide.

— Sans le vouloir, il a pu te suggérer d'accomplir une sorte de pénitence ou quelque chose dans ce goût-là ?

Son visage inexpressif s'anima soudain.

— Non, bien sûr que non ! protesta-t-elle d'un ton exaspéré.

— Pourtant, j'ai le sentiment que tu t'es coupé le doigt par pénitence. Je me trompe ?

Ma mère détourna brusquement la tête.

— Je t'en prie, Maman, il faut qu'on en parle !

Elle mordit sa lèvre inférieure en ayant l'air de réfléchir à ma question. En la voyant tapoter une mèche de ses cheveux, je m'étonnai soudain de les trouver aussi ternes.

— Je ne peux rien te dire au sujet de Dominic, conclut-elle.

— Pourquoi ?

— C'est impossible !

Elle ramassa une fiole de médicaments qui traînait là et se leva.

— Il faut que j'avale mes comprimés contre la douleur, ajouta-t-elle avant de disparaître dans le couloir en me laissant à genoux à côté de sa coiffeuse.

11.

Bien décidée à me rendre utile, je passai la matinée à nettoyer la maison de fond en comble. Je changeai les draps du lit de Maman, fis la lessive, et passai l'éponge à récurer là où personne ne l'avait plus passée depuis des années : derrière le réfrigérateur, sur les carreaux de la salle de bains et entre les lamelles des stores vénitiens. Je jetai à la poubelle les denrées périmées du cellier (l'équivalent de deux énormes sacs). Je sortis du garage la voiturette de golf à demi-rouillée, histoire de vérifier si elle roulait encore, et en apercevant la grotte aménagée dans la baignoire maculée de boue, je résolus de la nettoyer à l'aide du tuyau d'arrosage.

Pendant ce temps, je n'arrêtais pas de penser au refus de Maman de me parler de la mort de mon père. Je songeai également au père Dominic, dont le nom avait surgi au beau milieu de la conversation, pour Dieu sait quelle raison.

De temps en temps, je pensais aussi au frère Thomas, sans le vouloir. Il s'insinuait dans mes pensées, à mon insu. À un moment donné, sous l'ampoule nue du cellier, je me repassai même en mémoire une partie de notre conversation de la veille, alors que je tenais dans mes bras une gigantesque boîte de tomates en conserve.

Il faisait chaud ce jour-là. Le soleil brillait de tous ses feux. Au déjeuner, Maman m'aida à terminer le gombo que ni elle ni moi, n'avions su avaler la veille au soir. J'essayai de la faire sortir de son mutisme, en espérant qu'elle me parlerait du père Dominic mais non, peine perdue : ma mère se montra aussi fermée qu'une huître.

Comme je cherchais à tout prix un moyen de percer ses défenses, je lui proposai de passer un coup de fil à Dee, à la fac, mais elle déclina mon offre d'un signe de tête.

Je finis par baisser les bras. En entendant ma mère racler le fond de son bol, je compris que je devrais établir par un autre moyen (hélas, encore inconnu !) le lien entre Dominic et cette histoire d'automutilation. Je n'espérais plus trop qu'elle se confie à moi ou qu'on parvienne un jour « au cœur du problème », comme aurait dit Hugh. En fait, j'en voulais à mon mari d'avoir raison mais, curieusement, le fait d'en prendre conscience renforça encore ma détermination.

Après déjeuner, Maman partit piquer un somme dans son lit. À croire qu'elle rattrapait ses nuits d'insomnie ! J'en profitai pour me faufiler dans sa chambre et chercher sur les fioles de médicaments le nom de son médecin, que j'estimais de mon devoir d'appeler. En fin de compte, je ne l'ai trouvé nulle part.

Je restai plantée là un bon moment, à regarder son chiffonnier où trônait une Vierge en céramique portant un Jésus joufflu sur sa hanche. Le tiroir était juste sous mon nez. Je tirai la poignée. Un grincement déchira le silence. Aussitôt, je me retournai mais, Dieu merci, ma mère n'avait pas bougé d'un pouce.

Le tiroir regorgeait d'images pieuses, de rosaires, de livres de prières et de vieilles photos de Dee. Je fouillai le plus silencieusement possible ce méli-mélo d'objets auxquels tenait tant ma mère, comme je le faisais déjà, enfant. Trouverais-je encore la coupure de presse à la même place ? Mon cœur se mit à battre la chamade.

Au fond du tiroir, mes doigts butèrent sur quelque chose de dur. Je me crus sur le point de défaillir en comprenant de quoi il s'agissait, avant même de poser les yeux dessus.

C'était la pipe que j'avais offerte à mon père.

Je lançai un autre coup d'œil à Maman avant d'examiner la pipe à la lumière de la fenêtre. Voilà tout d'un coup que plus rien n'avait de sens pour moi ! Je me laissai tomber sur un fauteuil, comme si je n'avais plus qu'une paire d'éponges toutes molles à la place des genoux.

Par quel miracle la pipe se trouvait-elle au fond du tiroir ? Quand ma mère l'y avait-elle placée ? Elle aurait dû reposer au fond de l'océan, auprès de mon père, dans l'épave du *Jes-sea.* J'avais si souvent déroulé dans ma tête le film de l'accident !

J'imaginais Joseph Dubois, à bord de son bateau, enveloppé des ténèbres de la nuit, les yeux tournés vers l'est, où le soleil s'apprêtait à présenter son front étincelant au-dessus des flots. Il sortait souvent en mer « saluer l'aube », selon son expression fétiche. Mike et moi, on descendait prendre notre petit déjeuner et, en voyant que Papa n'était pas là, on s'écriait :

— Papa est encore parti saluer l'aube, aujourd'hui ?

On pensait qu'il s'agissait d'une chose banale, à la portée de tout le monde, comme de se faire couper les cheveux. Ces matins-là, mon père partait seul en mer en fumant la pipe, les yeux perdus dans l'océan qui se métamorphosait peu à peu en pellicule de lumière ondoyante.

Je l'imaginais, le dernier matin de sa vie, en train de tapoter sa pipe contre la coque de son bateau. Vous avez déjà vu des étincelles tomber du fourneau d'une pipe ? Vous n'avez jamais remarqué qu'il y en a parfois qui atterrissent assez loin ? Mon père tapote sa pipe, alors que son réservoir d'essence fuit sans qu'il le sache. Une braise cent fois plus petite qu'une mite se pose sur une goutte de gasoil. Une détonation se produit. Des flammes jaillissent. Le feu bondit de flaque en flaque comme un galet faisant ricochet. L'incendie se propage en crépitant et je crois que c'est à ce moment-là qu'il s'est retourné, quand les flammes ont atteint le réservoir et que tout a explosé dans un brasier incandescent.

Je m'étais si souvent imaginé l'accident d'après ce scénario que je ne parvenais plus à me le figurer autrement. Et puis tout semblait confirmer ma version des faits : la police, les journaux, les habitants de l'île au grand complet.

Je fermai les yeux. Le drame autour duquel toute ma vie gravitait ne s'avérait en fin de compte qu'une pure fiction, laissant en moi un vide béant impossible à combler.

Je serrai la pipe jusqu'à m'en faire mal aux doigts puis je relâchai mon étreinte. L'odeur du tabac incrusté dans le fourneau me chatouilla les narines et c'était comme si je respirais de nouveau l'odeur de mon père.

Dans ma tête, les données du problème se recombinaient petit à petit. L'incendie ne s'était pas déclaré à cause de la pipe. Je restai assise à la coiffeuse quelques minutes encore pendant que Maman dormait non loin de moi, en prenant peu à peu conscience que je n'avais rien ; mais alors, rien du tout à me reprocher.

12.

J'emportai la pipe dans ma chambre. De toute façon, il y avait peu de chances que Maman remarque sa disparition en inspectant son tiroir. Au moment de glisser la pipe au fond de mon sac, mon soulagement se mua en rage folle. Je me mis à faire les cent pas. Une énorme envie me prit de réveiller Maman en la secouant par les épaules pour lui demander pourquoi elle m'avait laissé croire que mon cadeau de fête des pères était responsable de la catastrophe.

Depuis la mort de mon père, je m'accablais sans arrêt de reproches, écrasée par un poids sur ma conscience dont personne n'avait idée ; comme quand, en rêve, on voudrait se mettre à courir sans pour autant réussir à bouger le moindre muscle. Et pendant ce temps-là, ma mère me laissait faire.

Un moment… Non ! C'était injuste de ma part de dire une chose pareille ! Peut-être Maman ignorait-elle que j'étais au courant pour la pipe ? Depuis l'accident, elle cherchait à me protéger : elle n'abordait jamais le sujet devant moi en prenant bien soin de me cacher la coupure de presse. Pourtant ça ne suffisait pas à l'excuser. Oh non ! Elle devait bien se douter dans un recoin de sa tête que Mike et moi, on finirait par découvrir le pot aux roses. Les habitants de l'île au grand complet connaissaient le fin mot de l'histoire. Qu'est-ce qui lui permettait de croire qu'on n'en saurait jamais rien ?

La respiration de ma mère, au rythme aussi régulier qu'un soufflet, résonnait dans toute la maison. Pas question d'attendre ici qu'elle se réveille ! Je griffonnai un message que je posai sur la table de cuisine, lui disant que j'avais besoin de prendre l'air.

Hepzibah habitait à moins de deux kilomètres de chez Maman, le long du chemin qui menait à la plage en passant par le cimetière des esclaves et la réserve naturelle. Après un tournant de la route, sa maison surgit sous mes yeux, entourée de touffes d'euphorbe et d'herbe aux ânes. Je frappai à la porte d'un bleu chatoyant, et j'attendis.

Pas de réponse.

Je suivis le chemin qui menait à l'arrière. Comme la porte moustiquaire n'était pas fermée à clé, je frappai à la porte de la cuisine, du même coloris indigo étincelant que celle de devant. Une croyance populaire veut que le bleu dissuade de s'approcher la « Booga Hag » (un démon femelle qui, à ce qu'on raconte, aspire l'âme des honnêtes gens, dès la nuit tombée). À mon avis, Hepzibah ne croyait qu'à moitié à cette espèce de sorcière mais elle raffolait des vieilles traditions gullah. Au cas où les portes bleues n'auraient pas suffi à empêcher la « Booga Hag » d'entrer chez elle, Hepzibah avait planté une rangée de conques dans son jardin.

Sur un côté du perron se trouvait sa fameuse « table aux leçons de chose » (pour reprendre les propres mots de Hepzibah) où s'entassaient les trésors de l'île qu'elle avait passé le plus clair de sa vie à recueillir.

Je m'en approchai, saisie par une bouffée de nostalgie. Mike et moi, on avait dû passer des heures et des heures penchés sur cette table ! S'y trouvaient des coraux, des pinces de crabes, des éponges de mer, des busycon éclair, des couteaux et des yeux de requins. La moindre coquille, même ébréchée, avait sa place ici. Je ramassai plusieurs petits clypéasters abîmés ainsi qu'une étoile de mer à deux branches. Des plumes d'aigrettes, de hérons et d'ibis dépassaient d'entre les autres curiosités. Certaines même pointaient vers le ciel, comme si elles avaient poussé là.

Au centre de la table, la mâchoire allongée d'un alligator trônait sur une boîte en bois. Bien sûr, c'était elle qui fascinait le plus Mike. Moi, ce que je préférais, c'était un crâne de caouanne d'un blanc crayeux. Petite fille, je m'imaginais souvent en train de nager dans une étendue d'eau infinie auprès de la tortue à qui il appartenait jadis, avant de plonger jusqu'au fond de l'océan pour remonter ensuite à la surface.

En cherchant bien, je finis par retrouver le crâne sous un tas de bucardes. Hepzibah l'avait ramassé sur la plage, un soir de pique-nique « entre filles ». Je m'assis dans un vieux fauteuil à bascule en prenant le crâne de tortue entre mes mains, le cœur serré par un accès de mélancolie. Il y avait si longtemps que je ne pensais plus aux pique-niques entre filles ! Depuis le début de mon adolescence, en fait.

Kat a commencé à en organiser, un peu après son mariage, à la même époque que celui de ma mère. En ce temps-là, Benne savait à peine marcher. Elles se retrouvaient chaque année sur la plage de Bone Yard, la veille du premier mai. En cas de pluie, elles reportaient le pique-nique au retour du beau temps mais, si je me souviens bien, une année, Kat, lassée d'attendre, a fini par s'abriter sous une tente.

Hepzibah s'est jointe aux pique-niques entre filles dès qu'elle s'est liée d'amitié avec Maman et Kat. Quant à moi, j'ai eu le droit d'y assister à mon tour quand j'ai su marcher. Après la mort de Papa, les pique-niques ont cessé du jour au lendemain.

Je me souviens encore de nos festins : les tourtes au crabe de Kat et le ragoût de porc de Hepzibah, arrosés d'un tas de bouteilles de vin. Maman apportait en général un pudding aux raisins et un paquet de biscuits secs au sésame en l'honneur de Benne, dont le prénom (qui signifie « sésame ») a été choisi par Kat à cause des quantités de biscuits que celle-ci a dévorés pendant sa grossesse. Maman et ses amies s'offraient toutes des cadeaux (en général du bain moussant ou du vernis à ongle, mais uniquement du rouge flamboyant). En fait, si je gardais un aussi bon souvenir des pique-niques, c'était surtout parce que Maman, Kat et Hepzibah devenaient méconnaissables, ces soirs-là.

Après le repas, elles allumaient un feu de joie en ramassant le bois qui traînait sur la pl ge, puis elles dansaient sous notre regard émerveillé, à Benne et à moi, assises dans l'ombre sur le sable. Hepzibah jouait du tambour gullah dont le rythme ancestral semblait jaillir des profondeurs de la terre tandis que Kat secouait un antique tambourin aux vibrations argentines. À un moment donné, elles devenaient comme possédées et se mettaient à bouger de plus en plus vite. À la lueur du feu, leurs ombres se changeaient en silhouettes mouvantes couleur d'encre.

L'année de leur dernier pique-nique, elles sont toutes les trois entrées dans l'eau, habillées de la tête aux pieds, en tenant chacune un bout de fil arraché au pull brodé de Maman. Les vagues nous léchaient les orteils, à Benne et à moi. On a supplié nos mères de nous laisser les rejoindre mais Kat a décrété :

— Pas question ! Restez à votre place.

Maman, Kat et Hepzibah ont attendu d'avoir de l'eau jusqu'à la taille pour attacher ensemble leurs trois bouts de fil.

— Dépêche-toi ! se répétaient-elles l'une à l'autre en poussant de petits cris chaque fois qu'une vague se brisait contre leurs reins.

Aujourd'hui encore, je reste persuadée qu'elles ont concocté sur le coup ce rituel d'amitié, grisées par l'ivresse du vin et de leur danse étourdissante. (Et aussi grâce au pull de Maman dont la piètre qualité des coutures tombait à point nommé.)

Kat a lancé leurs fils noués dans l'obscurité au beau milieu des vagues, et toutes trois ont éclaté d'un rire malicieux, comme une bande de gamines.

C'est en retournant sur la plage que Hepzibah a trouvé le crâne de tortue. Elle a failli trébucher dessus en sortant de l'eau. Elle est restée plantée devant un long moment pendant que les vagues moussaient autour de ses chevilles. Maman et Kat gloussaient encore.

— *Tie yuh Mout' !* lança Hepzibah, leur ordonnant de se taire, en gullah.

Aussitôt le silence se fit.

— Regardez ce que l'océan nous envoie !

Sur ce, Hepzibah ramassa le crâne. L'os immaculé couleur ivoire dégouttait d'eau sur fond de nuit noire.

Elles ont dû croire qu'il s'agissait d'un signe : elles venaient de lier leurs vies les unes aux autres au beau milieu des flots lorsqu'un crâne de tortue s'est échoué comme par miracle à leurs pieds.

Pendant des années et des années, elles se sont prêté le crâne à tour de rôle. À une certaine époque, il trônait sur le dessus de notre cheminée puis il a reparu sur une étagère chez Kat avant de s'échouer ici, sur la table de Hepzibah.

Sans doute qu'il leur rappelait leurs pique-niques, leurs trois fils noués à jamais.

Calée contre le dossier du fauteuil à bascule, je caressai l'os poreux du bout du pouce en observant la porte bleue. De toute évidence, Hepzibah n'était pas chez elle.

Je me levai pour reposer le crâne sur la table et, l'espace d'une seconde, celle-ci me parut bien plus qu'un simple souvenir d'enfance – comme une partie de moi-même.

Dès l'âge de dix ans, j'ai su qu'un jour je quitterais l'île. Le premier mercredi des Cendres après la mort de Papa, au moment où le prêtre a déposé sur mon front une traînée de cendres, je me suis sentie renaître, tel un phénix. Un jour, je m'en irai, me suis-je alors promis ; et je partirai loin d'ici. Je ne suis pas souvent retournée sur l'île depuis mon départ pour l'université et, à chaque visite, je ne l'ai considérée qu'avec mépris ; ce qui a encore contribué à m'en éloigner. Ce n'est même pas sur l'île que j'ai épousé Hugh. On a célébré notre mariage dans un jardin d'Atlanta, chez quelqu'un qu'on ne connaissait d'ailleurs pas très bien. Je me rappelai soudain les taquineries de Kat : à l'entendre, j'avais oublié de quel tas de boue je venais. En vérité, elle n'avait pas tort : je ne ménageais pas mes efforts pour effacer l'île de ma mémoire.

S'il y a bien une chose à laquelle je ne m'attendais pas, c'était à éprouver une bouffée de tendresse pour l'île aux Aigrettes sur le perron de Hepzibah ; et non seulement pour l'île mais pour ma mère telle que je la connaissais autrefois, du temps où elle dansait autour du feu.

En fait, je n'avais jamais rien vécu de comparable à ce qu'avait connu ma mère grâce à Kat et Hepzibah : jamais je n'avais dansé sur la plage autour d'un feu de joie, jamais je ne m'étais baignée dans l'océan à la nuit tombée en éclatant de rire, jamais je n'avais lié ma vie à celle de mes amies.

13.

Le lendemain matin, je me rendis à pied au monastère. Le soleil éclatant de la veille s'était entre-temps caché Dieu sait où. Un épais brouillard couvrait l'île, comme la pellicule qui se forme à la surface d'une sauce en l'espace d'une nuit. Ce jour-là, je portais mon jean et mon manteau rouge avec une casquette bordeaux aux couleurs de l'équipe locale de base-ball, dénichée dans le débarras, et dont ma queue de cheval dépassait à l'arrière.

Je suivis le chemin que j'avais emprunté deux nuits plus tôt, à la recherche de Maman. Les senteurs des marais qui me picotaient les narines me rappelèrent le frère Thomas. Son visage m'apparut en pensée et mon estomac se noua.

Je voulais parler au père Dominic. Si jamais, par le plus grand des hasards, je croisais le frère Thomas, tant mieux. Pas question pour autant que je me détourne du but de ma visite au monastère !

Bien sûr, je n'avais pas la moindre idée de ce que je dirais à Dominic, une fois en face de lui. Il fallait que je réfléchisse à un moyen de découvrir ce qu'il savait de la tendance de Maman à se mutiler.

Et si jamais je m'adressais à Dominic d'égal à égal, et qu'il ne trouvait ensuite rien de mieux que de répéter mes propos à Maman ? Autant renoncer au peu de progrès qu'il me restait encore une chance d'accomplir avec elle ! Sans doute m'ordonnerait-elle une nouvelle fois de plier bagages.

Ce matin-là, au moment où j'étais partie, ma mère regardait à la télé l'émission de cuisine de Julia Child. Maman adorait Julia Child – et quand je dis « adorait », le mot est faible !

— Tu crois que Julia Child est catholique ? me demandait-elle souvent. Le contraire m'étonnerait !

Maman notait sans faute ses moindres recettes, surtout celles où il y avait des crevettes. Quand elle voulait préparer l'un des plats de Julia à base de crevettes, il lui suffisait d'envoyer un moine dans les criques avec un filet de pêche.

Les moines confectionnaient les filets à la main (des filets de six et huit pieds de long). Ils les vendaient aux alentours mais aussi dans les boutiques de bord de mer et les magasins de pêche de toute la côté est. Un jour, en vacances avec Hugh, j'en avais vu un à Cape Cod. Sur l'étiquette de l'emballage figurait un passage des saintes écritures : « Jetez les filets ! » (un extrait de l'évangile selon saint Jean, à en croire ce qui était écrit). Comme si Dieu en personne nous donnait mandat de l'acheter !

— Ils ne se débrouillent pas mal, question techniques de vente ! commenta Hugh, admiratif.

Les filets coûtaient en effet soixante-quinze dollars.

Autrefois, les moines s'asseyaient sur l'herbe tondue de leur cloître auprès d'un tas de cordages en coton et de seaux remplis de lests en plomb. Leurs mains calleuses s'affairaient à un rythme si bien huilé qu'il en devenait hypnotique. À l'époque, je croyais que les moines ne pouvaient pas imaginer de moyen plus singulier de gagner leur vie mais, il y a un ou deux ans, Dee m'a parlé d'un monastère « vraiment cool » sur la côté ouest qui vendait du foin aux lamas des stars du grand écran. Ma fille et moi, on a palabré un bon moment avant de décider lequel des deux monastères exerçait l'activité la plus originale. On a fini par tomber d'accord sur la nourriture pour lamas. N'empêche que fabriquer des filets de pêche, c'est tout de même autre chose que de confectionner des caramels mous ou de la confiture de rhubarbe !

Mon frère Mike savait lancer les filets mieux que personne : il en tenait le bord dans sa main et le dessus entre ses dents avant de les envoyer tournoyer en l'air comme des frisbees. Le filet s'élevait alors en pleine lumière avant de tomber dans l'eau de la crique en projetant à la surface des éclaboussures semblables à des ronds de fumée. Quand Mike ramenait le filet sur la grève en le secouant, des tas de crevettes grises frétillantes se répandaient à ses pieds.

En passant près d'un bosquet, j'accordai un rapide coup d'œil aux bâtiments où vivaient les moines. La lumière du soleil masqué par la brume donnait une teinte rosée aux toits de tuiles rouges. En toute franchise, j'aurais bien aimé croiser la route du frère Thomas. Au fond de moi, j'espérais que la purée de pois qui recouvrait l'île se fendrait soudain pour le laisser apparaître à la manière d'un spectre, comme l'autre jour.

Aux abords du jardin planté de rosiers, je pensai au doigt de Maman qui reposait là sous terre. Un frisson me parcourut l'échine et je me rappelai tout à coup une chose à laquelle je n'avais pourtant plus songé depuis des années : les ex-voto de Maman.

Du temps de mon adolescence, elle en commandait régulièrement à un catalogue de V.P.C. catholique assez ringard. Ils ressemblaient à des amulettes en forme de parties du corps (des pieds, des cœurs, des oreilles, des bustes, des têtes ou encore des mains). Je compris plus tard qu'il s'agissait d'offrandes, symboles de prières, représentant la partie malade du corps. Le jour où Maman s'est crue atteinte d'une cataracte, elle a déposé un ex-voto en forme d'œil aux pieds de sainte Sénara, et lorsque son genou s'est mis à enfler à cause de son arthrite, c'est un ex-voto en forme de jambe qu'elle a placé sous la statue de la sainte.

Malgré moi, je me demandai si elle ne considérait pas son doigt comme la quintessence d'un ex-voto.

Je contournai l'arrière de l'église en longeant une allée bordée d'arbres qui me conduisit à l'accueil du monastère, près de l'entrée. Le bâtiment ressemblait à un petit cottage couvert d'un toit en avancée, aux murs duquel grimpait du chèvrefeuille. À l'intérieur, je me retrouvai nez à nez avec un moine au crâne chauve et aux sourcils en bataille qui portait d'épaisses lunettes à monture noire.

Il me salua d'un signe de tête. Je me dirigeai aussitôt vers la boutique de souvenirs, où j'examinai les filets de pêche. Des rosaires et des médailles pieuses pendaient d'un présentoir grinçant mais c'est une pile de brochures vertes qui retint mon attention. En me penchant sur l'exemplaire du dessus, je reconnus avec étonnement le livret que Kat avait fait imprimer à ses frais. *La Légende de la sirène.*

Je l'ouvris à la première page.

Si l'on en croit la Légende dorée, *en 1450, une ravissante sirène celte du nom d'Asénora nagea jusqu'aux côtes de Cornouailles où venait de s'établir un monastère bénédictin. Elle se débarrassa de sa queue de poisson qu'elle dissimula entre les rochers avant d'explorer à pied les environs où elle découvrit la communauté de moines. Elle rendit de nombreuses visites clandestines…*

— Ça raconte l'histoire de notre chaire.

En levant le nez de la brochure, je reconnus le moine chauve de l'accueil. Il croisait les bras contre son torse comme s'il se retranchait derrière une barrière. Une grande croix de bois pendait à son cou et de profonds sillons encadraient sa bouche.

— C est un frère de notre communauté qui l'a rédigée mais je crains que ça ne soit plutôt fantaisiste.

— Oh ! J'ai toujours beaucoup aimé cette histoire, avouai-je en songeant que je ne l'avais pourtant plus entendue depuis des lustres ! et d'ailleurs, en y réfléchissant bien, certains détails me semblaient assez obscurs.

— Si c'est la visite guidée qui vous intéresse, sachez que vous venez de rater le départ et qu'il n'y en aura pas d'autre avant trois heures de l'après-midi. Mais, entre nous, je n'en vois pas trop l'intérêt ! « Voilà où prient les moines, voilà où ils fabriquent leurs filets de pêche et voilà où ils lavent leurs chaussettes. » Franchement, payer pour entendre ça…

Je crus qu'il voulait faire de l'humour, mais non : mon petit rire bienséant me valut un regard foudroyant.

— Euh non, je ne suis pas venue pour la visite guidée.

Je cherchai au fond de la poche de mon jean la coupure de dix dollars que j'y avais enfouie ce matin et lui achetai le livret.

— Dites-moi, vous ne savez pas où je pourrais trouver l'auteur de la brochure, le père Dominic ? J'aimerais qu'il me la dédicace.

— Ah bon ? s'étonna-t-il d'un air dépité. Il va devenir impossible à vivre, s'il se met à dédicacer ses brochures ! Déjà qu'il est à la limite du supportable…

Je me demandai s'il plaisantait ou pas. Il semblait tellement aigri que ce n'était pas facile de trancher.

— Je suppose qu'il traîne à la bibliothèque ; un bâtiment en crépi blanc, à côté de l'église, ouvert aux visiteurs – contrairement à d'autres parties du monastère. Vous ne me croiriez pas si je vous disais où certains touristes échouent ! Hier, une dame s'est introduite au réfectoire à l'heure du déjeuner. Elle en a profité pour photographier notre buffet froid.

Je trouvai ça plutôt comique, qu'une femme arrive à se faufiler en zone interdite ; sans même parler de la réaction du moine ! Mais ce qui m'amusa le plus, ce fut encore d'apprendre qu'il y avait un buffet froid à l'abbaye. Je me demandai si c'était Maman qui leur avait soufflé l'idée. En tout cas, ça lui ressemblait bien !

— Je sais où je n'ai pas le droit d'aller. Je suis la fille de Nelle Dubois, Jessie. Je venais déjà ici, enfant.

J'ignore ce qui m'a poussée à lui révéler mon identité. On ne peut pas dire que c'était l'homme le plus accueillant du monde ! À la réflexion, c'était même curieux que, de tous les moines, ce soit lui que les autres aient chargé d'accueillir les visiteurs. Peut-être fallait-il y voir le signe d'une conspiration visant à décourager les touristes de s'approcher ?

— Nous regrettons sincèrement ce qui lui est arrivé, m'annonça-t-il sur le même ton qu'un répondeur débitant un message préenregistré.

— Je ne me rappelle pas votre nom…

— Oh, pardon ! Père Sebastian, le prieur du monastère.

Je cherchai à me remémorer la hiérarchie en vigueur à l'abbaye. J'aurais donné ma main à couper que le prieur venait en second derrière l'abbé. Comme aurait dit Maman, il devait veiller à ce que la communauté ne s'écarte pas du « droit chemin ».

Une immense appréhension me saisit sur le chemin de la bibliothèque. Mais qu'est-ce que je fichais là ? Je ralentis l'allure jusqu'à ce que je m'arrête au beau milieu de la cour, paralysée par le doute. Un instant, je songeai même à retourner à la maison appeler Hugh pour lui dire qu'en fait, j'avais bien réfléchi : il pouvait venir s'occuper de Maman parce que moi, je ne m'en sentais vraiment pas le cran.

En jetant un coup d'œil derrière l'église, j'aperçus un sentier qui devait conduire aux marais. Je m'y engageai avant de m'arrêter à un banc de pierre sous un chêne.

Espèce de lâche ! me gourmandai-je.

Je ne m'assis pas sur le banc mais à même le sol. La crique nimbée de brume semblait se confondre avec la baie. Après la mort de mon père, je venais souvent ici quand j'avais du vague à l'âme. Je criais mon nom au milieu des marais en tendant l'oreille à l'écho que répercutait la surface des flots, comme si c'était la spartine elle-même qui répétait « Jessie, Jessie », encore et encore. Parfois, il me semblait que le vent emportait ma voix comme une mouette en direction de l'océan.

J'ouvris le livret que je venais d'acheter au passage que j'étais en train de lire au moment où le père Sebastian m'avait interrompue.

Soupçonnant Asénora de ne pas être une femme ordinaire mais une sirène, et tourmenté par sa présence continuelle aux environs du monastère, l'abbé se cacha près du rivage afin de monter la garde. Il surprit Asénora alors qu'elle gagnait la côte à la nage et se débarrassait de sa queue de poisson, avant de l'enfouir dans une cachette au creux de la falaise.

Lorsque Asénora s'éloigna en direction du monastère, l'abbé qui cachait plus d'un tour dans son sac récupéra la queue de poisson qu'il dissimula sous son scapulaire avant de la mettre à l'abri dans un compartiment secret sous sa chaire, dans l'enceinte de l'église. Sans sa queue, la pauvre sirène ne pouvait plus retourner en mer. Le tumulte déchaîné de l'océan cessa bientôt de se manifester en elle et Asénora se convertit au catholicisme. Elle deviendrait un beau jour sainte Sénara.

Arrivé à ce moment-là de l'histoire, mon père évoquait le « destin tragique » d'Asénora qui perdait sa queue en échange… d'une auréole autour de la tête ! Peut-être que j'extrapolais un peu mais, au fond, j'avais l'impression que Dominic partageait le même sentiment que mon père à l'égard d'Asénora. D'ailleurs, le simple fait que Dominic ait rédigé cette histoire me mettait mal à l'aise.

Une variante de la légende prétend qu'après sa conversion, Asénora s'est mise à regretter sa vie en mer, à tel point qu'elle fouillait le monastère de fond en comble, la nuit venue, à la recherche de sa queue. Certains prétendent qu'elle a fini par la retrouver alors que d'autres, non. Si l'on en croit une légende en particulier, Asénora a récupéré sa queue de poisson et s'en est servie chaque fois qu'elle désirait revisiter son passé. Cela dit, elle a toujours fini par regagner la terre ferme en rangeant sa queue sous la chaire de l'abbé.

Je songeai à Maman et son aberrante dévotion pour sainte Sénara. Impossible de concilier ce que je venais de lire avec les sentiments de ma mère. En fait, Sénara avait toujours essayé de renouer avec son passé coupable. C'était tout de même curieux, non ?

Certains érudits pensent que l'histoire de sainte Sénara a été inventée de toutes pièces pour inciter les gens à choisir la voie de l'extase divine plutôt que celle des plaisirs sensuels. Mais en fin de compte, la légende ne souligne-t-elle pas l'importance de l'un comme de l'autre ?

Ah bon ? Vraiment ? Je ne m'attendais pas à lire une chose pareille sous la plume d'un moine ! Irritée, je refermai le livret d'un coup sec.

L'humidité de l'herbe filtrait à travers mon jean. En me levant, j'aperçus le père Dominic qui s'avançait à ma rencontre, coiffé de son chapeau de paille. Il s'arrêta de l'autre côté du banc de pierre. Kat n'avait pas menti : des pans entiers de son couvre-chef tombaient en lambeaux, ce qui lui donnait l'allure plutôt comique d'un nid d'oiseau.

— Toc, toc ! commença-t-il, une lueur espiègle au fond des yeux.

J'hésitai avant de lui répondre. En tout cas, une chose est sûre : il se souvenait de moi.

— Qui est là ? continuai-je, un peu embarrassée, même s'il est vrai que j'imaginais mal ne pas entrer dans son jeu.

— Achim.

— Qui ça ?

— Achim est-ce que tu t'attendais ? dit-il en éclatant d'un rire tonitruant qui me parut hors de propos, vu la finesse colossale de sa plaisanterie. Je ne crois pas t'avoir revue depuis un bail ! J'espère que tu te souviens de moi ?

— Bien sûr, père Dominic, j'étais juste…

— … en train de lire ma brochure et, vu la façon dont tu l'as refermée, elle ne t'a pas beaucoup plu.

Il rit, histoire de me prouver qu'il me taquinait, mais sa remarque me mit mal à l'aise.

— Oh, si.

Aucun de nous n'ouvrit la bouche avant un certain temps. Je regardai les marais, gênée. La marée basse avait laissé à découvert des pans entiers de terre pelée. Des douzaines de pinces de crabes en hibernation dépassaient de trous creusés à même le sol.

— Le père Sebastian m'a dit que tu me cherchais ? Tu veux que je te dédicace un exemplaire de mon livret ?

— Euh… oui. Ça ne vous ennuie pas ?

Je lui tendis la brochure, piégée par mon propre mensonge.

— Pardon mais je n'ai pas de crayon sur moi, m'excusai-je.

Le père Dominic en sortit un de sous son scapulaire et gribouilla quelques mots à l'intérieur de la couverture avant de me rendre ma brochure.

— Quel endroit superbe, tu ne trouves pas ?

— Oui…, acquiesçai-je. Superbe !

Derrière nous, un océan de verdure ondulait au gré de la brise. Le père Dominic se dandinait d'un pied sur l'autre, comme un brin d'herbe cherchant à s'accorder au rythme de son environnement.

— Alors, comment va notre Nelle ?

Sa question m'étonna. En voilà, une drôle de façon de présenter les choses ! « Notre Nelle » ; et encore, je ne parle pas de son intonation, de la douceur avec laquelle il venait de prononcer le prénom de ma mère...

— Sa blessure à la main ne devrait plus tarder à se cicatriser. Le vrai problème, c'est là qu'il est, ajoutai-je, en ayant l'intention de tapoter mon front sauf que, sans le faire exprès, ma main se posa sur mon cœur, et d'ailleurs, c'était plutôt bien vu de ma part ; comme si mon corps tentait de me délivrer un message à mon insu.

— Oui, notre cœur nous dicte parfois une bien étrange conduite, reprit le père Dominic en se frappant la poitrine comme s'il évoquait les impulsions de son propre cœur.

Sur ce, il ôta son chapeau dont il entreprit d'enlever les bouts de paille abîmée. Je me souviens très bien du jour où les moines nous ont apporté les débris du bateau de mon père échoués sur la grève. Le père Dominic se tenait devant l'âtre dans la même posture, son chapeau à la main, en regardant le bateau brûler.

— Vous saviez que Maman surnommait le doigt qu'elle s'est coupé son « indicateur » ?

Il me fit signe que non. Son visage si bon, si avenant, se contracta soudain.

Il me vint alors un pressentiment mais je me demandais si ce serait une bonne idée ou pas de lui en parler.

— Et si elle s'était coupé le doigt pour se soulager d'un terrible sentiment de culpabilité ?

Il détourna le regard.

Donc, il savait quelque chose.

Un abîme de silence se creusa entre nous. Un bourdonnement semblable à une nuée d'insectes s'éleva non loin. Le temps me parut suspendre son vol.

— Pourquoi a-t-elle fait ça ? m'écriai-je.

— Oui, pourquoi ? On se le demande ! me répondit-il comme si je venais de lui poser une question purement rhétorique.

— Non mais je vous le demande à vous ! Pourquoi ?

— Ta mère t'a laissé entendre que je comprendrais ses raisons d'agir ?

— Elle m'a dit qu'elle ne pouvait pas en parler.

Il soupira en croisant les doigts. J'aurais donné ma main à couper qu'il s'apprêtait à prendre une grave décision.

— Jessie, j'ose à peine imaginer les abîmes de perplexité où doit te plonger cette affaire mais je n'ai rien à te dire. Crois bien que je le regrette mais je n'y peux rien.

— Ma mère ne vous aurait pas avoué un secret sous le sceau de la confession, par hasard ?

Ma question parut le prendre au dépourvu. À croire que jamais encore une telle idée ne lui était venue ! Il se pencha vers moi avec gentillesse, comme s'il voulait laisser un début d'intimité s'établir entre nous. À un moment, je crus même qu'il allait me prendre la main.

— À mon avis, ça n'aidera pas ta mère qu'on s'appesantisse sur ses problèmes. Je me doute bien que tu dois penser le contraire. Aujourd'hui, tout le monde cherche à nous persuader (quitte à nous laver le cerveau sans arrêt !) qu'il vaut mieux analyser sous toutes les coutures les moindres lambeaux de son passé mais ça ne donne pas toujours de bons résultats. Nelle semble vouloir garder ses soucis pour elle. Peut-être doit-on respecter sa décision ?

Il serra les lèvres et reprit d'un ton implorant :

— Jessie, il faut que tu me fasses confiance. À moi et à ta mère.

Je m'apprêtais à défendre mon point de vue lorsqu'il posa sa main sur ma joue en m'adressant un sourire résigné. Dieu sait pourquoi, je ne bougeai pas, je le laissai faire. Nous sommes restés ainsi un bon moment avant qu'il ne tourne les talons et ne s'en aille vers l'église en enfonçant sur son crâne son chapeau de paille en lambeaux.

14.

Je m'assis sur le banc, le dos tourné aux marais, en attendant que le père Dominic disparaisse de ma vue. Comment interpréter ce qui venait de se passer ?

Il me semblait pourtant sincère ! « Jessie, il faut que tu me fasses confiance. » Sans doute valait-il mieux que je suive son conseil. Après tout, ce n'était qu'un vieux moine amateur de calembours idiots. Tout le monde l'adorait. Et puis Kat lui faisait confiance, elle ; et malheur à celui qui prenait Kat Bowers pour une imbécile ! À ma connaissance, il n'y avait aucun moyen de l'embobiner.

Perplexe, je suivis des yeux deux balbuzards pêcheurs esquissant un large cercle à travers le brouillard. Et si le père Dominic avait raison ? Si jamais mes efforts pour comprendre les motivations de Maman ne contribuaient qu'à embrouiller un peu plus une situation déjà bien assez complexe ?

Mes yeux s'arrêtèrent sur *La Légende de la sirène*, posée à côté de moi sur le banc. J'ouvris la page de garde. « Achim est-ce que tu t'attendais ? » avait noté Dominic de son écriture penchée reconnaissable entre toutes, au-dessus de sa signature.

Autant l'avouer, il ne m'inspirait pas confiance. Pourtant, je restais persuadée que j'avais tort de me méfier. Kat et Maman lui témoignaient une confiance sans borne, elles ! Dieu sait ce qui me retenait de me rallier à leur opinion...

Je consultai ma montre. Déjà onze heures et quelques ! Je m'apprêtais à rentrer préparer le déjeuner de Maman lorsqu'une impulsion subite m'incita à passer voir la chaire aux sirènes.

Ma dernière visite à la chaire devait remonter à l'époque où j'allais encore au lycée, un quart de siècle plus tôt. Mike et moi, on avait passé un temps fou à gambader autour quand on était petits, pourtant elle me rappelait surtout mon père ; sans doute parce que c'était lui qui me l'avait montrée le premier en me racontant sa légende – lui qui aimait la chaire presque autant que son bateau. Maman, par contre, ne voulait même pas en entendre parler.

Ça n'avait pas toujours été le cas. Maman n'avait rien trouvé à redire à la chaire jusqu'à la mort de Papa. Année après année, avec l'aide d'une poignée d'autres hommes, celui-ci la portait lors d'une procession de trois kilomètres allant de l'église aux quais bénir la flotte des pêcheurs. Maman encourageait d'ailleurs mon père à y participer. Les moines choisissaient surtout des hommes connus pour leur piété or Joe Dubois, lui, passait en général pour un mécréant mais, Dieu sait comment, il s'était toujours débrouillé pour se joindre aux autres porteurs. Il disait croire en la bénédiction des crevettiers, peu importe qui s'en chargeait, et tant pis si ce n'était pas sainte Sénara ou les moines mais Max le chien. À mon avis, il y avait autre chose : ma mère vénérait Sénara, la sainte, alors que mon père appréciait surtout son autre nature, sa vie de sirène sous les traits d'Asénora.

Sur chaque bras de la chaire se trouvaient deux crochets ronds en fer destinés à recevoir des barres de bois. Chaque année au mois d'avril, le soir de la Sainte-Sénara, quatre hommes hissaient les barres sur leurs épaules et promenaient la chaire comme s'il s'agissait du trône de Cléopâtre ou de la litière d'un dieu grec. Ils sortaient de l'église puis franchissaient la porte du monastère avant de passer entre les commerces de l'île. Mike et moi, on marchait à côté de notre père, bouillants d'enthousiasme et gonflés de notre importance (en train de se « pavaner », selon l'expression de Maman) tandis que les insulaires formaient une longue traînée de couleurs ondulant dans notre sillage.

Sur le chemin de l'église, me revinrent en mémoire les processions éblouissantes et les prières que récitait l'abbé dans la chaire aux sirènes, en levant la main en signe de bénédiction. Une bonne quarantaine de chalutiers venus de l'île aux Aigrettes, mais aussi de McClellanville et de Mount Pleasant, longeaient alors le quai, ornés de lanternes de toutes les couleurs. La surface des flots se parait de mille éclats, à mesure que la nuit tombait. Après la bénédiction des bateaux, suivie de l'aspersion solennelle de la chaire avec un peu d'eau de mer, les habitants de l'île jetaient dans la baie des larmes de sirène (en fait : de minuscules cailloux couleur de nacre), histoire de rendre hommage au sacrifice de la sainte. Puis tout le monde se retrouvait Chez Max pour un dîner à base de crevettes bouillies ou sautées à la poêle.

Entre l'église et le bâtiment où les moines confectionnaient les filets s'étendait une prairie. Autrefois, les frères y plaçaient des structures en bois où ils étalaient leurs filets avant de les enduire d'une solution à base de cuivre pour éviter qu'ils ne pourrissent. Ce jour-là, je n'en vis plus une seule. J'aperçus, en revanche, un moine qui lançait une balle de tennis à Max. Je le reconnus tout de suite à sa haute stature et à ses cheveux noirs, alors même qu'il me tournait le dos. Lorsque Max lui rapporta la balle, il se pencha pour lui gratter les oreilles.

Je m'approchai du frère Thomas – puisque c'était bien de lui qu'il s'agissait. Il se retourna et, dès qu'il m'aperçut, son visage exprima ce qui ressemblait à s'y méprendre à une joie sincère. Il vint à ma rencontre sans lâcher la balle de tennis, Max sur ses talons.

— Oh ! Je ne voulais pas vous interrompre, m'excusai-je en m'efforçant en vain de ne pas sourire.

Je me sentais le cœur si léger en sa présence !

— Je passais juste un peu de temps avec Max avant les prières.

Un silence s'installa. Je détournai le regard de son visage mais, lorsque mes yeux se posèrent de nouveau sur lui, je vis qu'il m'observait en esquissant l'ombre d'un sourire. Mon rêve me revint alors en mémoire – tous les deux sur un canot à la surface des flots. Ces derniers jours, les mêmes images me hantaient sans arrêt : son capuchon tombait d'un coup en découvrant son visage puis sa main frôlait ma joue avant de se glisser dans mon dos. Je me sentis gênée d'y songer en sa présence, comme s'il risquait de lire dans mes pensées.

Je baissai les yeux. Une paire de bottes crottées dépassait de sous son habit monastique.

— Ce sont mes chaussures de travail. Je suis le « frère de la réserve ».

— Pardon ?

— Le « frère de la réserve », répéta-t-il en riant.

— Qu'est-ce que ça signifie ?

— L'État nous paye pour qu'on veille sur la colonie d'aigrettes installée dans la réserve naturelle. L'un de nous doit garder l'œil sur elles.

— Vous ne fabriquez pas de filets comme les autres ?

— Non, Dieu merci ! Je m'y prenais comme un pied. Puisque je suis le plus jeune, c'est à moi qu'on confie les tâches au grand air.

Pendant ce temps, Max attendait sagement, assis par terre.

— Allez ! La dernière ! le prévint Thomas en envoyant la balle tournoyer en l'air.

On a tous les deux regardé Max s'enfoncer à toute allure dans le brouillard.

— En quoi consiste votre travail au juste ?

— Je surveille l'évolution de la population d'oiseaux ; les aigrettes mais aussi les pélicans, les hérons ou les balbuzards pêcheurs. Au printemps et en été, je dénombre et je mesure les œufs d'aigrette, j'observe les nids, les petits ; ce genre de choses. En cette saison, je ne croule pas sous la besogne !

Un doux parfum se dégageait de lui… celui de la gelée de raisin !

— Alors comme ça, vous observez les oiseaux ?

— Oui, me répondit-il en souriant encore, mais ce n'est pas tout : j'inspecte aussi les bancs d'huîtres, je prélève des échantillons d'eau. Le département des ressources naturelles me donne une liste de paramètres à contrôler.

Max lui apporta la balle en la tenant dans sa gueule et Thomas la glissa sous son scapulaire.

— En général, Max m'accompagne à bord de mon bateau, ajouta-t-il en caressant le chien.

— Vous devez beaucoup aimer votre travail.

— Entre nous, parfois, je me dis que c'est grâce à lui, si je suis encore ici.

— Je comprends : j'ai grandi sur l'île. Mon frère et moi, on adorait les oiseaux. On allait observer les mâles de la colonie lorsqu'ils exécutaient leur danse nuptiale.

Je venais de prononcer ces derniers mots sans réfléchir. Ça n'aurait pas été bien grave (rien qu'une conversation anodine sur les oiseaux) si je n'avais pas rougi au même moment. Le frère Thomas dut aussitôt en déduire que notre échange me paraissait chargé d'un fort potentiel érotique. J'aurais donné cher pour déguerpir sur-le-champ dans le sillage de Max !

Le frère Thomas me fixa d'un regard attentif. Sans doute devinait-il ce qui venait de me passer par la tête. Heureusement, par délicatesse, il s'efforça de détendre l'atmosphère :

— Oui, j'ai pu observer leur parade à plusieurs reprises déjà. C'est magnifique, lorsqu'ils claquent du bec en étirant le cou !

Voilà bien cinq minutes au moins que je claquais moi-même du bec en étirant le cou !

— Je vous ai expliqué comment se passaient mes journées, reprit-il. À votre tour de me raconter ce que vous faites !

Je tentai de lui fournir la réponse la plus digne et la plus appropriée qui soit. Difficile d'expliquer qui j'étais ou ce que je faisais. Et d'ailleurs, qu'est-ce que je faisais au juste dans la vie ? Maîtresse de maison pour le plus grand bénéfice de mon mari ? Peintre de boîtes miniatures décorées d'objets collés ? Encore que je n'y travaillais plus depuis longtemps. Pour couronner le tout, Dee venait de quitter la maison en me privant de la possibilité de répondre « mère au foyer » comme je m'empressais si joyeusement de le faire autrefois.

— En fait, je voulais voir la chaire aux sirènes. Je ne vais pas vous retenir plus longtemps.

— Vous ne me retenez pas du tout. Venez, je vous accompagne. À moins que vous ne préfériez rester seule ?

— Oh ? Non, non.

Mon changement d'attitude n'avait pas pu lui échapper. Je ne comprenais pas pourquoi il se montrait aussi insistant ? Désirait-il passer un peu de temps en ma compagnie ou me prouver son sens de l'hospitalité ?

Il me prit par le coude pour me guider sur le chemin qui contournait l'église – le même geste anodin qu'avec Maman, sauf qu'à son contact, un frisson me parcourut.

Un silence de plomb planait à l'intérieur de l'édifice. On longea la nef en passant entre les stalles du chœur avant de rejoindre le déambulatoire derrière l'abside en s'arrêtant à l'entrée en voûte d'une petite chapelle.

La chaire aux sirènes se trouvait sur une estrade en moquette bordeaux, râpée en certains endroits. Par une étroite fenêtre pénétrait un rai de lumière poussiéreuse qui tombait droit sur le siège.

En m'approchant, je posai la main sur le dossier sculpté d'un motif celte complexe. Les sirènes qui tenaient lieu de bras à la chaire étaient toujours vert, rouge et or bien qu'une partie de leur éclat se fût terni depuis ma dernière visite.

Je ne m'attendais pas à ce que la vue de la chaire m'affecte à ce point. Mes yeux se remplirent de larmes. Il y a bien longtemps de ça, mon père s'était assis sur cette chaire en m'invitant à le rejoindre d'une tape sur son genou. En frottant ma joue contre le tissu rêche de sa veste, je lui avais demandé à mi-voix :

— Tu récites une prière ?

Ainsi le voulait la tradition : le fait de prier dans la chaire était censé garantir la réalisation de désirs bien souvent impossibles à exaucer par ailleurs. Avant que Maman ne se prenne d'aversion pour la chaire, elle me chantait une chanson que tous les enfants de l'île connaissaient par cœur.

Assieds-toi sur la chaire,
Récite une prière,
Demain t'exaucera
La sainte Sénara.

— Oui, je prie, me répondit mon père, mais ne le répète surtout pas à ta mère ou sinon elle ne me lâchera plus !

— Pour qui tu pries ?

— Pour toi.

Je me redressai, au comble du bonheur. Mon père priait pour moi ! et ce qu'il demandait ne manquerait pas de se produire, peu importe ce dont il s'agissait.

— Tu as demandé quoi ?

Il toucha mon nez du bout du doigt.

— Que tu restes à jamais ma petite pomme de Reinette.

Le frère Thomas se tenait, indécis, à l'entrée de la chapelle, ne sachant pas s'il valait mieux qu'il reste ou qu'il me laisse seule. Ma main se posa sur la chevelure en bois des sirènes puis sur leurs ailes.

— Je me demande pourquoi elles ont des ailes. Vous le savez, vous ? Jamais je n'avais entendu parler de sirènes ailées.

Il interpréta ma question comme une invite à rester – ce qu'elle était bel et bien – et vint se placer de l'autre côté de la chaire. Un rai de lumière éclairait son habit noir.

— Des sirènes ailées ? Oh si, ça existe. Seulement, ce n'est pas courant.

Les ailes des sirènes me firent songer au plumage des oiseaux. Et, par association d'idées, aux danses nuptiales.

— Certaines sirènes ont la réputation d'être cruelles, il me semble ?

— Vous devez penser à *L'Odyssée*, où elles attirent les marins sur les rochers mais, avant, c'étaient des déesses de la mer porteuses de messages venus des profondeurs. Comme des anges, en quelque sorte, sauf qu'elles venaient de l'océan et non du ciel. Une légende prête même à leurs messages le pouvoir de guérir ou d'inspirer les hommes. Elles ne sont pas si cruelles que ça, en fin de compte !

Je dus lui paraître étonnée qu'il en sache autant car il jugea bon de préciser d'un air amusé :

— Ça m'arrive de remplacer au pied levé le frère Bede lors des visites guidées.

Des pas résonnèrent dans le déambulatoire. Je m'attendais à voir apparaître un moine mais personne ne vint. Notre conversation roula quelques minutes encore sur les sirènes. Le frère Thomas aimait beaucoup l'association de leur queue de poisson à une paire d'ailes : elles pouvaient ainsi évoluer dans deux mondes distincts sans appartenir uniquement à l'un ou à l'autre. Il m'avoua qu'il leur enviait cette chance et ne se priva d'ailleurs pas de développer ses idées là-dessus. Il ne me parut pas prétentieux pour autant, non. Sa conversation m'intriguait. Pour ne rien vous cacher, le fait qu'il en sache si long sur des sujets aussi obscurs m'impressionnait.

Mon regard se posa sur les bras de la chaire. Je fis mine de m'absorber dans leur contemplation en méditant sur la présence de leurs ailes, consciente que le frère Thomas ne me quittait pas des yeux.

— Vous croyez, vous, qu'il suffit de s'asseoir dans la chaire pour obtenir une réponse à ses prières ?

— Oh non, pas dans un sens magique, du moins.

— Je parie que vous ne vous asseyez jamais dedans pour prier, comme les touristes ?

— Sans doute que j'aime mieux prier autrement.

— Ah oui ? Comment ? lui demandai-je en ne me rendant compte qu'après coup de l'impertinence de ma question.

Jusque-là, jamais je n'avais interrogé personne sur sa façon de prier !

— Thomas Merton a écrit que les oiseaux lui tenaient lieu de prière. Je suppose que je ressens un peu la même chose que lui : c'est encore au milieu des marais que je prie le mieux. Voilà le seul genre de prière auquel mon âme se montre réceptive !

Son âme ! Je me demandai pour la énième fois de ma vie ce que ce terme recouvrait au juste. Tout le monde l'emploie mais qui sait ce dont il s'agit ? Je me la figurais parfois comme une veilleuse de chaudière brûlant à l'intérieur de nous ; une goutte de feu venue de l'invisible source de chaleur que les gens nomment Dieu. Ou sous une forme malléable, tel un morceau d'argile où s'accumuleraient les expériences de chacun – le bonheur ou le désespoir, l'angoisse et les myriades d'instants de beauté qui jalonnent une vie. Je lui aurais volontiers posé la question si une cloche ne s'était pas mise à sonner au même moment. Le frère Thomas rejoignit le déambulatoire et se tourna vers moi. Même à une telle distance, je distinguai le bleu de ses yeux perçants.

— Je ne prie jamais dans la chaire aux sirènes mais ça ne veut pas dire qu'elle n'a aucun pouvoir.

La cloche retentit à nouveau. Il me sourit en enfouissant les mains sous son scapulaire où se trouvait sans doute encore la balle de tennis de Max, puis il s'éloigna.

15.

Après le départ du frère Thomas, je grimpai sur la chaire aux sirènes. Le dossier rigide manquait de confort. À en croire la tradition, la chaire provenait d'un unique morceau de bouleau mais, à mon avis, il ne s'agissait que d'une croyance légendaire parmi tant d'autres. Je me calai contre le dossier. Mes orteils ne touchaient plus terre. À l'autre bout de l'église, les moines entonnèrent leurs prières. Je n'aurais su dire s'ils chantaient en latin ou non. Leurs voix me parvenaient par vagues successives sous la voûte de la chapelle.

Mes pensées, emportées par le chant des moines, venaient de prendre une hauteur vertigineuse lorsque soudain mon attention retomba sur mon corps, que je sentis bouillonner de vie, comme si je courais à toutes jambes, sauf que je ne bougeai pas d'un pouce. Tout autour de moi parut s'embraser : les couleurs et les particules de lumière qui tombaient en oblique sur mes épaules.

Je posai les mains sur les bras de la chaire, à l'endroit où les dos incurvés des sirènes se prolongent en queues de poisson. Mes doigts papillonnèrent un instant sur leurs corps puis j'agrippai de toutes mes forces le bois noueux de leurs queues en haut-relief comme s'il s'agissait d'une paire de rênes. À mon désir de me laisser aller s'opposait la nécessité de réfréner mes émotions.

Il régnait une telle confusion dans mes sentiments ! Mais là, curieusement, la situation s'éclaircit d'un coup pour me paraître on ne peut plus limpide : je le voulais, lui, le frère Thomas ; je le désirais de toutes mes forces.

Bien sûr, à la seconde même où je me l'avouai, j'éprouvai un immense dégoût, et pourtant, ma honte ne comptait pour rien à côté de l'intensité de mon désir ! Comme si les barrières derrière lesquelles je me retranchais venaient de céder. Une image s'imposa dans mon esprit : le souvenir d'un célèbre tableau de Magritte où l'on voit une locomotive jaillir d'une cheminée.

Les antiennes se mirent à résonner entre les murs de l'église. J'inspirai lentement en priant pour que la chaire se montre à la hauteur de sa réputation et chasse comme par miracle ces pensées qui m'accablaient. Mais au contraire, mon désir ne fit que croître ; le désir d'un homme autre que Hugh, que je ne connaissais même pas, et pourtant il me semblait que si, que je savais ce qui se cachait au fond de lui.

J'avais ressenti la même chose avec Hugh, la même impression que je le connaissais déjà au moment de le rencontrer. En tombant amoureuse de lui, je m'étais crue victime d'une crise subite de folie furieuse. Je me suis presque rendue malade de désir, incapable de me concentrer sur quoi que ce soit d'autre. Rien n'aurait pu me guérir et, quand bien même ! je n'avais aucune envie de me soigner. La volonté n'a pas son mot à dire quand on tombe amoureux. Le cœur suit son bon plaisir, comme s'il était indépendant du reste du corps.

Les voix des moines résonnèrent sous les voûtes où s'élevaient les parfums de l'encens. Thomas devait occuper l'une des stalles du chœur. Et voilà que la violence de mon désir pour lui me submergea de nouveau !

Le pire, c'est que je me résignais déjà à ce qui allait se passer ; un grand moment d'extase doublé d'une immense catastrophe.

Ce pressentiment m'effraya. Dire que je ne me croyais plus capable de tomber à nouveau amoureuse un jour !

Un peu plus tôt, Thomas m'avait demandé ce que je faisais dans la vie et je n'avais rien trouvé à lui répondre. C'était peut-être parce que je ne savais plus très bien qui j'étais. Depuis mon arrivée sur l'île, j'avais l'impression que ma vie partait en lambeaux.

Je fermai les paupières. Pitié ! pourvu que ça cesse ! songeai-je.

Je ne comptais pas en faire ma prière, pourtant, en rouvrant les yeux, je me rendis compte que c'était ce que je souhaitais le plus : que tout ça cesse une bonne fois pour toutes ! Je sentis naître en moi un espoir puéril ; l'espoir qu'un pouvoir supérieur se sentirait obligé de m'exaucer. Alors, mes sentiments pour le frère Thomas se dissiperaient, et il ne me resterait plus rien à craindre.

Bien sûr, je n'y croyais pas vraiment. « Assieds-toi sur la chaire, récite une prière. » Quel enfantillage !

Thomas n'y croyait pas non plus, pourtant il semblait persuadé que la chaire possédait une certaine forme de pouvoir. Et il ne se trompait pas : je le sentais, je venais d'en avoir la révélation.

Et si le véritable pouvoir de la chaire consistait à percer à jour les secrets des fidèles ? Et si elle sondait le fond des cœurs afin d'en exhumer les pensées les plus intimes ?

Je me levai. Comme je ne voulais pas passer devant les moines, j'ouvris au hasard une ou deux portes du déambulatoire avant de trouver enfin celle de la sacristie, qui conduisait dehors.

Je me dépêchai de rentrer, surprise par la densité du brouillard. Une véritable purée de pois enveloppait l'île entière alors qu'en apercevant un rayon de soleil un peu plus tôt, j'avais pu espérer un instant que le temps se dégagerait.

Je marquai une halte dans le jardin de Maman, à l'endroit même où je m'étais attardée le soir où Thomas nous avait raccompagnées. Je posai les mains sur le dessus du mur de briques en étudiant le mortier abîmé par l'air salin. Au bout du jardin, les lauriers-roses ondulaient, à peine visibles sous la brume.

C'est un moine ! me rappelai-je en espérant de tout mon cœur que ça suffirait à me sauver.

16.

Frère Thomas

Pendant les antiennes, juste avant la messe, Thomas remarqua les petits yeux inquisiteurs du père Sebastian fixés sur lui derrière ses épaisses lunettes à monture noire. Thomas aurait voulu qu'il cesse de le dévisager ainsi. À un moment donné, il lui renvoya même son regard mais Sebastian ne parut pas embarrassé le moins du monde. Il se contenta de hocher la tête comme si des pensées intimes l'absorbaient tout entier, ou comme s'il essayait de délivrer un message à son cadet.

Thomas transpirait abondamment sous son habit. Même en hiver, il étouffait sous la laine. Il faut dire que le monastère était surchauffé en permanence, par égard pour les moines les plus âgés – qui, comme le disait à juste titre l'abbé, n'avaient « pas le sang très chaud ». En entendant cette remarque, Thomas avait dû se mordre la lèvre pour ne pas éclater de rire.

Voilà maintenant trois ans qu'il nageait tous les jours dans les criques où nichaient les aigrettes, près de l'ermitage de fortune qu'il s'était lui-même construit sur l'une des petites îles du marais. Il nageait en s'ébrouant dans les eaux glacées, rien que pour se rafraîchir et, en hiver, avec plus d'énergie encore qu'aux autres saisons. Ses ébats aquatiques lui rappelaient l'enluminure d'un livre d'heures médiéval intitulée *La Gueule de l'enfer*. On y voyait de pauvres diables ébouillantés en train de sauter dans une flaque d'eau froide. Thomas, lui, nageait à l'abri des hautes herbes, là où la crique formait un coude débouchant sur un étang secret qui lui tenait lieu de piscine privée.

Comme il n'y avait pas de maillots de bain au monastère, il se baignait en tenue d'Adam. Sans doute aurait-il dû l'avouer aux autres au cours des confessions publiques du vendredi matin où les moines s'accusaient de péchés comme « j'ai cassé la lampe de l'accueil sans faire attention » ou « je me suis glissé dans la cuisine la nuit en douce pour finir la gelée de cerise ». Au fond, il ne se sentait pas vraiment coupable de nager nu. Il en éprouvait même une sorte de jubilation intense : les moines ont une fâcheuse tendance à se replier sur eux-mêmes, à s'ankyloser dans leur vie intérieure, or tout le monde a besoin de nager nu (lui-même y tenait énormément) et certains plus encore que d'autres.

Des gouttes de sueur perlaient sur sa lèvre supérieure. Il ferma les yeux en rêvant au contact de l'eau froide sur sa peau nue.

Les moines occupaient chacun leur place dans le chœur en fonction de la hiérarchie la plus stricte. Venait en premier lieu l'abbé, puis le prieur, suivi du sous-prieur, avant le maître des novices, et les autres frères, selon l'ancienneté de leur entrée dans les ordres. Thomas, lui, occupait la dernière stalle du côté gauche.

En tant que prieur, le père Sebastian avait droit au premier rang du côté droit. Il serrait entre ses mains son missel de l'abbaye de Saint-André que personne n'utilisait plus depuis les années soixante, en fixant Thomas d'un regard aussi noir qu'insistant.

La raison de son hostilité parut soudain évidente à Thomas, qui referma les doigts sur son bréviaire. Le père Sebastian avait dû le surprendre en pleine conversation avec Jessie Sullivan. Il se rappela en effet un bruit à l'extérieur de la chapelle, ce matin-là. Sebastian passait toujours par la sacristie lorsqu'il se rendait à l'église. Sans doute en avait-il profité pour les épier.

Certaines remarques de Thomas à Jessie lui revinrent en mémoire. Il ne lui avait rien dit de répréhensible. Ils avaient discuté ensemble de la chaire aux sirènes... et de prière ! Il voulait juste se montrer aimable envers la fille de la dame qui préparait leur déjeuner. Quel mal y avait-il à cela ? Les moines parlaient tout le temps à des tas de visiteurs.

Il se redressa dans sa stalle en se drapant dans sa vertu. L'ancien avocat venait de ressurgir en lui, tel Lazare ressuscité des morts. Le retour de son vieil instinct d'autojustification le dérouta. Avec quelle assurance ne s'apprêtait-il pas à défendre sa conversation avec Jessie Sullivan, comme s'il s'agissait d'une preuve retenue contre lui !

Il cessa de chanter. L'abbé s'en aperçut en fronçant les sourcils. Thomas joignit de nouveau sa voix au chœur des moines puis il se tut en sentant ses épaules s'affaisser. Le besoin qu'il éprouvait de se défendre en disait long sur sa culpabilité.

Ses yeux se posèrent sur Sebastian. Lorsque le regard du vieux moine croisa le sien, Thomas hocha la tête comme pour admettre qu'il ne saurait justifier sa conduite. Depuis leur première rencontre au jardin de roses, il pensait sans cesse à cette femme. L'ovale parfait de son visage s'imposait à ses pensées, et aussi le souvenir de son regard avant qu'elle ne se lève. Quand elle s'était redressée, sa tête avait un instant masqué la lune à Thomas. L'astre luisait au ciel derrière elle et, l'espace d'une ou deux secondes, Jessie lui était apparue comme une éclipse, la tête nimbée d'un pâle halo, une ombre opalescente sur le visage.

Il en avait eu le souffle coupé. Ça lui avait rappelé quelque chose, mais quoi ? il n'aurait su le dire. Il les avait ensuite raccompagnées, sa mère et elle, sous le couvert des arbres, en parlant à Nelle alors qu'en pensée il revoyait le visage de Jessie dans la pénombre soudain illuminée.

Un désir nostalgique s'était éveillé en lui, sans s'apaiser par la suite comme il l'espérait, mais en devenant au contraire si pressant qu'il ne parvenait plus à trouver le sommeil à force de penser à elle. À ces moments-là, il se levait pour lire le poème de Yeats où il est question d'un bois de noisetiers et d'un feu dans le cœur. Yeats l'avait composé après sa rencontre avec Maud Gonne : un beau jour, en l'apercevant à sa fenêtre, il s'était épris d'elle à la folie.

Thomas se sentait de plus en plus idiot à mesure qu'il s'avouait à quel point il désirait Jessie. Comme s'il se débattait dans l'un des filets de pêche du monastère. Depuis cinq ans qu'il vivait à l'abbaye, il suivait sans trop de peine le rythme du monastère : *ora, labora, vita communis* (les prières, le travail, la vie en communauté). Dom Anthony leur adressait de temps à autre un sermon sur ce qu'il nommait la « langueur » ou la monotonie qui risquait de les engluer dans un immense ennui ou une profonde lassitude, mais Thomas n'en avait jamais souffert. Au contraire, le rythme de la vie monacale l'avait plus d'une fois soutenu aux moments de doute et d'angoisse, liés à la disparition de ceux qu'il aimait le plus au monde.

Et depuis, il y avait eu cet instant pourtant innocent, où une femme s'était relevée au milieu d'un jardin sans fleurs en tournant vers lui son magnifique visage nimbé de lumière. Cette simple scène avait suffi à faire voler en éclats l'ordonnance méticuleuse de ses journées, dont il se contentait jusqu'alors.

Il ignorait presque tout d'elle, si ce n'est qu'elle portait une alliance. Elle était mariée. Tant mieux. Cela le rassurait.

Il se rappela son embarras au moment où elle avait évoqué sans réfléchir la parade des aigrettes. Il avait eu l'imprudence de l'accompagner jusqu'à la chaire aux sirènes. Le souvenir de ses hanches moulées par son jean l'obséderait toute la nuit.

Lorsque l'abbé leva l'hostie pour célébrer l'eucharistie, Thomas éprouva en lui un profond attachement, non pas pour Jessie mais pour le monastère où il se sentait chez lui et qu'il aimait plus que tout au monde. Il contempla l'hostie en priant Dieu qu'elle le rassasie, puis il décida de chasser Jessie de ses pensées. Bientôt, il n'y songerait plus.

À la sortie de l'église, les moines formèrent une file à l'entrée du réfectoire où les attendait leur déjeuner. Thomas se faufila sur le chemin qui menait à sa cellule. Il n'avait pas faim.

Le père Dominic se tenait assis sur le perron dans un fauteuil à bascule, un plaid écossais rouge et marron drapé autour de ses épaules. Il ne se balançait pas comme à son habitude mais demeurait immobile, les yeux rivés à une touffe de mousse d'Espagne. Thomas ne l'avait pas vu à la messe ce matin-là et Dominic lui parut soudain bien âgé.

— *Benedicte Dominum*, lui dit le vieux moine, qui affectionnait ce salut un peu désuet.

— Comment ça va ? lui demanda Thomas.

Au printemps dernier, Dominic avait passé trois semaines à l'infirmerie à cause d'une pneumonie mais, sinon, d'après les souvenirs de Thomas, il n'avait encore jamais manqué une seule messe.

— Bien, très bien, l'assura Dominic en esquissant un sourire contraint.

— Tu n'es pas venu à la messe.

— Non, en effet. Que Dieu me pardonne ! Je communiais à ma façon. Tu ne t'es jamais dit que, si Dieu pouvait s'incarner dans une hostie, alors il pouvait aussi bien choisir pour ça une touffe de mousse par terre ?

Thomas étudia la mousse d'Espagne qui poussait entre les marches.

— Des pensées comme celle-là, il m'en vient sans arrêt, mais je croyais que j'étais le seul au monastère !

— Moi aussi ! s'écria Dominic en riant. Nous voilà tous les deux embarqués dans la même galère ! Ou peut-être, la même hérésie ?

Il imprima du bout des pieds un mouvement de va-et-vient à son fauteuil.

Sous le coup d'une impulsion soudaine, Thomas s'assit aux pieds de Dominic.

— Je sais que tu n'es pas mon confesseur, et ce que je vais te demander ne plairait sans doute pas à l'abbé mais… accepterais-tu d'entendre ma confession ?

Dominic cessa de se balancer. Il décocha au frère Thomas un regard intrigué.

— Là, maintenant ?

Thomas acquiesça. Un besoin pressant de se livrer lui serrait le cœur.

— D'accord. Je viens de manquer la messe alors je ne suis plus à ça près ! Je t'écoute.

Thomas se mit à genoux près du fauteuil.

— Pardonnez-moi, mon père, car j'ai péché. Il y a quatre jours que je ne me suis plus confessé.

Le regard de Dominic se perdit dans le jardin. Thomas supposa qu'il examinait de nouveau la mousse.

— Mon père, je ne sais pas ce qui m'arrive. Je crois que je suis en train de tomber amoureux. Je l'ai rencontrée au jardin de roses.

Le vent se leva autour d'eux. Ils restèrent assis l'un auprès de l'autre, enveloppés par les tourbillons de la brise. Sa confession à cœur ouvert (et tant pis si elle devait lui causer du tort !) libéra chez Thomas un raz-de-marée d'émotions. Il ne pourrait plus faire marche arrière, dorénavant.

En ce jour de brume d'un blanc laiteux, la tête courbée, à genoux près du père Dominic, il s'avoua enfin qu'il était éperdument amoureux d'une femme qu'il connaissait à peine.

17.

Au cours des jours étranges qui suivirent ma rencontre avec le frère Thomas dans l'église de l'abbaye commença la saison des pluies – une mousson glaciale en plein mois de février, sur une île de l'Atlantique.

Les averses torrentielles de mon enfance m'ont laissé un triste souvenir : Mike et moi, on allait à l'école en courant, blottis sous un pan de toile imperméable, pendant que la pluie nous fouettait les mollets. Quelques années plus tard, on a dû traverser la baie pour aller au lycée. Quand il se mettait à pleuvoir l'hiver, le bac bondissait en tous sens sur la mer agitée, comme un canard en plastique.

Je restai une bonne semaine plantée devant la fenêtre chez Maman, à regarder l'eau tomber à travers le feuillage des chênes en éclaboussant la baignoire reconvertie en grotte. Je préparais des dîners insipides avec les boîtes de conserve entreposées dans le cellier, je changeais le pansement de Maman, je lui apportais ses gélules brunes ou ses pilules rouges et blanches, et puis, sans trop savoir comment, je me retrouvais face à la fenêtre, les yeux dans le vague, privée d'énergie. Je rentrais en moi-même comme dans la coquille d'un nautile. Je me blottissais dans l'un des recoins les plus sombres de mon âme.

Parfois, je regardais les Jeux olympiques d'hiver avec Maman sur sa petite télé, histoire de passer du temps avec elle, en faisant semblant que tout allait bien. Maman fixait des yeux l'écran en tripotant son rosaire. Une fois terminées ses dizaines d'*Ave*, elle se mettait à retourner en tous sens un Rubik's cube que Dee lui avait offert à Noël, cinq ans plus tôt. Elle le tripotait d'une seule main avant de le laisser tomber sur ses genoux, puis ses doigts continuaient à s'agiter dans le vide.

On se laissait chacune absorber par ses préoccupations. Maman devait ressasser ses inquiétudes en pensant à son doigt enterré – quand elle ne se réfugiait pas dans ses souvenirs. De mon côté, je songeais sans arrêt au frère Thomas, en proie à un désir insatiable que je ne parvenais pas à chasser de mes pensées. Ce n'était pourtant pas faute d'essayer !

Je ne me rappelais même plus ce que ça faisait d'éprouver un désir de cette force – un désir qui s'impose aux sens sans crier gare, comme une bande d'oiseaux effarouchés s'envolant à tire-d'aile.

Comment m'expliquer ce réveil soudain de mes sens ? Je m'imaginais autrefois que chaque femme possédait quelque part derrière son nombril une sorte de réservoir à essence érotique qui lui venait à sa naissance. Je croyais avoir épuisé le mien au cours des premières années de ma relation avec Hugh et, à ma grande désolation, sans espoir de le remplir à nouveau. Un jour, j'ai avoué à Hugh que je n'avais reçu qu'un réservoir petit modèle, comme d'autres n'ont qu'une petite vessie. Hugh m'a regardée comme si je déraillais.

— Ce n'est pas pareil pour vous les hommes, lui ai-je expliqué. Vous n'avez pas besoin de surveiller le niveau d'un réservoir : le désir masculin coule d'un robinet qu'on peut ouvrir sur commande. Impossible d'en tarir la source !

— Ah bon ? Tu tiens tes connaissances des cours de biologie du lycée ?

— Il y a des choses qu'on n'apprend pas dans les livres.

— Sans doute, oui ! conclut-il en riant comme si je plaisantais, alors qu'en fait non, ou alors seulement à moitié.

Je croyais bel et bien que les femmes ne possédaient qu'une certaine quantité de libido et, une fois qu'elles l'avaient épuisée, eh bien il n'en restait plus !

Depuis, je venais de comprendre que je m'étais trompée. Personne ne possède de réservoir (petit ou grand modèle, peu importe). Homme ou femme, tout le monde est équipé d'un robinet raccordé à un océan de désirs érotiques sans fond. Peut-être que le mien s'était entre-temps rouillé ou bouché pour Dieu sait quelle raison !

En attendant, Maman se murait dans le silence. Elle ne parlait même plus de retourner à l'abbaye préparer le déjeuner des moines – ce qui les condamnait aux pitoyables efforts du frère Timothy. Je repensais sans cesse à la mise en garde de Hugh : à tout moment, le besoin de Maman d'évacuer sa culpabilité risquait de ressurgir. Je me rongeais les sangs. Quand je la voyais, j'imaginais aussitôt quelque chose de menaçant enfermé dans les abîmes de son inconscient et qui cherchait par tous les moyens à s'en échapper.

Pendant un ou deux jours, après avoir enterré son doigt, ma mère est redevenue telle que je la connaissais. Elle m'a parlé de Julia Child puis de Mike avant de conclure à l'infaillibilité du pape, en sautant du coq à l'âne comme à son habitude. Heureusement qu'elle n'avait pas eu vent de la conversion de mon frère au bouddhisme ! Ma mère n'était pas du genre à garder pour elle ses pensées, or là, ça faisait deux jours qu'elle n'ouvrait presque plus la bouche – ce qui n'annonçait rien de bon.

Je ne trouvais ni la force, ni le courage de l'interroger au sujet de Dominic ou d'évoquer devant elle la présence de la pipe de mon père au fond de son tiroir.

Kat nous appelait presque tous les jours.

— Vous êtes toujours bien vivantes ? Et si je passais vous dire bonjour ?

Je l'assurais que tout allait bien. Je ne souhaitais la compagnie de personne, ce qu'elle comprenait parfaitement.

Hugh aussi me passa un coup de fil, mais un seul ; deux ou trois jours après ma visite à l'église. Maman et moi, on était en train de regarder une course de bobsleigh à la télé.

— On ne va pas se disputer…

C'est tout ce qu'il a trouvé à me dire !

Tel que je le connaissais, il voulait sans doute que je lui demande pardon pour notre dernière conversation. Il attendait patiemment mes excuses.

— Moi non plus, je ne tiens pas à ce qu'on se dispute.

Il ne m'est rien venu de mieux à l'esprit.

Hugh a attendu encore un moment puis, après un soupir appuyé, il a repris :

— J'espère que tu as bien réfléchi et que tu es d'accord pour que je vienne te rejoindre ?

— Ah non, pas du tout ! Il vaut mieux que je me débrouille seule, crois-moi.

Comme ma réplique me semblait à moi-même assez cassante, je m'efforçai de prendre un ton plus doux.

— Essaye de te mettre à ma place.

— D'accord, répondit-il comme par automatisme mais, bien sûr, il ne s'en donnerait jamais la peine.

Le pire, avec les gens brillants, c'est qu'ils ont tellement l'habitude d'avoir raison qu'ils n'imaginent pas une seconde pouvoir se tromper.

Une profonde lassitude s'installa en moi pendant qu'on continuait à discuter. Je ne parlai à Hugh ni de Dominic ni du rôle que je le soupçonnais de jouer dans les problèmes de Maman. Sans cela, Hugh aurait analysé mes paroles jusqu'à n'en plus finir avant de m'expliquer quelle conduite je devais tenir. Or moi, je ne voulais me laisser guider que par mon instinct.

— Quand comptes-tu rentrer à la maison ? me demanda Hugh.

À la maison ? Chez nous ? Comment lui expliquer qu'en ce moment, je ne voulais plus qu'une chose : m'échapper ! Je faillis lui avouer que je souhaitais rester un peu de temps seule, rentrer dans ma coquille voir ce qui s'y trouvait. Mais, pour finir, je ne dis rien.

J'agissais ainsi par égoïsme, en réaction à l'insatisfaction qui me tenaillait déjà avant mon départ, mais aussi par auto-apitoiement. Ma vie me semblait d'une douceur fade et ennuyeuse au possible ; inexploitée, en friche.

Depuis quelques jours, je pensais souvent à la vie que je rêvais autrefois de mener, une vie riche en expériences esthétiques ou érotiques et en conversations passionnantes sur la politique, la philosophie ou l'existence de Dieu. Dans cette vie imaginaire, je dirigeais ma propre galerie d'art et je peignais des toiles surréalistes pleines d'images étonnantes qu'on aurait dit sorties d'un songe.

À un moment donné, j'aurais sans doute pu adopter ce genre de vie, du moins en partie. Il y a quelques années de ça, j'ai exhumé d'un rangement sous une mansarde mon plus beau service en porcelaine ; un service comme on n'en fabriquait plus depuis, et que je n'aurais pas pu remplacer en cas de casse. Je l'avais rangé dans une boîte, sous son emballage d'origine, car je ne le sortais que les jours de fête, ou pour notre anniversaire de mariage.

Dee a tout de suite compris où je voulais en venir.

— Pourquoi tu ne t'en sers pas plus souvent, Maman ? Qu'est-ce que tu attends pour manger dedans ?

J'ai cru déceler une note de pitié dans son intonation.

Qu'est-ce que j'attendais ? Aucune idée ! Mon propre enterrement, qui sait ? Dee organiserait une veillée funèbre où les gens n'en reviendraient pas de voir mon service en porcelaine encore intact. Vous parlez d'un hommage !

Ma propre mesquinerie me sapa le moral. Depuis quand ma crainte de briser une assiette avait-elle atteint des proportions aussi démesurées ? Depuis quand mon envie de sortir du train-train quotidien s'était-elle réduite à peau de chagrin ? Je décidai de laisser mon service en porcelaine à portée de main, dans un placard de la cuisine, afin de l'utiliser à n'importe quelle occasion : parce que c'était mercredi, parce que je venais de vendre l'une de mes boîtes, parce que Sam du feuilleton télé *Cheers* allait demander Diane en mariage. Cela dit, mes velléités de luxe et de dépense n'avaient pas concerné grand-chose d'autre que la vaisselle.

Le combiné en main, je songeai à tout expliquer à Hugh, à lui parler de mon service en porcelaine, mais je me demandais quelles conclusions il en tirerait.

— Jessie, quand comptes-tu rentrer ?

— Je n'en sais rien. Pas tout de suite, en tout cas. Ça n'est pas exclu que je reste ici un bon bout de temps.

— Je vois.

Oh, ça oui ! Hugh devait bien sentir que je ne restais pas uniquement sur l'île à cause de Maman et de ses problèmes, mais parce que je ne tenais plus en place à la maison. En fait, mon séjour chez ma mère nous concernait tous les deux – lui autant que moi.

Je ne lui en touchai pourtant pas un mot.

— Jessie, je t'aime.

C'est horrible, ce que je vais avouer, mais j'ai eu l'impression qu'il ne me le disait que pour me mettre à l'épreuve, pour voir si je lui répondrais la même chose.

— Je t'appellerai d'ici quelques jours, conclus-je.

Je raccrochai puis je restai là à regarder la pluie déposer une pellicule argentée sur la vitre. Au bout d'un moment, je retournai au salon rejoindre Maman devant la course de bobsleigh.

Chaque après-midi, vers quatre heures, je sentais la nuit approcher, se tapir sous les portes et les fenêtres en exhalant son odeur sombre et humide. La force du désir que j'éprouvais pour Thomas ne faisait que croître à la nuit tombée.

Dès que les premières ombres du crépuscule s'allongeaient, je partais me prélasser dans un bain chaud. Sur le rebord de la baignoire, je plaçais l'une des bougies que conservait ma mère en cas d'orage, puis je laissais couler l'eau la plus brûlante que je puisse supporter jusqu'à ce que la pièce se remplisse de vapeur. Souvent, je jetais dans mon bain des feuilles de cèdre du jardin, une poignée de sel ou des cuillers d'huile de lavande, comme si je préparais une infusion aux senteurs enivrantes.

Je me glissais au fond de la baignoire en ne laissant émerger que mes narines. À croire que je venais à peine de découvrir le plaisir du contact de l'eau brûlante contre ma peau !

Je me perdais dans mes rêveries. J'avais toujours eu un faible pour les *Amants au ciel rouge* de Chagall, où l'on voit un couple enlacé en apesanteur au-dessus des toits et de la lune. Chaque fois que mon corps s'enfonçait sous l'eau, la même image me revenait en mémoire ; un couple flottant dans un ciel rouge ou alors en train de nager dans des flots bleus brûlants.

Il m'arrivait aussi de penser à la sirène dessinée par Chagall en suspens au-dessus de l'eau, au-dessus des arbres : une sirène volante, mais sans ailes. Je me rappelais alors les paroles de Thomas, enviant les sirènes parce qu'elles appartenaient autant aux airs qu'à la mer.

Au beau milieu d'une nuit, je me dressai dans mon lit. Un silence subit venait de s'installer : il avait cessé de pleuvoir sur le toit. En jetant un coup d'œil par la fenêtre, je vis que les nuages s'étaient dispersés. Le clair de lune projetait comme des fragments de mica à l'intérieur de ma chambre.

Je me levai à la recherche d'un crayon. Je dénichai une vieille boîte de pastels dans le bureau de Mike, qui avait dû les abandonner là vingt ans plus tôt. Je partis les tailler à l'aide d'un couteau à poisson sur la table de cuisine.

Ne trouvant pas d'autre support qu'un cahier d'école, je décrochai du mur une photo d'un phare de l'île Maurice que j'eus bien du mal à ôter de son cadre. Sans plus attendre, j'esquissai un croquis au dos, animée d'un enthousiasme irrépressible que je ne me connaissais pas.

Je couvris la feuille d'ondes bleues puis je dessinai à chaque coin un nautile éclairé d'une lumière orangée. Au bas de ma composition, je représentai un tas de crânes de tortues dressés en colonnes, tels les vestiges d'une civilisation engloutie. Au centre apparaissaient deux amants, pressés l'un contre l'autre, leurs membres enlacés. Les cheveux de la femme enveloppaient le couple, comme autant de rubans virevoltant au gré des flots.

Le résultat me parut assez exaltant, mais aussi inquiétant. Je remis la photo du phare à sa place sous son cadre, contre le manteau de la cheminée. Mes amants se tenaient maintenant face au mur.

Après ça, impossible de me rendormir ! Je me sentais aussi excitée qu'une puce ! J'allai me préparer une tisane à la cuisine, et je sirotais mon infusion de camomille dans une tasse ébréchée lorsque j'entendis un grattement à la porte. J'allumai la lumière à l'extérieur en jetant un coup d'œil par la fenêtre. Max se tenait assis sur le perron, trempé jusqu'aux os.

— Oh Max ! Regarde un peu dans quel état tu es ! m'écriai-je en lui ouvrant la porte.

Le chien posa sur moi un regard interrogateur.

— Allez, entre !

Max était connu pour dormir dans différentes maisons de l'île suivant un système d'alternance assez singulier dont lui seul connaissait les subtilités. Un jour, Maman m'a raconté qu'il se présentait à sa porte plusieurs fois par an mais, à mon avis, il n'avait pas l'habitude d'arriver en pleine nuit. Je me demandai si son hôte du moment ne venait pas de le chasser. Aurait-il accouru chez Maman en se laissant guider par la lumière de la cuisine ?

Je dépliai le vieux couvre-lit que Maman lui réservait au fond du placard. Pendant que Max se pelotonnait dessus, je m'assis par terre pour le sécher avec un torchon à vaisselle.

— Qu'est-ce que tu fabriques ici ?

Il dressa les oreilles puis posa sa tête contre ma cuisse.

Je le caressai en me rappelant les paroles de Thomas ; Max l'accompagnait sur son bateau quand il travaillait à la réserve naturelle.

— Tu aimes bien le frère Thomas ?

Max agita la queue ; à cause de mon ton mielleux, je suppose, le ton qu'on emploie quand on s'adresse aux nouveau-nés, aux chatons ou aux chiots.

— Moi aussi, je l'aime bien.

Gratter la tête de Max me réussit mieux que ma tisane : mon excitation se mit à retomber.

— Max, qu'est-ce que je vais devenir ? Je suis en train de tomber amoureuse.

Je l'avais compris au moment même où je m'étais assise sur la chaire aux sirènes, mais sans oser me l'avouer à haute voix. Le soulagement que m'apporta ma confession – à un chien, pourtant ! – me surprit moi-même.

Max poussa un soupir en fermant les yeux. Comment pourrais-je m'empêcher de ressentir tout cela ? Comment repousser l'idée qu'il y avait sur cette terre quelqu'un qui m'était destiné ? Ce qui m'attirait chez le frère Thomas, ce n'était pas seulement son apparence ou sa personnalité mais ce je ne sais quoi de divin en lui que je n'avais encore jamais approché et que je n'aurais peut-être pas deux fois dans ma vie l'occasion de côtoyer. À ce moment-là, la faillite de mon mariage me parut plus facile à supporter que le regret de ne pas apprendre à connaître le frère Thomas, et de ne jamais flotter auprès de lui dans un ciel rouge ou un océan bleuté.

— Mon mari s'appelle Hugh, déclarai-je à Max qui dormait d'un sommeil de plomb. Hugh, répétai-je, puis je continuai à réciter son prénom dans ma tête en espérant que ça m'apporterait un soutien quelconque.

Hugh. Hugh. Hugh.

18.

Le 2 mars, je sortis du garage la voiturette de golf. Je voulais me rendre aux boutiques près de l'embarcadère. Comme souvent en hiver, le soleil venait de reparaître, haut dans le ciel, semblable à un minuscule brasier. Je me sentais dans la peau d'un animal sortant d'hibernation alors que je longeais la route cahoteuse entre les chênes.

Je comptais faire quelques emplettes à l'épicerie et voir aussi s'ils ne vendaient pas du matériel de peinture. Il fallait que je trouve mieux que les crayons de couleur de Mike. Surtout, je voulais parler à Kat du père Dominic.

Le bac était à quai. Quelques touristes se baladaient sur le trottoir, vêtus de coupe-vent zippés jusqu'au cou. Je garai la voiturette de golf devant la boutique de souvenirs de Kat. Max se tenait assis sous l'auvent rayé bleu et blanc.

Kat avait cloué un petit miroir près de la porte, par respect pour une vieille coutume gullah censée chasser la « *Booga Hag* ».

Dès que j'ouvris la porte, Max se rua à l'intérieur. Kat, Benne et Hepzibah, assises derrière le comptoir, mangeaient de la crème glacée dans des bols en plastique. Il n'y avait personne d'autre dans la boutique.

— Jessie ! s'écria Benne.

Kat me décocha un sourire.

— Bienvenue dans le monde des vivants. Tu veux de la glace ?

Je refusai poliment.

Hepzibah portait une tunique noire comme l'ébène parsemée d'éclairs, et l'un de ces turbans assortis qui la rendaient reconnaissable entre toutes. Ainsi, elle ressemblait à une majestueuse nuée d'orage.

Max se blottit aux pieds de Benne, qui lui tapota le dos.

— Maman te trouve malpolie, m'annonça-t-elle de but en blanc.

— Oh, pour l'amour du ciel, Benne ! pourquoi faut-il que tu répètes tout ce que je dis ?

— Tu estimes que je n'ai pas été polie avec toi ? demandai-je à Kat pour la taquiner, mais un peu vexée tout de même.

Kat me sourit de toutes ses dents.

— Tu appelles ça comment, toi, quand tu n'arrêtes pas de proposer à quelqu'un de passer le voir ou de lui apporter à dîner ou de lui lécher les pieds et qu'il te répond : « ça va, merci, tu peux me lâcher les baskets » ?

— Jamais je ne t'ai dit de me « lâcher les baskets » et, pour autant que je me souvienne, tu ne m'as jamais proposé de me lécher les pieds. Mais si le cœur t'en dit, vas-y, ne te prive pas.

Pour Dieu sait quelle raison, chaque fois que je me retrouvais en compagnie de Kat, je prenais modèle sur son attitude.

— Ce qu'on peut être désagréables, toutes les deux ! Enfin ! Si j'avais été cloîtrée avec Nelle Dubois pendant deux semaines, sans doute que moi aussi je lancerais des piques à tout le monde.

Je me mis à examiner l'intérieur de la boutique. Les tables et les étagères croulaient sous un monceau de babioles à l'effigie de sirènes : des porte-clés, des serviettes de plage, des cartes postales, des savons, des ouvre-bouteilles, des presse-papiers et des veilleuses pour enfants, sans oublier des poupées, des brosses à cheveux, des miroirs et même des décorations de Noël en forme de sirènes. Des panneaux « danger : passage de sirènes » dépassaient d'un porte-parapluies dans un coin. Au plafond pendaient une douzaine de clochettes. Sur une table, au centre du magasin, s'élevait une pile de brochures du père Dominic. Une pancarte précisait qu'il s'agissait d'« exemplaires dédicacés ».

— Choisis une bricole, me proposa Kat. Un cadeau, des boucles d'oreille ; ce que tu veux.

— Merci mais non.

— Ça n'est pas très poli de ta part !

Mon choix se porta sur une boîte de « larmes de sirène ». Benne sortit d'un placard une chaise pliante sur laquelle je m'assis à mon tour.

— Qu'est-ce qui t'amène en ville ? me demanda Hepzibah.

— Des emplettes. Je me demandais si je trouverais…

Je m'interrompis, hésitant à leur annoncer ce que je voulais ; sans doute à cause de mon vieux penchant à taire mon envie de peindre, à l'enfermer au plus profond de moi, comme un enfant désobéissant consigné dans sa chambre. Je serrais entre mes genoux mes mains pressées l'une contre l'autre.

— … du matériel de peinture, conclus-je, ce qui me coûta un gros effort, même si j'espérais que personne ne s'en apercevrait. De l'aquarelle, des pinceaux, du papier à dessin…

— On vend des moules à gaufre électriques à la petite supérette de l'île mais, du matériel de peinture, ça m'étonnerait, m'avoua Kat en prenant un bout de papier et un crayon. Tiens, note ce dont tu as besoin. Je demanderai à Shem de te l'acheter, la prochaine fois qu'il ira sur le continent.

Je notai l'essentiel pendant que Benne et Hepzibah raclaient le fond de leurs bols.

— Si je comprends bien, tu comptes rester ici un certain temps, supposa Hepzibah.

— Tant que Maman a besoin de moi...

— Et ça peut durer longtemps, « un certain temps » ? m'interrogea Kat en haussant les sourcils.

— Impossible à dire, répondis-je, pressée de couper court à leurs questions.

— Et Hugh ? me demanda-t-elle.

Je lui tendis ma liste.

— Quand tu m'as appelée, tu m'as accusée de négliger Maman. Si je me souviens bien, tu m'as même dit : « Tu ne peux pas prétendre que tu n'as pas de mère. » Et maintenant, c'est Hugh que tu m'accuses de négliger ?

Au moment de prononcer le prénom de mon mari, ma voix monta dans les aigus.

Kat réagit comme si je venais de la gifler.

— Mince alors ! Je m'en fiche que tu t'occupes de Hugh ou pas. À son âge, il doit savoir s'occuper de lui tout seul ! Depuis quand est-ce que je m'inquiète des maris qu'on délaisse ou pas ? Je me demandais juste si tout allait bien entre vous.

— Comme si ça te regardait ! s'indigna Hepzibah.

Je ne comprenais pas trop où Kat voulait en venir.

— Alors, dis-nous, comment va Nelle ? reprit Hepzibah.

Je haussai les épaules.

— Elle m'a tout l'air d'être déprimée : elle reste assise dans son fauteuil devant la télé en tripotant son Rubik's cube pendant des journées entières.

— Si on déjeunait Chez Max ! s'exclama Kat.

En entendant son nom, le chien qui ronflait tranquillement entre les souliers de Benne ouvrit les yeux.

— Chiche qu'on déjeune ensemble au café samedi ?

Voilà des années que Maman tentait d'arracher son fil du nœud qu'elle et ses amies avaient jeté à la mer en gage de leur affection réciproque. Heureusement, Kat refusait de la laisser s'isoler. Sa loyauté (et celle de Hepzibah aussi) n'avait pas flanché une seule fois depuis tout ce temps.

— Bonne idée ! cédai-je ; impossible de rester fâchée contre Kat plus de trois minutes, et pourtant, Dieu sait que c'était bien la personne la plus horripilante de ma connaissance ! Ça m'étonnerait quand même que Maman accepte de se joindre à nous, ajoutai-je.

— Raconte-lui que le pape en personne déjeunera Chez Max samedi. Ça devrait suffire.

— Dis-lui simplement qu'elle nous manque et qu'on a besoin de la voir, me suggéra Hepzibah en se tournant vers moi.

— D'accord, promis-je, mais attendez-vous à essuyer un refus.

En levant les yeux, je reconnus dans un cadre au-dessus de la caisse enregistreuse la scène de naufrage que j'avais peinte à l'âge de onze ans.

— Oh, mais c'est à moi !

Au fond de l'océan, auprès d'une horde de chevaux de mer, un bateau blanc en flammes reposait entre une pieuvre souriante et une crevette géante au regard avide.

L'ensemble ressemblait à une illustration d'un livre pour enfants – si l'on excepte l'incendie au beau milieu de la feuille.

Du feu sous l'eau. Était-ce ainsi que je m'imaginais la mort de mon père ? comme un brasier infernal, impossible à éteindre ? À la surface en dents de scie de la mer flottaient des cendres grises semblables à du plancton. Au-dessus des flots, le soleil éclairait un monde paisible sans nuage. Jamais encore je n'avais remarqué la souffrance qui transparaissait dans ce dessin – le désir d'une enfant de voir le monde autour d'elle revenir à la normale. Je détournai les yeux.

— Je me rappelle très bien quand tu as fait ce dessin, me confia Hepzibah. Tu étais une petite fille plutôt mélancolique à l'époque.

— Merci de nous le rappeler ! la réprimanda Kat.

— C'est pourtant vrai que Jessie était mélancolique, insista Hepzibah. Elle le sait aussi bien que nous. Pourquoi le cacher ?

Hepzibah ne se laissait jamais déstabiliser par les remarques de Kat, et c'est sans doute pour cette raison que toutes les deux s'entendaient aussi bien.

— Pourquoi ne veux-tu jamais évoquer ce temps-là ? demandai-je à Kat. Moi, je voudrais qu'on en parle un peu. Ça me paraît même nécessaire ! Pour commencer, j'aimerais bien savoir pourquoi tout le monde, y compris Maman, raconte que l'incendie est parti d'une étincelle de la pipe de Papa.

— Parce que c'est la vérité ! me répondit Kat, tandis que Hepzibah acquiesçait.

— Eh bien, regardez ce que j'ai trouvé dans un tiroir, chez Maman ! dis-je en fouillant dans mon sac.

Je leur présentai la pipe au creux de mes paumes, comme une hostie, ou un papillon à l'aile arrachée. Le fourneau dégageait une odeur de tabac mêlée de réglisse.

Kat et Hepzibah observèrent la pipe sans mot dire. Leurs visages ne trahissaient aucune émotion.

— Qu'en a dit ta mère ? finit par me demander Kat.

— Je ne lui en ai pas encore parlé. Je crains que la simple vue de la pipe ne lui fasse à nouveau perdre la raison.

Kat tendit la main. Je lui remis la pipe qu'elle tourna et retourna à plusieurs reprises, comme si elle espérait en tirer un éclaircissement.

— Ce n'était qu'une simple hypothèse de la part de la police. Sans doute l'incendie a-t-il eu une autre cause. Qu'est-ce que ça change, au fond ?

Elle me rendit la pipe.

— Pourquoi Maman a-t-elle laissé croire à tout le monde que la pipe était à l'origine de l'accident, alors qu'elle l'avait encore en sa possession ? Pourquoi mentir ?

Le soleil coincé entre deux nuages projetait sur la vitrine du magasin un rai de lumière où dansaient des poussières.

— Je suis allée voir le père Dominic. Je l'ai plus ou moins accusé d'en savoir plus long qu'il ne voulait bien le dire sur les raisons qui ont poussé Maman à se couper le doigt.

— Tu n'as pas fait ça ! s'écria Kat.

— Si. Et vous savez ce qu'il m'a conseillé ? De laisser courir ! Il a même ajouté que ça ferait plus de mal que de bien à Maman, de remuer le passé.

Kat s'approcha du comptoir.

— Ça n'a pas de sens, lança-t-elle en jetant un coup d'œil à Hepzibah, aussi décontenancée que son amie.

— Il nous cache quelque chose, insistai-je.

Kat vint se camper derrière moi en posant ses mains sur mes épaules.

— On va s'efforcer de tirer les choses au clair, d'accord ? me proposa-t-elle d'un ton qui – une fois n'est pas coutume – n'avait plus rien d'acerbe. Je vais parler à Dominic.

Je lui adressai un sourire reconnaissant. Kat cachait en elle des trésors de tendresse !

Puis, sans doute en proie à une émotion trop forte à son goût, elle changea de sujet.

— Mais en contrepartie, il faudra que tu peignes des sirènes que je vendrai dans ma boutique.

— Pardon ? !

— Tu m'as bien entendue, confirma-t-elle en se plantant devant moi. Tu viens de nous annoncer que tu comptais peindre : autant te lancer dans les sirènes ! Elles se vendront comme des petits pains, ici. Tu me les laisseras en dépôt et je leur collerai une étiquette avec un bon prix.

J'en restai bouche bée ! Dans ma tête s'esquissa aussitôt un dessin : un ciel couleur de lapis-lazuli, rempli de sirènes ailées comme des anges, en train de plonger de très haut dans la mer. Je tentai de me rappeler les propos de Thomas au sujet des sirènes ailées, des messages qu'elles transportaient depuis les abysses, et de leur vie partagée entre ciel et mer.

— Eh bien ? Qu'en dis-tu ? insista Kat.

— Pourquoi pas. On verra.

Les touristes que j'avais aperçus un peu plus tôt poussèrent la porte de la boutique. Kat les accueillit tandis que Hepzibah se levait en s'excusant de devoir nous laisser. Il fallait que je m'en aille, moi aussi. Pourtant je restai là, assise à côté de Benne, en pensant encore à Thomas.

Au cours de ces douze derniers jours de solitude auprès de ma mère, des tas de pensées contradictoires m'avaient assaillie. Je me disais que j'étais amoureuse, qu'il s'agissait du grand amour avec un A majuscule, et qu'en y renonçant, je me trahirais moi-même ; et aussi que je me laissais obnubiler par des idées farfelues, que mon exaltation délirante finirait par se calmer et que je ferais mieux de ne pas flancher.

Je ne comprenais pas pourquoi le fait d'aimer quelqu'un devait entraîner autant de souffrances – comme une série d'entailles dans mon cœur.

Benne se redressa. Un bout de langue dépassait de sa lèvre inférieure.

— Jessie ? me dit-elle en me regardant droit dans les yeux.

— Qu'est-ce qu'il y a, Benne ?

Elle approcha sa chaise de la mienne en collant ses lèvres contre mon oreille, comme une enfant qui s'apprête à partager un secret.

— Tu es amoureuse d'un moine, chuchota-t-elle.

Je m'écartai pour la dévisager d'un air incrédule.

— Où as-tu été pêcher une idée pareille ?

— Je le sais, c'est tout.

Inutile de le nier : bien entendu, Benne ne se trompait jamais !

J'aurais voulu me mettre en rage et la frapper pour la punir d'avoir fouiné dans mon cœur, mais elle se contenta de me sourire, bien droite sur son siège. Elle avait le même âge que moi, mais aussi une formidable capacité à sonder les pensées des gens, alors même que son intelligence ne dépassait pas celle d'un enfant. Elle ne se doutait ni du danger de certaines vérités ni des graines de discorde que celles-ci renfermaient.

— Benne, lui dis-je en lui prenant la main, écoute-moi bien. Tu ne dois en parler à personne. Promets-le-moi.

— Mais j'en ai déjà parlé !

Sa main m'échappa et je fermai les yeux un instant avant de lui demander :

— À qui ?

— À Maman.

19.

Sous la porte de la cuisine m'attendait un petit mot plié en quatre, à l'intérieur d'une enveloppe blanche, sur laquelle figurait mon prénom : « Jessie. »

Je le découvris en rentrant de la boutique de Kat. Au moment de le ramasser, j'en profitai pour étudier l'écriture : hardie, penchée mais pleine de repentirs, comme si l'auteur avait hésité à plusieurs reprises avant de poursuivre.

Il y a certaines choses qu'on devine… Comme Benne !

Je glissais l'enveloppe dans la poche de mon pantalon lorsque Maman apparut.

— Qu'est-ce que c'est ?

— Rien du tout. Un bout de papier que j'ai laissé tomber par terre.

Je n'ouvris pas l'enveloppe tout de suite. Je la gardai quelques minutes à l'intérieur de ma poche, pressée contre ma cuisse, comme une main insistante. Il faut d'abord que j'appelle ma fille, me raisonnai-je. Puis je vais me préparer du thé, m'assurer que Maman n'a besoin de rien et m'installer sur mon lit en sirotant ma boisson chaude. À ce moment-là et pas avant, je verrai ce qu'il y a dedans.

J'étais passée maître en l'art de différer le plus possible les petits plaisirs que je m'accordais. Hugh m'avait dit un jour que le fait de savoir attendre un peu avant de se faire plaisir était un signe de maturité. Moi, j'étais capable de retarder l'instant où je goûterais enfin au bonheur des jours et des mois entiers, voire même des années. Voilà jusqu'à quel point j'étais mûre ! J'avais acquis ce talent, toute petite encore, en mangeant des sucettes fourrées au chocolat. Mike croquait l'enrobage en sucre pour arriver tout de suite au cœur en cacao alors que moi, je laissais fondre lentement la couche du dessus, ce qui prenait d'ailleurs un temps fou, à la limite du supportable.

Je composai le numéro de Dee, qui me raconta aussitôt sa dernière aventure en date. Le club d'étudiantes dont elle était membre avait organisé « la plus grande bataille de polochons du monde » : trois cent douze personnes sur un terrain de base-ball, et des plumes dans tous les sens. L'événement avait eu pour témoin un soi-disant inspecteur du *Livre Guinness des records.*

— C'est moi qui ai eu l'idée ! m'apprit-elle avec une pointe d'orgueil.

— Je n'en doute pas. Ma fille, détentrice d'un record du monde ! Je suis fière de toi.

— Comment va Mamie ?

— Ça peut aller.

— Tu as compris pourquoi elle s'est coupé le doigt ?

— Elle ne veut pas me parler, en tout cas, pas de ça. Elle me cache quelque chose. C'est compliqué.

— Maman, je viens de me rappeler un truc. Oh, ce n'est sans doute pas très important.

— Dis toujours.

— Un jour que je rendais visite à Mamie, il y a longtemps de ça, on est passées par le cimetière où sont enterrés les esclaves, tu vois où ? Et là, Mamie a complètement perdu les pédales.

— Comment ça ?

— Elle s'est mise à pleurer en racontant des tas de choses bizarres.

— Quoi ? Tu t'en rappelles ?

— Pas vraiment. J'ai cru comprendre qu'il s'agissait de la main ou des doigts d'un mort. Je suppose qu'elle parlait des cadavres au cimetière mais elle était vraiment dans tous ses états et je ne me sentais pas très rassurée.

— Tu ne m'en avais jamais parlé !

— Tu connais Mamie : il lui arrivait sans arrêt de drôles d'aventures dans ce goût-là. Elle est comme ça. On ne la changera plus, maintenant !

Dee s'interrompit. Je reconnus sa cassette de U2 en fond sonore.

— J'aurais dû te prévenir. Oh, M'man, tu crois que si je t'en avais parlé plus tôt, on aurait évité la catastrophe ?

— Oh non, ça n'aurait rien changé. Tu peux me croire. Ta grand-mère est malade, Dee.

— Hum... Je vois, conclut-elle.

Une fois le combiné raccroché, je me préparai du thé à la menthe, dont j'emportai une tasse au salon. Et revoilà Maman devant la télé avec son Rubik's cube entre les mains ! Les Russes venaient de remporter une médaille au patinage artistique. Leur hymne national, sinistre au possible, ressemblait à un chant funèbre. Je posai la tasse sur un guéridon et tapotai l'épaule de Maman. Ce que Dee venait de me raconter ajoutait encore à ma confusion.

— Ça va ? Et ta main ?

— Ça peut aller mais je n'aime pas le thé à la menthe, il a un goût de dentifrice.

Je retournai dans ma chambre en fermant la porte à clé avant de sortir l'enveloppe de ma poche. Je la posai sur mon lit, puis je m'assis à côté en sirotant mon thé, sans la quitter des yeux.

Bien sûr, je finirais par l'ouvrir, cette fameuse enveloppe. N'allez pas croire non plus que je m'efforçais de prolonger au maximum ces instants d'anticipation fébrile (ah ! le plaisir exquis de l'attente, tandis que l'enrobage fond lentement jusqu'au cœur en chocolat !). En fait, je me sentais terrorisée. J'avais entre les mains une véritable boîte de Pandore !

Je la déchirai enfin. J'en sortis un morceau de papier blanc au bord inégal, probablement arraché d'un carnet.

> *Jessie,*
>
> *J'espère ne pas vous importuner en vous écrivant. Je me demandais si ça ne vous tenterait pas, une petite balade en canot ? Il n'y a pas beaucoup d'aigrettes en cette saison mais, l'autre jour, j'ai aperçu une colonie de pélicans blancs – ce qui est assez rare, croyez-moi. Je me présenterai sur le quai de la réserve naturelle demain à quatorze heures et j'aimerais beaucoup que vous vous joigniez à moi.*
>
> *Frère Thomas (Whit)*

Whit. Je posai mon doigt sur sa signature en répétant tout haut son prénom. La révélation de son nom de baptême supposait déjà une certaine intimité entre nous – ce qui ne me laissa pas indifférente. Comme s'il venait de m'offrir une part cachée de sa personnalité, à laquelle le monastère n'avait pas accès. Pourtant, son message trahissait aussi un certain respect des formalités. « J'aimerais beaucoup que vous vous joigniez à moi. »

Je relus sa lettre à plusieurs reprises. Ce n'est qu'en sentant mon pantalon s'imprégner d'humidité que je m'aperçus que je venais de renverser ma tasse de thé sur mon lit. J'épongeai le gros des dégâts à l'aide d'une serviette de toilette, avant de m'allonger à côté de la tache, en humant l'odeur de la menthe, dont le doux parfum frais s'élevait des draps comme la promesse d'un nouveau départ.

Une demi-douzaine de mouettes se tenaient derrière moi sur l'embarcadère, tel un escadron d'avions, prêt à décoller d'une minute à l'autre. J'étais arrivée en avance, beaucoup plus tôt que nécessaire, mais plus par précaution que par impatience. Si jamais je ne me sentais pas la force de passer l'après-midi en compagnie du frère Thomas, je pourrais toujours m'en aller avant qu'il n'arrive. Ni vue ni connue.

Je restai assise en tailleur une petite heure au bord du ponton, sous un ciel lumineux sans nuages, les yeux rivés à la surface des flots d'un brun orangé, couleur de mangues et de cantaloups. La marée montante éclaboussait les piliers de l'embarcadère, comme si l'océan commençait à s'impatienter.

Un canot rouge délavé à la coque couverte de coquillages traînait à l'envers, au bout de la grève. Je le reconnus tout de suite : c'était celui de Hepzibah, qui m'y avait emmenée en balade une bonne trentaine d'années plus tôt. À côté, un canot turquoise pratiquement neuf se soulevait au gré des vagues. Le soleil dessinait une série de motifs hypnotiques sur sa coque.

Une planche craqua derrière moi et les mouettes s'envolèrent. En me retournant, je l'aperçus là, devant moi sur le ponton, qui me regardait. Ce jour-là, il portait des jeans et une chemise bleue aux manches roulées. Ses épaules me parurent plus larges et plus musclées que je ne l'imaginais. Il avait les bras tannés d'un travailleur de plein air. Une croix en bois pendait à son cou mais elle ne cadrait pas tellement avec le reste de son allure.

On aurait dit qu'il venait de sortir d'un recoin obscur de mon cœur où il se tenait embusqué – un homme en chair et en os, qui ne me semblait pas tout à fait réel pour autant.

— Vous voilà ! s'écria-t-il. Je me demandais si vous viendriez.

— Vous m'avez promis des pélicans blancs...

— Oh ! J'ai dit que j'avais « aperçu » des pélicans blancs, me corrigea-t-il en riant. Je ne peux pas vous promettre qu'on en verra aujourd'hui.

Il prit place à bord de son bateau puis m'aida à y grimper en me tenant la main. L'espace d'un instant, son visage frôla presque le mien. Sous l'effet de la chaleur, sa peau qui sentait encore le savon commençait à dégager une légère odeur de musc.

Je m'assis sur le banc à l'avant (le siège de Max, je suppose) en me tournant vers la poupe pour regarder Thomas mettre en route le petit moteur. Il mit le cap sur la crique au milieu des remous des flots dorés.

— Je dois vous appeler Thomas ou Whit ?

— Il y a des années que personne ne m'appelle plus Whit. Ça ne me déplairait pas d'entendre à nouveau mon nom de baptême.

— Je suppose que c'est votre mère qui l'a choisi ?

— Oui, elle m'a baptisé John Whitney O'Conner mais elle m'appelait toujours Whit.

— Eh bien, allons-y pour Whit !

Nous sommes passés par le delta du côté ouest de l'île en empruntant des canaux aux méandres si étroits par moments, qu'en tendant les bras, j'aurais pu toucher les herbes qui poussaient sur les berges. Le bruit du moteur nous dissuadait d'entamer la conversation. En fait, on cherchait l'un comme l'autre à surmonter l'embarras que nous causait notre présence à bord de ce petit bateau qui s'enfonçait dans la solitude des marais.

Whit me montra un mulet qui se glissait sous la surface de l'eau, puis des tantales d'Amérique en plein vol, et aussi un nid de balbuzards pêcheurs, sur la cime d'un pin mort.

Le canot s'engagea dans un ruisseau qui se terminait en cul-de-sac par une étendue d'eau entourée d'un mur d'herbes de près de deux mètres de haut. Whit coupa le moteur et le silence de cet endroit isolé du reste du monde retentit soudain dans toute sa splendeur. Comme si on venait de se glisser par le chas d'une aiguille dans un lieu hors du temps.

— C'est ici que j'ai vu les pélicans blancs, m'expliqua Whit en jetant l'ancre. Je crois qu'ils se nourrissent pas très loin d'ici. Si la chance nous sourit, on les verra voler au-dessus de nos têtes.

Il leva les yeux au ciel et je me forçai à suivre son regard, à détourner les yeux de son visage couvert d'une barbe naissante, où dansait la lumière du soleil.

— Qu'est-ce que c'est ? lui demandai-je en indiquant une construction en bois qui dépassait des broussailles, sur une petite île à quinze ou vingt mètres derrière nous.

— Oh ! ça ? Mon ermitage secret. En fait, ce n'est qu'une simple cabane en planches. J'y vais quand je veux lire ou méditer, mais je m'y suis déjà assoupi plus d'une fois. En toute franchise, j'ai passé plus de temps là-bas à dormir qu'à méditer.

— Et pendant les heures de travail, par-dessus le marché ! m'écriai-je pour le taquiner, tant je me sentais le cœur léger.

— Ça n'étonnerait sans doute pas l'abbé d'apprendre que je fais la sieste. En revanche, ma cabane... Il ne sait même pas qu'elle existe.

— Pourquoi ?

— Je crois bien qu'il m'interdirait d'y aller.

Ainsi donc, il gardait le secret sur certaines facettes de sa personnalité, sans rien en laisser transparaître face aux autres moines. L'idée ne me déplaisait pas – un premier pas vers la dissidence, en somme !

— Vous savez que les pélicans blancs ne plongent pas pour se nourrir comme les autres ? Ils travaillent en équipe. Ils forment un cercle dans l'eau et amènent le poisson au centre. Je les ai vus faire. C'est assez ingénieux.

— Alors moi, je serais plutôt un pélican brun, remarquai-je et, au moment même où ces paroles franchirent mes lèvres, je me rendis compte de leur côté un peu nunuche ; on aurait dit un test dans un magazine féminin : « si vous étiez une couleur, laquelle choisiriez-vous ? » « si vous étiez un animal... ».

— Et pourquoi ?

— Je n'en sais trop rien. Parce que je travaille seule ?

— Je ne sais même pas ce que vous faites dans la vie ?

Ce n'était pas mon genre d'annoncer tout à trac : « Je suis une artiste. » Les déclarations de ce genre avaient tendance à me rester en travers de la gorge.

— J'ai aménagé un atelier de peintre chez moi. Ça m'arrive d'y bricoler deux, trois trucs.

— Donc, vous êtes une artiste.

Je n'étais pas sûre que quelqu'un m'ait déjà qualifiée d'artiste auparavant ! (Hugh y compris.)

— Vous utilisez quelle technique ?

— Euh… Avant, je peignais des sortes d'aquarelles. Je ne sais pas trop comment les décrire.

— Allez-y. Essayez.

Mon envie soudain pressante de lui expliquer mes tableaux m'étonna moi-même. Je fermai les paupières en m'efforçant de trouver les mots justes.

— Ça commence par une boîte en bois, un peu comme une boîte à surprise…

Je m'interrompis aussitôt : je n'en revenais pas d'avoir employé ce terme ! Mon Dieu ! Moi qui avais horreur qu'on traite mes boîtes de « boîtes à surprise » !

— Euh non… En fait, ça ressemble plutôt à un genre de retable mexicain. Je peins une scène à l'intérieur ; un paysage, des gens, peu importe. Puis je place des objets devant, comme si la scène se prolongeait en dehors de la peinture ; un genre de diorama, si vous préférez.

Je rouvris alors les yeux. Aujourd'hui encore, je me rappelle mon étonnement en l'apercevant là, devant moi. Qu'est-ce qu'il était beau ! Il se pencha vers moi en m'écoutant attentivement. La lumière radieuse du soleil donnait à ses yeux la même nuance de bleu qu'à sa chemise.

— Ça m'a l'air plutôt chouette.

— Croyez-moi, ça ne l'est pas tant que ça ! Au début, je m'imaginais que si, parce que le résultat me semblait à la fois incisif et audacieux mais, petit à petit, mes boîtes sont devenues plus banales et…

Je cherchai dans ma tête le mot adéquat :

— Consensuelles.

— C'est une façon intéressante de présenter les choses, estima-t-il.

J'étudiai sa réaction. Ce jour-là, tout ce que je voulais dire sortait de travers. Je ne savais vraiment pas ce que j'entendais au juste par « consensuelles ».

— Ce que je veux dire, c'est qu'à mon avis, l'art doit susciter des réactions et ne pas se contenter d'être beau à regarder. Le but d'une œuvre, c'est de remettre en question celui qui l'observe.

— Oui mais… Ouvrez les yeux ! Regardez autour de vous ! s'exclama-t-il en enveloppant d'un large geste les herbes des marécages, saupoudrés d'éclats de lumière pareils à des cristaux de givre. Et la beauté pour le simple plaisir des yeux ? Parfois, mon regard s'arrête sur les arbres là-bas, où nichent les aigrettes, ou bien sur une œuvre comme *l'Extase de sainte Thérèse* du Bernin et je m'y perds complètement. Mes notions d'ordre volent en éclats, bien plus que si j'avais affaire à quelque chose qui ne soit pas « consensuel ».

Il s'exprimait d'un ton aussi passionné que persuasif, en gesticulant tellement que le bateau se mit à se balancer. À un moment, je dus même me raccrocher pour ne pas perdre l'équilibre ; un peu comme si j'éprouvais dans mon corps ce qu'il essayait de me décrire, cet état où l'on se perd complètement.

— Cela dit, je vous comprends, m'assura-t-il. Vous aimeriez que vos œuvres donnent un choc à ceux qui les voient, et qu'elles les secouent un peu.

— Exactement !

— Ça n'engage que moi mais je crois que ce n'est pas le potentiel critique d'une œuvre qui provoque un choc chez le spectateur. Une seule chose peut nous toucher : la beauté à l'état pur. Elle seule est en mesure de nous donner un avant-goût de l'éternité.

Arrivée à ce point de la discussion, je ne trouvai plus rien à répondre. En fait, je craignais de me rendre ridicule en me mettant à pleurer. D'ailleurs, je ne comprenais même pas pourquoi j'en avais envie ! Cela faisait si longtemps que je n'avais pas eu une conversation de ce genre !

Le bateau dériva lentement jusqu'aux berges d'où montait une vague odeur de plantes desséchées. Whit se pencha en arrière et le bateau tangua.

— Ça me semble assez mystérieux, repris-je.

— Quoi donc ?

— Cet avant-goût de l'éternité dont vous parlez. Vous allez sans doute me trouver un peu bornée, mais qu'est-ce que vous entendez par là, au juste ?

— Bornée ? Pas du tout ! me rassura-t-il en souriant. Moi-même, c'est à peine si je comprends de quoi il s'agit.

— Pourtant, vous êtes moine.

— Oui, mais il m'arrive de connaître des moments de faiblesse et de doute.

— Je suis certaine que vous avez déjà ressenti plus d'une fois ce fameux « avant-goût d'éternité ». Alors que moi, je n'ai pas la moindre idée de ce à quoi ça ressemble ! J'ai passé le plus clair de ma vie à assumer mon rôle de mère, d'épouse et de maîtresse de maison. Tout à l'heure, vous m'avez qualifiée « d'artiste »... c'était un peu exagéré ! Je n'ai jamais considéré la peinture que comme un passe-temps.

Son regard se posa quelque part au-dessus de mon épaule.

— Quand je suis entré au monastère, j'estimais qu'il valait mieux fuir le monde que chercher à y vivre. Je voulais sans arrêt méditer ou jeûner en me détachant des contingences matérielles. Vous imaginez ! Un jour, à la réserve naturelle, j'ai compris que ce qui me rendait le plus heureux, c'était encore de venir travailler ici. Il n'y a qu'une seule chose qui compte dans la vie : se consacrer à ce qu'on aime. C'est ce que vous avez fait ! poursuivit-il en se tournant vers moi. À votre place, je ne me soucierais pas trop de l'éternité. On ne peut pas y goûter à volonté ! On peut juste pressentir ce que c'est que d'échapper au temps ; du moins, quand la grâce nous touche ici-bas. Mais en attendant, ce qui compte le plus, comme je vous l'ai dit, c'est de faire ce qu'on aime.

Il se pencha par-dessus bord en trempant ses doigts dans l'eau.

— Vous avez eu de la chance de grandir ici.

— Ah bon ? Pourtant, j'ai longtemps cru le contraire. J'ai cessé d'aimer l'île à l'âge de neuf ans et je ne me suis remise à l'apprécier qu'en revenant chez ma mère, il y a quelques semaines.

— Qu'est-ce qui s'est passé, l'année de vos neuf ans ? Ça ne vous ennuie pas, si je vous pose la question ?

— Mon père est mort dans l'incendie de son bateau. D'après les bruits qui ont circulé à l'époque, c'est une étincelle de sa pipe qui a fait exploser son réservoir d'essence.

Je fermai les yeux en souhaitant expliquer à Whit que mon papa chéri comptait plus que tout à mes yeux, et qu'à sa mort le monde entier s'était écroulé autour de moi.

— Après ça, l'île m'est apparue sous un autre jour, comme une prison où je manquais d'air.

Sans y prendre garde, je touchai mon front à l'endroit où le prêtre y traçait chaque année une croix de cendres. On aurait dit un bout de peau morte.

— Maman a changé, à la mort de mon père. Avant, elle aimait s'amuser, comme tout le monde, puis elle s'est mise à faire une fixation sur la religion. Comme si elle m'abandonnait à son tour.

Il ne me répondit pas « Oh ! Vous m'en voyez navré ! Quel dommage ! » ou ce genre de banalités, mais ses yeux reflétèrent soudain une profonde tristesse. Comme s'il s'identifiait à ma souffrance, à cause d'une blessure identique dans son passé. Je me demandai quel coup le sort avait bien pu lui réserver.

Au-dessus de nos têtes, un héron passa comme un éclair, en tenant dans son bec un poisson frétillant.

— En fait, je lui avais offert la pipe pour la fête des pères, ce qui fait que j'ai toujours eu le sentiment…

— … que sans vous, le drame aurait pu être évité, conclut-il à ma place.

Je hochai la tête.

— Le plus curieux, c'est que, l'autre jour, j'ai retrouvé la pipe au fond du tiroir de ma mère. Elle l'a gardée tout ce temps sans me le dire !

Je me forçai à rire, d'un rire amer.

Je ne souhaitais pas parler à Whit de la mort de mon père ou de ses conséquences, de la faille en moi que jamais rien ne comblerait ou de la descente de Maman dans les ténèbres de sa conscience. Au contraire, j'aurais voulu poursuivre notre discussion sur l'art et l'éternité.

Une envie subite me prit de l'interroger sur le père Dominic, de lui demander ce qu'il pensait de lui, mais je finis par repousser cette idée.

— Dites-moi, poursuivis-je en remuant sur mon siège, il y a combien de temps que vous êtes ici ?

Il ne me répondit pas tout de suite. Sans doute ne comprenait-il pas pourquoi je venais de sauter du coq à l'âne.

— Quatre ans et sept mois. Je dois prononcer mes vœux définitifs en juin.

— Ah bon ? Ce n'est pas déjà fait ?

— Eh non : je ne suis que simple profès ! J'ai dû rester novice deux ans avant de devenir profès et, ce n'est qu'au bout de trois années supplémentaires que je vais enfin décider ou non de passer ma vie dans les ordres.

Je fus complètement ébranlée à l'annonce de cette nouvelle ! Le vent agita ses cheveux courts et tout me parut soudain très simple. Le peu de résistance que je rencontrai en moi me surprit moi-même. J'évoluais dans un petit univers sans aucun rapport avec ma vie à Atlanta ou avec Hugh. Et voilà que je me projetais déjà dans l'avenir auprès de cet homme !

— Vous faisiez quoi dans la vie ?

— J'étais avocat, m'apprit-il et, en un clin d'œil, le sérieux de son regard et la raideur de son maintien renforcèrent encore l'assurance que je pressentais déjà en lui depuis un bon bout de temps.

Il devait jouer un rôle très important, à l'époque. Cela dit, il n'ajouta rien de plus à ce sujet.

— Qu'est-ce qui vous a poussé à venir ici ?

— Je ne suis pas sûr que ma longue et triste histoire vous intéresse.

— Bah ! Je vous ai bien raconté la mienne !

Je me demandais un peu plus tôt quel coup le sort lui avait réservé mais j'étais loin de soupçonner l'ampleur du désastre ! Il me parla de son épouse aux cheveux blonds, Linda, puis de leur bébé à naître, dont il avait peint la chambre de la couleur des potirons, parce que Linda en mangeait sans arrêt pendant sa grossesse. Un accident de voiture l'avait emportée sur le coup. Pendant ce temps-là, Whit montait le berceau de leur bébé, chez eux.

Il me parla de sa famille d'une voix brisée, de plus en plus faible, si bien que je dus me pencher pour continuer à l'entendre. Son regard s'attarda sur le fond du canot.

Enfin, il leva les yeux sur moi et reprit :

— Avant de monter en voiture, elle m'a appelé pour m'annoncer qu'elle était certaine d'attendre une fille. C'est la dernière chose qu'elle m'a dite.

— J'en suis vraiment navrée. Je comprends mieux pourquoi vous êtes venu ici.

— Tout le monde pense que je suis entré au monastère par dépit, parce que je cherchais un dérivatif à mon chagrin. Au fond, je n'en sais rien, mais je ne crois pas à cette explication. Il me semble plutôt que j'aspirais à une rencontre…

— Avec Dieu ?

— En fait, je voulais savoir s'il existait vraiment.

— Et alors ? Quel est votre verdict ?

Il éclata de rire comme s'il venait d'entendre la plaisanterie la plus spirituelle de toute sa vie.

— Comme si je le savais !

— Même un moine qui traverse des moments de doute doit avoir une idée là-dessus ?

Il resta muet un petit moment, les yeux rivés à une aigrette qui pêchait au bord de l'eau.

— Parfois, j'ai l'impression que Dieu n'est rien du tout et que le but de la vie, c'est de s'en accommoder, de le contempler en l'adorant jusqu'à se fondre en Lui. D'autres fois, c'est tout le contraire : Dieu me donne le sentiment d'une présence qui envahirait les moindres parcelles de la création. Je viens me promener ici, et c'est comme si une étincelle divine jaillissait de chaque élément du paysage. Comme si le marais, et même le monde entier, faisaient partie d'une danse à laquelle Dieu nous inciterait à nous joindre. Vous comprenez ce que je veux dire ?

Je l'assurai que oui mais, entre nous : pas vraiment. J'éprouvai soudain un immense désir de goûter à ce néant divin dont il parlait, mais surtout un immense désir pour lui.

Un nuage nous masqua un instant le soleil. Des vagues agitèrent le bateau qui vint se balancer contre les hautes herbes, comme le berceau de Moïse sur les eaux du Nil.

Whit me regarda droit dans les yeux. J'aurais pu détourner la tête en laissant s'installer entre nous un échange anodin – encore un de plus dans ma vie déjà remplie d'instants sans conséquence. Mais non ! Je résolus de lui renvoyer son regard. Mes yeux ont percé les siens et nous sommes restés un long moment à nous dévisager, peut-être une minute entière. Une résolution implicite se lisait dans notre regard. Ma respiration s'est accélérée. Quelque chose d'exaltant mais de périlleux aussi se préparait, sans qu'on ne tente rien pour l'empêcher, ni lui ni moi.

La situation finit par devenir insoutenable. Je me sentis obligée de détourner les yeux.

Dès ce moment-là, on aurait pu se montrer honnêtes l'un envers l'autre en s'avouant ce qu'on ressentait. Il s'en est sans doute fallu d'un cheveu. Seulement, les convenances ont repris le dessus.

— C'est bien dommage mais les pélicans blancs n'ont pas l'air décidé à se montrer, remarqua-t-il en consultant sa montre. Il va falloir que je vous ramène, si je veux encore travailler à la réserve aujourd'hui.

Il releva l'ancre et conduisit le bateau dans la crique en empruntant un mince filet d'eau. Là, il mit en route le moteur dont le bruit me parut assourdissant. Une traînée blanche se forma dans notre sillage, comme dans celui d'un avion. Whit manœuvrait la barre. De gros nuages en forme de coquilles Saint-Jacques planaient au-dessus de nos têtes.

C'est à ce moment-là que je les ai vus. Les pélicans blancs sont apparus derrière nous en volant au ras de l'eau. J'ai pointé le doigt dans leur direction en poussant un petit cri et Whit s'est retourné à l'instant même où ils s'élevaient en mettant le cap droit sur nous. Leurs ailes aux extrémités noires luisaient à la lumière du soleil. J'en comptai dix-huit qui se déplaçaient tous dans un parfait ensemble, en formant une ligne unique. Puis ils disparurent.

Whit amarra le canot et me tendit la main. J'acceptai son aide. L'espace d'un instant, il serra mes doigts entre les siens, et je le remerciai de la promenade.

Je partis en le laissant là, sur le débarcadère, en sentant encore ses yeux rivés à moi. Arrivée au bord des marais, avant de pénétrer sous le couvert des arbres, je jetai un coup d'œil en arrière.

« Il n'y a qu'une seule chose qui compte dans la vie : se consacrer à ce qu'on aime. »

20.

Au moment de franchir le seuil de Chez Max le samedi suivant, Maman se braqua tout d'un coup en se pétrifiant sur le trottoir, puis elle se mit en tête de faire machine arrière. Kat, Benne, Hepzibah et moi, nous avons essayé de la convaincre gentiment de nous suivre mais elle s'est entêtée.

— Ramenez-moi à la maison ! Ramenez-moi chez moi ! protesta-t-elle.

Il avait fallu ajouter ma force de persuasion aux coups de fil musclés de Kat et de Hepzibah pour la décider à venir ici et voilà que notre projet pétri de bonnes intentions allait capoter ! Maman ne voulait pas affronter les murmures ou les regards des habitants de l'île qu'elle connaissait depuis toujours. D'accord, ça pouvait se comprendre. N'empêche qu'elle devrait tout de même les affronter tôt ou tard, alors pourquoi ne pas en finir le plus vite possible ?

Le hic, c'est qu'en arrivant au café, Maman avait aperçu une foule de clients à l'intérieur. On n'était que le 4 mars, mais déjà un avant-goût de printemps flottait dans l'air, si bien que la salle était bondée.

— Si c'était toi l'idiote du village, lança Maman, tu irais de bon cœur te donner en pâture aux moqueries ?

— Et plutôt deux fois qu'une ! affirma Kat. D'ailleurs, qui te dit que ce n'est pas moi, l'idiote du village ? Tu crois que les gens ne disent jamais de mal de moi ? de ma grande gueule ou du klaxon de ma voiturette de golf ? Et Benne ? Tu ne crois pas qu'ils doivent se moquer de Benne plus souvent qu'à son tour ? Et Hepzibah, alors ? Ils ont de quoi rire avec elle ! Quand je pense qu'elle parle aux esprits des esclaves au cimetière et se balade en tenue plus africaine que les Africains eux-mêmes !

Sa repartie me laissa bouche bée ! Hepzibah portait ce jour-là une magnifique tunique caramel avec un turban assorti et un collier fait de coquille d'œufs d'autruche. À ma connaissance, c'était la seule qui ait encore plus de culot que Kat, la seule capable de « lui en remontrer », comme on dit.

Hepzibah baissa les yeux sur les chaussures à talons et les socquettes en dentelle que Kat portait en toute circonstance. Ce jour-là, elles étaient teintes en rose !

— Si vous voulez tout savoir, je les ai lavées avec la chemise rouge de Benne par inadvertance, précisa l'intéressée.

Hepzibah se tourna vers Maman.

— Si tu donnes prise aux commérages, Nelle, c'est que tu es devenue quelqu'un de bien fade.

— Ce n'est pas pareil, protesta Maman. Tout le monde me croit à moitié… folle ! J'aimerais encore mieux passer pour quelqu'un de fade.

— Garde tes remarques pour toi, la rabroua Kat.

Maman ne s'en remettrait jamais, de passer pour une folle aux yeux du voisinage mais, ce qui la démoralisait le plus, c'était encore que moi, je doute de sa santé mentale.

La veille, au petit déjeuner, j'avais pris mon courage à deux mains pour lui demander du ton le plus mielleux du monde :

— Ça t'arrive d'entendre des voix ? C'est une voix qui t'a dit de te couper le doigt ?

Maman me décocha un regard noir.

— J'en entends une en ce moment même : elle me dit que tu ferais mieux de boucler tes valises et de retourner à Atlanta. Rentre chez toi, Jessie. Je n'ai pas besoin de toi. Je ne veux pas de toi chez moi.

Aussitôt, des larmes me brouillèrent la vue, à cause de ce qu'elle venait de me dire autant que de son expression, teintée d'amertume.

Je détournai la tête mais Maman me vit tout de même pleurer. La tension qu'on ressentait toutes les deux se relâcha soudain.

— Oh, Jessie !

Elle posa une main sur mon bras. Je crois bien qu'elle n'avait pas eu de geste plus tendre envers moi depuis que j'avais quitté la maison pour mes études.

— Ne fais pas attention à ce que je raconte ! Je ne supporte pas que tu me prennes pour une folle.

Son regard se posa sur son bandage.

— Je n'ai jamais entendu de voix. Crois-moi ! Je me sentais au bout du rouleau, je tenais le hachoir en main et… j'ai cru que ça me soulagerait de laisser tomber la lame sur mon doigt.

À ce moment-là, ma mère m'a paru presque aussi décontenancée que moi par la violence de son geste.

Pourtant, en arrivant devant Chez Max, quelques jours plus tard, elle me semblait surtout effrayée.

Kat portait au cou une écharpe à motifs d'hibiscus rouges et jaunes, qu'elle entreprit d'enrouler autour de la main de Maman, en recouvrant son vieux bandage en gaze aux allures de gant de boxe. À la fin de l'opération, celui-ci ressemblait toujours à un gant de boxe, mais fleuri, cette fois.

— La meilleure défense, c'est l'attaque, déclara Kat.

— Il est hors de question que je garde ton écharpe !

Kat posa ses poings sur ses hanches.

— Écoute-moi : tout le monde sur l'île aux Aigrettes sait que tu t'es coupé le doigt. Quand tu pousseras la porte du café, tous ceux qui ont des yeux t'inspecteront de la tête aux pieds. Autant affronter leur regard avec panache, tu ne crois pas ? Comme si tu leur balançais ton poing en pleine figure : « Eh oui, les amis ! Voici la fameuse main au doigt coupé ! Et voilà un pansement haut en couleurs, rien que pour le plaisir de vos yeux. Allez-y de bon cœur ! Ne vous gênez pas ! Rincez-vous l'œil ! »

Benne gloussa.

Maman se tourna vers Hepzibah, dans l'espoir d'entendre un autre son de cloche.

— Je rechigne à l'admettre, mais je suis d'accord avec Kat. Si tu entres Chez Max en montrant que tu ne te prends pas au sérieux, ça détendra l'atmosphère.

Je ne parvenais pas à croire que Hepzibah ait pu se rallier à l'idée loufoque de Kat !

— Moi, je ne vous connais pas, les mis-je en garde.

— C'est parfait : tu ne nous connais pas, renchérit Kat en prenant Maman par le bras pour la conduire à la porte.

Décidément, je n'en revenais pas du formidable ascendant que Kat et Hepzibah exerçaient encore sur ma mère !

À la porte du restaurant pendait une clochette qui, bien entendu, carillonna en annonçant notre arrivée à la ronde. Bonnie Langston (plus rondelette que dans mes souvenirs) se précipita sur nous. Lorsqu'elle aperçut l'écharpe à la main de Maman, elle porta sa main boudinée à ses lèvres en réprimant un sourire.

— La gaze blanche, moi, je trouve ça déprimant, lui expliqua Maman.

Bonnie nous conduisit à une table au centre de la salle. Et tous les habitants de l'île qui mangeaient là se tournèrent pour étudier la main couverte d'hibiscus de Maman. Les conversations s'interrompirent d'un seul coup.

Puis (suivant en cela l'exemple de Bonnie) les clients se mirent tous à sourire les uns après les autres.

— Jessie, ça fait quoi… deux semaines que tu es là ? me demanda Kat en étudiant le menu.

— Un peu plus de quinze jours, oui.

— Et Hugh ne compte pas te rejoindre à un moment ou un autre ?

— Non, répondis-je, gênée, en me rappelant les confidences de Benne. Tu sais, il a son cabinet : il ne peut pas se permettre de laisser ses patients en plan.

— Même un week-end ?

— Il est souvent de garde le dimanche.

Je surveillai Benne du coin de l'œil. Telle que je la connaissais, elle était bien capable de taper sa cuiller contre son verre pour annoncer à la salle médusée que j'aimais un moine de l'abbaye. « Sainte Peccata. »

Kat attira notre attention sur un bocal à demi-rempli de pièces de monnaie, entre le sel et le poivre. Une étiquette indiquait : « pour la nourriture du chien ».

— Regardez-moi ça ! Bonnie récolte des fonds pour Max !

En balayant la salle du regard, j'aperçus un bocal sur chaque table.

— À tous les coups, elle s'en sert pour acheter les bibelots qui traînent un peu partout dans sa pension de famille, poursuivit Kat. Non mais c'est vrai ! Où est-ce qu'elle cache la nourriture pour chien que lui payent ses clients ? Nelle, continua-t-elle en posant la main sur le bras de Maman, tu te rappelles le jour où on a commandé six caisses de nourriture pour le premier Max ? Il y a au moins un siècle de ça ! On s'est adressées à un magasin de Charleston qui nous a envoyé des aliments pour chat.

Maman pencha la tête. À l'évocation de ce souvenir, ses idées noires s'envolèrent et son visage s'éclaira. Elle éclata de rire. Ses prunelles pétillaient de malice. Kat, Hepzibah et moi, on se tut toutes les trois, le temps de savourer ce moment de détente.

— Si je me souviens bien, Max a tout mangé jusqu'à la dernière miette. Il s'est même régalé.

Kat se pencha vers Maman.

— Oui, et après, il a commencé à se comporter comme un chat, à se montrer fier et dédaigneux, à chasser les souris, ou à jouer sans arrêt avec des bouts de laine.

— Tu te rappelles, quand Max a avalé un morceau de corde ? poursuivit Maman. Kat et moi, on a couru au bac pour supplier Shem de nous amener de l'autre côté de la baie de toute urgence. Tu te souviens, Kat ?

Maman pépiait presque ! Le bouquet de fleurs qui enveloppait sa main s'agita en l'air. Je n'en revenais pas ! pas plus que Kat et Hepzibah, d'ailleurs ; comme si on assistait à un miracle, à une renaissance inespérée.

— Shem nous a répondu qu'il ne comptait pas traverser la baie, rien que pour un chien. J'ai cru que Kat allait le tuer ! Il a fini par céder. Il nous a dit : « on se calme, les filles » mais, à mi-parcours, Max a rendu le cordage. Après ça, il s'est porté comme un charme !

Son visage rayonnait. Je ne la reconnaissais plus !

Personne ne disait plus rien. Maman inspira à pleins poumons avant de reprendre son récit.

— Comme on venait de monter l'affaire en épingle, on n'a pas voulu demander à Shem de rebrousser chemin ! On l'a laissé croire que Max courait un grave danger et on a passé deux heures à se balader à McClellanville avant de rentrer chez nous.

À ce moment-là, Bonnie vint prendre nos commandes.

— Et la fois où on a été à l'abbaye t'aider à nettoyer la statue de sainte Sénara ? continua Hepzibah après le départ de la serveuse. Max est arrivé (le précédent, si je me souviens bien) et… Tu te rappelles ?

Maman rejeta la tête en arrière en laissant libre cours à son accès de gaieté, puis elle m'expliqua :

— On venait de nettoyer la statue quand Max n'a rien trouvé de mieux à faire que de pisser dessus !

On aurait dit que Maman venait de tomber dans une faille temporelle : la voilà qui redevenait, sous nos yeux ébahis, la Nelle d'avant la mort de mon père – la Nelle qui avait disparu entre-temps.

— Tu te souviens des pique-niques entre filles ? lui demandai-je.

J'aurais voulu qu'on continue encore et encore à évoquer le passé.

— Les pique-niques ! s'écria Kat. Jamais femmes ne se sont autant amusées !

— C'est la seconde fois de la journée que je suis d'accord avec toi, Kat. Ça commence à m'inquiéter, remarqua Hepzibah.

— Et le soir où tu as trouvé le crâne de tortue dans l'eau, tu te rappelles ? lui demandai-je.

— Bien sûr ! Mais ça m'étonne que toi, tu t'en souviennes encore.

— J'ai toujours raffolé de ce crâne, avouai-je avant de frapper mes mains l'une contre l'autre. Il faudrait qu'on organise un pique-nique entre filles !

— Oh oui, renchérit Kat. Excellente idée !

Benne, qui se tenait à côté de Maman, se pencha vers elle et lui chuchota, assez haut et fort pour que tout le monde l'entende autour d'elle :

— Tu avais juré de ne plus jamais participer à un pique-nique entre filles.

Maman jeta un coup d'œil aux alentours. L'éclat de son regard se ternit soudain.

— C'était il y a longtemps, Benne, s'interposa Hepzibah. Les gens ont le droit de changer d'avis. Pas vrai, Nelle ?

— Je n'irai pas, répondit-elle.

Je lui pris la main, dans l'espoir de la ramener à nous.

— Pourquoi ?

Benne s'immisça de nouveau dans la conversation.

— Après la mort de ton père, elle a décidé de ne plus jamais s'amuser. Tu te souviens ? Elle a même dit : « Après ce qui s'est passé, ce serait hypocrite de ma part de continuer à danser comme avant. »

Je lançai à Kat un coup d'œil qui signifiait à peu près : « Tu ne peux pas lui demander de la boucler ? » Kat proposa à sa fille une tranche de pain.

— Je suis certaine que Papa aurait voulu que tu continues à profiter de la vie.

Maman referma la main sur son verre de thé glacé.

— Allez, Nelle, fais ça pour nous. On passera toutes un bon moment, insista Kat.

— On invitera Max à se joindre à nous, ajouta Hepzibah.

Maman haussa les épaules. Une ou deux étincelles luisaient encore au fond de ses prunelles.

— D'accord, mais on ne dansera pas. Je ne veux pas danser.

— On s'assiéra sur une couverture pour bavarder comme en ce moment, affirma Kat. Et si l'une de nous se met à danser, qu'on l'abatte aussi sec !

Bonnie nous apporta nos assiettes d'huîtres et de crevettes frites, accompagnées des tourtes au crabe qui valaient au restaurant sa fameuse réputation. La Nelle d'avant la mort de mon père disparut petit à petit sous nos yeux pendant qu'on mangeait en papotant mais, au moins, je savais qu'il restait quelque chose de ma mère, telle que je l'avais connue, petite fille. Pour la première fois, je caressai l'espoir de la voir un jour guérir de sa folie, du moins en partie.

À l'autre bout du café, la porte s'ouvrit et la petite clochette émit son tintement cristallin dont l'écho se répercuta dans la salle entière. Je me retournai, sous le coup d'un étrange pressentiment.

Il se tenait sur le seuil, la tête baissée comme s'il venait de laisser tomber ses clés par terre. Puis il releva ses yeux noisette en passant en revue les tables. Je sentis alors mon cœur exploser en mille morceaux.

C'était Hugh !

21.

Je le dévisageai quelques instants, sans en croire mes yeux. Ça ne pouvait pas être lui ! Hugh était à Atlanta !

Vous savez ce que c'est : quand on se trouve nez à nez avec quelqu'un qu'on ne s'attendait pas à rencontrer, on se sent un peu perdu et on ne sait plus très bien où on en est. Eh bien là, c'était cent fois pire ! Je m'imaginai que, par Dieu sait quel miracle de perception extrasensorielle et de soupçons prémonitoires… il était au courant !

Il savait que je m'étais promenée en bateau en compagnie d'un autre homme et que je mourais d'envie de naviguer avec lui jusqu'au bout du monde. Il savait que ces temps-ci, je me repassais sans arrêt la même scène dans la tête ; la scène impensable où je bouclais mes valises avant de refermer tranquillement la porte de notre maison en le laissant planté là. Il savait ! Et s'il était venu d'Atlanta, c'était à cause des relents nauséabonds de ma culpabilité, qui l'avaient guidé jusqu'ici.

Dès qu'il m'aperçut, il m'adressa un sourire – son sourire habituel, à la moue amusée, celui qui m'avait tant séduite à notre première rencontre.

Il s'approcha de notre table. Je lui rendis son sourire, mais un sourire pas du tout naturel – le sourire forcé de quelqu'un qui cherche à paraître insouciant, même si ça ne trompe personne.

— Hugh ! Mince alors ! Qu'est-ce que tu fiches ici ? Comment tu as su qu'on déjeunait Chez Max ? m'écriai-je en pliant ma serviette que je posai à côté de mon assiette.

Il me parut plus maigre, plus fragile que dans mes souvenirs ; différent, en somme.

Il se pencha pour déposer un baiser sur ma joue. La peau de son visage me parut aussi rêche que du papier de verre. Je devinai à son haleine qu'il venait de sucer l'une des pastilles au citron qu'il aimait tant.

— Quand j'ai été à l'épicerie te passer un coup de fil pour te demander de venir me chercher, on m'a dit que je te trouverais ici, expliqua-t-il en posant une main sur l'épaule de ma mère. Comment ça va, Nelle ?

— Bien, merci.

Le regard de Hugh s'arrêta un instant sur son drôle de pansement de la taille d'un gant de boxe, puis il salua Kat et Hepzibah.

— Ça alors ! Tu es bien l'homme le plus séduisant que j'aie jamais rencontré ! s'exclama Kat et Hugh rougit – chose assez rare chez un homme.

C'est moi qui ai eu l'idée de lui proposer une petite promenade, rien qu'à deux. Je n'aurais pas pu supporter de rester là, à l'entendre papoter, sous le regard inquisiteur de Maman et de ses amies.

On a d'abord longé la route aux esclaves (celle qui mène au cimetière) en discutant d'un ton poli mais plein de retenue de ce qui se passait à la maison ou de l'état de Maman – le genre de conversation qui prépare un retour à la normale. Un nœud me contractait l'estomac.

Arrivés au cimetière, on s'est arrêtés face aux croix en cèdre plantées par Hepzibah sur chacune des tombes.

Toutes étaient tournées vers l'est, de manière à faciliter la résurrection des morts (à en croire Hepzibah, en tout cas). Après la guerre de Sécession, une petite communauté d'esclaves affranchis s'était installée sur l'île. Ils avaient tous fini par s'en aller (du moins, ceux qui n'étaient pas morts entre-temps) mais leur présence avait tout de même laissé des traces dans les environs.

Nous contemplions le chêne massif dont les branches s'étendaient au-dessus des tombes lorsque je me rappelai soudain ce que Dee m'avait confié au téléphone ; à savoir que Maman s'était mise dans tous ses états ici même à cause d'un « doigt des morts » ou quelque chose comme ça.

Hugh s'assit sur l'une des branches qui reposait à même le sol – sans doute fatiguée de se dresser en l'air depuis des siècles. Je m'installai à côté de lui mais, ni lui ni moi, nous n'avons ouvert la bouche. Hugh regardait les petites branches tremblantes à l'extrémité des rameaux les plus imposants tandis que moi, j'observais les fougères et les champignons blancs qui poussaient au ras du sol.

— Cet arbre a l'air très vieux, remarqua Hugh en rompant le silence.

— Il a huit cents ans.

Tout le monde sur l'île aimait rappeler l'âge du chêne, même si ça tenait plus ou moins d'une légende.

— Enfin, c'est ce que j'ai toujours entendu dire. Je suppose qu'il n'existe aucun moyen de le vérifier. Hepzibah prétend qu'on ne peut pas analyser le cœur du tronc parce qu'il est pourri.

Le regard de Hugh croisa le mien. Il me considéra de son air pénétré de psychiatre, celui qu'il prenait quand il s'imaginait découvrir le sens caché de ce que lui racontaient ses patients. Je tentai de déchiffrer son expression.

Que cherchait-il à me faire comprendre ? Qu'en parlant du tronc pourri de ce malheureux arbre, je pensais en réalité à mon propre cœur ?

— Eh bien, quoi ? demandai-je, irritée.

— Qu'est-ce qui t'arrive, Jessie ?

— Tu le sais bien ! Je cherche à régler les problèmes de Maman, et je t'ai dit et redit que je tenais à me débrouiller seule, mais bien sûr, te voilà : Hugh à la rescousse !

— Écoute... Je pense en effet qu'un soutien extérieur ne te ferait pas de mal, mais je ne suis pas venu ici pour ça.

— Ah bon ? Alors pourquoi tu as jugé bon de débarquer sur l'île sans prévenir ?

Il ne me répondit pas. Ni lui ni moi n'avons rien ajouté avant une bonne minute. On s'est contentés de regarder les croix. Des petits oiseaux gazouillaient au-dessus de nos têtes.

Hugh soupira puis il posa sa main sur la mienne.

— Je ne voulais pas qu'on se dispute. Si je suis venu, c'est parce que... j'ai réservé une chambre d'hôtel à Charleston. On n'a qu'à prendre le bac, cet après-midi. On déposera nos bagages à la réception, et ensuite, on dînera au Magnolia, en tête à tête, rien que nous deux. Et demain matin, je te ramènerai ici.

Je ne levai pas les yeux. J'aurais voulu éprouver pour Hugh la même chose que pour Whit. J'aurais voulu réveiller mes sentiments pour mon mari d'un simple claquement de doigts. En comprenant que jamais plus je ne pourrais revenir en arrière, je me mis à paniquer.

— Je ne peux pas accepter.

— Pardon ? Bien sûr que si !

— Comment as-tu osé organiser un week-end en amoureux sans même me consulter ?

— Je voulais te faire la surprise.

— Qui t'a dit que j'avais envie d'une surprise ? !

— Hé ! Qu'est-ce qui ne va pas ? Tu te tiens sur la défensive depuis des mois, tu viens ici sans m'appeler une seule fois et, quand moi je t'appelle, tu entames une dispute. Et maintenant… le comble !

Je retirai ma main de la sienne en ayant l'impression de lâcher prise, comme si je me laissais tomber au fond de l'océan sans essayer de me retenir à quoi que ce soit.

Jamais encore je n'avais eu aussi peur de toute ma vie.

— Je voudrais rester un peu de temps seule.

Pas un instant je n'aurais cru lui annoncer une chose pareille ! J'épiai sa réaction, curieuse de savoir si j'avais vraiment prononcé ces mots. Un brusque mouvement de tête lui échappa. Mon aveu l'avait choqué, mais sans doute pas autant que moi !

Son visage s'empourpra. Je compris alors que je ne l'avais pas choqué mais simplement mis en colère.

— « Seule » ? hurla-t-il. Mais de quoi est-ce que tu parles ?

Je me levai en reculant d'un pas. Je crus qu'il allait me secouer comme un prunier et, je le jure devant Dieu, je regrettai presque qu'il n'en ait rien fait.

— Tu veux qu'on se sépare ? C'est ça ?

— Qu'on se sépare ? répétai-je, et aussi bizarre que cela puisse paraître, je me sentis soudain apaisée. Je ne sais pas trop… je veux juste passer un peu de temps seule.

— Eh bien c'est ce qu'on appelle une séparation ! cria-t-il.

Il disparut sous l'ombre grise de l'arbre en s'arrêtant un instant, le dos tourné. Ses épaules se levèrent avant de s'abaisser aussitôt, comme s'il avait du mal à respirer. Il secoua la tête d'un air de ne pas en revenir. Juste au moment où je m'avançais vers lui, il repartit en suivant la route que nous avions empruntée à l'aller. Il ne se retourna pas. Il ne me dit pas au revoir. Il se contenta de s'éloigner, les mains dans les poches.

Je le vis disparaître en ayant le sentiment que mon corps se vidait de ce qui le maintenait en vie, et que le monde entier s'effondrait autour de moi. Un instant, j'hésitai à le rattraper au pas de course. Au fond de moi, je ne désirais qu'une chose : le prendre dans mes bras, en me confondant en excuses. Pourtant, je ne bougeai pas. Je me sentais comme anesthésiée.

Sa silhouette devint bientôt aussi petite que celle d'une mite voletant à l'horizon. Lorsqu'il disparut de ma vue pour de bon, je retournai m'asseoir sur la branche d'arbre.

Et je restai là, paralysée. Des taches de lumière de la taille de pièces de monnaie dansaient sur le sol. Je m'imaginai Hugh à l'embarcadère, assis sur un banc, en attendant le départ du bac. Max devait être là, lui aussi. Sans doute frottait-il sa tête contre la jambe de Hugh, histoire de le réconforter un peu. J'espérais du fond du cœur que Max se trouvait auprès de lui en cet instant, et qu'il consolait mon mari.

Un jour, l'année de mes neuf ans, Mike et moi étions allés au cimetière à vélo. On y avait trouvé Hepzibah occupée à débroussailler entre les tombes. Sans trop savoir pourquoi, ce souvenir me revint tout à coup en mémoire. Ça se passait en hiver, mais un jour de grand beau temps comme aujourd'hui, où des traînées pourpres coloraient le ciel, comme c'est souvent le cas par ici.

Mon frère et moi avons posé nos vélos par terre. Hepzibah a levé les yeux sur nous en nous demandant :

— Je vous ai déjà raconté la légende des deux soleils ?

Mike et moi, on raffolait des légendes africaines que nous racontait Hepzibah. Ce jour-là, on lui a fait signe que non avant de s'asseoir par terre, suspendus à ses lèvres.

— En Afrique, le peuple Sonjo était persuadé qu'un beau jour, deux soleils se lèveraient en même temps. L'un viendrait de l'est et l'autre de l'ouest. Et lorsqu'ils se rencontreraient au zénith, eh bien ce serait fini !

Je me tournai vers Mike, qui me regarda, perplexe. D'habitude, Hepzibah ne nous racontait pas d'histoires aussi courtes. Je m'attendais à une suite, mais non : ce serait tout pour cette fois.

— Fini... Comme à la fin du monde ? s'inquiéta Mike.

— En fait, ça veut dire qu'au bout du compte, tout a une fin. Il y a toujours deux soleils qui se lèvent en même temps, quelque part sur terre. Ça fait partie de la vie. Une chose se termine alors qu'une autre commence ailleurs. Vous comprenez ?

La morale de son histoire m'effraya un peu. Je sortis du cimetière sans rien lui répondre, et rentrai à la maison le plus vite possible. Une semaine plus tard, mon père mourait. À compter de ce jour et pendant bien longtemps, je ne me suis plus approchée de Hepzibah. À croire qu'elle pressentait ce qui allait se passer... Bien sûr, je me suis convaincue par la suite que c'était impossible.

Mon corps se mit à trembler sur la branche de chêne où je me tenais assise, comme si je venais d'essuyer une canonnade. Je m'imaginai le bac à l'approche du quai. Hugh allait sans doute y monter, alors que des mouettes volaient autour de lui. Puis le bateau s'éloignerait en direction du continent.

Au-dessus de nos têtes, deux soleils se percuteraient de plein fouet.

22.

Le lendemain matin, j'empruntai la voiturette de Maman pour me rendre chez Kat – en n'oubliant pas de tourner au panneau « danger : passage de sirènes ». Dieu sait pourquoi, je me sentais le cœur léger, presque insouciante ; alors que j'avais passé la moitié de la nuit à me tourner et à me retourner sous mes draps, tiraillée entre l'inquiétude et la culpabilité !

Après le départ de Hugh la veille, j'étais restée un long moment au cimetière des esclaves, en proie à une peur panique. Mais qu'est-ce que je venais de faire ? !

Deux fois ce soir-là, j'appelai mon mari. Il ne décrocha même pas, alors qu'il avait largement eu le temps de rentrer à la maison. Je ne savais même pas pourquoi je lui passais un coup de fil, ni ce que je ferais si jamais il répondait. Sans doute me confondre en excuses ou en regrets. Je n'en revenais toujours pas de ce que j'avais fait ! Comme si je m'étais amputée de quelque chose d'essentiel – pas d'un simple doigt, mais de ma vie de couple, en symbiose avec mon mari. L'existence de Hugh englobait la mienne à merveille, à la manière des poupées russes. Je tenais tout entière dans mon rôle d'épouse, dans le cocon de ma vie de femme au foyer. Et là, je venais de tout gâcher. Pourquoi ?

Je restai prostrée au bord du lit. Des tas de choses me revinrent en mémoire par bribes décousues. Un jour que Dee était encore petite, Hugh lui avait chanté la comptine de « *Humpty Dumpty* » en posant un œuf en équilibre sur la table, avant de le laisser tomber pour illustrer la chute du bonhomme. Sa petite démonstration avait tellement plu à Dee que Hugh a fini par casser la douzaine d'œufs au grand complet avant de nettoyer par terre à quatre pattes. À chaque Noël, il se livrait à un petit jeu idiot : il essayait de porter sur lui tous ses cadeaux, et pas seulement les chemises ou les pantoufles, mais les cannes à pêche, et même les couteaux à viande. Mon rôle consistait à lui poser des défis impossibles à relever – en lui offrant une machine à cappuccino, par exemple. Mais, en moins de deux minutes, Hugh s'en était harnaché à l'aide d'une paire d'extenseurs comme s'il s'agissait d'un simple sac à dos.

— Admire le résultat !

Et s'il n'y avait plus de Hugh dans ma vie ? Plus le moindre grain de folie ? Plus aucun de ces moments qui, bout à bout, composaient notre histoire à tous les deux ?

Mais qu'est-ce que je regrettais, au fond ? Les petits rituels de notre vie de couple ou ce qui en assurait la cohésion ?

À contrecœur, je me rappelai à quel point Hugh se montrait parfois agaçant – quand il se curait les oreilles avec l'ourlet de son maillot de corps, qu'il respirait par la bouche en soufflant trop fort, qu'il tapotait son rasoir contre le lavabo, ou qu'il se promenait à la maison en chaussettes, vêtu d'une chemise boutonnée jusqu'au col, en ouvrant des tiroirs qu'il ne refermait jamais. Et je ne parle pas de sa manie horripilante de tout analyser comme s'il ne pouvait jamais se tromper. À croire qu'il détenait des droits sur notre couple ! Dans ces moments-là, on aurait dit un gentil marionnettiste qui tirait les ficelles de notre vie.

C'est normal de vouloir aller de l'avant, ai-je tenté de me convaincre. Des tas de gens se lancent dans de nouvelles aventures ! Pourtant, au moment de m'endormir, je fus prise de panique.

Ce matin-là, une pâle lumière qui s'infiltrait par la fenêtre m'avait tirée du sommeil. Aussitôt, mon appréhension de la veille céda la place à un curieux sentiment d'allégresse. Allongée sous les couvertures, je me rappelai un fragment de mes rêves qui flottait encore à la limite de ma conscience : un homme et une femme voyageaient sous l'océan en suivant un chemin semé de bulles d'air dans une clarté bleutée. Ils respiraient sous l'eau, main dans la main.

En ouvrant les yeux, je me suis sentie aussi légère qu'une plume, prête à me lancer dans l'inconnu.

Par la fenêtre de mon ancienne chambre d'enfant où pendaient autrefois des pelures de pommes, j'ai regardé la lumière de l'aube se répandre dans le ciel noir. J'ai joué sans y penser avec mon alliance, que j'ai fini par déposer sur un vieux coussin en velours où une aiguille à broder se dressait comme le clou d'un fer à cheval.

En arrivant à la maison jaune de Kat, j'étais donc une femme séparée, sans trop savoir si je refuserais de l'admettre ou si, au contraire, ça me soulagerait de l'avouer.

Je garai la voiturette de golf à côté du perron. Kat ouvrit la porte et j'aperçus Hepzibah et Benne, derrière elle, dans le couloir.

J'étais venue sans y avoir été invitée, en laissant Maman à la maison, occupée à feuilleter ses livres de cuisine.

— Je me demandais si je te trouverais chez toi ou à ta boutique.

— Aujourd'hui, je n'ouvrirai qu'après déjeuner, m'annonça Kat en me priant d'entrer.

Hepzibah me posa la question qui devait leur brûler les lèvres à toutes les trois.

— Comment va Hugh, ce matin ?

— Il est parti hier.

— Je te l'avais bien dit ! lança Benne en croisant les bras.

Il arrivait à Benne de prendre un air supérieur des plus agaçants – quand elle ne se montrait pas carrément horripilante, comme en ce moment !

— Qu'est-ce qui s'est passé ? me demanda Kat en ignorant sa remarque. Il n'est pourtant arrivé qu'hier !

— Hum… Tu devrais savoir qu'il y a des fois où il vaut mieux la boucler ! rétorqua Hepzibah.

Elle me prit par la main pour me conduire à la cuisine où flottait une chaude odeur d'ail. Le lave-vaisselle ronronnait dans son coin. Les murs étaient peints couleur de terre glaise et des bibelots en forme de sirènes s'entassaient un peu partout sur les meubles.

— On allait justement prendre un café, m'annonça Hepzibah, qui en remplit quatre tasses pendant qu'on s'installait à la longue table de chêne.

D'une coupe en terre cuite au centre, se déversaient des prunes et des oranges, et aussi des piments et des citrons géants.

— Maman m'a paru méconnaissable, ce matin, commençai-je, histoire d'engager la conversation sur un autre sujet que Hugh. Je crois que notre déjeuner ensemble lui a fait un bien fou. Elle parle de retourner au monastère s'occuper de la cuisine. En ce moment même, elle concocte des menus à la maison.

— Assure-toi que les moines ont bien planqué les hachoirs !

— Kat ! s'exclama Hepzibah.

— Tu ne crois quand même pas qu'elle risque de recommencer ? m'inquiétai-je en posant ma tasse.

— Oh non ! m'assura Kat. Mais demande quand même aux moines de mettre les hachoirs à l'abri. On n'est jamais trop prudent.

Sur ce, elle posa un sac au pied de ma chaise.

— Shem est passé à la maison déposer tes fournitures, hier après-midi.

Je vidai le sac sur la table. Il y avait là un pinceau en martre d'un pouce et demi de large, un autre plus fin pour le travail de précision, une palette et un bloc de papier apprêté à froid, bien plus large que ce que j'avais demandé – et d'une qualité supérieure aussi, ce qui me contraria ! Quant aux tubes de peinture, il s'agissait de fournitures « pour artiste », précisait l'emballage. « Artiste », franchement ! J'examinai les différentes couleurs, les unes après les autres : rouge grenat, rose saumon, ocre jaune, terre de Sienne, vert céladon, bleu azur, bleu turquoise.

Je débordais tellement d'enthousiasme que c'est à peine si je m'aperçus que les autres guettaient ma réaction.

Lorsque je relevai enfin les yeux, Kat me sourit. Quelques mèches de ses cheveux rouge cerise tombaient sur ses oreilles.

— Alors, quand est-ce que je peux espérer vendre tes dessins dans ma boutique ?

— L'inspiration ne se commande pas.

— Oh ! Pardon ! Laisse-moi te poser la question autrement : à ton avis, quand l'inspiration va-t-elle venir te visiter ?

— Si ma mémoire ne me joue pas des tours, nous avons conclu un marché, toutes les deux : tu devais parler à Dominic, au cas où il en saurait plus long qu'il ne veut bien le dire sur les troubles de Maman. Tu n'as pas oublié ? Alors ?

Kat laissa ses yeux errer jusqu'à la fenêtre au-dessus de l'évier. Un mince rai de lumière tombait en oblique sur le plan de travail. Le temps me parut s'éterniser. Benne se mit à jouer avec le couvercle du sucrier. Hepzibah se versa une autre tasse de café.

— Je n'ai rien dit à Dominic, m'avoua enfin Kat en se tournant vers moi. Réflexion faite, je lui donnerais plutôt raison : je crois que ce n'est dans l'intérêt de personne, et surtout pas de ta mère, d'examiner à la loupe ses raisons d'agir. On risquerait de la perturber encore plus. Crois bien que je le regrette ! Je sais que je t'ai promis d'aller voir Dominic mais, entre nous, je ne pense pas que ce soit une bonne idée. Ce que j'aimerais, c'est que tu suives mon conseil et que tu laisses tomber.

Je faillis m'énerver contre Kat, mais en même temps, j'avais bien envie de lui obéir. Comprendre ma mère s'annonçait comme une tâche épuisante et même surhumaine !

— Bon. Très bien.

— Tu comptes renoncer ? s'étonna Kat.

— Non, mais je ne demanderai plus ton aide, cédai-je d'un ton résigné.

Kat croyait agir pour le mieux. Jamais je ne la persuaderais du contraire.

Elle pencha la tête et me décocha un sourire enjôleur, en prenant un petit air contrit.

— Tu peindras quand même des sirènes ?

— Mais bien sûr ! soupirai-je.

J'aurais dû lui donner l'impression que je lui en voulais, mais en voyant sous mes yeux le matériel de peinture qu'elle venait de m'apporter, je préférai renoncer.

Le téléphone sonna et Kat partit répondre. Hepzibah en profita pour rincer la cafetière sous le robinet de l'évier. Le bruit de l'eau qui coulait résonna dans toute la cuisine. Mon rêve de la nuit passée me revint en mémoire en un éclair. Je me demandai ce que Whit faisait en ce moment, à cet instant précis. Je l'imaginai dans sa cellule, penché sur un bureau encombré de livres, le capuchon de son froc pendant entre ses omoplates ; ou en train de sillonner les criques, à bord de son canot à moteur. J'essayai de me rappeler la nuance de bleu de ses pupilles, de la même couleur que sa chemise au soleil.

Comme c'était puéril de ma part de penser à lui aussi souvent ! Le hic, c'est que je n'arrivais pas à me concentrer sur autre chose. J'imaginais nos corps serrés l'un contre l'autre – je quittais alors mon enveloppe charnelle pour me fondre en un je ne sais quoi d'infini, un lieu irréel, où je n'aurais plus aucun manque à combler.

— Tu comptes nous expliquer pourquoi Hugh est parti ? me demanda Kat en s'adossant au plan de travail.

Je ne l'avais même pas entendue revenir.

— Oh, il n'avait pas l'intention de rester.

— Pas même une nuit ? s'étonna-t-elle en posant les yeux sur ma main gauche. Hier, tu portais ton alliance. Mais aujourd'hui, non ?

Benne observa ma main puis mon visage. Elle me lança le même regard qu'au moment d'annoncer que j'étais amoureuse d'un moine. En me rappelant que sa mère aussi le savait, j'éprouvai tout à coup une envie irrationnelle de me confesser.

Hepzibah vint se poster auprès de Kat. En fait, si j'étais venue jusqu'ici, c'était surtout par besoin de me confier à quelqu'un. Je me sentais terrorisée, écrasée par une foule de sentiments contradictoires, dont l'intensité dépassait de loin mes propres forces. L'envie me prit de m'agenouiller aux pieds de Kat et de Hepzibah, puis d'enfouir ma tête dans leurs girons, en sentant leurs mains se poser sur mes épaules.

— Une chose terrible est arrivée, leur annonçai-je en me concentrant sur la coupe de fruits. Hugh et moi, nous nous sommes séparés.

En levant un peu les yeux, j'aperçus au ras du sol l'ourlet de la tunique de Hepzibah, à côté des souliers pointus de Kat. La lumière du jour projetait un treillis d'ombres par terre. Le robinet gouttait dans l'évier. L'arôme du café flottait autour de nous comme une nappe de brouillard.

— Je suis tombée amoureuse d'un… autre homme.

Je me demandai si ma confession les choquerait. En leur annonçant la nouvelle, je ne m'étais pas sentie aussi ridicule que je le craignais, non. J'avais honte mais au moins j'étais sincère, je prenais mes sentiments au sérieux, sans chercher à me mentir.

— Benne nous avait prévenues, me confia Kat.

Benne ne se trompait jamais. N'empêche que l'empressement de sa mère à la croire sur parole dans un cas comme celui-là ne laissa pas de m'étonner.

— Elle nous a même précisé qu'il s'agissait d'un moine.

— Oui : le frère Thomas.

— Ce n'est pas lui, le dernier arrivé au monastère ? me demanda Hepzibah.

— Si et, en réalité, il s'appelle Whit O'Conner.

— Tu en as parlé à Hugh ? m'interrogea Kat.

— Non, je n'en ai pas trouvé le courage.

— Tant mieux ! répondit Kat en laissant échapper un soupir. Il y a des fois où « franchise » rime avec « bêtise ».

Je posai les mains devant moi, comme pour prier, en serrant les doigts si fort que ça en devenait presque douloureux.

Kat s'assit à ma gauche et Hepzibah à ma droite. Elle posa sa main brune sur mon poignet.

— Je me sens vraiment mal quand je pense à Hugh. Malgré tout, je reste convaincue que, Whit et moi, nous sommes faits l'un pour l'autre. On s'est promenés tous les deux dans son bateau, il y a quelques jours. On a discuté ensemble un long moment. Avant, il vivait en couple mais son épouse est morte.

Je me tus un instant avant d'ajouter :

— Ça n'a pas de sens, ce qui m'arrive.

— De toute façon, ça n'a jamais de sens, de tomber amoureux, m'assura Kat, et personne n'est là pour te juger. Pas sous mon toit, en tout cas. Dieu sait que ce n'est pas moi qui vais te jeter la première pierre ! Je suis passée par là, moi aussi.

Perplexe, j'étudiai son expression. Kat haussa les sourcils, et sa bouche prit un pli amer et amusé à la fois.

— L'homme que j'aimais n'était pas moine, lui. Dieu m'a épargné cette ironie du sort – loué soit-Il ! Il s'agissait d'un marin de Charleston qui venait pêcher et acheter des filets, ici sur l'île. Oh, j'en étais folle, de cet homme ! alors que j'étais tout de même mariée à Henry Bowers… J'avais à peu près ton âge à l'époque, juste assez vieille pour me sentir glisser sur la pente savonneuse de la décrépitude – si tu vois ce que je veux dire. On regarde autour de soi et on se dit : ben mince alors ! J'étais mariée depuis vingt ans. Vingt ! C'est à ce moment-là que le ciment du couple commence à se fissurer.

Ma gorge se noua. Hepzibah se mit à frotter son pouce contre le mien. Le rythme apaisant de son geste me détendit un peu.

— Je sais ce que c'est, d'aimer un homme, alors qu'on sait très bien qu'on ne devrait pas, poursuivit Kat. Il n'y a sans doute pas une seule femme sur terre qui l'ignore encore : la moitié tombent amoureuses de leur gynéco et l'autre, de leurs confesseurs. On ne peut pas s'empêcher d'aimer. Autant se planter au milieu de la mer en exigeant que les vagues s'arrêtent.

» Mais il faut que je te raconte la fin de mon histoire ! Aujourd'hui, je regrette de m'être laissé guider par mes sentiments. J'ai causé beaucoup de tort à ceux que j'aimais. Entre nous, je ne sais pas si j'aurais pu agir autrement, vu ce que je ressentais pour lui, et surtout, vu ma naïveté à l'époque ! Quoi qu'il en soit, je te comprends mieux que tu ne le crois, et ce que je te conseille, c'est de prendre du recul.

Je m'enfonçai dans ma chaise en me tournant vers Hepzibah qui m'observait, les paupières à demi-closes.

— L'année de mes quarante ans, avant que je ne me mette à étudier la culture gullah, je suis tombée amoureuse d'un homme de Beaufort, capable de citer de mémoire des tas de légendes que les esclaves se transmettaient de vive voix depuis des générations. Avant ça, je ne connaissais personne d'aussi passionné par son héritage culturel. Bien sûr, ce qui me plaisait chez lui, c'était surtout le reflet de mon propre désir de m'engager sur la même voie.

— Qu'est-ce qui s'est passé ?

— J'étais déjà divorcée à l'époque et je n'aurais pas dit non à un remariage, sauf qu'il avait déjà une épouse. Kat a raison, ça n'a diminué en rien la force de mes sentiments. Pour finir, j'ai décidé de l'aimer sans... tu sais ? sans que ça ne devienne physique entre nous. Ça n'a pas été facile pour moi, loin de là ! mais aujourd'hui je ne regrette rien. C'est lui qui m'a incitée à m'intéresser de plus près à mes racines et ça m'a apporté plus que je ne saurais le dire !

Benne écoutait de toutes ses oreilles les révélations de sa mère et de Hepzibah. La frange de ses cheveux châtain s'arrêtait à quelques centimètres au-dessus de ses sourcils.

— Moi aussi, j'ai aimé quelqu'un, nous annonça-t-elle, les yeux brillants.

On s'est toutes retournées pour la regarder.

— Eh bien, raconte ! lui dit Kat, d'un air franchement choqué. Qui était l'heureux élu ? Ton gynéco ou ton confesseur ?

— Mike, nous avoua Benne. Et moi non plus, je n'ai pas pu m'empêcher de l'aimer.

Elle se redressa en souriant, contente d'avoir sa place parmi nous.

— Je lui ai tout avoué, le jour où il a quitté l'île pour ses études. Tout le monde sur le quai lui faisait ses adieux, vous vous rappelez ? Alors, je lui ai dit « je t'aime », et il m'a répondu « moi aussi, je t'aime, Benne », puis il est monté à bord du bac.

Kat lui tapota le bras.

Un silence s'installa. Kat et Hepzibah étaient pétries de bonnes intentions, je le voyais bien ! Elles cherchaient à me donner un point de vue extérieur sur ce qui m'arrivait, de crainte de me voir souffrir. Je comprenais où elles voulaient en venir, mais sans arriver pour autant à en tirer les conséquences qui s'imposaient. Peut-être est-il dans la nature de chacun de croire sa propre situation unique ou de s'imaginer que son cas constitue une exception. Peut-être l'élan qui me poussait vers le frère Thomas me semblait-il au fond plus sensé que leurs mises en garde. Je secouai la tête d'un air presque insolent.

— Et s'il était fait pour moi, et que je laissais passer ma chance ?

— Il est fait pour toi ! m'assura Benne.

Était-ce là une vérité de plus dans la bouche de Benne, qui en détenait déjà tant ? Ou un simple vœu pieux, un accès de romantisme de la part d'une adulte jamais vraiment sortie de l'enfance ?

— Personne ne peut te dire ce que tu dois faire, conclut Kat. C'est ta vie. La décision t'appartient.

— *E come a time when eby tub haffa res pon e won bottom*, renchérit Hepzibah, avant de nous traduire ce proverbe gullah : « Il vient un temps dans la vie où il faut savoir se tenir sur ses propres pieds. »

Kat s'approcha de moi, le front plissé de minuscules rides d'inquiétude.

— Sois prudente ! me dit-elle.

Je me levai. On aurait dit que le matériel de peinture éparpillé autour de la coupe à fruits venait de tomber d'une corne d'abondance. Je rangeai pinceaux et tubes de couleur dans le sac de courses.

— Toute ma vie, j'ai été prudente.

Je leur souris. Pour la première fois depuis longtemps, j'avais l'impression de me tenir sur mes propres pieds.

— J'ai reconnu ton canot dans la réserve naturelle, l'autre jour, dis-je à Hepzibah. Ça t'embête si je te l'emprunte ?

— Pas de problème.

Elle ne me demanda pas pourquoi je voulais m'en servir. Kat non plus. À mon avis, elles le savaient déjà.

23.

Le jour où je me suis aventurée dans le dédale des criques à bord du canot rouge décoloré de Hepzibah, j'ai entendu un alligator vagir. Ça se passait à la mi-mars, un peu avant le printemps, mais il faisait déjà assez chaud pour qu'une poignée de mâles poussent leurs cris dans l'espoir d'attirer des femelles sur les rives des marécages. On aurait dit un roulement de tonnerre au loin. En avril, les alligators produiraient un tel vacarme que la surface des flots en tremblerait. À la pleine saison des affrontements entre mâles, Mike et moi, on se faufilait à la rame dans les méandres en épingle à cheveux des canaux, en houspillant les tortues qui se doraient au soleil pour qu'elles foncent se cacher sous terre, sous peine de se laisser dévorer.

En arrivant au ponton de la réserve, ce matin-là, je découvris sous le canot de Hepzibah le crâne de tortue qui trônait sur la table de son perron. Elle devait l'avoir déposé là, à mon intention. Kat, Maman et elle, se le passaient à tour de rôle depuis des années en mémoire du nœud symbolique qui avait uni leurs vies les unes aux autres ; et voilà qu'aujourd'hui ce fameux crâne se trouvait sur le banc, à la proue du canot. Il semblait vraiment très ancien. Ses orbites regardaient vers l'avant, comme pour guider le bateau.

Les brins de spartine prenaient la teinte de la menthe verte à la lumière du soleil. À chaque coude d'un ruisseau entre les marais, se dressait une aigrette ou un héron, aussi immobile qu'une statue. Leur infinie patience finissait par m'agacer ! Juste au moment où je renonçais à les voir à nouveau bouger un jour, ils reprenaient vie en attrapant un vairon du bout du bec.

Je me laissai porter par la marée, qui me conduisit à deux reprises dans une mauvaise direction avant de m'amener à l'embouchure du ruisseau en cul-de-sac où Whit et moi nous étions baladés en bateau. Un mince couloir entre les herbes débouchait sur la minuscule baie où l'on avait si longtemps discuté à bord de son canot à moteur. Je coinçai la barre entre mes genoux en laissant la brise, qui me caressait le visage, me pousser jusqu'à la petite île où se dressait l'ermitage de Whit, au sommet d'une butte de terre, sous un unique palmier.

Ce jour-là, je portais les bottes en caoutchouc que Maman chaussait autrefois pour ramasser les huîtres du nouvel an sur les récifs, en compagnie de Kat et de Hepzibah. En sortant du canot, je m'enfonçai jusqu'aux chevilles dans une boue aussi molle que de la pâte à gâteaux, et qui dégageait ce pot-pourri de senteurs si particulier que j'avais appris à apprécier en grandissant.

Je hissai le canot sur la berge puis – en nage ! – j'ôtai mon pull que je nouai à ma taille, autour de mon T-shirt noir. Je tendis l'oreille, au cas où j'entendrais vrombir le canot à moteur de Whit, que j'avais vu amarré au ponton, un peu plus tôt. Je consultai ma montre. J'étais venue à la même heure que l'autre jour, en espérant surprendre Whit en plein travail à la réserve.

J'observais le cercle parfait que formait la crique entre les marécages lorsque je crus entendre le moteur d'un canot. Je me pétrifiai en regardant les bec-en-ciseaux noirs descendre en piqué à la surface de l'eau où scintillaient les écailles argentées des mulets. Puis le son mourut et un profond calme s'installa aux alentours.

J'avais emporté un sac de matériel à peinture, en me disant que je pourrais toujours dessiner un peu, en l'absence de Whit. Il fallait que j'invente une raison valable à ma présence, autre que mon envie de le voir ; une raison sur laquelle je pourrais me rabattre au besoin. « Je suis venue peindre » – voilà ce que je comptais lui dire.

Je sortis du canot mon sac de fournitures. Sous le coup d'une impulsion subite, j'emportai aussi le crâne de tortue. C'était idiot de l'emmener avec moi mais je ne voulais pas le laisser seul au fond du bateau. Je me frayai un chemin entre la stipe comateuse et les souches de palmier. En découvrant le « pied-à-terre » de Whit, je ne pus m'empêcher de sourire. Il avait dû prendre modèle sur la crèche de Bethléem !

Je dus me baisser pour m'engager sous le toit en pente. Dans l'ombre, au fond de l'ermitage, auprès d'un filet de pêche replié sur lui-même, se trouvait un piège à crabes en métal, qui servait sans doute de table d'appoint à Whit. La cabane aurait pu passer pour l'œuvre de n'importe qui ou presque… si l'on ne tient pas compte de la croix confectionnée à partir de feuilles de palmier clouées à une planche !

Je compris soudain pourquoi Whit aimait tant cet endroit. À sa manière aussi, c'était une sorte de cloître, mais encerclé par la mer et les marais, sans aucun abbé ni le moindre confesseur, bercé par les rythmes naturels qui dataient de la nuit des temps.

Je posai le crâne de tortue au-dessus du piège à crabes en admirant sa couleur ivoire si pâle. Sans doute appartenait-il autrefois à une femelle, une caouanne de trois cents livres, qui avait dû se traîner sur la plage, année après année, pour y pondre ses œufs dans le sable. Papa nous y avait emmenés, Mike et moi, un soir d'été où le sable grouillait de petits à peine sortis de l'œuf. On les a regardés se masser vers la mer, où un éclat de lune étincelait à la surface des flots.

En posant une main sur le crâne de tortue, je sentis planer au-dessus de moi l'ombre de Hepzibah – et de Kat aussi, et même de ma mère et de Benne.

J'installai à même le sol un chevalet miniature déniché à la supérette, à côté duquel je posai ma palette en préparant mes couleurs, puis je me déchaussai avant de m'asseoir en tailleur face à une feuille de papier vierge que je contemplai un long moment.

Ces jours-ci, j'avais déjà peint une douzaine de sirènes à la demande de Kat, en veillant certains soirs jusqu'à minuit passé pour terminer mes toiles. J'avais commencé par des scènes classiques : des sirènes sur des rochers ou sous l'eau, pour m'en lasser presque aussitôt. Alors, j'ai commencé à représenter des sirènes dans des situations aussi banales qu'improbables : sur l'autoroute, au volant d'un quatre-quatre où une sirène miniature gigotait dans un siège bébé à l'arrière ; aux fourneaux, en train de rissoler du poisson, vêtue d'un tablier « un baiser au chef ! » ; ou encore dans un salon de coiffure, tandis qu'un apprenti coupait ses longues tresses soyeuses en lui laissant une chienne sur le front.

— Continue comme ça ! m'encourageait Kat.

Mes peintures n'avaient pas tardé à trouver preneur et, depuis, Kat me suppliait de lui en apporter d'autres.

Un ou deux jours plus tôt, j'avais eu l'idée d'une sirène portant un gilet de sauvetage à bord d'un canot mais là, sans trop savoir pourquoi, je me mis à dessiner le front et les yeux d'une femme dépassant du bas de ma feuille, comme si elle risquait un coup d'œil par-dessus un mur. Je dessinai ses bras tendus à la verticale et ses coudes collés contre ses oreilles. On aurait dit qu'elle cherchait à atteindre je ne sais trop quoi au-dessus de sa tête.

En humidifiant le papier, je peignis une superposition de lavis bleus, de plus en plus clairs à mesure que je m'approchais du bas de la feuille. Je donnai à mon modèle une carnation à base de terre de Sienne. Celle-ci ouvrait grand les yeux en regardant avec appréhension vers le haut de la feuille, au-delà des étendues d'azur qui occupaient la majeure partie de la surface. Je secouai mon pinceau en éclaboussant de petites taches plus claires le tour de ses bras. Et voilà, pour la touche finale !

Lorsque je reposai mon pinceau, le résultat me parut d'abord absurde. Puis, en étudiant de plus près ce que je venais de dessiner, je compris que les éclaboussures le long des bras n'étaient autres que des bulles d'air, tandis que les différentes nuances de bleu correspondaient à autant de niveaux d'eau. Je tenais ma toile à l'envers !

Mon modèle ne jetait pas un coup d'œil par-dessus un mur, non ! Elle était en train de plonger ! En tournant la tête, je m'aperçus que je venais de la représenter au moment même où ses bras et sa tête pénétraient sous l'eau.

J'examinai ma toile de plus près. Dès le premier coup d'œil à l'envers, j'ai compris que c'était sous cet angle qu'il fallait la regarder.

Le bourdonnement d'un moteur s'approcha peu à peu. Ma main se posa sur ma gorge, comme par réflexe. Whit allait bientôt apercevoir le canot de Hepzibah en se demandant qui était là. Soudain, le vrombissement se tut et un chien aboya. Max.

C'est à ce moment précis que m'envahit à nouveau l'étrange fébrilité euphorique qui m'empêchait de fermer l'œil la nuit en faisant surgir dans mes pensées une succession sans fin d'images de Whit et moi, ensemble, dans les bras l'un de l'autre. Je me sentis tout à coup déborder d'audace. Comme si j'étais devenue quelqu'un d'autre. Ce qui devait arriver arriverait…

J'aperçus d'abord Max en train de batifoler, la langue pendante. Je me penchai pour le caresser et, en levant les yeux, je vis Whit enjamber une branche de palmier tombée à terre. Dès qu'il me reconnut, il s'immobilisa.

Mon pouls s'accéléra mais je ne cessai pas pour autant de gratter Max entre les oreilles.

— Alors, le voilà, le fameux ermitage dont l'abbé ne soupçonne même pas l'existence ?

Il ne bougea pas, il ne dit pas un mot. Il portait la même chemise en jean que l'autre jour, avec sa croix autour du cou. D'une main, il tenait un sac de toile qui semblait contenir des livres. Les rayons du soleil déposaient comme de petites touches de pinceau sur son visage, sans me permettre de déchiffrer son expression. Je me demandai ce qui le paralysait ainsi : la joie ou la surprise ? L'appréhension ? Il se doutait de ce que je faisais ici – son attitude le prouvait assez.

Il glissa une main au fond de sa poche en s'avançant à ma rencontre. Quelques fils gris luisaient parmi sa chevelure noire.

Arrivé devant mon chevalet, il laissa tomber son sac par terre et s'accroupit face à ma toile, soulagé de pouvoir ainsi se donner une contenance.

— Pas mal… assez original.

Je serrai entre mes doigts mon annulaire où, il y a peu de temps encore, se trouvait mon alliance. Ma peau me semblait à nu, vulnérable. Whit fit mine de s'intéresser à ce que je venais de dessiner.

— J'espère que ça ne vous dérange pas que je vienne peindre ici ? Je vous aurais volontiers demandé votre permission mais… ce n'est pas comme si je pouvais décrocher mon téléphone et vous appeler !

— Ma permission ? Mais à quoi bon ? La réserve appartient à tout le monde.

Il se leva en me tournant le dos, sans cesser d'examiner mon œuvre.

Autour de nous, les herbes ondoyaient comme sous l'eau. Je mourais d'envie de glisser mes bras autour de sa taille et de presser mon visage contre son dos en murmurant : « Il n'y a rien de mal à ça ! On était faits l'un pour l'autre » – sauf que ce n'était pas à moi de le dire. Il fallait qu'il le comprenne tout seul. Il fallait qu'il y croie autant que moi.

Il me parut plutôt mal à l'aise, debout là devant moi, et je me demandai s'il cherchait à entendre la voix intérieure qui lui dicterait sa conduite, ou s'il essayait plus simplement de se retrancher derrière ses défenses.

Je me promis de rester encore une minute. Après ça, il ne me resterait plus de doute sur la marche à suivre : je n'aurais plus qu'à chausser mes bottes et à ramasser mon matériel de peinture avant de tourner les talons. Je m'éloignerais sur le canot de Hepzibah et plus jamais on n'en reparlerait.

Il se retourna d'un coup, comme s'il devinait mes pensées. Je vins me poster assez près de lui pour humer l'odeur salée de sa peau moite. Une lueur brûlait au fond de ses prunelles azur. Il me tendit la main puis m'attira contre lui en m'enveloppant de ses bras.

— Jessie, murmura-t-il en enfouissant son visage dans ma chevelure.

Je fermai les yeux en posant mes lèvres à l'ouverture de son col. Ma bouche effleura sa peau, et je savourai le goût de sa chair brûlante au creux de sa gorge. Je déboutonnai sa chemise de haut en bas, en baisant le moindre carré de peau à découvert. Une croix en bois pendait sur son torse et je dus l'écarter pour l'embrasser contre son cœur.

— Attends ! me dit-il en passant le cordon en cuir par-dessus sa tête, puis il laissa la croix tomber par terre.

Arrivée à sa ceinture, je dégageai sa chemise de son jean pour la déboutonner jusqu'au bout. Une brise légère en agitait les pans. Il se pencha pour m'embrasser. Son haleine avait un goût de vin de messe.

Il m'attira sous le toit de son ermitage où dansaient des particules de lumière, puis il ôta sa chemise qu'il étala par terre et me déshabilla. Il fit passer mon T-shirt par-dessus ma tête puis déboutonna mes pantalons qui tombèrent en accordéon autour de mes chevilles. Je fis un pas de côté. Me voilà en simple culotte et en soutien-gorge bleu ciel – prête à me laisser dévorer des yeux. Il étudia le creux de ma taille puis la courbe de mes hanches et scruta mon visage un moment avant de laisser son regard se poser sur mes seins et mes cuisses.

Je restai immobile mais un véritable déluge se produisait en moi. Mon passé tout entier se désagrégeait.

— Qu'est-ce que tu es belle ! Je n'en reviens pas !

Je m'apprêtais à protester « pas du tout ! c'est faux ! » mais je ne dis rien. Je me contentai de défaire mon soutien-gorge qui atterrit à côté de sa croix de bois.

Il se pencha pour délacer ses bottines en tournant vers moi ses épaules dorées par le soleil. Puis il se redressa, pieds et torse nus. Son jean tombait à moitié sur ses hanches.

— Viens, me dit-il et je me blottis contre son torse. Je t'ai désirée dès notre première rencontre, m'avoua-t-il en me regardant droit dans les yeux et, à ces mots, un frisson me parcourut l'échine.

Il m'attira par terre sur sa chemise en jean, en effleurant de ses lèvres mes seins et mes cuisses.

Nous avons fait l'amour pendant que la marée montante encerclait l'île et que Max dormait au soleil. Un étrange parfum suave enveloppait la crique, sans doute celui de la glycine qui poussait aux alentours. Alors que Whit allait et venait en moi, un balbuzard pêcheur cria entre les nuages. Des pinces de crabes remuèrent sous les broussailles.

L'une des feuilles de palmier qui jonchaient le sol me rentrait dans l'épaule, et la fraîcheur de l'air au fond de la cabane à l'ombre me donnait la chair de poule. Je me mis à frissonner. Whit glissa une main sous mon dos pour me protéger des piqûres du palmier.

— Ça va ? me demanda-t-il.

Je hochai la tête. Au fond, je m'en fichais pas mal, de ces petits désagréments. Tout ce que je souhaitais, c'était rester ici sur ce carré de terre à la merci des marées, tandis qu'au-dessus de nous des oiseaux volaient en cercles concentriques.

Il me sourit. Sa main se posa sur mon visage et il me caressa les lèvres avant de suivre du bout du doigt l'arête de mon nez. Il enfouit sa tête dans mon cou en inspirant à fond. À cet instant, je me crus sur le point de quitter mon corps pour me fondre dans le plaisir à l'état pur que m'apportait ce moment de grâce.

Je savourai ces quelques heures dans les bras de Whit, comme jamais encore je n'avais goûté à la vie. La force de mes sensations me donnait le sentiment de posséder un corps plus vivant que jamais. En même temps, je me doutais bien que ces instants de bonheur ne dureraient pas, et tant pis si j'avais tant attendu pour en profiter enfin !

On compare souvent les relations sexuelles à une conversation – à une forme de communication. Je ne tarderais pas à me demander ce que Whit et moi, on avait tenté de se dire ce jour-là. Comment expliquer l'éloquence de nos gestes ?

Je restai allongée un long moment contre lui. Le contact de son corps brûlant finit par me réchauffer. Il y avait des traînées de boue sur mes hanches et des petites feuilles de myrte collées contre mes mollets. Soudain, Max se leva pour se blottir à côté de moi.

— Pour un peu, je me sentirais dans la peau du modèle de Gauguin…

— Quel modèle ? me demanda Whit en me serrant un peu plus fort entre ses bras.

— La vahiné qu'on voit sur tous ses tableaux. En général, elle porte un sarong rouge.

Whit jeta un coup d'œil au crâne de tortue placé sur le piège à crabes et m'adressa un sourire. Puis il suivit du bout des doigts la courbe de mes seins. Ses phalanges écorchées par la feuille de palmier saignaient un peu.

Max se mit à ronfler. Les paupières de Whit se fermèrent. Jamais je n'arriverai à comprendre qu'on puisse avoir envie de somnoler après l'amour ! Les cellules de mon propre corps bouillonnaient de vie !

La respiration de Whit ralentit peu à peu et il finit par s'endormir. Je ne le quittais pas des yeux. La marée montante semblait prête à nous emporter comme du bois de flottage. Je posai un regard émerveillé sur tout ce qui m'entourait. À un moment donné, une gerbe de plumes blanches descendit en piqué vers la crique : un balbuzard pêcheur venait de plonger dans l'eau, à la manière d'un ange déchu.

Je me sentis alors dépossédée de ma vie d'avant – ou plutôt non, pas dépossédée mais libérée ! Comme le modèle de Gauguin : étourdie par l'intense sensualité de ce que je venais de vivre, comblée, heureuse.

À un moment donné, je pensai à Hugh – mais pas longtemps. La gravité de la faute que je venais de commettre me plongeait dans un profond trouble et je me blottis contre Whit en attendant que ça passe.

Lorsqu'il se réveilla, le soleil avait déjà bien entamé sa course descendante. Des pans de ciel citron se massaient à l'horizon.

— Il se fait tard, remarqua Whit en se levant. Il faut que je rentre assister aux vêpres. Tu te sens triste, ou pas ? me demanda-t-il alors que je rassemblais mes habits.

— Je ne regrette rien, affirmai-je.

Pourtant ce n'était pas tout à fait vrai. Je regrettais d'être mariée, et aussi de faire de la peine à Hugh et à Dee, et surtout, de voir le ciment de notre couple, que je croyais pourtant si solide, commencer à s'effriter. En revanche, je ne regrettais pas ce qui s'était passé entre Whit et moi. Peut-être à tort d'ailleurs, mais je n'y pouvais rien : si c'était à refaire, je recommencerais sans hésiter. À moins que… lui n'en soit désolé !

Je ne lui posai pas la question. J'aimais mieux ne pas le savoir. L'idée qu'il aille aux vêpres demander à Dieu de le pardonner me parut insupportable.

24.

Whit

Il n'assista pas aux vêpres. Ni aux complies. Il regagna sa cellule en traversant le cloître à vive allure, puis il s'assit à son bureau, sans allumer la lampe. Là, il regarda l'obscurité engloutir les arbres à mesure qu'elle se répandait aux alentours.

Il y avait si longtemps que personne ne l'avait plus caressé ! Des années, au moins ! Ce jour-là, il avait éprouvé une sorte de « sursaut érotique » – en tout cas, c'est ainsi qu'il décrirait son expérience dans son carnet. Lorsqu'il ne parviendrait plus à distinguer la silhouette des branches, il allumerait la lumière pour coucher sur le papier les événements de la journée en notant ce qu'il ressentait au fond de son cœur.

Il n'aurait pas dû prendre ce risque mais c'était plus fort que lui. Depuis toujours, il considérait ses sentiments comme de drôles d'entailles sur son cœur, semblables à celles qu'il avait contemplées un jour sur la pierre de Rosette pendant qu'une centaine, si ce n'est pas un millier de visiteurs passaient devant lui au musée. Il s'était alors senti face à quelque chose de profondément personnel et, depuis, il essayait de déchiffrer les gribouillis que laissaient en lui ses émotions en mettant des mots dessus. Aussi curieux que cela puisse paraître, elles lui semblaient plus accessibles par ce biais.

C'est ce qu'il fit ce soir-là – en sentant encore les mains de Jessie lui caresser le dos alors qu'ils ne formaient plus qu'un. Il se souvenait d'elle, allongée à même le sol, tandis que le souffle de la brise lui donnait la chair de poule.

Il posa son crayon et se leva. Ne tenant plus en place, il se mit à arpenter sa cellule en jetant un coup d'œil au crucifix cloué au mur. Le lit, qui occupait l'essentiel de la pièce, consistait en un simple matelas posé sur un cadre de métal. Whit aurait tant souhaité s'allonger sur sa vieille couverture marron et s'endormir aussitôt. Comme il appréhendait la longue nuit à venir !

Ce jour-là, il avait fait l'amour à une femme.

Il ne savait vraiment pas à quoi ressemblerait sa vie à l'abbaye, après ça !

Il baissa les stores vénitiens et se rassit à son bureau. Il essaya de considérer la situation sous un angle logique, en notant les faits tels qu'ils se présentaient. Sa liaison avec Jessie l'aidait à combler le vide laissé par Linda. Ou alors : il cherchait une échappatoire à la cérémonie de ses vœux définitifs (qui approchait à grands pas). Ou bien : sa libido, ne supportant plus d'être réprimée, avait repris ses droits sur lui. Il alla même jusqu'à se rappeler que tous les grands mystiques décrivaient leur union avec Dieu à l'aide de métaphores charnelles. Et s'il avait cherché à se fondre dans le Seigneur ?

Il relut ses hypothèses, qui lui parurent toutes plus ridicules les unes que les autres. Elles le firent songer à saint Thomas d'Aquin et sa *Somme théologique*, que le maître des novices estimait sublime alors, que sur son lit de mort,

Thomas d'Aquin lui-même avait affirmé qu'elle ne valait pas un clou, à côté de ce qu'il avait ressenti dans le secret de son cœur.

Whit partageait un peu la même impression – comme si le raisonnement qu'il venait d'échafauder dans son carnet se réduisait à un tas de foutaises.

Il avait commis l'impensable parce qu'il aimait Jessie, parce qu'il la désirait de toutes ses forces. De ça, au moins, il était sûr. Il sentait à nouveau la vie bouillonner en lui. Jusqu'à leur rencontre, son cœur n'avait été qu'un volcan en sommeil.

Il ferma son carnet et prit son vieux volume de poèmes de Yeats, qui s'ouvrit au passage qu'il avait si souvent lu et relu :

> *[...] On m'a volé mon échelle,*
> *Et je dois me traîner là, au point où toutes les échelles commencent :*
> *Dans la friperie nauséabonde du cœur.*

Il se leva, puis se frictionna le visage et les mains devant l'évier. De petites entailles marquaient ses doigts. Il les nettoya à l'aide d'un peu de savon, avant d'ôter sa chemise qu'il renifla. Elle était encore imprégnée de l'odeur de Jessie et de ce qu'ils avaient fait ensemble, tous les deux. Au lieu de jeter sa chemise dans son sac à linge sale, il la suspendit à une patère, à côté de ses habits de rechange.

Les complies venaient de se terminer. Un profond silence régnait à l'abbaye. Tous les moines resteraient cloîtrés dans leur cellule pour le restant de la nuit. Depuis une demi-heure au moins, Whit entendait Dominic taper à la machine.

Il enfila un T-shirt sous son habit et ouvrit la porte de sa cellule avant de la refermer sans bruit. Il n'emporta pas de lampe torche, seulement son rosaire, qui se mit à cliqueter dans sa poche au rythme de son pas. Le croissant d'or d'une nouvelle lune semblait suspendu en apesanteur dans le ciel. Dans moins de quelques heures, une marée d'équinoxe se répandrait sur les herbes des marais, comme un bouillon qui déborde de sa marmite. Le niveau de l'eau monterait à moins de six mètres de son ermitage, au sommet de la petite éminence où il avait fait l'amour à Jessie.

Quand Whit ne parvenait pas à fermer l'œil de la nuit, il suivait le chemin de la croix, qui l'arrachait à ses ruminations en l'apaisant par la même occasion. L'emplacement même du chemin, en dehors de l'église, lui plaisait beaucoup. Il ne s'agissait en fait que d'une simple succession de plaques de ciment posées à même le sol. Whit aimait suivre le parcours sinueux qui menait d'une dalle à la suivante – entre les chênes, derrière les cellules des moines – en apercevant de temps à autre des animaux aux pupilles flamboyantes. Il avait déjà vu des sconses, des renards et des hiboux, et même un jour un lynx.

Arrivé à la première station, il sortit son rosaire qu'il pressa contre son front en s'agenouillant sous l'esquisse grossière où l'on reconnaissait Jésus face à Ponce Pilate. « Jésus condamné à mort ». L'abbé leur conseillait toujours de se projeter dans chacune des scènes mais, ce soir-là, c'est à peine si Whit parvenait à se concentrer.

Il ferma les yeux en essayant de se rappeler la prière qu'il fallait réciter devant la première station. Il ignorait comment il se débrouillerait pour ne plus la revoir. En ce moment même, il mourait d'envie de courir jusque chez sa mère frapper à son carreau comme un adolescent, avant de se glisser dans son lit, blotti contre elle. Il mourait d'envie de lui avouer ce qu'il ressentait.

Il fixa des yeux la dalle de ciment par terre. Il se demanda si Jésus avait connu une lutte intérieure de ce genre et s'il avait aimé une femme, lui aussi. En vain, il chercha à se convaincre que oui.

À la deuxième station (« Jésus porte sa croix »), Whit s'agenouilla de nouveau, mais avec une résolution plus ferme, cette fois. Il récita sa prière, puis contempla la scène en s'efforçant de chasser les images de Jessie qui lui revenaient sans arrêt en mémoire.

Il se tenait face à la sixième station (« Véronique essuie le visage du Christ »), lorsque le faisceau d'une lampe de poche perça les ténèbres. Une silhouette s'avançait à sa rencontre – un moine, à en juger par sa tenue mais, dans la pénombre, Whit ne reconnut le père Sebastian que lorsque ce dernier s'arrêta presque sous son nez.

— Vous voilà ! commença Sebastian en braquant sa torche sur le visage de Whit, qui venait de se lever. Je viens de passer à votre cellule : je vous ai cherché partout. Vous n'avez assisté ni aux vêpres, ni au dîner, ni aux complies. Expliquez-moi donc où vous étiez passé ?

Au ton de son supérieur, Whit estima qu'il valait mieux rester sur ses gardes. On aurait dit que le père Sebastian lui tendait un piège, comme s'il savait déjà tout, mais par quel miracle ?

Whit leva les yeux sur les étoiles qui scintillaient au-dessus de sa tête, puis son regard se posa sur Sebastian. Celui-ci croisait les bras sous son scapulaire en observant Whit à travers les verres épais de ses lunettes.

Sebastian venait de passer à sa cellule. Était-il entré ? Avait-il feuilleté son carnet ?

— Alors ? J'attends ! reprit le plus âgé des deux moines. Si vous étiez mal en point, en tout cas, vous me semblez parfaitement remis !

— Non, il ne s'agissait pas de ça, mon père.

— Alors quoi ?

— Je travaillais à la réserve naturelle.

— À la réserve ! Tiens donc ! J'espère qu'au moins, vous avez passé du bon temps là-bas, pendant que nous autres accomplissions nos devoirs à l'église ?

— Excusez-moi d'avoir manqué l'office.

— Écoutez, frère Thomas ; en tant que prieur, je suis responsable de la discipline au monastère. C'est à moi de m'assurer que personne ne sort du droit chemin. Je ne tolérerai aucun manquement à la règle, compris ?

Il ne sait peut-être rien mais il soupçonne quelque chose, en conclut Whit.

Le frère Thomas ne répondit rien. Il resta planté là un long moment, sans chercher pour autant à fuir le regard de Sebastian. Il ne comptait pas battre sa coulpe devant son supérieur. Bien sûr, il avait beaucoup à se reprocher. Un immense sentiment de culpabilité avait germé en lui dès son retour de la réserve naturelle. Il éprouvait le besoin de se faire pardonner mais, au fond de lui, là où seule Jessie pouvait encore l'atteindre, il ne se sentait pas vraiment prêt à se repentir.

Son regard s'attarda sur les huit stations restantes, disséminées sous les chênes, au cœur des marais sauvages. Jusqu'à présent, le monastère lui avait apporté une immense consolation ainsi qu'une authentique liberté – un point d'ancrage, en somme. Que deviendrait-il s'il ne souhaitait plus y rester ? s'il préférait s'installer dans le cœur d'une femme ?

— Je ne suis pas sûr de me trouver à ma place ici, expliqua Whit, d'une voix brisée.

Sebastian regarda le jeune moine sécher les larmes qui lui brouillaient la vue en cherchant à se donner une contenance. Lorsque le prieur reprit la parole, son expression n'était plus la même, il n'y avait plus rien de menaçant ni de déplaisant dans son intonation.

— Je vois, lâcha-t-il, se balançant d'un pied sur l'autre, puis il repoussa les lunettes qui glissaient sur son nez. Je vais vous demander de suivre jusqu'au bout le chemin de croix. Vous pouvez même le faire à genoux en guise de pénitence, si vous le souhaitez. Prenez-le surtout comme une occasion de méditer sur votre vocation. Demandez-vous pourquoi vous êtes ici, et ce que ça signifie pour vous de vivre cloîtré en quête de Dieu. Tous autant que nous sommes, nous avons un jour ou l'autre eu des doutes sur l'appel du Seigneur. Nous avons tous dû renoncer à quelque chose ou à quelqu'un avant d'entrer dans les ordres.

Il baissa les yeux au sol et conclut :

— Chacun doit porter sa croix. Vous comme les autres.

Whit acquiesça. Il aurait voulu ajouter : mais je ne sais pas quelle est ma croix ! Vivre sans Jessie alors que je l'aime ? Ou vivre loin du monastère ? Ou me sentir sans cesse tiraillé par des aspirations contradictoires ?

— Quand vous aurez fini, vous irez vous coucher. Reposez-vous cette nuit. Je ne tiens pas à ce que vous manquiez les laudes, demain matin ! Vous savez que le mot « Laudes » signifie « le retour de la lumière » ? Puisse-t-il en être ainsi pour vous !

— Oui, mon père.

Il regarda Sebastian s'éloigner en se demandant si le prieur allait se confier à l'abbé ou garder pour lui ses préoccupations. Il se traîna à genoux jusqu'à la station suivante : « Jésus tombe pour la deuxième fois. »

— « L'Éternel est bon envers tous, et ses compassions s'étendent sur toutes ses œuvres. L'Éternel garde tous ceux qui l'aiment. Que ma bouche publie la louange de l'Éternel », récita-t-il. « Il est apparu à ceux qui se trouvent dans les ténèbres et l'ombre de la mort, afin de guider nos pas sur la route de la paix. »

Whit désirait que la lumière se fasse en lui – la lumière dont venait de lui parler Sebastian. Mais il ne souhaitait pas moins se tapir en son cœur, en y maintenant l'obscurité.

25.

Le lendemain du jour où j'ai couché avec Whit O'Conner, j'ai trouvé Maman dans sa cuisine. L'écharpe à motifs d'hibiscus dépassait du col de sa robe de chambre. Elle préparait du ragoût. Quatre marmites gigantesques. Assez pour un monastère entier !

Tout à coup, ma mère souleva le couvercle de la plus grosse marmite. Des panaches de fumée blanche en jaillirent en répandant une odeur de crevette et d'andouillette.

— Qu'est-ce que tu fabriques ? lui demandai-je. Il n'est que sept heures du matin !

Je comptais me faire du café or je n'avais qu'une envie : prendre le temps de le siroter toute seule.

— Je prépare le déjeuner des moines. Il faudra l'apporter à onze heures au plus tard, sinon le frère Timothy va se mettre aux fourneaux. Il faudra aussi que je le réchauffe avant de le servir. Sors le pain et fais-nous du thé.

Des livres de recette jonchaient la table envahie de pelures d'oignons, de queues de crevette et de grains de riz sauvage. Si Maman ne m'avait pas semblé en pleine possession de ses moyens, avec sa médaille de Notre-Dame des miracles fixée à son écharpe, et sa cuiller en bois à la main, j'aurais sans doute protesté. C'était tout de même idiot de préparer à manger ici pour apporter ensuite les plats au monastère !

— Comment comptes-tu emporter les marmites à l'abbaye ?

— On passera par l'entrée principale en voiturette, me répondit-elle, excédée de devoir m'expliquer ce qui tombait pourtant sous le sens !

Je pris ma tasse de café et allai m'asseoir sur l'un des fauteuils en osier du perron en m'enveloppant les épaules d'un plaid. Des nuages ouateux flottaient en apesanteur dans le ciel couleur de bronze doré. Je me laissai glisser au fond de mon siège afin de mieux les observer.

Ce matin-là, je ne me rappelai aucun de mes rêves. Je m'étais réveillée au beau milieu de la nuit, trempée de sueur, en proie à la même peur panique qu'en m'allongeant à côté de Whit après avoir fait l'amour avec lui.

En fait, ces accès de terreur correspondaient au contrecoup de ce qui s'était passé entre Whit et moi. Pendant des semaines et des semaines, je me sentirais paniquer de but en blanc. C'est à peine si je me reconnaissais encore moi-même. Dans ces moments-là, l'idée que je me faisais de ma vie, de ce qui en assurait la cohésion ; tout ça volait en éclats. Je me sentais prise d'une profonde humilité en songeant à ce dont j'étais vraiment capable. Au fil du temps, je finirais par me raisonner mais, au début, mes accès de panique me paralysaient presque.

La veille au soir, j'avais mis beaucoup plus de temps à me calmer qu'auprès de Whit. Assise au bord du lit, j'avais essayé de reprendre mes esprits lorsque mon regard s'était posé sur l'une de mes toiles placée contre le mur près de la porte. Les reflets de l'eau sur le visage de mon modèle lui donnaient l'air presque vivante. Déconcertée, je me suis postée face au chiffonnier. Mon alliance se trouvait toujours sur le coussin, épinglée à la manière d'un insecte – un spécimen unique d'une espèce rare à jamais disparue.

Le miroir m'a renvoyé un reflet de moi-même qui m'a paru assez fidèle : une silhouette noire – une femme dont le côté obscur se fait jour, petit à petit.

Et si je perdais à la fois Hugh et Whit ? Et si je renonçais à Hugh mais que Whit finissait par me repousser ? Je me retrouverais alors toute seule, abandonnée.

Voilà ce qui m'effrayait le plus, au fond : ce vide en moi qui n'aurait jamais de cesse qu'on le comble. Je compris soudain que ce vide remontait bien au-delà de Hugh ou de Whit, aussi loin que mon père.

Ce matin-là, il ne me restait plus la moindre trace de ma peur panique de la veille. Je contemplai les nuages depuis le perron en pensant à Whit et à notre amour, à la nouvelle vie qui m'attendait auprès de lui. J'avais l'impression d'avoir dépassé mes propres limites et je découvrais enfin, ravie, les possibilités inédites qui s'offraient à moi.

Je venais de commettre l'impensable, et pourtant, je ne regrettais rien. Je me sentais attirée par Whit, sans comprendre au juste pourquoi. Bien sûr, la force d'attraction qui me poussait vers lui m'amènerait à plus d'une trahison, à plus d'une faute, mais il y avait là-dedans un mystère qui me semblait presque sacré – oui, sacré, et le mot n'est pas trop fort.

Sur le chemin de l'abbaye, Maman et moi, nous avons aperçu Hepzibah devant la chapelle en planches. Debout sous le porche, elle s'adressait à une douzaine de personnes, son tambour gullah coincé sous le bras.

On venait de la surprendre en plein milieu de sa visite guidée de l'île.

Je m'arrêtai derrière le groupe, en espérant saisir au moins quelques bribes de ses commentaires. Je me demandai si elle jouait de son tambour pour les touristes comme pour nous lors des pique-niques entre filles. Hepzibah expliquait à son auditoire que la chapelle avait été construite sur les ruines d'une église fréquentée par les esclaves affranchis.

Elle allait et venait sans cesser de frapper son tambour. Je ne pus m'empêcher d'admirer son turban et sa tunique, taillés dans un morceau de tissu caramel à motifs de zèbres. À ses oreilles, pendaient ses fameuses créoles. Kat avait dit un jour qu'un chat aurait pu sauter à travers, tant elles étaient larges ; n'empêche qu'elles lui allaient à merveille.

— D'après une vieille tradition gullah, celui qui souhaite devenir membre d'une Église doit s'en aller méditer dans un lieu sacré trois fois par jour pendant une semaine. On appelle cette épreuve un « voyage » parce que l'aspirant doit « voyager » en lui-même.

Elle frappa son tambour du plat de la main en invitant le groupe à entrer dans la chapelle.

Dès que les touristes eurent disparu à l'intérieur, elle vint nous embrasser, Nelle d'abord, et moi ensuite.

Maman voulut alors s'assurer que la corde qui retenait les marmites sur le siège arrière n'avait pas bougé. Hepzibah en profita pour se pencher vers moi.

— Comment vas-tu, toi ?

Elle ne me posa pas la question par simple politesse, non : ses yeux me sondèrent jusqu'au fond de mon âme. Elle devait se demander si j'étais retournée dans la réserve avec Whit et si j'avais trouvé le crâne de tortue sous le canot.

— Bien, bien. J'aimerais beaucoup assister à la suite de ta visite guidée mais il faut qu'on apporte à manger au monastère.

— Tu es partie te balader en canot ?

Je me sentis rougir.

— Oui, hier. Merci pour le crâne de tortue, ajoutai-je en me rappelant que je l'avais laissé à l'ermitage de Whit comme un talisman, dans l'espoir qu'il me pousserait à y retourner.

Maman se rassit sur son siège, à côté de moi.

— Garde-le précieusement, me chuchota Hepzibah.

La cuisine du monastère occupait une vaste salle lumineuse meublée de placards en chêne que décoraient de petites croix celtes aux coins des portes. Elle n'avait pas beaucoup changé depuis l'époque où, petite fille, je cuisinais sous les ordres de Maman. En ce temps-là, ma mère tendait la main pour me réclamer le presse-purée, le rouleau à pâte ou le vide-pommes, et je les déposais au creux de sa paume comme si elle était un chirurgien et moi, une infirmière. Notre « opération cuisine », comme elle disait, relevait du plus grand sérieux. On nourrissait tout de même des hommes de Dieu !

À la vue de la table au centre, mon cœur se serra. Je m'arrêtai un instant, le plat de riz en main, pour observer sa surface éraflée. Les mêmes pots en cuivre qu'autrefois pendaient au plafond en reflétant la lumière du dehors. C'était donc là que Maman avait abattu la lame du hachoir à viande sur son doigt tendu, en le coupant jusqu'à l'os ? sur notre vieille « table d'opérations » ?

Je posai la marmite sur un brûleur à gaz avant de me rincer les mains à l'eau froide dans le grand évier en inox. Je me frictionnais la nuque lorsque le frère Timothy apparut, juste à temps pour recevoir des mains de Maman la dernière platée de ragoût. Heureux de son retour inespéré, il se mit à lui parler des œufs et de la difficulté pour lui de trouver des tomates dignes de ce nom. Il ne la quittait plus d'une semelle ! Pendant ce temps, Maman ouvrait puis refermait des tiroirs en inspectant le contenu du réfrigérateur avant de renifler des bouquets d'origan qui séchaient sur le plan de travail. Le frère Timothy, lui, se dandinait dans son sillage, comme un homme ballotté par la tempête.

Maman décrocha d'une patère un tablier propre, mais taché, qu'elle noua à sa taille. Puis elle alluma les brûleurs à gaz en se baissant pour examiner les flammes bleues qui léchaient le dessous des faitouts.

— On m'a dit que tu étais revenue ! s'exclama une voix dans notre dos. Les moines ne tiennent plus en place depuis qu'ils se demandent quel bon repas tu nous as mitonné !

Le père Dominic se tenait sur le seuil de la cuisine, les joues en feu et l'air un peu anxieux. Il avait accouru si vite qu'il en avait oublié son chapeau de paille. Une paire de longs cheveux blancs étaient plaqués sur son crâne chauve.

Je ne me rappelais pas avoir vu ma mère et Dominic ensemble depuis le jour où il était venu nous apporter les restes du bateau de mon père. Dès qu'elle l'aperçut, Maman recula comme par réflexe en portant une main à son cou.

Dominic se tourna vers le frère Timothy.

— Veux-tu bien remplir les pichets d'eau ? Et t'assurer qu'il ne manque pas de sel dans les salières ?

Rétrogradé dans ses fonctions, Timothy haussa les épaules et sortit en traînant les pieds. Dominic tapota le lacis de cheveux qui lui couvrait tant bien que mal le crâne. Puis toute son attention se concentra sur Maman. C'est à peine s'il m'accorda un coup d'œil. Son regard s'arrêta sur la main de ma mère, qu'enveloppait un bandage coloré.

— Ça me fait plaisir que tu ailles assez bien pour revenir préparer nos repas ! Tu nous as manqué, Nelle.

À ce moment-là, je me rappelai qu'à notre dernière conversation, il avait appelé ma mère « notre » Nelle, comme si elle lui appartenait plus ou moins.

Maman s'essuya les mains sur son tablier.

— Moi aussi, je suis contente d'être de retour, déclara-t-elle en avalant la moitié de ses mots, comme chaque fois que quelque chose lui répugnait.

Elle se retourna aussitôt pour remuer le riz d'un geste brutal.

Dominic pliait et repliait ses mains sans arrêt. Ses articulations semblaient enflées, sans doute à cause de son arthrite. Il me décocha un sourire contraint.

— Toc, toc, commença-t-il.

Je me demandai comment j'allais bien pouvoir répondre à ce jeu idiot qui n'en finissait pas ! Le riz se mit à grésiller sur le feu.

— Je ne me sens pas d'humeur à plaisanter, aujourd'hui, m'excusai-je en prenant modèle sur ma mère.

Ça me paraissait absurde de rentrer dans son jeu. Et puis, je voulais montrer à Maman que je la soutenais – vu qu'elle ne me semblait pas d'humeur à engager une conversation. Mais curieusement, elle se retourna ; gênée, je suppose, par mon impolitesse.

— Qui est là ? demanda-t-elle.

Voilà bien la dernière chose à laquelle je m'attendais ! À croire que ma mère ne voulait pas que je prenne son parti !

Dominic hésita avant de poursuivre. Je compris plus tard que c'était parce qu'il se demandait quel calembour adresser à Maman : il réfléchissait à un jeu de mots plus personnel, plus audacieux, rien que pour elle.

— Le comte Thun.

Elle serra les lèvres et dressa le menton.

— Qui ça ?

Il s'approcha d'elle, de manière à ce que je ne puisse plus distinguer son visage, puis il baissa la voix, en espérant sans doute que je ne l'entendrais pas. Et pourtant si, mais à peine :

— « Le comte Thun » pas me pardonner un jour ?

Maman resta de marbre. Impossible de deviner ce qui lui passait par la tête.

— Et toi, « le comte Thun » pas me laisser cuisiner en paix ? rétorqua-t-elle en fouillant dans un placard. Si tu n'y vois pas d'inconvénient, j'aimerais préparer des gâteaux à la farine de maïs.

— À la farine de maïs ! s'exclama Dominic, au comble du ravissement. Que Dieu nous garde ! Nous ne te méritons pas.

Il s'éloigna puis, au bout de quelques pas, se retourna vers moi.

— Oh, Jessie ! J'ai failli oublier : il y a quelqu'un à la bibliothèque qui aimerait te dire un mot.

Je traversai le cloître du pas désinvolte de celle qui se rend à la bibliothèque dans la simple intention de feuilleter un ou deux livres.

Avant d'entrer, je m'arrêtai face à une petite statue de saint Benoît tenant en main la règle de son ordre. Je me sentis obligée de lire la plaque clouée au mur, comme le premier touriste venu. « Écoute, mon fils, les préceptes d'un maître, et incline l'oreille de ton cœur. » Mon cœur à moi battait la chamade ! Sur le plancher en pin dansaient des pastilles de lumière en provenance d'une fenêtre au-dessus de la porte. Je pris une grande inspiration avant d'entrer.

Je longeai les rangées de livres en m'arrêtant de temps à autre pour déchiffrer quelques titres : *Traité sur la contemplation de Dieu* de Guillaume de Saint-Thierry, *De rerum Natura* de Lucrèce, les *Œuvres complètes* de saint Jean de la Croix. Je tendis l'oreille, en espérant entendre son pas. Où se cachait-il ?

En arrivant à l'espace de consultation, au fond de la bibliothèque, je sentis mon appréhension monter d'un cran. Je m'installai à une table lustrée avec tant de zèle que le bois poli me renvoya mon reflet. J'avais les cheveux en bataille ! Je les lissai du plat de la main avant de changer d'avis et de les faire bouffer.

Je levai les yeux. La scène qu'encadrait l'immense fenêtre en face de moi s'imprima dans ma mémoire aussi nettement qu'un tableau : des buissons d'azalées fuchsia formaient une tache de couleur à côté d'un érable palmé, contre le bâtiment blanchi à la chaux où les moines fabriquaient leurs filets.

Une porte s'ouvrit dans mon dos. En me retournant, j'aperçus Whit sur le seuil d'une petite pièce, dans le prolongement de la salle de lecture : le bureau du père Dominic.

Il portait ses bottes en caoutchouc. Mes yeux se posèrent instinctivement sur la partie de son cou que j'avais couverte de baisers.

Je le suivis à l'intérieur et il referma la porte à clef. Nous sommes restés un long moment sans rien dire. Une bougie sur une applique au mur répandait une odeur de paraffine dans toute la pièce. Un tube à néon bourdonnait au-dessus de nos têtes. Des volets clos masquaient la seule fenêtre. La clarté fluorescente de l'éclairage artificiel me déplut tout de suite. Sans y penser, je pressai l'interrupteur, et une douce pénombre envahit le bureau de Dominic.

Je me sentais parfaitement à ma place, ici, auprès de lui. Un souvenir me revint en mémoire : celui de son corps contre le mien, sur l'île au milieu des marais. Un lien indissoluble nous unissait. Je me blottis contre lui. Lentement, les larges manches de son habit vinrent m'envelopper les épaules.

— Jessie ! lâcha-t-il au bout d'un moment. D'habitude, personne ne vient à la bibliothèque à cette heure-ci, mais nous devons rester vigilants.

Il jeta un coup d'œil à la porte et je mesurai soudain l'ampleur du risque qu'il venait de prendre pour moi.

— Il ne reste qu'un quart d'heure avant l'office, mais il fallait à tout prix que je te parle.

Je m'écartai de lui pour mieux le voir. Des ombres cernaient ses yeux. Son maintien me parut étrangement raide.

Je me sentis terrorisée par ce qui se passait en lui – par son appartenance aux ordres, et aussi par les raisons qui l'avaient attiré à l'abbaye. Si jamais un avenir ensemble nous attendait tous les deux – ce que je souhaitais à tout prix en cet instant – il faudrait que lui aussi y aspire comme il aspirait à Dieu. Je me demandai si je serais de taille à rivaliser avec Lui ! Loin de moi l'idée de jouer le rôle de la sirène qui attire les marins sur les rochers, ou qui conduit les moines à leur chute, comme Asénora ! L'envie me prit de lui caresser le visage. Je me forçai à reculer d'un pas.

— Est-ce que tu serais d'accord pour me retrouver demain à deux heures, à l'embarcadère de la réserve ?

— Bien sûr, lui répondis-je.

Un silence s'installa entre nous. Pendant notre bref échange, Whit avait posé sa main sur ma taille. Il la retira soudain pour ôter de son habit l'un de mes longs cheveux châtain.

— Je suis content que ta mère soit revenue cuisiner pour nous. Je suppose que c'est plutôt bon signe ; elle doit aller mieux, non ?

Donc, il voulait qu'on se contente de bavarder de choses et d'autres. Seuls tous les deux dans cette petite pièce (que ne baignait plus une vague pénombre romantique mais une quasi-obscurité tout ce qu'il y a de plus banal), nous allions lutter contre notre attirance réciproque en discutant le plus innocemment du monde.

— Sa main va mieux mais je me demande si elle guérira un jour dans sa tête.

Il jeta un coup d'œil au réveil placé sur le bureau, à côté d'une pile de livrets : *La Légende de la sirène*. Un nouveau silence s'installa – si embarrassé que j'en éprouvai de la peine. Whit s'éclaircit la gorge. Pourquoi se montrait-il aussi gauche ? Se méfierait-il de moi ? La situation ne devait pas lui paraître simple ! À moins qu'il ne veuille me faire comprendre son envie de revenir en arrière ? Est-ce qu'il se reprochait son attitude au point de prétendre que rien ne s'était passé entre nous ? Qu'est-ce qu'il craignait au juste ?

— Après ce qui est arrivé à Nelle, de nombreux frères ici n'ont pas pu s'empêcher de songer au passage des Saintes Écritures où Jésus parle de se couper une main.

Ses paroles me firent tressaillir.

— Il y a un verset là-dessus dans les Évangiles ?

Whit alla chercher sur une étagère une bible qu'il se mit à feuilleter.

— Voilà ! C'est dans le sermon du Christ sur la montagne : « Et si ta main droite est pour toi une occasion de péché, coupe-la et jette-la loin de toi : car mieux vaut pour toi que périsse un seul de tes membres et que ton corps ne s'en aille pas dans la géhenne. »

Je lui pris le livre des mains et relus le passage en silence avant de refermer la bible.

— Tu crois que l'idée de se couper le doigt a pu lui venir en lisant les Évangiles ?

Ce fut d'un air indigné que je rangeai la bible sur l'étagère, en sachant bien pourtant que ma réaction n'avait rien de logique !

— Jésus se servait de symboles pour transmettre son message, m'expliqua Whit. Il ne s'attendait certainement pas à ce que quelqu'un interprète ses paroles au pied de la lettre.

— Tu ne crois pas qu'il aurait dû se douter que des gens fragiles risquaient de le prendre au mot ? C'est vrai, quoi ! Ce n'était pas très responsable de sa part de dire des choses pareilles !

La bouche de Whit se tordit comme s'il réprimait une immense envie de rire. Il n'y tint bientôt plus et s'esclaffa.

— Quoi ? repris-je en souriant.

— J'ai déjà entendu bien des choses au sujet de Jésus mais c'est la première fois que quelqu'un le traite d'irresponsable devant moi !

Il me caressa les cheveux puis effleura ma joue du dos de la main. Ses yeux brillaient, mais d'une lueur pas seulement amusée : ils étincelaient comme dans mes souvenirs, pendant qu'on faisait l'amour. Je me penchai pour l'embrasser lorsqu'une décharge d'électricité statique nous fit tressaillir. Nous avons tous les deux éclaté de rire !

— Tu vois ce qui arrive quand on traite Jésus d'irresponsable ? plaisantai-je.

— Tout de même, certaines légendes assez curieuses parlent de saints qui se mutilaient. Sans doute qu'ils puisaient leur inspiration dans ce verset.

— Je suis convaincue depuis le début que Maman cherche à faire pénitence et pourtant, Hugh croit que je me trompe !

— Hugh ? releva-t-il.

Un silence pesant s'abattit entre nous.

J'avais prononcé son nom sans réfléchir, par automatisme. Pourquoi avait-il fallu que je le mêle à cette histoire ? Sur le coup, je me dis qu'il ne s'agissait que d'un instant d'égarement mais, les jours suivants, j'y repensai à plusieurs reprises. Et si j'avais voulu prononcer le nom de mon mari comme par un fait exprès ? le balancer au nez de Whit en guettant sa réaction ? Et si je cherchais à l'informer des obstacles qui se dressaient entre nous ? Whit avait mentionné le Christ, et moi Hugh.

— Oh ! Hugh est… mon mari. Il est psychiatre.

Whit détourna le regard. Tout à coup, il ralluma le tube à néon. Une lumière agressive inonda la pièce.

— C'est juste que… comment dire ? poursuivis-je, pressée de changer de sujet. Il croit que Maman a voulu se couper le doigt à cause d'une obsession quelconque, sans signification précise.

Il essaya de me sourire, d'un air de dire « très bien, faisons comme si de rien n'était ».

— Toi, par contre, tu crois qu'elle cherchait à se repentir de quelque chose en particulier ?

— Oui, mais je ne sais pas quoi au juste.

Je me forçai à prendre un ton dégagé mais le résultat me parut pathétique.

— Sans doute que ça remonte à loin. À vrai dire, je soupçonne le père Dominic de connaître le fin mot de l'histoire.

— Dominic ? reprit-il avant de poursuivre, un ton plus bas. Qu'est-ce qui t'amène à croire ça ?

— Dis-moi d'abord ce que tu penses de lui.

— C'est quelqu'un de franc et d'honnête. Il aime blaguer mais il sait aussi se montrer sérieux quand il faut. Il a tendance à suivre sa propre interprétation des faits mais ça ne me déplaît pas, bien au contraire. Qu'est-ce qui te permet de penser qu'il sait quelque chose ?

— Maman ! Elle me l'a dit, presque mot pour mot. Et tout à l'heure, dans la cuisine, Dominic lui a demandé si elle lui pardonnerait un jour.

— Lui pardonner ? reprit Whit, décontenancé. Mais quoi ?

Je haussai les épaules.

— Si seulement je le savais ! J'ai bien essayé d'aborder le sujet avec Dominic mais... il n'a pas voulu se confier. Quant à Maman... elle ne voudra jamais rien me dire, elle non plus.

Il consulta de nouveau le réveil.

— Je suis navré mais j'aurais dû m'en aller il y a cinq minutes déjà.

— Alors, vas-y. Je crois que je vais rester ici encore un peu avant de partir.

Une fois seule, je repensai au verset où le Christ parle de se couper la main afin de sauver son corps. À quoi Whit pouvait-il bien songer quand il m'avait lu ce passage ? À ma mère ou à autre chose ? À ses caresses sur mes seins et mes hanches tandis qu'il me serrait contre lui ? N'essayait-il pas de me transmettre un message à sa manière ? Un message qui nous concernait tous les deux ?

26.

Un pélican brun au poitrail blanc vint se poser sur la proue du canot à moteur de l'abbaye. En arrivant au ponton, je le vis déplier ses ailes d'une envergure incroyable afin de sécher ses plumes. Whit l'observait depuis le débarcadère. Je dus l'appeler pour qu'il remarque enfin ma présence, et lorsqu'il se retourna vers moi, le pélican battit des ailes avant de s'envoler.

Je ne savais pas à quoi m'attendre : à rejoindre son ermitage en canot ou à rester sur le ponton ? à ce qu'il me serre dans ses bras ou à ce qu'il me bannisse de son existence ? La nuit précédente, je m'étais dressée dans mon lit en sursaut, à cause d'un cauchemar où je voyais des mains et des doigts amputés qui gigotaient encore s'entasser dans la roseraie du monastère aux pieds de sainte Sénara.

— Il fait un temps splendide, aujourd'hui, lança-t-il d'un ton insouciant.

Par pitié : qu'il ne me parle surtout pas du temps ! S'il continuait comme ça, je me mettais à hurler !

— Oh oui, splendide, acquiesçai-je.

Et c'est vrai qu'on n'aurait su imaginer plus belle journée : chaude et ensoleillée, avec un petit avant-goût de printemps.

Je transpirais déjà dans mon jean et mon chemisier blanc à manches longues. Des mèches de cheveux collaient à mon cou moite de sueur, ou plutôt « poite », comme aurait dit ma fille. Je sortis de mon sac une casquette dont je me couvris la tête, ainsi que mes lunettes de soleil.

— Ça te tente, une petite balade ? me proposa Whit qui, voyant que je n'étais pas contre, se mit à détacher les amarres.

En grimpant à bord du bateau, je reconnus son sac en toile sous le siège.

— Où est Max ?

Whit balaya du regard les alentours en haussant les épaules.

— Je suppose qu'il m'a laissé tomber aujourd'hui.

— Peut-être qu'il m'en veut de mon intrusion.

— Si j'ai bonne mémoire, c'est contre toi qu'il s'est blotti après…

Il s'arrêta au beau milieu de sa phrase, ne se sentant probablement ni le courage, ni l'envie de poursuivre.

Il guida le bateau d'une crique à l'autre, pendant qu'assise à la proue, je regardais droit devant moi – consciente qu'un certain malaise s'était installé entre nous depuis que j'avais prononcé le nom de mon mari la veille.

Voilà déjà deux semaines que Hugh m'avait quittée au cimetière des esclaves. Et depuis, pas un seul coup de fil ! Bien sûr, il ne manquait pas de raisons de se sentir blessé ou furieux mais, à mon avis, il attendait surtout que je reprenne mes esprits. Hugh était doué d'une patience d'ange. Il savait mieux que personne attendre que « la situation se calme » ou « revienne à la normale » (quelques-unes de ses expressions favorites). Son expérience de psychiatre lui permettait sans doute de percer à jour les mystères ancestraux de la psyché humaine. Un jour, il avait raconté à Dee l'histoire d'une fillette qui, en découvrant un cocon, en déchirait le bout pour aider le papillon à sortir plus vite, mais la pauvre créature se présentait avec des ailes déformées.

— On ne peut pas forcer les choses, expliqua-t-il.

J'avais dit à Hugh que je voulais passer un peu de temps seule – et là, il me laissait on ne peut plus tranquille !

— Mon mari et moi, on s'est séparés, annonçai-je à Whit. On passe du temps, chacun de son côté.

Whit examina le fond du canot, puis il leva les yeux sur moi, préoccupé, mais aussi soulagé. Le moteur ralentit, et tout devint soudain très calme autour de nous.

— Depuis combien de temps vous étiez mariés ?

— Vingt ans.

— Et c'était un mariage heureux ? poursuivit-il en tripotant sa croix sans s'en rendre compte.

— Oui, au début du moins. Puis… oh ! je ne sais pas. On n'a jamais été malheureux ensemble, non. Vus de l'extérieur, on formait plutôt un beau couple. « Hugh et Jessie se complètent si bien ! » D'ailleurs, ce n'était pas faux, dans le fond…

J'ôtai mes lunettes pour lui laisser voir mon visage et mes yeux. Rien ne devait s'interposer entre nous. J'écoutai l'eau clapoter contre la coque du canot. Puis, comme il ne disait rien, je poursuivis :

— Beaucoup de personnes qui vivent en couple finissent par s'éloigner l'une de l'autre au fil du temps. C'est ce que je me suis dit aussi, au début. J'ai cherché à me convaincre que mon insatisfaction provenait d'une certaine distance entre mon mari et moi. Logique, non ? après vingt ans de vie commune ? Mais je ne crois pas que c'était ça, notre problème. On ne s'est pas éloignés, au contraire ; on s'est trop rapprochés. On est devenus dépendants l'un de l'autre. Je suppose que j'avais besoin…

Je m'interrompis, ne sachant comment décrire ce que je ressentais.

— Tout ce qui me vient à l'esprit, ce sont des clichés ridicules comme « un espace rien qu'à moi » ou « mon indépendance » mais c'est si superficiel ! Ça ne rend pas vraiment compte de ce que je désire.

— Je comprends. C'est difficile d'expliquer une impulsion comme celle-là. Le jour où j'ai annoncé à mes collègues que je venais ici au monastère, ils ont tous éclaté de rire, persuadés que je plaisantais.

Il secoua la tête en souriant, comme si ce souvenir l'amusait.

— Jamais je n'ai réussi à leur faire comprendre que j'avais besoin de me retrouver seul avec moi-même. D'un point de vue spirituel, s'entend.

Depuis qu'on discutait, Whit n'avait pas quitté des yeux les méandres des ruisseaux mais, à ce moment-là, il posa son regard droit dans le mien.

— Au monastère, on appelle ça « la solitude de l'être ».

Mes yeux se remplirent de larmes. Je comprenais tout à fait ce qu'il voulait dire ! L'expression qu'il venait d'employer me semblait on ne peut plus apte à décrire ce que je ressentais, moi aussi.

Je remis mes lunettes de soleil en me tournant vers les criques, qu'envahissait peu à peu la marée montante.

Dix minutes plus tard, notre canot s'engagea dans le ruisseau qui menait à l'île où on avait fait l'amour. Je la reconnus tout de suite. Je scrutai un instant le visage de Whit. Il me décocha son sourire que j'aimais tant – à peine perceptible. À ce moment-là, j'ai eu l'impression qu'un changement venait de s'opérer en lui, et que quelque chose s'était brisé entre nous.

Whit laissa le canot dériver jusqu'au centre du bassin qu'encerclaient les herbes des marais. Il coupa le moteur, dont le bruit mourut tandis qu'il jetait l'ancre.

— Allons nager ! proposa-t-il en déboutonnant sa chemise, et il se leva aussitôt pour se déshabiller de la tête aux pieds.

J'en restai sans voix ! Son visage prit un petit air espiègle désarmant et il sauta par-dessus bord en faisant osciller le canot si fort que je dus me raccrocher pour ne pas tomber.

Il émergea en riant puis il secoua la tête. Des gouttelettes fusèrent de ses cheveux comme autant de fragments de verre cassé.

— Qu'est-ce que tu attends ? me cria-t-il avant de se mettre à nager un crawl parfait.

À mon tour, j'ôtai mes habits et plongeai.

L'eau me parut si glaciale que je réussis d'abord tout juste à me maintenir à la surface. Quelques années plus tôt, en décembre, Hugh m'avait proposé d'aller me baigner au lac Lanier le jour de l'an, avec des gens, sans cela normaux, qui avaient coutume de se jeter dans l'eau glacée, le premier janvier. J'avais posé sur mon mari un regard incrédule en refusant ne serait-ce que de réfléchir à sa proposition. Et voilà que je me retrouvais aujourd'hui à plonger dans l'eau des criques dont la température n'avait sans doute rien à envier à celle du lac Lanier !

Je me mis à nager à mon tour ; pas en imitant les mouvements athlétiques de Whit mais plutôt par jeu, en batifolant. Le bassin couleur de café au lait me parut plus profond que je ne m'y attendais (cinq à six mètres à peu près). Mon corps bouillonnait de vie, comme s'il recommençait à chanter après un trop long silence.

Soudain, j'aperçus Whit debout dans le canot, une serviette autour de la taille. Je ne m'étais pas rendu compte qu'il venait de remonter à bord. Je le rejoignis tant bien que mal et il m'aida à grimper par-dessus bord avant de m'envelopper d'une serviette presque aussi défraîchie que la sienne.

— Le linge du monastère est toujours aussi... hum... austère ? plaisantai-je.

— Ça fait partie de notre programme global de négation du corps.

Après ça, Whit a manœuvré le bateau jusqu'au bord de l'île et nous avons rejoint l'ermitage, drapés dans nos serviettes, nos habits sous le bras, avant d'étaler une couverture marron au soleil, près de la petite hutte. En jetant un coup d'œil à l'intérieur, j'ai reconnu le crâne de tortue, toujours à la même place sur le piège à crabes.

On s'est allongés l'un à côté de l'autre sur la couverture – les cheveux humides, de la boue aux pieds. Au-dessus de nos têtes flottaient quelques lambeaux de nuages. Un instant, je me suis sentie prise de vertige, comme lorsque, enfant, on tourne sur soi-même jusqu'à s'en étourdir.

— Tout ce que je veux, c'est qu'on se montre honnêtes l'un envers l'autre, déclarai-je. Tant pis si c'est un peu brutal.

— Brutal ?

— Parfaitement !

— Très bien, reprit-il sur le ton de la plaisanterie. Pourtant, je suis contre la brutalité sous toutes ses formes.

Je suivis des yeux un pan de nuage d'où filtrait le soleil.

— Je suis amoureuse de toi. Sinon, je ne serais pas là en ce moment.

Whit, qui se tenait les mains croisées sous la nuque, l'air le plus décontracté du monde, reposa lentement ses bras contre ses flancs.

— Je sais qu'on a tout intérêt à rester honnêtes sur notre relation mais… je crains que ça n'ouvre une porte qu'on ne pourra plus refermer ensuite.

— Pourquoi faudrait-il qu'on la referme ?

Il se redressa en me tournant le dos.

— Mais Jessie ! Si jamais tu renonces à ton mariage à cause de moi et…

Il ne termina pas sa phrase.

— Et que toi, tu ne veux pas renoncer au monastère ? C'est ça que tu essayes de me dire ?

— Non ! protesta-t-il en soupirant. Bon, tu veux savoir ce que je ressens ?

Il semblait pris au piège, comme si je l'avais acculé sur une éminence rocheuse d'où il allait devoir sauter dans le vide.

Ma gorge me brûlait.

— Moi aussi je t'aime, m'avoua-t-il, et cela m'effraie.

Un profond calme s'abattit autour de nous. Je ne trouvai rien de mieux à faire que de regarder Whit. L'ermitage projetait une ombre sur son corps.

— Tu sais aussi bien que moi que la situation n'est pas simple. Si jamais tu brises ton couple et que tu le regrettes ensuite ? Je sais : tu vis séparée de Hugh, mais comment tu réagirais, si tu devais mettre un terme définitif à ton mariage ? Bon sang ! Comment est-ce que je réagirais, moi ?

Il soupira. Son haleine me caressa le visage.

Je l'attirai contre moi. Nous sommes restés un long moment dans les bras l'un de l'autre, à écouter le bruissement de la vie dans les marais autour de nous.

— On risque de causer beaucoup de tort à nos proches. On sera damnés, et sauvés tous les deux.

— Je sais.

Il me serra contre lui. Je le sentis capituler devant moi – devant nous et ce qui allait nous arriver, peu importe ce que ce serait. Il m'enveloppa la nuque de sa main. Les battements de son cœur retentirent à l'intérieur de mon propre corps.

Nous avons fait l'amour au soleil. Puis je me suis mise à pleurer en m'allongeant sur la couverture. Un cri m'a échappé, ce qui n'a pas manqué d'inquiéter Whit, mais j'ai continué à lui sourire à travers mes larmes.

— Tout va bien ! l'assurai-je. Je me sens si heureuse !

J'aurais volontiers ajouté « j'ai enfin l'impression de vivre pleinement », mais quelque chose, je ne sais trop quoi, m'a retenue de le faire.

On s'est ensuite rhabillés. Whit a étendu la couverture sous le toit de l'ermitage, à l'abri du soleil. Alors qu'on s'asseyait dessus, il m'a tendu une vieille thermos en métal remplie d'eau, en fouillant au fond de son sac en toile.

— Je voulais te montrer quelque chose..., m'annonça-t-il en me tendant une paire de livres, dont *La Légende dorée*, de Jacques de Voragine. J'ai fait des recherches sur certains saints, ceux qui ont pris Jésus au sérieux quand il parlait de se couper la main « si elle est une occasion de péché ».

Je me suis sentie touchée de le voir s'intéresser à mes soucis en cherchant une explication à la conduite de Maman. Je ne me rappelai que bien plus tard à quel point je m'étais opposée à ce que Hugh en fasse autant. Cela dit, jamais je n'ai réussi à comprendre ma propre réaction.

— Une certaine sainte Eudoria s'est coupé le doigt au XIIe siècle... Une ancienne prostituée convertie par un franciscain.

— Une prostituée ?

— Oui mais ce n'est pas ça le détail le plus intéressant, affirma-t-il, quoique, entre nous, je n'en étais pas aussi sûre que lui. Elle a planté son doigt dans un champ, et un épi de blé en a germé. C'est peut-être ce que Nelle a voulu faire, non ?

En tout cas, c'était une supposition des plus déconcertantes !

— Tu crois que Maman a pris modèle sur elle ?

— Autrefois, en Irlande, certains fidèles pratiquaient quelque chose dans ce goût-là : ça s'appelait même le « martyr blanc ». De temps en temps, l'abbé y glisse des allusions dans ses sermons. Nelle a bien dû en entendre parler, elle aussi. Il s'agit de suivre la voie tracée par les saints en imitant leurs actions.

— C'est ma mère tout craché, ça ! Se couper le doigt et le planter en terre parce qu'une sainte quelconque en a fait autant il y a huit siècles... ça lui ressemble bien !

La Légende dorée était recouverte d'une jaquette vieillotte assez abîmée. On y voyait un Christ, au front ceint d'une espèce de couronne, brandir un sceptre devant une foule d'hommes agenouillés, nimbés d'une auréole.

— Je n'arrivais pas à mettre la main sur ce livre à la bibliothèque, me raconta Whit. Alors, je suis allé demander à Dominic où il se trouvait. Il a ouvert le tiroir de son bureau, et c'est là qu'il était, auprès de cet autre volume.

Il me tendit un livre intitulé *Traditions religieuses indigènes.*

— Dominic prétend que le frère Timothy a trouvé ces deux bouquins dans la cuisine, le jour où Nelle s'est coupé le doigt. Elle a dû les emprunter à la bibliothèque et corner les pages qui l'intéressaient. Tiens, regarde !

Il ouvrit le second livre et le posa sur mes genoux.

Une sirène aux doigts en forme de dauphins, de phoques ou de baleines occupait l'essentiel d'une page marquée d'une corne.

— Qu'est-ce que c'est ?

— Une déesse de la mer inuit. Elle s'appelle Sedna. Tous ses doigts ont été coupés. Les dix !

Le texte qui accompagnait l'image racontait une légende assez effrayante : une jeune femme demandait à son père de la délivrer des griffes de son cruel époux. Le père et sa fille parvenaient enfin à s'enfuir en bateau lorsque le mari se lançait à leurs trousses. Craignant pour sa propre vie, le père jetait alors sa fille à la mer mais celle-ci se raccrochait au bord du bateau. Paniqué, le père lui coupait les doigts. Un par un.

Je lus à voix haute les dernières phrases :

— « Au cours de sa chute au fond de l'océan, Sedna se métamorphosa en une déesse pourvue d'un buste de femme et d'une queue de poisson. Bientôt, on l'appellerait la “mère de l'océan”. Quant à ses doigts coupés, ils se changeraient en créatures marines. »

Venait ensuite un court paragraphe consacré au nombre dix (sans doute à cause de ses dix doigts).

— « Le dix a longtemps été considéré comme un chiffre sacré par excellence. Les pythagoriciens eux-mêmes le tenaient pour le nombre de la régénération et de l'accomplissement. D'après eux, le chiffre dix se trouvait à l'origine de tout. »

J'étudiai le visage de Sedna, aux traits inuits accusés, qu'encadraient de longs cheveux nattés.

— Elle ne ressemble pas tellement à une sainte catholique !

— Non, mais elle a pu rappeler à Nelle sainte Sénara avant sa conversion, du temps où elle était encore Asénora, la sirène.

Je frissonnai et Whit m'attira contre lui. Nous sommes restés ainsi un bon moment sans mot dire. Je ne me sentais plus le courage de discuter de ma mère ou de sa fascination pour les martyrs.

Une brise souleva un coin de la couverture. La lumière du soleil commençait à perdre de son éclat.

— Je suis désolé... il va falloir que je m'en aille.

Whit rangea les livres au fond de son sac, revissa le couvercle de sa thermos et plia sa couverture. J'aurais parié que c'était celle de son lit. Il n'ouvrit pas une seule fois la bouche. Pendant ce temps, je ne quittais pas des yeux ses mains aux longs doigts calleux, à la peau tannée comme un parchemin.

— Ça va être difficile pour toi de retourner à l'église prier après... ce qu'on vient de faire ? lui demandai-je en posant une main sur son bras.

— Oui, avoua-t-il sans me regarder.

Arrivée au bord de l'eau, je m'aperçus que la marée s'apprêtait à s'inverser, et que le flux allait bientôt céder la place au reflux. Mon père appelait ça « l'étale de courant ». Un jour, il nous avait emmenés au bord d'une crique, Mike et moi, pour nous montrer ce phénomène. Au début, on avait observé la marée montante en s'ennuyant à mourir, pendant que Mike lançait des limnées tronquées à la surface de l'eau. Puis, lorsque le courant avait cessé, un calme parfait s'était installé dans la crique. Plus un seul brin de spartine ne bougeait. Quelques minutes plus tard, l'eau s'était mise à refluer, comme sur le coup de baguette d'un chef d'orchestre.

Whit conduisit le canot dans le ruisseau qui débouchait sur la crique. Des mouettes tourbillonnaient dans le ciel au-dessus de nos têtes. La petite île s'éloigna bientôt derrière nous. Je sentis Whit m'échapper, se glisser à nouveau dans son rôle de moine, au moment même où l'océan commençait à remuer en sens inverse – obéissant à la succession impitoyable du flux et du reflux.

27.

Whit

Le premier jour du printemps, Whit se rendit au bureau de l'abbé en serrant entre ses mains un message que le frère Bede lui avait transmis juste avant la tierce.

— L'abbé souhaite te voir après l'office, lui avait chuchoté Bede, le secrétaire de l'abbé.

En repliant le morceau de papier, Whit sentit son estomac se nouer. Une fois les prières achevées, il suivit Bede jusqu'au bureau de dom Anthony en passant par le transept. Arrivé devant la porte de son supérieur, il essaya de déchiffrer l'expression de Bede, en vain : son front étroit et ses yeux verts de la taille de petits pois ne laissaient rien transparaître.

— L'abbé t'appellera d'ici un petit moment, le prévint Bede avant de s'en aller, l'ourlet de son froc rasant la moquette du couloir.

Depuis, Whit attendait, parfaitement calme en apparence mais en proie à la confusion intérieure la plus totale.

Un vrombissement retentit au-dehors. Whit s'approcha de la fenêtre. L'un des moines abattait un lilas des Indes à la tronçonneuse. L'abbé voulait-il s'entretenir avec lui à propos de Jessie ? Lorsqu'il s'était introduit dans sa cellule, l'autre soir, le père Sebastian en avait-il profité pour lire son carnet ?

Dom Anthony ouvrit enfin la porte en saluant Whit d'un hochement de tête. Sur son visage sévère se dessinaient des marbrures rouge cerise. Whit répondit à son salut avant d'entrer.

Derrière le bureau de l'abbé se trouvait une Annonciation que Whit aimait beaucoup : la Vierge Marie y semblait tellement étonnée par la nouvelle de l'ange Gabriel qu'elle en laissait tomber le livre qu'elle était en train de lire, et celui-ci restait comme suspendu en l'air. Marie, les lèvres écartées, posait sur le messager du Seigneur un regard de biche effarouchée. En jetant un coup d'œil au tableau, Whit remarqua pour la première fois la mine terrifiée de la Vierge et il se sentit désolé pour elle. Porter Dieu en son sein… c'était vraiment trop demander !

Dom Anthony s'assit derrière son bureau en acajou tandis que Whit restait debout. Il attendait, désolé que tout se termine ainsi. Il se demanda comment il trouverait le courage de retourner dans le monde, de supporter à nouveau les films de Rambo, Boy George à la radio, sans parler des talk-shows à la télé. Où trouverait-il le courage de faire face à la cupidité ambiante et au désir insatiable de consommation ? Les cours de la bourse avaient chuté en octobre dernier (il l'avait lu dans les journaux), cela ne lui avait fait ni chaud ni froid. Si jamais il retournait à la vie laïque, il faudrait qu'il recommence à s'intéresser à l'économie et qu'il ouvre un nouveau cabinet d'avocat.

Par la fenêtre à sa droite, il aperçut un pan de ciel saphir. Et, par association d'idées, il se rappela la réserve naturelle et les aigrettes perchées dans les arbres, dont les plumes formaient comme des faisceaux de flammes blanches. Comme tout cela allait lui manquer !

— Il serait temps de fixer la date de vos vœux solennels, déclara dom Anthony, qui se mit aussitôt à tourner les pages d'un calendrier posé sur son bureau. Pourquoi pas la nativité de saint Jean-Baptiste, le 24 juin ? Ou sinon la Saint-Barnabé, le 11 ?

— Mes vœux solennels ? répéta Whit.

Il s'attendait tellement à ce que le vieil homme lui demande de partir qu'il en resta stupéfait. Dire qu'il s'était mis en tête qu'il allait essuyer la pire humiliation de sa vie !

— Mes vœux solennels ? reprit-il.

Dom Anthony loucha dans sa direction.

— Eh oui, frère Thomas ! Il serait temps d'y songer !

Dans sa voix perçait une certaine exaspération ; celle d'un professeur face à un élève qui a l'esprit ailleurs. Il se mit à tapoter son crayon contre son bureau, à la manière d'une baguette de tambour.

— Bon. Vous pourrez inviter qui vous voulez à la cérémonie. Vos parents sont encore en vie ?

— Je ne sais pas.

Dom Anthony posa son crayon avant de replier ses mains l'une sur l'autre.

— Vous ne savez pas si vos parents sont encore de ce monde ?

— Oh si ! Bien sûr ! Ma mère vit toujours. Je voulais dire par là que…

Il examina l'Annonciation en sentant le regard de l'abbé rivé à son visage.

Il s'apprêtait à dire qu'il ne savait pas s'il prononcerait ou non ses vœux solennels mais, heureusement, il se reprit à temps. Il songea à la prière de Thomas Merton qu'il avait recopiée sur un petit carton bleu coincé derrière le miroir de son lavabo. « Seigneur Dieu ! Je n'ai pas la moindre idée de la direction dans laquelle je m'engage.

Je ne distingue même pas la route qui s'ouvre devant moi. Je ne peux pas savoir avec certitude où elle se terminera. Je ne me connais pas moi-même, et j'ai beau me convaincre que j'obéis à Votre volonté, en réalité, ce n'est peut-être pas le cas. »

— Révérend père… Je ne suis plus certain de vouloir prononcer mes vœux solennels.

Dom Anthony repoussa sa chaise et se leva lentement d'un air de profonde souffrance. Il dévisagea le frère Thomas en soupirant.

— Vous avez encore lu Dietrich Bonhoeffer ?

— Non, révérend père.

L'abbé avait interdit à Whit la lecture de théologiens protestants, après avoir découvert dans son carnet une maxime insondable de Bonhoeffer : « Devant Dieu et avec Dieu, nous vivons sans Dieu. » La sincérité de cette phrase plaisait beaucoup à Whit. Elle lui semblait rendre compte à merveille du paradoxe qui le hantait depuis toujours.

Dom Anthony contourna son bureau pour poser une main sur l'épaule de Whit.

— Tant mieux ! Vous êtes souvent la proie du doute : mieux vaut ne pas l'alimenter. Surtout alors que l'heure de prononcer vos vœux solennels approche à grands pas ! C'est une mise à l'épreuve que, tous autant que nous sommes, nous avons subie un jour ou l'autre. Vous ne serez pas le seul ! Vous allez faire le serment de passer ici le restant de vos jours, de mourir ici, de ne rien posséder, de garder le célibat et d'obéir à vos supérieurs. Personne ne prend un tel engagement à la légère, mais nous autres moines, nous le prenons quand même, parce que c'est Dieu que notre cœur désire. Vous ne tarderez pas à en finir avec cette épreuve, frère Thomas, poursuivit l'abbé en lui souriant. Songez au disciple dont vous portez le nom.

Pourquoi croyez-vous que j'aie choisi de vous appeler ainsi ? Thomas doutait mais il a fini par triompher de son scepticisme grâce à sa foi. Vous aussi vous y arriverez.

Dom Anthony retourna s'asseoir, comme si les épreuves qui attendaient Whit – et ses doutes, et sa foi – étaient maintenant affaire entendue. Whit eut envie de dire à son supérieur qu'il aurait dû lui donner le nom de Jonas, parce que l'abbaye l'avait avalé comme la baleine, et qu'il se débattait dans son ventre depuis son arrivée au monastère. D'ailleurs, il ne tarderait sans doute plus à être recraché au seuil de son ancienne vie, où l'attendaient la télé et ses émissions idiotes, les bas résille de Madonna et les films catastrophe – une vie où des gens ordinaires (et même des employés de banque) qualifiaient de « divin » les choses les plus banales.

Il entendit de nouveau le bruit de la tronçonneuse, un peu plus éloigné que tout à l'heure. Dom Anthony réfléchissait, penché sur le calendrier. Whit aperçut des touffes de poils clairsemés sur ses phalanges. Au-dessus de lui, le livre de Marie tombait sans arrêt.

Que faisait-il ici ?

Et s'il était venu au monastère, moins pour conclure la paix avec un Dieu à la fois présent et absent, que pour y chercher une forme d'immunité par rapport à la vie ? Et s'il confondait l'illumination spirituelle avec l'envie de se réfugier à l'abri du monde ?

Et si le chemin de la sainteté passait plutôt par la reprise en main de sa vie, en dehors du cloître ?

L'abbé lui avait recommandé de prononcer ses vœux solennels parce qu'au fond de son cœur, il désirait Dieu. Ce n'était pas faux, sauf qu'il désirait Jessie plus encore que le Seigneur !

Impossible de le nier. Ni son corps, ni son cœur – ni même son âme – ne le laisseraient faire. Celle-ci tentait d'ailleurs de lui transmettre un message, il le sentait. Il avait appris au moins une chose au monastère : l'âme essaye sans cesse de s'exprimer, le plus souvent d'une manière détournée qui rend fou (dans les rêves, par exemple, ou quand, seul au milieu des marais, il se sentait assailli par une foule de pensées en désordre, mais aussi par l'intermédiaire de son corps, comme le jour où il avait eu une crise d'urticaire parce qu'un de ses supérieurs voulait l'obliger à confectionner des filets de pêche avec les autres moines). Cela dit, l'âme du frère Thomas ne s'exprimait jamais avec autant de force qu'à travers ses désirs – et parfois, les exigences de l'âme correspondent aux souhaits du cœur.

— Bon. Que diriez-vous de la nativité de saint Jean-Baptiste ? conclut dom Anthony.

— Je regrette, révérend père, mais je ne me sens pas capable de fixer une date pour le moment.

Sur ce, Whit leva le menton en croisant les bras, adoptant ainsi la posture imposante qu'il prenait toujours au tribunal pendant ses plaidoyers. Un jour, un chroniqueur judiciaire l'avait comparé à Napoléon, debout à la proue d'un bateau, paré à la bataille.

— Je ne sais pas si je serai un jour en mesure de prononcer mes vœux. Je ne suis pas certain que mon cœur désire vraiment Dieu.

Un silence de plomb s'installa entre les deux hommes. Dom Anthony vint se poster à la fenêtre en tournant le dos à Whit.

Plusieurs minutes s'écoulèrent avant qu'il ne se retourne enfin.

— Dans ce cas, vous subirez une véritable mise à l'épreuve : je veux que vous restiez ici aussi longtemps qu'il le faudra pour que vous retrouviez la foi avant de prendre votre décision. Puisse Dieu vous assister !

Il leva la main, ordonnant ainsi au frère Thomas de s'en aller.

Sur le chemin de sa cellule, Whit songea à tout ce qui allait lui manquer quand il quitterait l'île – les alligators tapis dans les criques, dont seuls les yeux globuleux affleuraient à la surface de l'eau, les huîtres dont la coquille s'ouvrait le soir, quand personne n'était plus là pour les voir, et aussi, et surtout ! les aigrettes qui s'envolaient à tire-d'aile tandis que les derniers rayons du soleil couchant leur caressaient les plumes.

28.

Je pris bientôt l'habitude de passer du temps seule, sur l'île au milieu des marais. Je m'y rendais à bord du vieux canot de Hepzibah, bien avant que Whit ne fasse sa tournée d'inspection de la réserve. Je m'y aménageai une sorte de petit nid rien qu'à moi, où je me sentais à l'abri du monde, auprès des crabes et des aigrettes. Je retournai là-bas presque chaque jour jusqu'à la mi-avril, pressée de retrouver Whit, mais surtout avide de solitude.

Je dis la vérité à Maman, ou du moins en partie : je lui racontai que je me promenais en canot dans les marais parce qu'il me fallait du temps pour réfléchir. Elle en conclut aussitôt que je prenais du recul par rapport à mon mariage. Elle avait aperçu mon alliance sur le coussin, dans ma chambre. Depuis, elle se demandait pourquoi Hugh était parti aussi vite et surtout, pourquoi il ne m'appelait plus. En fait, je ne parlais plus qu'à Dee, une fois par semaine au téléphone. Si mon absence prolongée d'Atlanta éveillait ses soupçons, elle n'en laissait en tout cas rien paraître.

— Dis donc, me dit un jour Maman, ton couple ne battrait pas un peu de l'aile ?

Sans même me laisser le temps de répondre, elle poursuivit :

— Ne me dis pas le contraire ! Ça se voit à ta tête. Je ne sais pas comment tu espères te raccommoder avec ton mari si tu passes le plus clair de tes journées à vadrouiller dans les criques !

Elle avait ensuite continué sur ce ton pendant des jours et des jours.

Un après-midi que Kat et Hepzibah passaient nous rendre visite, Maman remit ça sur le tapis, en entrant dans le détail de mes absences quotidiennes.

— Entre nous, s'énerva-t-elle, qu'est-ce qu'elle peut bien fiche là-bas toute seule ? À croire qu'elle est retombée en enfance ! à l'époque où Mike et elle passaient le plus clair de leur temps dans les marais !

Hepzibah et Kat s'échangèrent un regard.

— Si je vais là-bas, m'empressai-je de me justifier, c'est pour faire le point sur ma vie, sans personne autour de moi.

Lorsqu'elles se levèrent toutes les deux pour s'en aller, je les raccompagnai jusqu'à la porte.

— C'est vrai que je vais le retrouver, leur avouai-je. Quelques heures chaque après-midi. Mais bien souvent, je reste seule. Je ne sais pas pourquoi. J'ai juste besoin de passer du temps en tête à tête avec moi-même.

— D'après ce que tu racontes, tu as entrepris un « voyage », me dit Hepzibah.

Je la dévisageai un moment en m'interrogeant sur le sens de ses paroles, lorsque je me rappelai enfin ce qu'elle avait expliqué aux touristes à propos des Gullah qui s'en allaient méditer en forêt.

Mes promenades en solitaire à la réserve me tenaient lieu de migration intérieure mais, en matière de spiritualité, elles n'arrivaient pas à la cheville des « voyages » du peuple Gullah. Mon « voyage » à moi était résolument sensuel, comme si j'entretenais une relation amoureuse avec l'île. Et avec Whit aussi, bien sûr.

Il y a au moins une chose dont je suis sûre : mes balades me faisaient oublier tout le reste – Maman, son intérêt pour les livres du monastère et son penchant dangereux pour le « martyr blanc ». C'était d'autant plus facile de ne plus m'inquiéter que ma mère allait beaucoup mieux. Elle cuisinait à nouveau pour les moines et semblait enfin redevenue elle-même.

Moi, au contraire, je m'autorisais des libertés qui me paraissaient impensables deux mois plus tôt.

Un après-midi, après l'équinoxe, je regardai un chevalier semi-palmé se construire un nid près de l'ermitage de Whit en écoutant David Bowie chanter *Let's dance* sur un baladeur acheté à la supérette du coin. Il faisait une chaleur étouffante ce jour-là et les escargots plongés dans la torpeur se cachaient entre les brins de spartine. Les aigrettes et les huîtriers d'Amérique se tenaient serrés les uns contre les autres au bord de l'eau. C'est alors que je remarquai une petite tortue à dos de diamants près de moi, à laquelle j'emboîtai le pas.

Elle me fit penser au crâne de tortue qui trônait désormais dans l'ermitage de Whit, au-dessus du piège à crabes. À son tour, celui-ci me rappela les pique-niques entre filles, où Kat et Hepzibah dansaient avec Maman. À ce souvenir, j'eus envie de bouger les hanches. Jamais je n'avais dansé aux pique-niques, c'était un truc d'adultes. Même en grandissant, je m'étais sentie trop gênée ou trop timide pour danser ne serait-ce qu'en cachette mais, ce jour-là, comme David Bowie me répétait avec insistance : *Let's dance, let's dance*, je me laissai complètement aller. La jupe de ma robe d'été en mousseline se mit à onduler comme celle d'Isadora Duncan. Quel plaisir de sentir mon corps n'en faire qu'à sa guise !

Tous les jours sans faute, je partais danser sur l'île au son des cassettes que j'avais dénichées à la supérette (*Woman in love* de Stevie Wonder, *To All the Girls I've Loved Before* par Julio Iglesias et Willie Nelson, ou encore la musique du film *Dirty dancing*). J'achetai même un album des Pink Floyd.

Ensuite, je m'allongeais par terre, à bout de souffle, et je m'enduisais les bras et les jambes de boue noire luisante, comme lors d'un traitement pour la peau dans un Spa. La gadoue répandait une chaude odeur de chlorophylle en fermentation, semblable à celle des usines de papier près de Savannah, mais peu m'importait ! Je ne saurais même pas vous expliquer pourquoi j'éprouvais le besoin d'un tel traitement. Je suppose que j'obéissais à une pulsion irrationnelle. Je me prélassais une heure ou deux en regardant le ciel se refléter dans l'eau tandis que la boue séchait sur ma peau. Je sentais la terre respirer autour de moi.

Un soir, Whit n'a pas pu me rejoindre, retenu par des toilettes à déboucher au monastère. J'en ai profité pour regarder la surface de l'eau se parer de teintes cuivrées tandis que le soleil disparaissait à l'horizon. Des dauphins sont passés en expulsant des jets d'eau, puis des crabes se sont avancés dans un craquement de pinces, en rompant un silence à la limite du supportable.

Lentement mais sûrement, je m'enfonçais dans le terreau de l'île, avec lequel je ne ferais bientôt plus qu'un. Avant de plonger dans l'eau, j'attendais que ma peau me démange au point de me donner envie de me griffer moi-même. J'enlevais alors la boue en nageant, en me laissant porter par le flux et le reflux des marées. Un jour, celles-ci me conduisirent dans une crique, à l'autre bout du ruisseau qui menait à l'île, et je dus lutter de toutes mes forces contre le courant pour regagner mon point de départ.

Plus encore que la danse ou les bains de boue, c'était la baignade que j'adorais. Je me lançai dans un « voyage » au fil de l'eau. L'océan grouillait d'algues en décomposition – synonymes de mort – mais aussi de plancton ou d'œufs en incubation, prêts à donner la vie. À marée basse, il se retirait en laissant à découvert tout ce qui se trouvait sur son chemin. Petit à petit, il devenait aussi indispensable à ma vie que l'air que je respirais.

Jamais je n'en ai parlé à Whit, pourtant il devait bien se douter que je nageais. Sans doute qu'il soupçonnait aussi le reste : chaque après-midi, je l'attendais, les cheveux trempés et les coudes maculés de boue.

Aujourd'hui, avec le recul, je comprends un peu mieux mon écart de conduite, mais pas tant que ça. Je me laissais guider par une sorte de rhapsodie dionysiaque, qui faisait entendre en moi sa mélodie secrète. Je n'obéissais qu'à mon instinct – qu'à l'appel de la chair. Quand je mourais de faim, je mangeais ce que j'apportais de la maison (le plus souvent des pommes : un vrai régal !). Quand je tombais de sommeil, je m'allongeais sur l'un des vieux couvre-lits de Maman, où je piquais un somme. Mais au fond, je crois que Hepzibah ne se trompait pas : je m'étais lancée dans un « voyage ».

Je drapai un filet de pêche sur le piège à crabes de Whit avant de disposer un tas d'objets à côté du crâne de tortue – des plumes de balbuzard pêcheur et des branches de jasmin de Virginie, des coquilles d'huîtres, d'autres, bivalves, et aussi une pince de crabe trouvée au bord de l'eau. Sur un coup de tête, j'y ajoutai les « larmes de sirène » (ou plutôt les petits cailloux en verroterie) achetées à la boutique de Kat. Pour couronner le tout, je plaçai sur le piège à crabes une douzaine d'épluchures de pommes – le fruit de mes tentatives malencontreuses de les peler d'un seul coup de couteau. Un jour, en cherchant un peigne au fond de mon sac, je tombai par hasard sur la pipe de mon père, qui vint à son tour compléter ma collection.

Au moment de quitter l'île le soir, je rangeais tout ce fatras dans un sac en plastique que je coinçais sous le piège à crabes. Le lendemain, je ne trouvais rien de plus pressé que de réinstaller l'ensemble avec un soin méticuleux. Au début, je me disais que je suivais l'exemple de Hepzibah, que je mettais en place ma propre table de « leçons de choses ». Puis, l'idée m'est venue que je voulais m'approprier l'ermitage en lui donnant une touche personnelle, comme si je jouais à me créer un nouveau chez moi.

Un jour, j'ai surpris Whit en train d'étudier le tas d'objets sous la croix en feuilles de palmier qu'il avait clouée au mur.

— C'est une sorte d'autel ? me demanda-t-il.

Sa question m'a étonnée.

Bien souvent, je plaçais mon chevalet à l'ombre de l'ermitage. C'est là que j'ai peint une succession de femmes en train de plonger – sous différents angles, à divers moments du plongeon. L'océan changeait de couleur sur chaque toile, passant du bleu lavande au vert émeraude, ou du jaune safran au rouge pompéien flamboyant. Parfois, je représentais mon modèle en tenue d'Ève dans un style réaliste, plein de détails minutieux dignes des préraphaélites alors que, sur d'autres tableaux, elle se réduisait à une simple silhouette noire nimbée d'or. En tout cas, une chose est sûre : elle semblait toujours radieuse. Sur certaines toiles, elle se débarrassait d'un tas de babioles qui flottaient à la surface de l'eau (des spatules, des magnets, des ustensiles de cuisine, des alliances, des crucifix, des pelures de pomme et même une paire d'oies en plastique en train de se becqueter).

Bien sûr, je me rendais compte qu'il s'agissait d'autoportraits. Comment aurais-je pu ne pas m'en apercevoir ? Seulement, je ne contrôlais pas les mouvements de mon pinceau. Les images surgissaient sur ma toile comme d'un geyser en pleine éruption. Je ne savais pas quand mon modèle s'arrêterait de plonger, ni même ce qui se passerait quand elle atteindrait enfin le fond de l'océan – et d'ailleurs, je me demandais bien de quelle teinte il apparaîtrait sur ma prochaine toile.

Chaque jour, en milieu d'après-midi, je guettais l'arrivée de Whit. Lorsqu'il me rejoignait enfin, j'entrais en transe, tellement j'avais envie de lui. Il me prenait dans ses bras sous le toit de l'ermitage et on faisait l'amour en apprenant à mieux se connaître. On se chuchotait des mots tendres au creux de l'oreille, sans jamais s'en lasser. J'étais ivre de bonheur, grisée par la joie d'avoir enfin trouvé ma place ici-bas, mais en même temps, j'avais le sentiment de fuir hors du temps.

On discutait jusqu'à ce que vienne pour lui l'heure de partir. Blottie contre son torse, je lui parlais des *Amants au ciel rouge* de Chagall, où l'on voit un couple flotter au-dessus du monde (Chagall lui-même et son épouse, Bella, si l'on en croit certaines sources).

— Ils ne pourront quand même pas toujours rester là-haut ! remarqua Whit, ce qui provoqua en moi un certain embarras, suivi d'une petite baisse de moral.

De temps en temps, on abordait la question de notre avenir ensemble. On supposait tous les deux qu'il y en aurait un, mais on ne se sentait pas encore prêts à en tirer les conséquences. Pas de précipitation ! Quelque part au fond de lui, Whit se préparait à faire des adieux déchirants au monastère et à sa vie dans les ordres. Et moi aussi, à ma manière, je tirais un trait sur mon passé, sur mes vingt années de mariage mais, franchement, j'essayais de ne pas trop y penser.

Ce qui me préoccupait sans arrêt, c'était mon père. On aurait dit un spectre planant au-dessus de l'ermitage, au milieu des marais. Je me rappelais sans cesse le jour où les moines étaient venus nous apporter les restes calcinés de son bateau. Maman, stoïque, avait allumé un feu dans la cheminée et les flammes avaient dévoré les planches. C'est en les regardant brûler que j'ai compris l'ampleur du gouffre béant que sa mort allait laisser dans ma vie.

Je ne vis Whit qu'une seule fois au moment de Pâques. Il avait dû laisser de côté son travail dans la réserve, les deux dernières semaines du carême, pour apporter son aide au frère Bede, chargé de préparer les célébrations qui s'étalaient du dimanche des rameaux à la veillée pascale. À l'abbaye, il fallait régler le problème des lys, de l'huile sainte, des cierges, du pichet pour le lavement des pieds et des habits liturgiques noirs et blancs. Whit ne vint pas me voir avant le jeudi saint ou, comme me l'avait dit Maman ce matin-là en latin, « le jeudi de la cène », « *Feria quinta in coena domini* ».

À l'heure du déjeuner, j'ai retrouvé Whit au bord de l'eau, vêtue du chemisier turquoise qu'il aimait tant. Sur une nappe à fleurs rouge et blanche, étalée à même le sol, nous attendait un pique-nique de ma façon : une tarte aux tomates d'après la recette de Maman, des fraises et des pralines arrosées d'une bouteille de vin rouge. Un bouquet d'azalées blanches cueillies dans le jardin de Kat apportait une touche de gaieté à l'ensemble.

Lorsque Whit vit ce que j'avais fait pour lui, il déposa un baiser sur mon front.

— C'est une surprise ? En quel honneur ?

— Eh bien, voyons voir...

Je fis mine de me creuser la tête.

— Aujourd'hui, c'est jeudi saint. En plus, il se trouve que c'est notre « anniversaire ». Six semaines et un jour !

— Quel anniversaire ?

— Celui de notre rencontre, le 17 février ! Le mercredi des Cendres, tu te rappelles ? Ça n'a pas toujours été le jour le plus gai de l'année pour moi, alors j'ai décidé qu'à partir d'aujourd'hui, ce serait notre « anniversaire » à tous les deux.

— Je vois.

On s'est assis sur la nappe et Whit a débouché la bouteille de vin. Comme j'avais oublié les verres, on a bu au goulot, chacun notre tour, en s'amusant de voir des gouttes couler le long de mon menton. Après ça, j'ai coupé des parts de tarte sur des assiettes en papier en continuant à babiller avec enthousiasme.

— Au début, on fêtera notre anniversaire chaque mois, le 17, puis, au bout d'un an, chaque mercredi des Cendres.

Lorsque je relevai la tête, le sourire de Whit avait disparu. Je posai l'assiette par terre. Un horrible pressentiment me vint : il allait me dire qu'on ne fêterait jamais l'anniversaire de notre rencontre parce qu'il voulait rester à l'abbaye. Et si la fête de Pâques, du Christ ressuscité, l'avait tellement touché qu'il aimait mieux renoncer à moi ?

Il me serra contre lui, presque à me faire mal.

— On pourrait s'installer près d'Asheville, me proposa-t-il. On habiterait une maison au beau milieu de nulle part, au bout d'une route de terre battue. Et le week-end, on ferait de la randonnée. Ou on irait boire un verre dans un café branché.

Je compris alors qu'il se sentait bouleversé à la simple idée de mener une vie pleine de minuscules détails domestiques à régler – une vie que ponctuerait la succession des jours et des anniversaires. Comme si notre avenir ensemble venait tout juste de prendre consistance.

— Ça me plairait beaucoup, l'assurai-je.

Mais en fait, cette perspective me mettait mal à l'aise. De la randonnée ? Hugh et moi, on en faisait déjà le week-end, dans les montagnes au nord d'Atlanta, à Mineral Bluff.

Plus tard, après notre repas, alors que des abeilles bourdonnaient dans les buissons d'azalées, Whit me raconta une histoire hallucinante : un alligator de près d'un mètre de long était entré dans l'église lors de sa deuxième année au monastère. En le voyant, l'abbé avait sauté se réfugier sur l'autel !

Je me redressai sur mes coudes en posant mes pieds nus sur ses genoux, puis je mangeai les dernières fraises pendant qu'il me massait les chevilles. Il me parla de je ne sais trop quelle coutume, consistant à laver les pieds des jeunes filles avant leur mariage. Je ne me rappelle plus s'il s'agissait d'une pratique en vigueur en Asie ou dans les temps bibliques. Je ne me souviens que d'une chose : c'était tout à fait le genre de détails antédiluviens que seul Whit pouvait connaître.

Il s'approcha de la berge en m'entraînant à sa suite. Là, il recueillit au creux de ses paumes de l'eau de la crique qu'il versa sur mes pieds en laissant ses mains glisser sur ma peau humide. Il me massa les chevilles puis il caressa la plante de mes pieds du bout de ses pouces avant de promener ses doigts entre mes orteils. Je le regardai sans mot dire. J'ignorais quelle sorte d'alliance nous étions en train de conclure, mais je devinai, au contact de ses mains, et à l'expression de son visage, que nous resterions liés à l'avenir, quoi qu'il arrive.

Je fermai les paupières en me sentant attirée vers les profondeurs, comme mon modèle, sans cesse en train de plonger. Quelque part sur mes peintures, j'avais représenté un lieu d'où l'on ne revient jamais.

29.

Le soir même du pique-nique entre filles, Maman se braqua : à peine franchi le seuil de sa maison, elle nous déclara tout net qu'elle ne viendrait pas avec nous. Pourtant, elle tenait déjà un sachet de biscuits au sésame à la main. Ce jour-là, elle portait un chemisier en coton bleu marine au col plissé avec un pantalon beige à taille élastique, et venait de se laver les cheveux, les laissant sécher à l'air libre. Une mèche blanche se dressait sur son front un peu à la diable.

— Oh ! Pour l'amour du ciel ! s'écria Kat. Quelle tête de mule ! Il va encore falloir que je sorte ma maudite écharpe à fleurs ou quoi ?

Maman planta ses poings sur ses hanches.

— Ce n'est pas ma main qui m'inquiète, Kat Bowers.

— Alors quoi ? Tes cheveux ?

— Qu'est-ce qu'ils ont, mes cheveux ? s'écria Maman.

— Oh ! oh ! Voilà un sujet sensible, on dirait… commenta Benne.

— Qu'est-ce que vous avez, toutes les deux ? s'interposa Hepzibah.

— Maman, écoute-moi. Je comprends tes réticences mais pense un peu au mal qu'on s'est donné et aux provisions qui nous attendent ! Les voiturettes débordent de nourriture. Hepzibah a déjà rassemblé du bois pour allumer un feu de joie sur la plage. Nous tenons toutes beaucoup à y aller.

— Alors allez-y sans moi.

— On ne partira pas sans toi, insista Kat. On y va toutes ensemble ou alors, c'est chacun chez soi. Rappelle-toi notre pacte !

Eh oui ! leur « pacte » tacite, le lien indissoluble qui les unissait les unes aux autres, symbolisé par le nœud qu'elles avaient jeté dans l'océan.

Ni Kat, ni Hepzibah, ni moi, nous ne voulions baisser les bras. À force de cajoleries (mais surtout, en ignorant les protestations de Maman), nous l'avons convaincue de nous accompagner, en montant dans l'une des voiturettes.

Aujourd'hui, je regrette de ne pas avoir écouté ma mère. Je regrette qu'aucune de nous n'ait eu la décence de prêter attention à ce qu'elle nous disait. Même Benne n'a pas deviné la souffrance qui se cachait derrière son entêtement.

Ça se passait le premier samedi après Pâques : le 16 avril, à six heures du soir. On avait décidé de ne pas attendre le premier mai, comme les années précédentes, parce qu'on estimait que ça ferait du bien à Maman de participer à un pique-nique entre filles, le plus tôt possible.

Il faisait chaud, ce jour-là. Le soleil brillait de tous ses feux. Je suivis Kat en voiturette à travers les dunes, jusqu'à la plage de Bone Yard. Le vent fouettait les vagues en projetant des gerbes d'écume à la ronde. Max, qui avait fait le trajet sur la banquette arrière de ma voiturette, bondit à terre, aussitôt arrivé.

Hepzibah avait pris soin d'empiler un tas de bois en haut de la plage, en prévision de la marée montante.

— Fais attention à ta voiturette ! Ne la gare pas n'importe où ! recommanda-t-elle à Kat qui, au même instant, coupait son moteur.

Il faut dire qu'un jour, Kat avait laissé son véhicule sur la plage, où la marée n'avait pas tardé à l'emporter. À son retour, quelques heures plus tard, Kat avait vu sa petite voiture flotter au loin, vers les côtes anglaises.

Nous avons étalé une couverture à même le sable. Maman s'est accroupie le plus loin possible de la mer, en s'emmitouflant dans un vieux pull en alpaga, le dos tourné à l'océan. À croire qu'elle étudiait la configuration des dunes ! Son attitude m'a paru étrange, comme si, en montant dans un ascenseur, elle ne s'était pas placée face aux portes. Je la sentais s'éloigner de nous, aspirée par les ténèbres qui hantaient sa conscience.

Deux semaines plus tôt, je l'avais accompagnée à l'hôpital de Mount Pleasant, où son médecin l'attendait pour un rendez-vous de suivi. Ce jour-là, elle a pris place à l'intérieur du bac en gardant les yeux rivés au sol, comme si elle voulait à tout prix éviter de se rappeler la tragédie qui avait coûté la vie à son mari, trente-trois ans plus tôt. Et voilà qu'elle adoptait la même attitude ! Sans doute qu'elle éprouvait une profonde aversion pour la mer depuis la mort de Papa. Et pourtant, jusqu'à ce jour, je n'avais rien remarqué ! En fait, ma mère éprouvait à l'égard de l'océan la même hostilité inexplicable qu'envers la chaire aux sirènes. Sa répugnance pour la chaire remontait elle aussi à la mort de Papa. Plus d'une fois, j'avais vu ma mère quitter la pièce à la simple mention de la chaire !

Je gardai un œil sur elle en déballant les provisions. Nous avions fait tout notre possible pour lui apporter les mêmes plats qu'autrefois : des tourtes au crabe, du ragoût de porc, du fromage au piment, du pudding aux raisins, le tout arrosé de vin (du Chianti pour Kat et du Chardonnay pour nous autres). La vue de la nappe étalée par terre me rappela mon pique-nique avec Whit, un peu plus d'une semaine auparavant, de l'autre côté de l'île. Je repensai à son massage de pieds – une sorte de cérémonie muette, chargée d'allusions à notre future union.

Max ne tarda pas à s'adonner à son sport favori : la chasse aux crabes, qu'il nous apportait en trottant, alors que les pinces dépassaient encore de sa gueule ! Il en déposa un aux pieds de Maman, qui plaça une main sur sa tête, d'un geste machinal. Depuis notre arrivée, elle n'avait pas dit trois mots. Kat lui tendit un rouleau de film plastique en lui demandant de lui en couper un bout, mais Maman se contenta de le poser sur le sable, sans même lui accorder un regard. Si le but de notre expédition était d'égayer Maman, il faut reconnaître qu'on courait droit à l'échec ! À l'évidence, quelque chose clochait.

Kat ne voulait toutefois pas en démordre : à de nombreuses reprises, elle tenta d'entraîner Maman dans la discussion en espérant que celle-ci retrouverait son entrain d'avant, à l'époque des pique-niques entre filles – mais en vain.

— Nelle, à ton avis, qui sera notre première présidente ? Geraldine Ferraro ou Patricia Schroeder ? lui demanda Kat.

C'est à peine si Maman haussa les épaules.

— Allons ! Tu dois me donner une réponse. Jessie et Hepzibah penchent pour Patricia et moi, pour Geraldine.

— Disons… Nancy Reagan, marmonna Maman.

Nous avons toutes les trois levé la tête en croyant qu'elle allait enfin se mêler à notre conversation. Nous pensions sans doute que le salut de Nelle Dubois était encore à notre portée.

— Ma foi, si Nancy se présente, moi, je... voterai contre ! s'écria Kat.

Ce genre de petites piques assassines faisait toujours mouche auprès de Maman mais là, elle ne réagit pas : elle se contenta de se tasser dans son coin.

Elle ne mangea presque rien : ne picorant que la moitié d'une tourte, plus une cuiller de pudding. Nous, en revanche, nous remplissions nos assiettes à ras bord, bien résolues à profiter au maximum de l'occasion.

Au moment où la nuit tombait sur l'océan, Hepzibah a voulu allumer un feu de joie sur la plage. Le bois séché par le vent n'a pas tardé à s'enflammer. Les branches se consumaient en projetant à la ronde des étincelles qui illuminaient les ténèbres. On s'est toutes assises en cercle, dans une odeur de brûlé, sans songer une seule seconde qu'un brasier au bord de l'eau risquait de choquer ma mère, pour qui le feu associé à l'eau n'évoquait que la tragédie et la mort. La nostalgie qu'on éprouvait pour la Nelle d'autrefois nous aveuglait. Quand je pense aujourd'hui à ce que Maman a dû ressentir ce soir-là, quand je pense qu'elle ne s'est jointe à nous que pour nous faire plaisir, et qu'elle est restée assise dans son coin en sentant l'angoisse monter en elle, je ne peux pas m'empêcher de pleurer.

Ma mère est restée toute la soirée sur le bord de sa couverture, où elle ne distinguait même pas les lueurs du feu de joie. Hepzibah s'est mise à jouer de son tambour gullah. Un son plaintif en est sorti, en suivant un rythme lent au possible. Benne a posé sa tête sur les genoux de sa mère, et Max s'est endormi pendant que les flammes rougeoyaient dans son dos. De temps à autre, le bois craquait en se consumant, et les vagues enflaient avant de s'écraser avec fracas sur la plage. Personne ne disait plus rien. On avait baissé les bras.

Bien après notre retour à la maison, vers trois heures du matin, alors que notre feu de joie ne se réduisait plus qu'à un tas de cendres sur la plage, un cri m'a réveillée dans mon lit – quelqu'un qui m'appelait par mon nom.

— Jessie !

Je me le rappelle parfaitement : une voix impérieuse, perçante.

Je me redressai, perplexe, encore tout ensommeillée. Une silhouette se dressait sur le seuil de ma chambre. Mon cœur se mit à battre à tout rompre sous le coup d'une poussée d'adrénaline. Je cherchai à tâtons l'interrupteur à côté du lit, renversant par mégarde un verre d'eau sur la table de chevet.

— Je suis désolée mais je ne pouvais pas faire autrement !

— Maman ?

La lumière agressive de la lampe m'aveugla un instant. J'agitai la main comme pour dissiper la clarté trop vive qui inondait la pièce. Maman, l'air hébété, levait la main à la manière d'un élève demandant à son professeur la permission de parler. Il y avait du sang partout. Sa chemise de nuit en nylon pastel en était trempée. Son avant-bras dégouttait d'un liquide rouge brunâtre.

— Il le fallait ! répéta-t-elle je ne sais combien de fois, au bord de l'hystérie – ce qui eut le don de m'ôter tous mes moyens.

Je restai paralysée, les yeux rivés au sang d'un rouge éclatant qui coulait de sa main en jets réguliers. En cet instant béni où je n'avais pas encore commencé à paniquer, je me suis sentie déconnectée du réel.

Quoi qu'il en soit, j'ai réussi à me maîtriser, et à ne pas bondir du lit dans un accès de terreur. Je me levai lentement, puis je m'avançai vers elle, comme en apesanteur, anéantie par l'horreur de la situation.

Il manquait un doigt à sa main droite. L'auriculaire.

Je comprimai le bras de Maman à l'aide d'une ceinture, en guise de garrot. Ma mère s'allongea par terre pendant que je pressais une serviette contre sa plaie béante. Soudain, je pris conscience qu'elle risquait de mourir. Ma mère pouvait à tout moment se vider de son sang sur le plancher de ma chambre, sous la fenêtre où j'accrochais jadis des pelures de pomme !

Il n'y avait pas de médecin sur l'île, et d'hôpital, encore moins. Lorsque la serviette se retrouva trempée de sang, je partis en chercher une autre dans un placard. Maman commençait à se calmer mais une pâleur exsangue envahissait son visage.

Voyant que l'hémorragie allait bientôt cesser, je composai le numéro de Kat d'une main, en pressant de l'autre la blessure de ma mère.

Kat arriva en compagnie de Shem, que son âge avancé n'empêcha pas de porter Maman jusqu'à la voiturette de golf. Je marchai à côté d'eux, en gardant une main pressée sur la plaie. Arrivé à l'embarcadère, Shem souleva de nouveau ma mère pour la déposer sur la passerelle du bac. Il respirait avec peine mais, pas un instant, il n'a cessé de lui répéter :

— Reste avec nous, Nelle. Reste avec nous.

Shem installa ensuite Maman sur le banc à l'intérieur du bateau, en nous ordonnant de maintenir ses pieds en hauteur ; ce dont Kat se chargea scrupuleusement. Maman, toujours consciente, alors même qu'on craignait qu'elle ne nous quitte d'une seconde à l'autre, posa les yeux au plafond avant de fermer les paupières.

Kat et moi n'avons pas échangé un seul mot. On a traversé la baie sur une mer agitée, en entendant le vent mugir au-dehors. Le sang séché sur la chemise de nuit de Maman commençait à se figer en une croûte marron.

Une lune presque pleine luisait dans le ciel, et sa douce clarté auréolait la tête de ma mère. Je me demandais si elle s'était servie d'un hachoir. En aurait-elle planqué un dans la cuisine à mon insu ? Dès l'arrivée de Kat, je me suis mise à chercher son doigt manquant, en pensant que les médecins sauraient peut-être le recoudre. Je m'attendais à le trouver sur la planche à découper, comme une épluchure de légume, mais non : je ne l'ai aperçu nulle part. Il n'y avait que des flaques de sang, un peu partout.

Le trajet à bord du bac me laissa une drôle d'impression ; celle de replonger de plein fouet dans une réalité dont rien n'aurait su me protéger, pas même mes dernières illusions. Les pulsions destructrices de Maman ne s'étaient pas calmées, bien au contraire ; elles la rongeaient de l'intérieur comme un cancer et moi… je m'étais laissé absorber par mes propres préoccupations.

Jusqu'à ce soir-là, je pensais sincèrement qu'on progressait – deux pas en avant et un en arrière – même si ça semblait frustrant, au moins on avançait. C'est si facile de se forger une image de la réalité qui soit conforme à ses désirs ! Je voyais Maman telle que je voulais la voir. Dans ma tête, je gommais les aspects les moins reluisants de ma vie pour obtenir quelque chose d'acceptable. Je cherchais à me convaincre que la folie de Maman n'était pas si anormale que ça.

Comment pourrais-je faire sentir à quel point la maladie de ma mère m'a anéantie ? à quel point mon refus de voir les choses en face a fini par me miner à mon tour ?

Je me tournai vers la vitre en plastique. Derrière nous, les ténèbres de la nuit engloutissaient l'île, peu à peu. La mer semblait immense. Elle luisait à peine, comme éclairée du dessous. Un rayon de lune, à la proue du bateau, glissait comme une aiguille sous les vagues. Je repensai alors à la déesse de la mer, à la sirène Sedna, dont parlaient les livres empruntés à la bibliothèque. On lui avait coupé ses dix doigts, sans en omettre un seul !

Je pris tout à coup conscience de la gravité de la situation : ma mère ne s'arrêterait pas avant de s'être coupé tous les doigts !

Au début, elle avait pris modèle sur Eudoria (la prostituée canonisée après sa conversion au christianisme) en se coupant un doigt qu'elle avait planté en terre. Puis, n'en tirant aucun soulagement, elle s'est tournée vers Sedna, dont les doigts se sont transformés en créatures marines – des dauphins bondissants, des phoques et des baleines. À en croire la légende, la faune des océans est née de son douloureux sacrifice. Dix doigts en échange d'un monde nouveau. Dix ! Dans le livre consacré au mythe de Sedna, figurait un texte sur le nombre dix, que Maman aussi avait dû lire : « Le dix a longtemps été considéré comme un chiffre sacré par excellence. Les pythagoriciens eux-mêmes le tenaient pour le nombre de la régénération et de l'accomplissement. D'après eux, le chiffre dix se trouvait à l'origine de tout. »

Comment justifier mon aveuglement ? Maman avait mis sa vie en péril en s'inspirant d'une légende symbolique, prise au pied de la lettre. Comment avais-je pu sous-estimer son désir de renverser le cours du temps, et de revenir à la vie qu'on menait ensemble, avant la mort de mon père ? une vie heureuse en bord de mer…

30.

Je me tenais à la fenêtre de la salle d'attente où je m'étais réfugiée auprès de Kat, au troisième étage de l'East Cooper Hospital, lorsque je vis Hugh traverser le parking. Malgré la distance qui nous séparait, je remarquai tout de suite son bronzage. Il devait encore avoir passé son temps à bêcher ! Quand Hugh avait du chagrin, il empoignait la vieille bêche que lui avait léguée son père, et s'abrutissait de travail physique en retournant des pans entiers du jardin. Parfois, il ne plantait même rien ; à croire qu'il cherchait juste à éventrer la terre ! Après la mort de son père, Hugh s'est mis à bêcher d'un air si triste, face au crépuscule, que je n'ai pas pu supporter de le voir dans un tel état. Des huit ares de notre terrain, il a fait un immense champ de plaies à vif. À un moment, il a même ramassé une poignée de terre pour en humer le parfum en fermant les yeux.

Ce matin-là, je lui avais passé un coup de fil à six heures. L'aube pointait déjà le bout de son nez mais l'obscurité et le silence menaçants de ma nuit à l'hôpital me pesaient encore. Au moment de composer notre numéro, j'avais été anéantie par l'ampleur de la folie de Maman, par ses obsessions incontrôlables. Pour ne rien vous cacher, j'étais à deux doigts de baisser les bras, mais je savais que

Hugh compatirait à ma peine, qu'il comprendrait aussitôt ce que j'éprouvais. Inutile, avec lui, d'entrer dans les détails. Dès que sa voix retentit au creux de mon oreille, je laissai s'écouler les larmes que j'avais ravalées à bord du bac.

— Il va falloir que je la fasse interner, lui annonçai-je en m'efforçant de reprendre contenance.

Le chirurgien de garde, chargé d'opérer Maman cette nuit-là, me l'avait fait comprendre sans ambages :

— Je vous conseille de la soumettre à un examen psychiatrique, cette fois-ci. À votre place, je signerais une demande d'internement, me dit-il assez gentiment mais en insistant bien sur « cette fois-ci ».

— Tu veux que je vienne ? me demanda Hugh.

— Je ne m'en sortirai jamais seule. Kat est là mais... oui, s'il te plaît, tu peux venir ?

Il était arrivé en un temps record ! Je consultai l'horloge au mur : celle-ci indiquait à peine une heure de l'après-midi.

Hugh portait la chemise orange foncé que j'aimais tant, un pantalon repassé de frais et, aux pieds, ses mocassins à glands. Il avait l'air en forme – rayonnant, comme à son habitude. Ses cheveux me parurent coupés plus courts qu'à l'accoutumée. Moi, au contraire, je ressemblais à l'un de ces gens qu'on voit au journal télévisé, errer dans les décombres d'une catastrophe naturelle.

Mes cheveux avaient besoin d'un shampoing et mes dents, d'un bon brossage. Des cernes violacés se creusaient sous mes yeux, tellement je manquais de sommeil. Je portais encore le pantalon de jogging gris et le T-shirt blanc qui me servaient de pyjama ; j'avais dû en frotter les taches de sang dans les toilettes des visiteurs. Mais le plus embarrassant, c'est que je n'avais pas de chaussures.

Comment avais-je bien pu m'en aller sans rien aux pieds ? Je ne m'en étais aperçue qu'à bord du bac. Heureusement, l'une des infirmières m'avait donné une paire de pantoufles en tissu éponge dans un sachet plastique hermétique.

Le pire, cette nuit-là, ç'avait été d'attendre des nouvelles de Maman (de son état physique, du moins, car, à ce moment-là, ni Kat ni moi ne gardions beaucoup d'espoir pour sa santé mentale). Les médecins nous ont laissées entrer en salle de récupération, Kat et moi. On s'est placées de part et d'autre du lit de ma mère, en observant son visage, couleur de bouillie d'avoine. Un tube à oxygène vert pâle gargouillait sous son nez. Du sang aussi visqueux que de la résine coulait goutte à goutte dans son bras, d'un sac en plastique au-dessus de sa tête. J'ai glissé un bras sous son drap en lui pressant la main.

— Maman ? C'est moi, Jessie.

Au bout d'un moment, elle a fini par soulever les paupières en essayant de distinguer mon visage. Ses lèvres se sont ouvertes pour se refermer aussitôt, sans émettre le moindre son.

— Ne le jette pas, marmonna-t-elle d'une voix à peine audible, comme s'il lui fallait puiser ses mots au plus profond d'elle-même.

— Pardon ? demandai-je en m'approchant d'elle.

Une infirmière qui s'affairait non loin de nous leva la tête.

— Elle répète la même chose depuis son réveil.

Je me penchai jusqu'à ce que l'odeur nauséabonde d'anesthésique que dégageait son haleine me picote les narines.

— Jeter quoi ? insistai-je.

— Mon doigt, expliqua-t-elle ; l'infirmière cessa d'écrire pour nous dévisager, bouche bée.

— Où est-il ? Je l'ai cherché un peu partout.

— Dans un bol, au frigo, me répondit-elle en fermant les yeux.

À dix heures du matin (c'est-à-dire sept heures en Californie), j'ai appelé Mike. En attendant qu'il décroche, je me suis sentie dans la peau de sa petite sœur, comme avant : j'avais besoin de lui, de le voir prendre la situation en main. Un jour, au cours d'une promenade en canot, on avait échoué par mégarde sur un banc de sable et, en essayant de nous sortir de là, j'étais passée par-dessus bord pour me retrouver dans la boue jusqu'à la taille. En certains endroits, les marais étaient aussi dangereux que des sables mouvants. J'avais dû lutter de mon mieux, jusqu'à ce que Mike me sorte de ce mauvais pas. Aujourd'hui, ce que je voulais, c'était que Mike me tende les bras comme autrefois, pour me tirer de là.

Je lui ai raconté ce qui venait de se passer, en précisant que j'allais devoir placer Maman dans un établissement spécialisé. Il m'a demandé de le tenir au courant, sans ajouter « je saute dans le premier avion pour te rejoindre » comme Hugh venait de le faire, non. Il se sentait concerné, mais sans plus.

— Oh ! laissai-je échapper, en proie à l'impression désagréable que tous mes repères s'effondraient.

— Je regrette de ne pas pouvoir t'aider, Jessie. Je viendrai dès que possible. Seulement, ce n'est pas le moment, maintenant.

— Alors, quand ?

— Un jour, je te le promets. J'aimerais tellement te ressembler, savoir comme toi… faire face. Tu t'en es toujours mieux sortie que moi, dans des situations comme celle-ci.

Jamais, mon frère et moi, on n'avait parlé de la coupure de presse sur la mort de mon père, au fond du tiroir de Maman, ni du cercle vicieux où sa vie s'était engagée, ni de ses obsessions religieuses de plus en plus marquées, au fil du temps. On savait tous les deux que Mike avait fui l'île aux Aigrettes comme je la fuyais moi-même, mais il était allé plus loin encore que moi, et pas seulement en kilomètres. Aujourd'hui, il s'en lavait les mains.

— J'ai retrouvé la pipe, lui annonçai-je à brûle-pourpoint, furieuse de me sentir abandonnée.

Il garda le silence. La nouvelle dut rester un instant en suspens au-dessus de sa tête, comme la lame d'une guillotine, prête à lui tomber dessus, en lui prouvant comme à moi que notre passé tout entier reposait sur un mensonge.

— Enfin !... C'est de sa pipe qu'est parti l'incendie !

— Il faut croire que non, répondis-je d'un ton las.

— Bon sang ! Ça n'en finira donc jamais ? s'écria-t-il.

Mon frère me parut tellement désemparé en cet instant que ma colère contre lui retomba aussitôt. Jamais il ne reviendrait affronter les problèmes de Maman : il ne s'en sentait pas le courage !

— Tu te rappelles, le père Dominic ? Le moine au chapeau de paille ?

— Ça oui !

— Tu crois qu'il y a eu quelque chose entre Maman et lui ?

Mike éclata de rire.

— Tu plaisantes ! Une liaison entre Maman et Dominic ? Tu crois que c'est pour ça qu'elle s'est coupé le petit doigt ? Pour expier sa faute, jusque dans sa chair ?

— Je n'en sais rien mais, en tout cas, il y a quelque chose entre eux.

— Allons, Jessie !

— Ne te moque pas de moi pas, Mike. Je ne le supporterai pas ! Tu n'es pas là en ce moment, poursuivis-je en élevant la voix. Tu n'as pas vu ce que j'ai vu. Crois-moi : il y a des choses bien plus choquantes encore dans la vie de Maman.

— Tu as raison, excuse-moi. Je ne les ai vus ensemble qu'une seule fois, au monastère. Je voulais demander à Maman la permission d'accompagner Shem sur son crevettier. Je devais avoir quinze ans à l'époque, et j'ai trouvé Maman dans la cuisine, en train de se disputer avec le père Dominic.

— Se disputer ? À quel propos ? Tu t'en souviens ?

— De la chaire aux sirènes. Le père Dominic voulait la persuader de s'y asseoir, et Maman s'est mise en rage, pour Dieu sait quelle raison. Dominic lui a dit à deux reprises : « Il faut que tu te réconcilies avec la chaire. » À mes yeux, ça n'avait pas de sens, et je me suis longtemps demandé ce qu'il voulait dire par là. Ils ont pu avoir une liaison bien que ça me semble improbable. Une chose est sûre : à ce moment-là, ils n'avaient plus l'air en très bons termes.

Au moment de raccrocher, ma perplexité était à son comble mais au moins, mon frère savait ce qui s'était passé. Et moi, j'avais compris qu'à compter de ce jour, une partie de lui m'échapperait fatalement. Une chose me réconforta tout de même : mon frère et moi, on resterait à jamais liés, mais plus comme au temps où on partait ensemble à la conquête de l'île, non ; depuis la mort de mon père, on unissait nos forces pour survivre, à Maman autant qu'à Papa.

Dehors, Hugh, qui se dirigeait vers l'entrée de l'hôpital, s'arrêta un instant sur le parking en baissant les yeux, comme pour étudier les fissures du ciment. Sans doute rassemblait-il ses forces avant de me retrouver. Il me parut si vulnérable, en ce moment d'intimité volée, que je m'écartai de la fenêtre.

Je décochai un coup d'œil à Kat, à l'autre bout de la pièce. Jamais je ne l'avais vue aussi abattue. Un peu plus tôt, à côté du lit, dans la salle de récupération, elle avait fermé les yeux en serrant les poings, comme si elle prenait un engagement vis-à-vis d'elle-même – telle était du moins mon interprétation.

— Le voilà ! annonçai-je en m'efforçant de garder un ton détaché mais, en réalité, mon estomac se noua.

Je m'apprêtais à revoir Hugh pour la première fois depuis le début de ma liaison avec Whit. Contre toute logique, j'aurais juré que mon mari s'en apercevrait aussitôt à mon visage, comme si la marque de mon infamie était inscrite sur mes traits. À bord du bac, la veille au soir, je m'étais aperçue dans un éclair de lucidité que je n'arrêtais pas de déformer la réalité selon mes désirs et de tisser une toile de mensonges pour me protéger de ce qui ne me plaisait pas dans ma vie. J'en étais arrivée à un point où les caprices de mon cœur prenaient le pas sur ma vie de couple autant que sur l'honnêteté que je me devais à moi-même.

Mon estomac venait de se nouer parce que je me sentais coupable. Hugh avait misé sa vie entière sur moi et il venait de perdre ! Cela dit, je me méfie des explications trop simplistes. Ma liaison avec Whit ne se justifiait pas uniquement par le déchaînement de ma libido trop longtemps brimée. Ce ne serait pas juste de la réduire à cela ! Le cœur aussi a son mot à dire ! En fait, je ne prêtais pas assez attention à ce que me dictait mon cœur. Je le considérais comme une petite usine à sentiments qu'on pouvait fermer si nécessaire. Eh bien je me trompais ! Les émotions qui germent dans notre cœur possèdent un pouvoir extraordinaire et d'ailleurs, il arrive que l'âme elle-même ne s'exprime pas autrement. Au fond, je sentais bien que mon âme ne voulait pas autre chose.

— Tu as un peigne ? demandai-je à Kat. Et du maquillage ?

Je n'avais pas emporté de sac à main.

Elle me tendit une brosse à cheveux et un tube de rouge à lèvres en haussant les sourcils.

— Je suis laide à faire peur ! Je ne tiens pas à ce que Hugh s'imagine que je pars en sucette dès qu'il n'est plus là !

— Ma foi, je te souhaite bien du plaisir ! répondit Kat pour me taquiner.

Lorsque Hugh entra dans la salle d'attente, il me regarda un bref instant avant de détourner les yeux. Je pensai alors à Whit et mon estomac se retourna. J'avais besoin d'air – besoin de sillonner les marais en canot, loin de cet hôpital, en me laissant glisser sous l'eau fraîche et sombre.

On s'est dit des banalités, comme toujours dans ces cas-là. Le moindre « comment ça va ? » semblait nous coûter. Au fond, je ne tenais pas à savoir comment allait Hugh. Pourtant, j'aurais bien mérité qu'il me décrive dans le détail toutes les souffrances que je lui avais infligées.

Pendant trois ou quatre minutes, Hugh et moi, on s'est contentés de tâter le terrain. Dès que l'un de nous se montrait un peu trop familier, l'autre reprenait aussitôt ses distances. Il a fallu attendre que la conversation roule sur Maman pour qu'on se sente à peu près à l'aise ensemble ; ce qui n'est pas peu dire, compte tenu de la situation désespérée de ma mère !

On était assis sur des chaises en bois au dossier rembourré, auprès d'une table basse jonchée de vieux magazines, dont certains dataient de 1982. Depuis le temps que je les feuilletais, je n'ignorais plus rien des mésaventures de Sandra Day O'Connor avec la justice ni du gant de Michael Jackson.

Hugh portait un mince bracelet au poignet droit. On aurait dit des fils à broder de toutes les couleurs, noués ensemble. Je n'en revenais pas : Hugh détestait les bijoux ! Il ne mettait jamais que son alliance. D'ailleurs, elle étincelait toujours à sa main gauche.

Il surprit mon regard.

— C'est un cadeau de Dee, m'expliqua-t-il. Elle l'a fait elle-même. Elle appelle ça un « bracelet de l'amitié », si je me souviens bien.

Il me le montra, d'un air amusé et déconcerté à la fois. Sans doute n'en revenait-il pas, lui non plus, de voir à son poignet cette marque de la volonté de sa fille de sceller leur amitié.

— J'ai reçu l'ordre de ne pas l'enlever. Sinon, il m'arrivera une catastrophe quelconque…

Il ne termina pas sa phrase. À quoi bon s'inquiéter de ce qui pouvait bien lui arriver, après les événements de ces derniers jours ?

Ce qu'il ignorait, c'est que Dee avait déjà offert un autre bracelet comme celui-là à l'une de ses amies que son copain venait de plaquer. Aux yeux de ma fille, il s'agissait d'un geste de solidarité envers l'une de ses camarades qu'elle considérait comme sa sœur. Jamais elle n'aurait donné de bracelet à Hugh si elle ne s'était pas aperçue que notre couple battait de l'aile. Lui aurait-il dit quelque chose ?

— C'est gentil de sa part ! À quelle occasion ?

— Le 10 avril, répondit-il, mal à l'aise.

Son anniversaire ! Mon Dieu ! j'avais complètement oublié. De toute façon, même si je m'en étais souvenue, je ne l'aurais sans doute pas appelé.

— Joyeux anniversaire !

— Nos « folies » m'ont manqué cette année. Mais l'an prochain sans doute...

Il posa sur moi un regard aussi insistant que possible. Il attendait une réponse à sa question implicite.

— Des folies ? releva Kat. Waouh !

— Il faut qu'on parle de Maman, la coupai-je.

Mon besoin désespéré de changer de sujet était si manifeste qu'il amena l'ombre d'un sourire sur ses lèvres.

Je jetai un coup d'œil à la demande d'internement, posée sur un siège vide à côté du mien. Elle me rappela que tout ceci concernait une personne de chair et de sang : ma mère, qui représentait une menace pour elle-même, et qui méritait qu'on lui accorde toute l'attention requise par la gravité de son cas.

Hugh ramassa les documents pour les examiner. J'aperçus un bout de sparadrap sur ses pouces – sans doute à cause des ampoules dues au maniement de la bêche. Donc, je ne m'étais pas trompée : il avait passé son temps libre à bêcher. Je me mis à observer ses mains. Tout à coup, il me sembla que l'histoire entière de notre couple pouvait se lire en elles, dans les lignes de sa paume, en suivant le contour de ses doigts, qui m'avaient si souvent caressée. Le mystère du lien qui nous unissait tous les deux se trouvait là, sous mes yeux.

— Très bien, reprit-il en posant la liasse de documents sur ses genoux. Parlons un peu de ta mère.

— Le soir même de mon arrivée sur l'île, elle a enterré son doigt aux pieds de la statue de sainte Sénara. Je crois que je t'en ai déjà parlé, non ?

Hugh acquiesça.

— Je lui ai demandé pourquoi elle s'était coupé le doigt, et elle a commencé à me parler de Papa et du père Dominic avant de s'interrompre, comme quand on lâche un nom sans y penser, et qu'on s'aperçoit soudain qu'on aurait mieux fait de ne rien dire. À mon avis, Dominic est mêlé à cette histoire mais, bien entendu, Kat pense le contraire, précisai-je en me tournant vers l'intéressée.

Kat ne se défendit même pas ; en fait, je venais de parler d'elle, rien que pour voir sa réaction. Elle se contenta de me dévisager en croisant et en décroisant les jambes.

— Tu as posé la question à ce fameux père Dominic ? me demanda Hugh.

— Oui, et il m'a laissé entendre qu'il valait mieux ne pas remuer le passé ou chercher à tout savoir.

Hugh se pencha en avant en joignant les mains.

— Bon, oublions Dominic pour l'instant. Pourquoi crois-tu qu'elle s'est coupé le doigt ? Tu vis avec elle depuis plus de deux mois : que te dit ton instinct ?

Mon instinct ? J'en restai sans voix ! Voilà que Hugh me demandait de lui faire part de mon intuition, dans un domaine où il se considérait comme un expert ! D'habitude, il se contentait de m'annoncer son diagnostic clinique en repoussant mes idées sans ménagement.

— J'ai l'impression que son obsession découle de quelque chose dont elle s'estime coupable, dis-je en pesant mes mots, tant il me tenait à cœur de bien me faire comprendre. Ça a sans doute un rapport avec mon père. Je crois que son besoin maladif de se mutiler est une manière pour ma mère de faire pénitence. Elle tente d'expier un péché.

Kat détourna les yeux en secouant la tête d'un air incrédule.

J'étais pourtant bien résolue à les convaincre tous les deux ! Je leur citai le passage des Écritures qui dit « si ta main droite est pour toi une occasion de péché, il vaut mieux la couper, de peur que ton corps entier ne s'en aille dans la géhenne ».

— À ton avis, quel péché peut bien vouloir expier ta mère ? me demanda Hugh.

Kat se frotta le front en écarquillant les yeux d'un air craintif.

J'allais répondre que l'idée d'une liaison entre Maman et Dominic m'était plus d'une fois venue à l'esprit mais, heureusement pour moi, je me repris à temps. Impossible d'annoncer à Hugh une chose pareille ! Autant tout lui avouer sur-le-champ ! Et puis, sur quelles preuves m'appuyer, de toute façon ? Dominic avait demandé à ma mère si elle lui pardonnerait un jour, et alors ? Il suggérait dans son livret – chose plutôt curieuse sous la plume d'un moine – que l'amour charnel a une composante spirituelle, au même titre que l'amour divin. Qu'est-ce que ça prouvait, franchement ?

Je haussai les épaules.

— Je n'en sais rien ! Le problème de Maman me paraît plus complexe. À mon avis, elle cherche à gagner son salut en se mutilant.

— Qu'entends-tu par « salut » ? m'interrogea Kat.

Je leur parlai des deux livres empruntés par Maman à la bibliothèque du monastère, de sainte Eudoria qui avait planté son doigt dans un champ, et de Sedna, dont les dix doigts coupés s'étaient transformés en créatures marines en tombant dans l'océan.

Les yeux rivés au visage de Hugh, je me demandai s'il n'allait pas prendre ce que je disais au pied de la lettre. Au fond, je n'aurais pas dû me soucier de son opinion. Pourtant, elle comptait énormément pour moi. J'espérais l'entendre s'écrier : « Oui ! Parfaitement ! Tu as deviné le fin mot de l'histoire ! »

— Voilà : je pense que Maman cherche à se mutiler parce qu'elle a besoin de se construire un nouveau rapport au monde. En fait, elle a voulu se couper le doigt, un peu comme on se coupe de son passé.

L'analogie m'était venue à l'esprit à l'instant même.

— Intéressant, commenta Hugh.

Je pris une mine déconfite, en pensant qu'il rejetait ma suggestion, mais non, je me trompais.

— Je suis sincère ! protesta-t-il. Ce que tu viens de dire me semble plus qu'intéressant.

Il m'adressa un sourire penaud.

— Avant, je disais ça quand je ne trouvais rien de mieux, pour ne pas te décevoir. Pas vrai ?

Kat se leva et s'en alla à l'autre bout de la salle fouiller sans but dans son sac à main.

— On a tous les deux des choses à se reprocher !

— Je regrette ce qui s'est passé, m'avoua-t-il.

Je ne trouvai rien à lui répondre. Il s'attendait à ce que je lui tende une perche, à ce que je lui dise que « oui, l'année prochaine, on recommencera nos "folies" ; j'ai commis une grave erreur et je veux rentrer à la maison ». Mais je ne m'en sentais pas le courage.

Avant, je croyais notre vie de couple hors d'atteinte. La présence de Hugh à mes côtés me semblait aller de soi. Comme le lever ou le coucher du soleil. Comme les étoiles dans la voie lactée. Qui en doute ? Personne ! Je me disais qu'à notre mort, on reposerait sous terre, l'un auprès de l'autre, dans un joli cimetière d'Atlanta. Ou dans une paire d'urnes funéraires chez notre fille, jusqu'à ce qu'elle trouve la force de disperser nos cendres. Je m'imaginais même que Dee irait les jeter aux quatre vents sur la plage de Bone Yard, à l'île aux Aigrettes. La brise nous mêlerait l'un à l'autre, jusqu'à ce que les restes de Hugh ne puissent plus se distinguer des miens. On se laisserait porter vers le ciel avant de retourner à la terre, ensemble. Et Dee finirait par tourner les talons, des particules de nos dépouilles accrochées à ses cheveux. D'où me venait une telle certitude ? Pourquoi est-ce que j'en doutais aujourd'hui ?

Je baissai les yeux sur les mains de Hugh. Son silence devenait insoutenable.

Il y mit lui-même un terme.

— Si tu as raison à propos de Nelle, et ça ne m'étonnerait pas, il suffit peut-être de l'aider à accepter son passé, en l'encourageant à l'affronter. Qui sait si ça ne la guérirait pas ?

Il posa la demande d'internement sur un siège vide.

— Tu comptes la signer ?

Je griffonnai à la hâte mon nom au bas de la feuille. Kat enfouit son visage entre ses mains. Elle ne voulait pas voir ça !

Ce soir-là, Hugh revint avec moi sur l'île aux Aigrettes. Il déposa sa valise dans l'ancienne chambre de Mike, pendant que je remplissais d'eau bouillante la baignoire de la salle de bains. Kat avait insisté pour passer la nuit à l'hôpital. Du coup, j'étais libre de rentrer à la maison ! Le lendemain, Maman serait admise au service de psychiatrie de Charleston et Hugh était partant pour rencontrer ses médecins. Je ne saurais vous dire à quel point je lui en étais reconnaissante !

Je me glissai dans mon bain, où je restai un long moment sans bouger. Les battements de mon cœur résonnaient sous l'eau. Je retins mon souffle en pensant aux films de guerre avec des sous-marins cachés au fond de l'océan, où l'on n'entend plus que le sonar, pendant que l'équipage retient sa respiration en se demandant si les Japonais ne vont pas les repérer quand même. Moi aussi, je craignais que mon cœur ne me trahisse à sa manière.

« L'an prochain sans doute… », avait dit Hugh. Ses paroles me serraient le cœur.

Les « folies » (ou plus précisément « la revue du psychiatre », selon le bon mot de ma fille) étaient le cadeau d'anniversaire préféré de Hugh. Je crois bien qu'il passait l'un des meilleurs moments de l'année avec nos bêtises !

Voilà comment Dee décrivait les « folies » à ses amies :

— Maman et moi, on organise un spectacle de music-hall pour mon père. On invente une chanson en rapport avec son métier – un malade sous hypnose, impossible à réveiller, ou un complexe d'Œdipe gratiné, un truc dans ce goût-là.

— Ah bon ? Tu viens d'une famille un peu bizarre ! rétorquaient en général ses copines de lycée.

— C'est vrai ! répondait Dee comme si on lui avait adressé un fabuleux compliment.

Je remontai à la surface de mon bain. Dee avait dû se rappeler nos « folies », même si elle ne vivait plus chez nous. Et pourtant, au téléphone, elle ne m'en avait pas touché un mot. Je me demandais bien pourquoi, même si, au fond, je m'en doutais : Hugh avait dû l'avertir de notre séparation. Cependant, Dee ne m'en avait pas parlé.

À l'origine de cette histoire de « folies », se trouvait... Dee bien sûr ! Même si je lui avais servi de source d'inspiration, en quelque sorte. Tout a commencé un jour où je suis allée chez le coiffeur. À l'entrée, il y avait un bol de bonbons à la disposition des clients. Je me suis mise à jouer avec le bracelet élastique de ma montre en attendant qu'on s'occupe de moi. Ça m'arrivait parfois de le faire glisser autour de mon poignet, comme d'autres mordillent leur crayon ou enroulent des mèches de cheveux sur leur index. Et voilà qu'au moment de partir, en piochant un chocolat dans le bocal, j'y ai retrouvé ma montre !

— Vous ne trouvez pas ça curieux ? m'étonnai-je ce soir-là, en racontant l'incident au dîner, histoire de meubler la conversation.

Hugh mordit aussitôt à l'hameçon.

— C'est un acte manqué.

— Quoi ? releva Dee, qui avait treize ans à l'époque.

— Un acte manqué ! Quand on fait un lapsus, par exemple.

Il se pencha et je devinai où il allait en venir : à son vieux calembour idiot.

— Tu sais ? Comme quand on dit de quelqu'un que « sa fourche a langué ».

— Très drôle ! À ton avis, ça cachait quoi, que Maman ôte sa montre ?

Hugh se tourna vers moi et, l'espace d'un instant, je me serais crue dans la peau d'un rat de laboratoire.

— Elle voulait échapper aux contraintes du temps, expliqua-t-il en pointant sa fourchette dans ma direction. La peur de mourir s'exprime souvent par des symptômes de ce genre.

— Oh ! Pitié !

— Tu sais ce que je pense ? reprit Dee.

Aussitôt, Hugh se dressa sur son siège en attendant de sa fille un signe de précocité hors du commun.

— Je pense que Maman a tout simplement laissé tomber sa montre dans le bocal à sucreries !

Sur ce, Dee et moi avons éclaté d'un rire complice.

Et à partir de là, ce fut l'escalade. Ma fille et moi, on s'est mises à taquiner Hugh sans répit. Dee a composé une chanson humoristique sur la fameuse « peur de la mort », en exigeant que je la chante avec elle sur un air traditionnel, le jour de l'anniversaire de Hugh. Ainsi ont commencé les « folies ». Hugh en raffolait !

Dès le mois de mars, il nous asticotait pour qu'on lui en révèle le thème. L'année précédente, Dee avait écrit une chanson sur un air de sa composition, intitulée *Le Complexe de castration.*

Monsieur Freud, cher Docteur !
C'est avec grand bonheur
Que, sans appel, nous condamnons
Le complexe de castration.
Espérez-vous qu'on s'investisse
Uniquement entre nos cuisses ?
Pourquoi votre pénis chéri
Exciterait-il notre envie ?
Mais alors ? la grossesse ?
Si Freud n'avait de cesse
De porter dans son ventre un fœtus ?
Ne voudrait-il pas d'un utérus ?

Dee et moi, on avait fait notre petit numéro dans le salon, enceintes des coussins du canapé, en suivant une chorégraphie digne des Supremes. Au dîner, Hugh en riait encore. Ce jour-là, je m'étais dit que les liens qui nous unissaient étaient si forts que jamais rien ne pourrait les rompre.

Je me savonnai les bras dans la petite salle de bains de Maman en examinant les carreaux roses au mur. Mike détestait leur couleur. À l'entendre, le rose, c'était tout juste bon pour les filles ! Aux fenêtres pendaient les mêmes rideaux en organdi pastel qu'autrefois, sauf qu'ils paraissaient orange, tant le soleil les avait rongés. Je me shampouinai les cheveux.

En signant la demande d'internement, j'avais dû noter la date à côté de mon paraphe. Le 17 avril. Ça m'avait rappelé Whit. « Au début, on fêtera notre anniversaire chaque mois, le 17. »

L'envie me prit de l'appeler. Je savais que ce dimanche-là, comme tous les autres jours de la semaine, il avait dû se rendre à la réserve naturelle, mais en se demandant cette fois où j'étais passée. J'aurais voulu savoir s'il m'avait au moins attendue un peu en guettant le clapotis de mes rames, avant de repartir. Si ça se trouve, des nouvelles de ma mère étaient déjà parvenues à l'abbaye à l'heure des vêpres, avant que la règle de saint Benoît ne condamne les frères au silence jusqu'au lendemain matin. Peut-être Whit savait-il pourquoi je n'étais pas venue.

Hugh se mit à arpenter le couloir. Il s'arrêta juste derrière la porte de la salle de bains. Je voulus m'assurer qu'elle était bien fermée, même si je savais pertinemment que Hugh n'entrerait jamais sans frapper. Eh bien non : je n'avais pas poussé le verrou en entrant. Je retins mon souffle mais Hugh finit par s'en aller.

Pourquoi faisait-il les cent pas dans le couloir ?

Je sortis de la salle de bains, drapée dans la robe de chambre bleue de Maman. Mes cheveux mouillés et peignés en arrière semblaient aussi lisses que de l'émail. Un courant d'air me rafraîchit soudain la mémoire : j'avais entreposé mes toiles dans la chambre de Mike, où je venais de temps à autre y jeter un coup d'œil, comme si j'exposais dans cette petite pièce toutes les merveilles que je cachais en moi.

Hugh devait être en train d'examiner mes tableaux, s'intéressant sans doute de près au tas de babioles inutiles qui flottaient à la surface de l'océan. Les spatules, les pelures de pommes, les alliances, les oies… oh mon Dieu ! les oies en train de se becqueter. Nos oies !

Je me pétrifiai soudain en me rappelant que même l'esquisse aux crayons de couleur qui datait du mois de février se trouvait dans la chambre de mon frère – celle qui était restée cachée pendant des semaines au verso de la photo du phare, sur la cheminée. Hugh allait découvrir mon couple d'amoureux transis dans les bras l'un de l'autre, enveloppés par la chevelure abondante de la jeune femme. Les taquineries de Dee me revinrent en mémoire : ma fille surnommait mon atelier « la tour de Raiponce » en me demandant sans cesse quand j'allais enfin descendre de ma tour d'ivoire.

À ces moments-là, Hugh ne manquait jamais de faire la grimace. Il lui arrivait même de prendre ma défense – d'un ton quelque peu cassant, d'ailleurs.

— Ta mère n'est pas prisonnière d'une tour, Dee. Arrête maintenant !

Les moqueries de notre fille devaient le vexer, ou alors, il pressentait qu'au fond, elle n'avait pas tort, et ça lui faisait peur. Aucun de nous ne parlait jamais de la suite du conte, où Raiponce décide de laisser pendre ses cheveux pour que le prince y grimpe avant de s'échapper avec elle.

Je connaissais bien mon mari : c'était sans doute l'homme à l'esprit le plus affûté de la terre. Mon cœur se serra. Je me rendis à la chambre de Mike en m'arrêtant sur le seuil. À l'intérieur, il faisait sombre, seule brillait une petite lampe de chevet.

Hugh observait mon couple sous l'eau (intitulé les *Amants à la mer azur* en référence aux *Amants au ciel rouge* de Chagall). Il me tournait le dos, les mains dans les poches. Soudain, il fit volte-face et ce simple geste marquerait à jamais un tournant dans nos vies. Son regard incrédule se posa sur mon visage. Une tension palpable envahit l'atmosphère et je devinai tout de suite qu'une catastrophe se préparait.

— Qui est-ce ? me demanda-t-il.

31.

Whit

Il regardait la télé, le dos calé contre le dossier d'une chaise, dans la salle de détente. Le poste trônait sur une table couverte d'un vieux drap d'autel et la chaîne TBS diffusait un match de base-ball où jouait l'équipe des Braves. Tom Glavine venait de faire sortir l'un des batteurs de l'équipe adverse. Whit prit son crayon pour compléter la carte de scores qu'il avait tracée au bout de son carnet.

Face à une compétition de base-ball, il s'oubliait lui-même, plus encore que lorsqu'il méditait. En fait, après deux minutes de méditation à peine, il se mettait déjà à chasser des pensées importunes ou à prendre conscience de ses efforts, si bien que l'exercice perdait tout son intérêt. Par contre, les matchs l'absorbaient tout entier sans même qu'il n'y pense. Il se concentrait sur la stratégie et le score au point de ne plus songer à rien d'autre. Jamais il n'aurait su expliquer au père Sebastian ou aux autres moines pourquoi le base-ball lui offrait un tel havre de paix, mais en tout cas, face au poste de télé, il se sentait libéré – du monastère autant que de lui-même.

Ce soir-là, avant les vêpres, l'abbé – craignant sans doute d'appeler un chat, un chat – les avait informés du

« drame » survenu à Nelle, en demandant aux frères de prier pour leur cuisinière bien-aimée. Debout dans sa stalle, Whit était resté stoïque. Il se doutait bien que Dominic se tournerait vers lui : il venait de passer son après-midi à attendre Jessie pour trouver à son retour Dominic occupé à faire les cent pas devant sa cellule. C'était lui qui avait annoncé la nouvelle à Whit, avec beaucoup de tact, sans pour autant passer sous silence l'arrivée du mari de Jessie, venu d'Atlanta pour la soutenir.

Whit n'avait pas eu la présence d'esprit de demander à son aîné par quel miracle il en savait autant. Un peu plus tard, il découvrirait que Hepzibah Postell était venue au monastère tout raconter à Dominic. Pour quelle raison ? Il l'ignorait.

Whit n'avait eu qu'une envie pendant les vêpres : venir ici, allumer la télé, et se laisser happer par le match. Dès la fin de l'office, il s'était rué hors de sa stalle comme un cheval de course au départ, afin de zapper sur la chaîne qui l'intéressait avant l'arrivée des autres moines.

En général, les frères passaient le temps consacré à la vie communautaire à regarder le journal télévisé du soir, ou plutôt à écouter le présentateur Tom Brokaw annoncer les dernières coupes budgétaires de Reagan. La dernière fois que Whit les avait rejoints, ils suivaient un reportage sur les créateurs de mode Perry Ellis et Calvin Klein. « Comment s'habiller pour réussir. » Whit avait dû se faire violence pour ne pas se lever en criant : « Hé ! Oh ! Je vous signale que vous portez tous des frocs ! » Le port de l'habit monastique visait tout le contraire de la réussite sociale, et les autres moines ne pouvaient pas ne pas s'en rendre compte ! De guerre lasse, il avait fini par s'en aller. Chaque week-end, le frère Fabian passait l'un des vieux 33 tours crachotants du monastère sur la chaîne stéréo – en général,

L'Anneau du Nibelung, de Wagner. Il poussait le volume si fort que les murs répercutaient les vibrations des basses.

Ce soir-là, lorsque les moines s'aperçurent, en arrivant dans la salle de détente, que Whit suivait la retransmission du match, ils allèrent se plaindre au père Sebastian, détenteur de l'autorité au monastère. Sebastian observa Whit un long moment, puis il ordonna aux autres de cesser de geindre. Ça n'allait tout de même pas les tuer de manquer les infos, une fois dans leur vie ! Après ça, les frères avaient regagné leurs cellules en attendant les complies – tous sauf Dominic et Sebastian.

Pour un peu, Whit en aurait voulu aux moines de leur attitude. Elle aurait même pu lui fournir un prétexte de plus pour quitter l'abbaye – sauf qu'au fond, ceux qui traînaient les pieds en soupirant dans leur barbe ne faisaient que lui renvoyer sa propre image lorsque les frères décidaient d'écouter Siegfried et Brunehilde ou leur présentateur télé favori.

Whit se rappela soudain ce qu'il fabriquait ici, auprès de ces vieillards acariâtres : quelque part sur cette planète, des hommes animés de la même foi cherchaient le moyen de vivre en communauté. Il était venu au monastère, la tête farcie d'*a priori* stupides. Il espérait y trouver une sorte de société utopique, où tout le monde aime tout le monde, en rendant le bien pour le mal, sans hésiter à tendre l'autre joue, etc. Mais au final, les moines ne lui semblaient pas plus avancés sur le chemin de la perfection que n'importe qui d'autre. Peu à peu, Whit avait fini par comprendre qu'ils avaient tous été sélectionnés en vue d'une expérience dont le but était de savoir si, oui ou non, les hommes pouvaient supporter de vivre en permanence les uns avec les autres, et si Dieu ne s'était pas trompé en créant l'humanité.

Ces jours-ci, il réfléchissait sans arrêt à ce que signifiait sa présence au monastère. Quelle drôle d'idée d'y être entré ! Il pensait aussi beaucoup à Jessie et à ce que signifiait son amour pour elle. Là aussi, quelle drôle d'idée il avait eue ! Une chose à laquelle il n'avait encore jamais songé, c'était à son mari – un homme de chair et de sang qui s'était dépêché de venir sur l'île aux Aigrettes soutenir son épouse en un moment de crise. Comment s'appelait-il, déjà ? Whit fouilla dans sa mémoire. Ah oui : Hugh ! Son prénom résonna dans sa tête en se mêlant au bourdonnement confus des commentaires sportifs.

Hugh formait comme une tache sur la conscience de Whit. Ce dernier ne pouvait pas s'empêcher de penser à lui, alors même que le match aurait dû l'absorber tout entier. À la réflexion, le fait que Jessie soit mariée le préoccupait depuis le début en lui empoisonnant la vie petit à petit. Comme un abcès qui se mettrait à suppurer.

Au bout d'un moment, Whit se leva en posant son carnet sur sa chaise. Il repensa au jour où il avait déclaré sa flamme à Jessie, allongé auprès d'elle sur sa vieille couverture, dans la réserve naturelle.

« On sera damnés, et sauvés tous les deux », lui avait-il dit. Et voilà que, déjà, sa prophétie se réalisait !

Il ferma les yeux en prêtant l'oreille à la chanson que les supporters hurlaient dans le poste. Il avait cru que le match de base-ball calmerait son inquiétude – mais non. En cet instant précis, il ne désirait plus qu'une chose : rejoindre Jessie au plus vite. Un besoin impérieux de la serrer dans ses bras le tenaillait. Jessie ! se répétait-il sans arrêt. C'est à peine s'il tenait encore en place.

À l'autre bout de la salle, Dominic vint s'asseoir sur une vieille chaise longue, en posant son chapeau sur ses genoux. Ils ne s'étaient plus parlé depuis la confession de

Whit, quelques semaines auparavant. Bien sûr, Dominic devait se douter que Whit aimait Jessie. Sinon pourquoi l'aurait-il pris à part en lui annonçant que le mari de Jessie logeait avec elle chez sa mère ?

Il essaya de se concentrer sur Jessie, sur la fatigue nerveuse qu'elle devait ressentir après ce qui était arrivé à sa mère. Impossible de ne pas l'imaginer en compagnie de Hugh ! Son mari devait la réconforter par mille et une petites attentions – en lui apportant un verre de vin dans la cuisine ou en la câlinant ou en essayant de la faire rire. En songeant à la somme de petits gestes insignifiants en apparence qui avaient soudé Jessie et son mari tout au long de leur vie de couple, Whit se sentit menacé.

C'est son mari, tout de même ! tenta-t-il de se raisonner. Son mari !

32.

Hugh

Ils se trouvaient tous les deux chez sa mère, sur une île de la Caroline du Sud, lorsque son épouse lui apprit le nom de son amant :

— Le frère Thomas.

Hugh observa les gouttes d'eau qui glissaient le long du cou de sa femme jusque dans l'échancrure de sa robe de chambre. Ses cheveux mouillés étaient plaqués à l'arrière de son crâne. Elle retint son souffle en baissant les yeux.

À ce moment-là, il se tenait planté sur le seuil de l'ancienne chambre de Mike et, comme par réflexe, il se raccrocha à la poignée de la porte. Il dévisagea son épouse sans éprouver encore la moindre douleur, anesthésié par la mort programmée de sa dernière illusion. En cet instant-là, la vérité qui fonçait sur lui à la vitesse d'une flèche ne l'avait pas encore atteint – ce qui lui permit de contempler son épouse une dernière fois avant que sa vie ne bascule. Hugh se dit que Jessie était magnifique alors que l'eau de son bain perlait encore sur sa peau en roulant goutte à goutte entre ses seins. Oh oui ! Magnifique !

« Le frère Thomas. »

Elle lui avait appris le nom de son amant d'un ton innocent, détaché, comme si elle lui parlait de son dentiste.

Une douleur plus intense que jamais le frappa comme un coup de fouet. Il se retint au montant de la porte en se demandant s'il ne souffrait pas d'un problème cardiaque.

Puis il recula d'un pas, prêt à exploser de rage. L'envie lui vint de donner un coup de poing au mur. Pour finir, il se contenta d'attendre que Jessie lève de nouveau les yeux sur lui.

— « Frère Thomas », répéta-t-il d'un ton posé, où perçait malgré lui sa douleur. C'est comme ça que tu l'appelles quand il te saute ?

— Hugh ! cria-t-elle d'une voix brisée qui ne réussit qu'à l'enrager encore plus.

Il voyait bien que l'aveu de Jessie l'avait elle-même choquée. Elle le fixait d'un regard hébété, à deux doigts de piquer une crise d'hystérie. Elle s'avança vers lui d'un pas maladroit en tendant la main, semblable à un animal ébouillanté cherchant à comprendre ce qui lui arrive.

Elle essaya de le retenir par le bras, mais il se dégagea aussitôt d'un geste brutal.

— Va-t'en ! lui ordonna-t-il entre ses dents.

Il la regarda sortir : elle écarquillait les yeux en remuant les lèvres sans qu'aucun mot n'en sorte. Il claqua la porte et tira le verrou.

— Hugh, ouvre-moi, le supplia Jessie, de l'autre côté de la cloison. S'il te plaît, Hugh !

Seule une faible lumière éclairait la pièce. Il resta planté là, les yeux rivés à la porte où se dessinaient des ombres pareilles à des bouts de fil de fer. Il espérait que son obstination à garder le silence la blesserait. Plus tard, l'idée lui vint qu'il avait aussi cherché à la protéger de toutes les méchancetés qu'il brûlait d'envie de lui dire à ce moment-là.

Elle ne cessa de l'appeler qu'au bout d'un temps insupportablement long. Lorsqu'elle partit enfin, des larmes jaillirent des yeux de Hugh. Il s'assit sur l'un des lits jumeaux en s'efforçant de ravaler ses pleurs. Pas question que Jessie l'entende sangloter ! Il fallait qu'il se reprenne ! L'intensité de sa colère commençait à l'effrayer. Un besoin impérieux le tenaillait : celui d'aller au monastère trouver cet homme et le saisir à la gorge avant de le plaquer contre le mur de l'église.

Il demeura des heures enfermé entre les quatre murs de la chambre exiguë, plongée dans la pénombre. Des convulsions d'angoisse le secouaient à intervalles réguliers, et il se mettait alors à trembler de tous ses membres. Enfin, il se calma – ce qui lui permit de réfléchir à sa situation.

Lorsqu'il avait demandé à Jessie « qui c'est ? », il ne s'imaginait pas vraiment qu'il y avait un autre homme dans sa vie.

C'était en examinant ses peintures que lui était venue cette intuition subite. Il s'était senti choqué par leur érotisme manifeste, par l'attitude du modèle en train de plonger. Il avait eu l'impression d'assister à une mort – celle de Jessie – et de voir sa vie d'avant se briser en mille morceaux avant de s'échouer à la surface. Et pendant ce temps, la jeune femme sur la toile plongeait de plus en plus profond. Hugh ne comprenait pas très bien où la mènerait son grand saut dans l'océan – jusqu'au moment où, le cœur serré par un étrange pressentiment, il avait aperçu les deux amants enlacés au fond de la mer.

Le couple au fond de l'océan – là où on ne peut aller plus loin. Dès ce moment, il se mit à soupçonner quelque chose, ce qui ne l'empêcha pas de rester quelques minutes encore à étudier la toile en se disant « enfin ! c'est absurde ! ». Comment Jessie oserait-elle le tromper ? Depuis toujours, il lui accordait une confiance sans borne.

Cela dit, l'hypothèse d'un amant expliquerait bien des choses : son attitude si peu communicative depuis son arrivée sur l'île aux Aigrettes, son désir subit de passer du temps seule loin de lui, son incapacité à se justifier. Déjà, avant son départ d'Atlanta, Jessie s'était montrée distante envers lui. Elle semblait déprimée par le départ de Dee, comme s'il remettait en question sa vie même, sa raison d'être.

Voilà pourquoi il lui avait posé la question : « Qui c'est ? »

Et Jessie lui avait donné une réponse sincère. Elle voulait sans doute mettre un terme à ses mensonges en espérant du même coup qu'un déclic se produirait. À cette idée, Hugh se mit à paniquer. Et s'il ne s'agissait pas d'une simple liaison sans lendemain ? Et si elle aimait cet homme pour de bon ? Il posa une main contre son cœur en s'efforçant de faire taire la petite voix qui lui soufflait que Jessie l'avait trahi.

Peu à peu, il se sentit vidé de ses forces, en proie à une douleur sans nom. À plusieurs reprises cette nuit-là, il s'allongea en essayant de dormir, mais en vain. Il finissait toujours par retourner faire les cent pas devant les peintures de Jessie, posées par terre contre le lit.

Au-dehors, le ciel s'éclaira lentement. Le noir céda la place à un gris brumeux, annonciateur de l'aube. Pour au moins la centième fois de la nuit, Hugh consulta sa montre. Impossible de quitter l'île avant le premier départ du bac à neuf heures. Par contre, dès qu'il ferait assez clair, il s'en irait de la maison.

Il poussa la porte du couloir avant même le coup de six heures, et déposa sa valise au salon avant de se rendre à la chambre de Jessie.

Il trouva sa porte fermée mais il entra tout de même sans frapper. Elle dormait comme il la voyait dormir, nuit après nuit depuis vingt ans : sur le côté droit, les cheveux étalés sur l'oreiller et la main coincée sous la joue. La lumière du jour, qui commençait tout juste à filtrer par les carreaux, déposait sur sa chevelure une pellicule d'argent. Il resta planté au pied de son lit à l'observer, à écouter sa respiration presque aussi forte qu'un ronflement – et ce détail pourtant anodin lui donna soudain envie de s'allonger auprès d'elle.

Elle ne portait plus son alliance, qu'il aperçut sur un coussin de velours au-dessus du chiffonnier. Il la toucha du bout du doigt en pensant aux oies sur ses peintures, qui s'échouaient à la surface de la mer.

Il ôta sa propre alliance et la plaça à côté de celle qu'il lui avait offerte, bien des années plus tôt.

Neuf jours plus tard, de retour chez lui, à Atlanta, il se sentait toujours aussi désespéré.

Voilà vingt minutes au moins que la patiente assise dans son cabinet lui parlait de la mort de son chien de dix-huit ans – un dénommé Abercrombie – en pleurant sans arrêt. Hugh la laissait dire. Ce jour-là, il lui semblait préférable d'opter pour la solution de facilité. En vérité, il soupçonnait sa patiente de ne pas tant regretter son chien que son frère, dont la mort, trois mois plus tôt, après des années de brouille, ne lui avait pas arraché une seule larme.

La jeune femme prit le dernier mouchoir en papier de la boîte qui se trouvait à côté d'elle, puis elle la tendit à Hugh, comme un enfant, lorsqu'il veut qu'on lui remplisse son verre. Hugh se leva de son fauteuil en cuir pour chercher d'autres mouchoirs dans le tiroir de sa bibliothèque, avant de se rasseoir en se forçant à ne plus penser à Jessie mais à ce que lui racontait sa patiente.

Depuis son retour de l'île aux Aigrettes, il ne parvenait plus à se concentrer. Il se décidait à écouter ses clients puis, la seconde d'après, il pensait de nouveau au moment où Jessie lui avait appris le nom de son amant – « le frère Thomas ».

— Je ne sais pas ce que j'aurais pu faire d'autre ! Abercrombie souffrait tellement qu'il ne pouvait plus se déplacer. En plus, il prenait déjà beaucoup de stéroïdes. Qu'est-ce qu'il me restait comme autre choix ? Dites-moi !

— Vous avez eu tout à fait raison de le faire piquer, l'assura Hugh ; ce qui incita sa patiente à sangloter de plus belle.

Elle se prit la tête entre les mains et il s'en voulut de rester assis là, auprès d'elle, sans pour autant prêter attention à ce qu'elle racontait.

Malgré tout, ses pensées ne tardèrent pas à reprendre leur propre cours. Pour la énième fois au moins, il revit en pensée le dessin que Jessie avait réalisé à l'aide de crayons de couleur. Son amant était un moine. Ce détail ne lui semblait pas aussi choquant que la liaison de Jessie (sa Jessie !) avec un autre homme, mais ça le déconcertait tout de même. Sans doute tenait-elle à ce qu'il le sache, sinon, elle se serait contentée de lui répondre « Thomas ». À moins qu'elle n'ait inconsciemment cherché à lui transmettre un message. Mais lequel ? Voulait-elle que son mari apprécie l'ampleur du renoncement auquel cet homme devrait consentir pour elle ?

Depuis son retour, Hugh avait sans arrêt l'impression que sa vie implosait en laissant place à un vide immense.

Deux nuits plus tôt, il avait rêvé qu'il était un astronaute retenu à son vaisseau spatial par une simple corde qui finissait par se briser. Il dérivait alors dans un abîme de ténèbres en voyant son vaisseau rapetisser au loin jusqu'à ce qu'il se confonde avec une simple poussière blanche, dans le plus profond silence.

Parfois, il se sentait pris d'une haine violente contre l'amant de Jessie. Il les imaginait ensemble : son amant la caressait, là où nul autre que lui, son mari, n'aurait dû la toucher, puis il s'enivrait du parfum de sa chevelure. Combien de fois avaient-ils couché ensemble ? Et où ? ! Une nuit, Hugh se réveilla en sueur en se demandant s'ils ne couchaient pas ensemble en ce moment même.

En tout cas, ça lui avait donné une belle leçon d'humilité, de se découvrir une violence aussi marquée, un désir aussi fort de revanche. Comme tout analyste qui se respecte, il admettait que des pulsions de ce genre existent en lui – mais sur un plan purement théorique. Or le concept jungien d'ombre venait tout à coup d'acquérir l'épaisseur d'une réalité vivante à ses yeux. Il ne s'imaginait plus aller au monastère saisir son rival par la gorge mais pour autant, ça ne lui aurait pas déplu de voir le frère Thomas souffrir dans sa chair.

Bien entendu, jamais il ne passerait à l'acte. N'empêche que son désir de violence lui avait permis de corriger l'opinion flatteuse qu'il nourrissait de sa propre personne. Il n'avait rien de plus qu'un autre. Il ne valait pas mieux. Ni sa bonté ni son intelligence ne le distinguaient du commun des mortels. Il cachait en lui la même part de ténèbres que tout le monde.

Et ça l'avait aidé à prendre du recul par rapport à sa souffrance. De temps en temps, quand il parvenait à se détacher un minimum de sa douleur, il se mettait à espérer ne pas avoir pâti en vain. Il souhaitait que cette épreuve l'aide à devenir plus tolérant, plus humain.

Soudain, sa patiente se mit à lui raconter dans les moindres détails la mort de son chien.

— Il souffrait tant ! Dès qu'on le soulevait de terre, il se mettait à hurler. Alors le vétérinaire est venu lui donner l'injection dans ma voiture. Abercrombie se tenait sur le siège arrière et, quand il a vu le Dr Yarborough, vous savez ce qu'il a fait ?

Hugh lui fit signe que non.

— Il a levé les yeux en agitant la queue. Vous imaginez ?

Oh oui ! songea Hugh. Ça ne m'étonne pas !

Quand Jessie lui avait demandé par téléphone de venir la rejoindre, il avait eu la même réaction que cet imbécile de chien. Il s'attendait à une réconciliation. Il croyait que Jessie allait enfin sortir de sa mauvaise passe.

La métamorphose de Jessie lui avait tout de suite sauté aux yeux. Elle semblait à bout de nerfs, excédée par le comportement de sa mère, mais au fond, elle bouillonnait de vie. Elle lui avait paru plus indépendante aussi, plus autonome que par le passé. Son évolution en tant qu'artiste ne lui avait pas échappé non plus. Ses dernières toiles illustraient à son insu les bouleversements de sa vie, ces derniers temps.

Jusque-là, il avait eu bien du mal à la considérer sous son vrai jour. Or, au moment de la retrouver dans la salle d'attente, Jessie lui était apparue telle qu'elle était en réalité.

Combien de fois commet-on la même erreur ? songea-t-il. Combien de fois voit-on nos proches sans vraiment remarquer ce qu'ils sont, au fond ? Pourquoi avait-il mis tant de temps à comprendre que sa femme lui manquait, et que sa vie se résumait à la somme de tous les instants qu'il avait partagés avec elle ?

Il se concentra sur sa patiente. Il s'efforça de la voir telle qu'elle était, ne serait-ce qu'une seconde. Voilà maintenant qu'elle lui parlait du cimetière pour animaux.

Il effleura le drôle de bracelet qu'il portait au poignet.

Le dernier coup de fil de Dee remontait à son anniversaire.

— Quand est-ce que Maman rentre ? lui avait-elle demandé.

Un silence s'était installé. Trop long.

— Il y a un problème, non ? Ne me dis pas le contraire ! Elle est partie depuis des lustres !

— Je ne vais pas te mentir, ma puce : ta mère et moi, on passe par une phase difficile en ce moment, mais ce n'est rien. Chaque couple a ses soucis. On va s'en sortir.

Le bracelet lui était arrivé cinq jours plus tard : un cadeau de sa fille, confectionné par ses soins.

Depuis, il ne savait plus quoi raconter à Dee. Ni à lui-même, d'ailleurs !

Il consulta l'horloge au mur. Il redoutait la fin de sa journée de travail. Le souvenir des toiles de Jessie le hantait sans arrêt, le soir venu. Il se réveillait en pleine nuit en les revoyant en rêve. Il s'asseyait alors au bord de son lit en se rappelant que la teinte de l'océan gagnait en intensité à mesure que la femme s'enfonçait dans ses profondeurs.

La veille, incapable de calmer son angoisse, il avait tenté, en désespoir de cause, de s'intéresser aux toiles de Jessie du point de vue d'un psychiatre. Bien sûr, sa tentative de rationaliser ce qui lui arrivait avait un côté risible. En attendant, le fait de penser en analyste lui avait offert une heure ou deux de répit, or le moindre soulagement à sa douleur lui semblait le bienvenu.

Il était allé à son cabinet feuilleter des livres, en prenant des notes. Encore et encore, il en était arrivé à la même conclusion : lorsqu'une personne éprouve le besoin d'un changement radical dans son existence, elle s'attache à quelqu'un d'autre et ne tarde pas à tomber amoureuse.

Hugh connaissait ce processus inconscient aussi bien que n'importe quel analyste. Un nouvel amour restera toujours le plus efficace des catalyseurs !

Souvent, la personne qui souhaite imprimer une nouvelle direction à sa vie tombe amoureuse de quelqu'un qui lui paraît incarner ce qui lui manque. Et pourtant, Hugh ne parvenait pas à comprendre ce que Jessie trouvait à cet homme, à ce moine qui lui plaisait tant.

Après une heure environ de réflexions du même tonneau, il rangea ses notes dans son tiroir et partit se coucher. Ses brillantes idées ne lui parurent bientôt plus qu'un tas de fatras abstrait. Il ne souhaitait pas appliquer l'une ou l'autre de ses théories à Jessie ni même chercher à la comprendre, non. Il ne voulait pas lui faire de fleur, surtout pas ! Son comportement était impardonnable – point final.

Sa femme avait couché avec un autre homme. Elle l'avait trahi et, même si elle revenait un jour le supplier, il ne savait pas s'il lui pardonnerait.

— Docteur Sullivan ? l'interpella sa patiente.

Accoudé à son fauteuil, le menton calé au creux de la main, il gardait les yeux rivés à la silhouette du poirier en fleurs devant la fenêtre de son cabinet. Ses yeux larmoyants le brûlaient.

Il se retourna vers sa patiente d'un air embarrassé. Elle lui tendit la boîte de mouchoirs. Il en prit un et s'en tamponna les yeux d'un geste maladroit.

— Excusez-moi, la pria-t-il en secouant la tête, interdit.

— Non, je vous en prie, répliqua-t-elle en posant une main sur son cœur. Ne vous excusez pas, je... je suis très émue !

Alors comme ça, elle croyait qu'il versait des larmes sur son sort à elle ! Sur son chien ! Elle lui sourit, touchée par la profonde humanité de son médecin. Comment lui expliquer que son émotion n'avait rien à voir ? qu'il n'y avait pas plus mauvais psychiatre que lui en ce moment ?

— On a du mal à se comprendre les uns les autres, tous autant que nous sommes, remarqua-t-il.

La jeune femme écarquilla les yeux, interloquée.

— Je n'ai pas su comprendre mon épouse, ajouta-t-il.

Jessie l'avait déçu, oui, horriblement déçu ; mais lui aussi avait sa part de responsabilité dans l'échec de leur couple. Il n'avait pas su la laisser s'épanouir en suivant sa propre voie.

— Il y a des tas de gens que je n'ai jamais réussi à comprendre ! reprit sa patiente, comme si Hugh lui proposait un nouvel angle d'approche à ses problèmes.

— Votre frère, par exemple ? C'est ce que vous cherchez à dire ? releva-t-il avec gentillesse.

À cet instant, un sanglot déchirant s'échappa de la gorge de la jeune femme en résonnant dans toute la pièce.

33.

Je ramenai Maman à la maison sous un soleil radieux, le samedi 30 avril, le jour de la sainte Sénara.

Après un séjour de près de deux semaines à l'hôpital, Maman avait fait suffisamment de progrès pour rentrer chez elle ; c'est-à-dire qu'elle prenait assez de médicaments pour ne plus risquer de se mutiler à nouveau. À en croire le personnel soignant, ma mère se montrait gentille avec tout le monde. Son comportement n'avait rien d'excentrique mais elle refusait de parler.

— Il faut lui laisser le temps, me conseilla une infirmière, qui m'adressa ensuite un petit sermon : il ne fallait surtout pas que ma mère manque ses rendez-vous hebdomadaires avec le psychiatre ou qu'elle oublie de prendre ses cachets !

Lorsque je montai à bord du bac ce matin-là, la préparation de la Sainte-Sénara battait déjà son plein. Un des moines, accroupi par terre, étalait sur le quai un carré de moquette rouge cerise, là où s'arrêterait la chaire aux sirènes à la fin de la procession. D'après mes souvenirs, les moines choisissaient toujours de la moquette rouge, sauf la fameuse année où était apparu un carré de tissu éponge rose à franges qui ressemblait à s'y méprendre à un tapis de bain – ce qui avait suscité une micro-controverse.

Non loin de là, la femme de Shem plaçait sur une table pliante des boîtes de larmes de sirène que les participants jetteraient à la mer au cours de la cérémonie.

À bord du bac, j'avais repensé aux larmes de sirène, au-dessus du piège à crabes, dans l'ermitage de Whit. Je n'y étais plus retournée depuis l'admission de Maman à l'hôpital et je n'avais pas revu Whit une seule fois en deux semaines. J'avais demandé à Kat de lui expliquer que je passais mes journées auprès de Maman et que je ne pourrais pas le revoir avant un certain temps.

Lui ne m'avait pas envoyé le moindre petit mot en retour. Il ne s'était pas non plus risqué jusqu'au jardin de Maman en criant mon nom de l'autre côté du muret de briques. Je passais toutes les nuits seule chez ma mère mais il ne venait pas me rejoindre. Peut-être me soupçonnait-il de ne pas lui avoir dit toute la vérité. Peut-être devinait-il la profondeur de ma tristesse.

Le lendemain du jour où j'étais passée aux aveux, j'avais trouvé l'alliance de Hugh à côté de la mienne sur le dessus du chiffonnier. Mais pas la moindre trace de mon mari ! J'ai aussitôt couru le rattraper, avant de changer d'avis en arrivant au cimetière des esclaves. Je me rappelais son mouvement de recul au moment où j'avais tendu la main vers lui, son ton rageur quand il m'avait ordonné de m'en aller, en serrant les dents. Il avait tellement l'air sous le choc, à ce moment-là, que c'est à peine si je le reconnaissais encore. En attendant, il y avait au moins une chose que je pouvais faire pour lui : disparaître de sa vue. À bout de forces, je me laissai tomber près des stèles où une colombe grattait la terre. On aurait dit que je venais de recevoir une immense pierre dans les bras, lourde du poids de toutes les souffrances que j'avais causées.

Et maintenant, c'était à moi de la porter : voilà ce que je faisais depuis treize jours.

Aujourd'hui encore, j'ai du mal à comprendre (et surtout à m'expliquer) pourquoi les ruptures ne vont jamais sans une impression de déchéance. Je l'ai ressenti comme on sent les ténèbres se masser à la tombée de la nuit.

Pourtant, je ne regrette rien ! Pour rien au monde, je ne serais revenue en arrière ! Je ne voulais surtout pas renoncer à ce que mon amour pour Whit m'avait apporté : une vie plus riche, plus intense, en accord avec moi-même. Le hic, c'est que je commençais à me rendre compte des conséquences – il suffisait de voir le regard blessé de Hugh, le bracelet tressé par notre fille, ou la cérémonie sans fin qu'accomplissaient nos alliances sur le coussin de velours !

Chaque matin, je quittais l'île pour ne revenir qu'en fin d'après-midi. Je passais mes journées à l'hôpital, auprès de Maman, dans une salle meublée de canapés et d'un poste de télé. Les drôles de gens qui allaient et venaient en traînant les pieds me rappelaient le Purgatoire de Dante. Je ne me souvenais que d'un détail : les habitants hissaient sans arrêt d'énormes rochers au sommet d'une montagne.

Petit à petit – toujours en proie à ma propre douleur – je voyais la volonté de Maman fléchir sous l'effet des médicaments. Mes pensées se reportaient sans cesse à la question fatidique de Hugh. Je n'en revenais pas de lui avoir répondu sans hésiter un instant, en appelant Whit par son nom monastique. Comme pour souligner ses hautes qualités spirituelles. Comme si ce qu'on avait fait ensemble allait lui paraître plus élevé.

Tous les jours, Maman s'asseyait dans un fauteuil en tripotant le Rubik's cube que je lui avais apporté. Elle me posait sans arrêt des tas de questions sur son doigt, si bien qu'un jour, j'ai décidé de l'apporter à l'hôpital (après l'avoir nettoyé sous le robinet en ôtant le sang séché). Je l'ai placé dans un bocal de formol pour éviter tout risque de putréfaction et j'ai demandé aux infirmières la permission de le conserver dans la chambre de Maman. Par précaution, j'avais tout de même noté « ne pas jeter » sur l'étiquette.

Le soir venu, j'appelais Kat et Hepzibah, histoire de les tenir au courant des progrès de Maman, puis je me réchauffais de la soupe en boîte en m'adressant des litanies de reproches. Dès que je pensais à Whit, je brûlais d'envie de le rejoindre, mais par amour pour lui ou par simple besoin de réconfort ? je ne savais plus très bien.

De toute façon, je ne me sentais pas encore prête à le revoir. Cela m'aurait semblé trop pervers de coucher avec lui, après toute la peine que je venais de causer à Hugh – peine dont je souffrais moi-même. Ma réaction manquait sans doute de cohérence mais le fait est que je me privais de la présence de Whit par respect pour la mort de mon couple.

Au moment de quitter l'hôpital, Maman avait l'air excitée comme une puce. À l'intérieur de la voiture de location, elle examina son reflet dans le pare-soleil en se passant un peigne dans les cheveux, puis elle se badigeonna les lèvres d'un vieux tube de rouge flamboyant avant de s'essuyer la bouche sur une facture d'électricité qui traînait sur le siège arrière. Je n'en revenais pas ! Son attitude me parut tellement normale que je lui souris.

— Tu es superbe ! la complimentai-je, en craignant un instant qu'elle ne se débarbouille aussitôt, mais non ; elle me renvoya mon sourire.

Des tas de touristes se massaient à bord du bac. Il ne restait plus une place assise ! Pendant tout le trajet, Maman serra contre elle le bocal qui contenait son doigt, comme un enfant qui ramène un poisson rouge à la maison. Je l'avais enveloppé d'une serviette éponge attachée par un élastique mais ma mère eut tout de même droit à quelques regards curieux de certains passagers.

Aux abords de l'île, j'aperçus une rangée de crevettiers le long du rivage.

— Aujourd'hui, c'est la Sainte-Sénara, précisai-je à Maman.

— Comme si je ne le savais pas ! rétorqua-t-elle d'un ton cassant.

Ma mère n'assistait plus aux festivités depuis la mort de Papa. Sans doute les avait-elle bannies en même temps que les pique-niques entre filles. Cela dit, je n'avais jamais compris pourquoi. Ne préférait-elle pas Sénara à tous les autres saints ?

Kat nous attendait sur le débarcadère, parfumée à la lavande, comme à son habitude, mais sans Benne. Elle embrassa Maman sur la joue.

Je ne comptais pas la retrouver ici !

Maman scruta le quai. Sur une petite table en provenance du monastère se trouvait la burette en argent à l'aide de laquelle les moines aspergeaient la chaire d'eau de mer. Maman chercha des yeux le tapis rouge cerise. Max se prélassait dessus comme si le carré de moquette se trouvait là pour son seul usage.

En le voyant, le visage de Maman prit une expression révulsée ; sans doute parce qu'il lui rappelait la chaire aux sirènes.

— Si on allait se promener ? nous proposa Kat en prenant Maman par le bras. Viens avec nous, Jessie.

Elle entraîna Maman sur le trottoir où stationnait sa voiturette de golf. Je comptais m'asseoir au volant mais Kat ne semblait pas décidée à s'arrêter. Je posai la valise de Maman sur le siège, puis je leur emboîtai le pas.

À ce moment-là, je me mis à paniquer – pour me calmer presque aussitôt. Je ne demandai pas à Kat où on allait : je croyais qu'elle cherchait juste à distraire Maman du tapis sur le quai. Je les suivis entre les rangées de boutiques. Kat assaillait Maman de questions anodines. L'odeur de crevettes frites qui s'échappait de Chez Max était si prégnante que l'air lui-même semblait huileux.

Je consultai ma montre : cinq heures de l'après-midi. À la lumière déclinante du jour, les nuages se veinaient de rouge, et les premières lueurs sanguines du crépuscule se devinaient à l'horizon. Les festivités ne commenceraient pas avant six heures. À ce moment-là, les moines et les habitants de l'île au grand complet se masseraient sur le quai, derrière la chaire aux sirènes. L'abbé, vêtu de sa chasuble et d'une étole, brandirait sa crosse en tête du cortège. Et au milieu de tout ce remue-ménage, il y aurait aussi... Whit.

Kat s'arrêta sous l'auvent rayé de la Légende de la sirène. Une pancarte au carreau indiquait que le magasin était fermé. Kat ouvrit la porte en se servant de sa clé et, aussi absurde que ça puisse paraître, même à ce moment-là, il ne m'est pas venu à l'idée que notre promenade pouvait avoir un autre but que de distraire Maman des horribles souvenirs que réveillaient sans doute en elle les préparatifs de la fête.

En entrant dans la boutique, j'aperçus Hepzibah, Shem et le père Dominic, à l'arrière du magasin près de la caisse, sous la scène de naufrage que j'avais peinte à l'âge de onze ans. Des flammes y dansaient sous l'eau, auprès de joyeuses créatures marines. Dominic ne portait ni froc ni chapeau de paille mais un costume avec un col romain.

Shem se tenait les bras croisés sur son torse massif, l'air contrarié, comme si seul un pistolet braqué sur ses côtes l'avait décidé à venir ici.

Maman les vit en même temps que moi. Elle se figea au beau milieu de la boutique, cernée par les innombrables sirènes pendant au plafond qui envahissaient les tables et les étagères sous forme de statuettes en céramique, de colliers, de savons fantaisie, de bougies et de serviettes de plage. Elle recula d'un pas hésitant.

Hepzibah se rua sur elle. Un curieux mélange de détermination et de répugnance se lisait sur ses traits, comme si elle s'apprêtait à se décharger d'une corvée qui la rebutait. Elle arrêta Maman dans son élan en la prenant dans ses bras.

— Tout ira bien, Nelle. Je te le promets. On va juste parler un peu, d'accord ?

Aujourd'hui encore, l'image de Maman encerclée par les bras noirs de Hepzibah revient me hanter. Ma mère s'agrippait à son bocal sans remuer le moindre muscle.

Un cliquetis retentit. Kat venait de refermer la porte derrière nous. Je me retournai vers elle.

— Pour l'amour du ciel ! Qu'est-ce qui se passe ici ?

Kat me prit les mains.

— Je suis navrée, Jessie. Je n'ai pas été honnête envers toi. Je ne suis qu'une pauvre idiote, têtue comme une mule, qui croit tout savoir. Je croyais pourtant agir au mieux ! Mais si ça se trouve, je n'ai fait qu'empirer les choses !

Je reculai d'un pas. La bouche tordue, Kat se retenait de pleurer. Je devinai sans peine ce qu'un tel aveu avait dû lui coûter !

— Je te le jure, je ne pensais vraiment pas que Nelle allait aussi mal !

— Qu'est-ce qu'on fabrique tous ici ?

— La nuit où on est restées dans la salle d'attente à l'hôpital, j'ai compris que si je n'essayais pas de tirer les choses au clair une bonne fois pour toutes, Nelle finirait tôt ou tard par se vider de son sang. Si ta mère a besoin de se rappeler le passé, comme toi et Hugh, vous avez l'air de le croire, alors très bien ! On va s'asseoir tous ensemble pour évoquer ce fameux passé.

Je commençai à comprendre : Kat, Hepzibah, Dominic, Shem... tous étaient au courant ! Ils savaient quelle force obscure poussait Maman à se mutiler. Ils savaient pourquoi la mort de mon père avait plus ou moins mis un terme à la vie de ma mère – et pourquoi sa pipe traînait dans un tiroir et non au fond de l'océan.

Je lançai un coup d'œil à Dominic, qui croisa mon regard en cherchant à me rassurer par un sourire.

Tous ici connaissaient la vérité depuis trente-trois ans. Ils savaient déjà ce qui s'était passé à l'époque où j'avais décidé de peindre le naufrage du bateau, du temps où je cueillais des roses au jardin du monastère avant d'en disperser les pétales comme s'il s'agissait des cendres de mon père. Depuis le début, ils étaient au courant.

Hepzibah fit asseoir Maman sur l'une des chaises pliantes près du comptoir, en posant son bocal entre la caisse enregistreuse et un présentoir de chewing-gums sans sucre. Ma mère se laissa tomber sur son siège d'un air résigné.

Ce jour-là, Hepzibah ne portait pas de turban dans ses cheveux mais une série de nattes qu'elle lissa d'un air distrait en rassurant Maman d'une petite tape amicale sur son bras. La dernière fois que j'avais mis les pieds ici, Kat, Hepzibah et Benne dégustaient de la glace aux noix de pécan.

Je me demandai tout à coup si notre retour vers le passé ne risquait pas de heurter Maman. Moi-même, je n'en revenais pas de penser une chose pareille après avoir été si longtemps persuadée du contraire ! mais si jamais la vérité accablait Maman au point de la détruire ? si jamais elle finissait par se pelotonner en boule à terre ?

Je me penchai vers Kat en baissant la voix.

— Je souhaite autant que tout le monde ici que Maman se confronte à son passé, mais tu crois que c'est vraiment la meilleure façon de s'y prendre ? Elle sort à peine de l'hôpital !

— J'ai appelé Hugh ce matin.

— Hugh ? !

— Je ne me serais jamais décidée s'il ne m'avait pas donné son feu vert, m'assura Kat. Pour ne rien te cacher, il a même eu l'air de trouver mon idée assez bonne.

— Ah bon ?

Je pris un air surpris mais, en réalité, j'imaginais très bien mon mari se ranger à l'opinion de Kat : ça devait lui sembler une excellente idée de regrouper les amis de Maman auprès d'elle, afin qu'ils l'aident à affronter ce qui la détruisait, lentement mais sûrement.

— Hugh m'a conseillé de lui parler en tant qu'amie, sans la pousser dans ses retranchements. Il faut que ce soit elle qui lâche le morceau.

Quel « morceau » ? De quoi parlait Kat ?

— Tu as expliqué à Hugh de quoi il retourne ?

— Je lui ai tout raconté, m'avoua-t-elle en détournant les yeux.

— Oh ! Mais à moi, en revanche, tu n'as rien pu dire ? relevai-je d'une voix vibrante d'exaspération. Il a fallu que tu m'attires dans le même piège que Maman ?

Kat secoua la tête. Au fond de la boutique, des murmures s'élevèrent.

— Je comprends que tu puisses m'en vouloir ! reprit Kat du ton irascible qui lui était coutumier. Autant l'admettre : je l'ai bien mérité. Mais sois gentille : ne va pas dire que je t'ai piégée ! Sache que si je nous ai tous réunis ici, c'est par sympathie pour Nelle – peu importe que tu me croies ou non.

Kat se campa devant moi en gesticulant d'un air résolu. Pas un instant, je n'ai douté de son affection pour ma mère. Depuis trente-trois ans, elle compatissait à son malheur comme s'il la touchait personnellement.

— C'est toi qui m'as convaincue qu'il valait mieux en parler tous ensemble – toi, et aussi le fait de voir Nelle à l'hôpital avec un doigt en moins. Je t'en aurais volontiers touché un mot plus tôt si, hier soir encore, je n'avais pas tourné et retourné le pour et le contre dans ma tête. Jusqu'à ce matin, je me suis demandé si je n'allais pas flancher.

Je soupirai en me sentant plier devant ses arguments – vexée d'apprendre qu'elle avait fait appel à Hugh, mais soulagée en même temps.

Kat se calma un peu.

— D'après ce que Hugh m'a dit, les médecins de Nelle l'estiment prête à rentrer chez elle, prête aussi à revenir sur les événements qui se trouvent à l'origine du drame.

Donc, Hugh avait gardé contact avec les médecins de Maman.

Kat s'assit. À mon tour, je pris place à côté de Maman. Shem et Dominic s'installèrent sur les derniers sièges libres.

— Je ne me doutais de rien, Maman, je t'assure !

— Tu ne vas plus tarder à me détester, si ce n'est pas déjà fait ! soupira Maman.

— Personne ne va détester personne ! affirma Kat. Je reconnais que j'ai manqué de franchise en vous attirant ici, mais il fallait qu'on se réunisse.

Maman étudia la paume de ses mains tournées vers le ciel.

— Je suis passée chez toi chercher ton rosaire, lui annonça Kat en sortant de sa poche une enfilade de perles rouges qu'elle déposa dans la main valide de Maman.

Celle-ci referma aussitôt les doigts dessus.

— Qu'attendez-vous de moi ?

— Essaye de raconter à ta manière ce qui s'est passé avec Joe, lui suggéra Dominic.

Tout le monde guetta sa réaction.

Mon cœur se mit à battre la chamade. Voilà soudain que je ne voulais plus rien savoir ! Je me sentais plus ou moins responsable de la situation mais, en même temps, je devinais que cette histoire allait me bouleverser complètement.

« Tu ne vas plus tarder à me détester, si ce n'est pas déjà fait ! »

Maman tourna vers moi un visage empreint d'une tristesse si marquée que je crus un instant plonger les yeux au fond d'un gouffre de ténèbres.

— Je ne vais pas t'en vouloir, quoi qu'il arrive ! Tu dois nous parler de ce qui s'est passé.

Je sentis sa résistance faiblir peu à peu. On cherchait tous à éviter le regard les uns des autres. Le silence qui régnait dans la boutique se fit encore plus pesant. Dehors, la foule attirée sur l'île par la Sainte-Sénara commençait à s'aligner le long des trottoirs en attendant le passage de la chaire aux sirènes. J'aperçus un groupe de badauds devant la vitrine. En les imaginant là, près de moi, occupés à des passe-temps ordinaires (faire du lèche-vitrines en savourant une glace ou en soulevant son enfant sur ses épaules, ce genre de choses anodines), je regrettai soudain ces petits gestes, pourtant insignifiants en apparence, comme on ne les regrette qu'à partir du moment où ils nous manquent. J'aspirais tant à reprendre une vie normale, à me balader en affichant la mine insouciante de ceux qui ne se rappellent rien !

— Ton père… Il était malade, nous annonça Maman, comme si elle crachait le noyau d'un fruit amer, puis elle s'arrêta aussi sec, les yeux rivés à la porte.

— Vas-y, Nelle, l'encouragea Dominic. Dis-nous ce qu'il te reste à dire. Ça vaudra mieux pour nous tous. Fais-le pour toi. Et pour Jessie. Pour notre bien-aimée Sénara.

Aussitôt, la pièce s'illumina. Un rayon de soleil tombé du ciel éclaira la vitrine en nous inondant de sa clarté radieuse. On aurait dit que Sénara venait de donner son aval aux conseils de Dominic, comme par magie. Maman se signa.

— Il souffrait de la même maladie que son père, poursuivit-elle, enfin résolue à parler. La maladie de Pick.

Elle ne quittait pas des yeux le plancher, comme si c'était à lui qu'elle s'adressait, mais je ne m'y trompais pas : son récit m'était destiné, à moi plus qu'à n'importe qui d'autre.

— Petit garçon, Joe a vu son propre père devenir sénile et en mourir. À l'époque, on appelait ça du gâtisme. Il a fallu attendre le diagnostic des médecins de Joe pour comprendre de quoi souffrait ton grand-père.

Je fermai les yeux. La maladie de Pick. Je n'en avais même jamais entendu parler ! Un abîme de souffrance sans fond se creusa sous mes pieds. Par une mystérieuse association d'idées, je pensai à la plage de Bone Yard, aux dunes emportées par des bourrasques d'une force telle qu'elle redessinait les contours de l'île.

— Quand j'ai rencontré Joe, il m'a tout de suite parlé de la maladie qui avait abîmé le cerveau de son père, m'expliqua Maman en se reprenant de temps à autre, comme s'il lui tenait à cœur de choisir les termes les plus justes possible. Cela dit, je ne crois pas qu'il s'attendait à en hériter. Il y a peu de risques que la maladie de Pick se transmette d'une génération à l'autre. Ton père m'a juste précisé qu'il n'existait aucun remède.

Maman se signa de nouveau. Des larmes perlaient au coin de ses yeux.

— Un jour, ton grand-père a confondu Joe avec l'un de ses camarades d'enfance. Ça lui a fait beaucoup de peine. Et puis, il n'a bientôt plus su le reconnaître du tout. Sa maladie lui rongeait la mémoire, elle le dévorait de l'intérieur. À un moment donné, il a même perdu l'usage de la parole, et de la bave s'est mise à couler de sa bouche. La mère de Joe devait sans arrêt essuyer le menton de son mari. Elle a fini par lui attacher un bavoir au cou.

Maman se pencha sur sa chaise. Ses paroles coulaient de ses lèvres comme un torrent en crue, comme si le récit de ses souffrances venait de vaincre ses dernières résistances.

— D'après Joe, c'est son comportement qui a changé le premier. Son père s'est mis à faire de drôles de choses : à crier sans raison sur des passants ou bien à lâcher une remarque sans queue ni tête, une obscénité la plupart du temps, comme s'il avait perdu toute retenue. Mais ce qui a le plus marqué Joe, c'est le jour où son père l'a jeté par terre. Dès qu'il s'en est rendu compte, il s'est mis à pleurer.

« Je suis désolé, mon petit. Désolé ! » qu'il lui a répété, sans trop comprendre ce qui se passait. Chaque fois qu'il en parlait, Joe éclatait en sanglots. Je crois qu'il a été soulagé de voir son père mourir. Il avait dix ans à l'époque. Et son père, même pas cinquante.

Ses yeux plissés ressemblaient à de minuscules amandes. La croix de son rosaire se balançait dans le vide. Les perles glissaient entre ses doigts, comme entre ceux d'une vieille religieuse habituée à prier depuis toujours.

Hepzibah lui tapota le bras, puis le dos. Sans doute voulait-elle l'aider à retrouver ses esprits.

— Raconte-nous la suite, Nelle.

Maman s'essuya les yeux.

— Un jour, Joe m'a annoncé qu'il souffrait de la même maladie que son père – il en aurait donné sa main à couper. Ce matin-là, en voulant jeter l'ancre en mer, à bord de son bateau, il n'avait pas su se rappeler où la trouver ni même comment l'appeler. Ça l'avait tellement perturbé qu'il était aussitôt rentré au port, de peur d'en oublier le chemin. Je revois encore son visage quand il a poussé la porte de la cuisine, son teint blafard et son air effrayé. Il m'a dit : « Que Dieu me vienne en aide, Nelle ! J'ai la même maladie que mon père. » De toute façon, il y avait déjà eu d'autres signes avant-coureurs : Joe oubliait certains détails ou il s'énervait pour un rien, quand il ne se mettait pas carrément à dérailler. Quelques mois plus tard, les médecins à Charleston nous ont annoncé ce qu'on savait déjà.

Maman ne nous regardait plus. Son attention se concentrait tout entière sur le plancher où dansaient des grains de poussière.

— Ton père ne voulait pas oublier comment tu t'appelais, poursuivit-elle d'une voix rauque où perçait son désespoir. Bien sûr, il ne voulait pas non plus oublier le prénom de ton frère mais c'était ton nom, Jessie, qu'il criait en se réveillant la nuit. Il lui arrivait de se dresser dans son lit pour hurler : « Je suis désolé, ma petite, désolé ! »

Maman se mit à se balancer d'avant en arrière. C'était sans doute ce qu'elle faisait quand mon père se réveillait en sursaut : elle le serrait dans ses bras en le berçant lentement.

Je ne supportai pas de voir ma mère dans un tel état ! Mes pensées se reportèrent au jour où j'avais surpris ma mère et mon père en train de danser dans la cuisine en silence. Ils s'étaient tant aimés !

— Je lui ai répété un bon millier de fois : « Jamais tu n'oublieras le prénom de tes enfants. Je ne te laisserai pas les effacer de ta mémoire. Dieu te guérira. »

Maman se mit à triturer son rosaire. Je m'approchai d'elle pour l'embrasser comme une mère embrasse son enfant meurtri.

Son rosaire tomba par terre et Maman se mit à s'adresser à mon père comme s'il se tenait là, auprès de nous.

— Ne me demande pas un sacrifice pareil ! Je t'en prie, non ! Je traverserai l'île à genoux s'il le faut ! Je ne mangerai plus, et je m'habituerai à dormir par terre à même le sol ! Il faudra bien que Dieu m'entende ! Jésus Marie ! Ne me demande pas une chose pareille, ou sinon, nous serons tous les deux damnés !

Le visage de Maman semblait brûlant.

C'est alors que le rai de lumière qui éclairait le plancher disparut. Maman se mit à scruter les ténèbres qui se répandaient sous nos chaises.

Kat ramassa son rosaire. Pendant ce temps-là, personne ne prononça le moindre mot. Je me sentais nager en pleine confusion, comme une anguille perdue dans l'océan. Je ne comprenais rien à rien. Qu'essayait-elle de me dire ?

En fait, je crois que je devinais déjà le fin mot de l'histoire. J'inspirai à pleins poumons en m'attendant à recevoir un sacré choc.

Maman se tourna lentement vers moi.

— Il n'a pas voulu m'écouter ! Chaque fois que je refusais, il me souriait en m'assurant que tout se passerait bien. « Dieu ne te reprochera rien » qu'il me répétait. « Laisse-moi jusqu'au bout ma dignité. Permets-moi de partir comme je le souhaite. »

C'est alors que j'ai compris.

Un gémissement a dû m'échapper car, à cet instant précis, tout le monde s'est tourné vers moi. Même Maman. En la voyant là, devant moi, je n'ai pas pu me défendre d'éprouver une certaine admiration pour ce qu'elle avait fait.

— Je n'aurais pas dû l'écouter. Pourquoi a-t-il fallu que je me laisse convaincre ?

Dominic cligna des yeux et je ne songeai soudain plus qu'à ses paupières, si fines en apparence – deux minces pellicules d'un blanc laiteux.

En réfléchissant à toutes les épreuves que ma mère avait dû subir, en mesurant enfin l'ampleur du sacrifice auquel elle avait consenti par amour pour mon père, je restai abasourdie.

Maman se mit à pleurer, les épaules secouées de sanglots convulsifs. Je lui pris la main. Au fond, je l'aimais, même si je lui en voulais aussi. Surtout, elle m'inspirait une immense pitié.

Je caressai les veines saillantes de sa main moite.

— Il ne te restait rien d'autre à faire !

Voilà tout ce que j'ai trouvé à lui dire – une infime marque d'indulgence.

Je me demandai si Maman comptait rentrer dans les détails (et si je tenais d'ailleurs tant que ça à les connaître).

N'empêche que je me sentais soulagée ! Dominic remua les lèvres sans bruit. Sans doute murmurait-il une prière d'action de grâce, pour remercier le Seigneur que Maman accepte enfin son passé. La vérité venait d'éclater au grand jour. J'en conclus que tout irait forcément mieux à l'avenir – grave erreur de ma part !

Hepzibah apporta un verre d'eau à Maman, qui le vida d'un trait, le temps de reprendre contenance. Le silence qui régnait dans la boutique amplifia le bruit de sa déglutition. Une image s'imposait à mon esprit : la pipe au fond du tiroir de sa coiffeuse.

— Ce n'est pas la pipe qui a provoqué l'incendie !

— Non, admit-elle.

Ses yeux marqués de cernes reflétaient un profond apaisement – sans doute grâce à sa catharsis.

— Tu as déjà vu du « doigt mort » ? me demanda Kat.

— Pardon ? ! m'écriai-je en me tournant vers elle, abasourdie.

Je crus bêtement qu'elle se référait au doigt de Maman dans le bocal sur le comptoir. Un profond silence pesait sur notre assemblée.

— Il s'agit d'une plante, m'expliqua-t-elle avec douceur, presque avec gentillesse. De la famille des solanacées.

Elle me lança un coup d'œil interrogateur avant d'ajouter :

— Une plante vénéneuse !

Aussitôt, je compris que mon père était mort d'avoir ingéré une substance toxique.

Je me levai, incrédule. Comment allais-je me résoudre à réviser de fond en comble les convictions qui faisaient partie intégrante de ma vie depuis trente-trois ans ?

Je m'approchai du comptoir en me prenant la tête entre les mains.

— Le « doigt mort » ! répétai-je en comprenant que le nom de la plante expliquait à lui seul le désir de Maman de se mutiler.

Hepzibah vint se placer derrière moi en me touchant l'épaule.

— Autrefois, on en trouvait au cimetière des esclaves et, aujourd'hui encore, dès que je n'y prends pas garde, des pousses ressurgissent. C'est un buisson à feuilles veloutées qui produit des fleurs grises en forme de doigts à l'odeur de pourriture atroce. Tu as déjà dû en apercevoir sur l'île.

— Non ! répondis-je ; je ne voulais même pas imaginer à quoi le « doigt mort » pouvait bien ressembler.

— Dans les années quarante ou cinquante, les gens d'ici s'en servaient pour mettre un terme aux souffrances de leurs animaux de compagnie. Ton père est mort en paix, Jessie. Il s'est endormi pour ne plus jamais se réveiller.

Je me tournai vers Maman, qui semblait sereine, mais épuisée.

— Comment as-tu su ce qu'il fallait faire ? Je croyais que tu ne connaissais rien aux plantes.

Maman ne répondit pas. Elle se contenta de lever les yeux sur Kat puis sur Hepzibah.

Donc, elles aussi se trouvaient mêlées à cette histoire !

— Vous l'avez aidée ? leur demandai-je en les observant tour à tour.

Kat baissa les yeux au sol avant de planter son regard droit dans le mien.

— Oui, mais seulement parce que ton père nous l'a demandé. Il est venu nous voir, et Shem et Dominic aussi, en nous suppliant de l'aider. On aimait tous beaucoup Joe. On aurait fait tout ce qui était en notre pouvoir pour lui, mais aucun de nous n'a pris sa décision de gaieté de cœur.

Je considérai Dominic d'une mine perplexe. Pourquoi mon père tenait-il tant à l'impliquer ? Kat et Hepzibah, passe encore, je pouvais le comprendre : elles étaient entièrement dévouées à Maman, et Papa devait se douter qu'elle aurait besoin de leur soutien après sa mort. Quant à Shem, Papa le considérait comme son meilleur ami. Mais Dominic…

Il ne tarda pas à déchiffrer mon expression.

— Allons, assieds-toi, commença-t-il. Joe est venu me voir un jour, en m'expliquant qu'il allait au-devant d'une mort lente, pénible et certaine. Il ne pouvait se résoudre à l'affronter, et encore moins à l'imposer à sa famille. Au contraire, il souhaitait nous quitter, assis sur la chaire aux sirènes. Il voulait partir, entouré de sa femme et de ses amis, à l'endroit le plus sacré de l'île.

Dominic n'aurait sans doute rien pu m'apprendre de plus incroyable, mais d'un autre côté, ça ne m'étonnait pas trop, venant de mon père.

— Joe possédait beaucoup de charisme, et aussi un sens de l'humour assez particulier, dont il n'a pas hésité à se servir en ce moment critique. Il m'a dit en souriant qu'un jour, Dieu avait conduit de véritables sirènes jusqu'à son bateau. À son avis, ça signifiait qu'il devait s'asseoir dans la chaire aux sirènes en s'accrochant à elles au moment de mourir. En fait, il tenait surtout… s'interrompit Dominic en regardant Maman. Il tenait surtout à mourir dans la chaire, par amour pour Nelle. Il voulait dire adieu à la vie en un lieu consacré. Moi, je devais présider à la cérémonie, lui administrer les derniers sacrements, puis nous absoudre, Nelle et tous les autres. Au début, j'ai refusé. Je suis le dernier à avoir cédé.

Je m'efforçai alors de corriger l'idée que je m'étais faite de la mort de mon père. Tant de sentiments contradictoires s'y attachaient ! Je l'imaginai assis sur la chaire aux sirènes, les yeux rivés au visage de Maman, en train de glisser peu à peu dans le coma. Est-ce que je dormais dans mon lit à ce moment-là ? Est-ce qu'il était venu dans ma chambre me dire au revoir ? Un fragment de souvenir traînait depuis longtemps dans un recoin de mon esprit, comme un fruit vert, jamais arrivé à maturité : en ouvrant les yeux, je reconnaissais mon père, debout auprès de mon lit. La pelure de pomme qu'il avait épluchée pour moi ce soir-là brunissait sur ma table de chevet. Il l'a touchée du bout du doigt.

— Papa ? fis-je d'une voix ensommeillée.

— Chut ! Tout va bien.

Il s'est agenouillé par terre en me serrant contre lui, un bras glissé sous mes épaules. Ma joue s'est écrasée contre le col amidonné de sa chemise, imprégnée d'une odeur de pommes et de tabac à pipe.

— Jessie, ma petite pomme de Reinette !

Je l'ai entendu pleurer. Il a répété mon nom, encore et encore, d'une voix douce au creux de mon oreille, avant de me reposer sous mes couvertures dans le monde incohérent de mes rêves.

Je savais depuis toujours que ce souvenir correspondait à une réalité bien précise. Je m'en doutais, chaque fois que je chantais mon nom dans les marais déserts. Mais jamais encore je n'avais compris qu'il remontait à la nuit de sa mort.

— Pourquoi avez-vous fini par céder ? demandai-je à Dominic.

— Joe semblait bien déterminé à en finir. Il cachait plus d'un tour dans son sac : il m'a fait comprendre qu'il attenterait à ses jours – que je lui donne ma bénédiction ou non. Bien sûr, ça vaudrait mieux pour Nelle que je l'épaule. Soit je m'en tenais au dogme et je refusais, soit je me résignais à l'inévitable en témoignant à ton père un peu de compassion. J'ai préféré soutenir tes parents.

Je m'apprêtais à souligner que ni la cérémonie autour de la chaire, ni l'absolution de Maman ne l'avaient beaucoup aidée en fin de compte, mais qu'est-ce que j'en savais ? Peut-être que, sans ça, elle aurait perdu la tête beaucoup plus tôt.

— Et son bateau. Il ne se trouvait pas à bord ?

Shem, qui n'avait pas encore ouvert la bouche, posa sur moi ses yeux rougis.

— Si. C'est moi qui l'y ai emmené et qui l'ai installé au gouvernail.

Son bateau, le *Jes-sea.*

Je compris soudain que Shem ne se trouvait pas mêlé à cette affaire parce que c'était l'ami de mon père, mais parce que lui seul savait comment camoufler l'explosion du bateau en accident.

Shem regarda Maman, comme pour lui demander la permission de poursuivre. Recroquevillée dans son coin, elle ne disait plus rien.

— Nelle ? l'interpella Shem.

Maman hocha la tête. Il inspira puis reprit, le menton tremblant :

— Joe avait déjà arrosé d'essence le fond de la coque, en attachant le gouvernail, pour que le bateau se dirige droit au centre de la baie. Le soir de sa mort, j'ai déposé Joe à l'intérieur, puis j'ai mis le moteur en route en le laissant au point mort avant de déconnecter l'alimentation de la batterie. J'ai enclenché une vitesse de dix milles. Dès que la mer a commencé à s'agiter, le câble déconnecté de la batterie a rebondi en lançant une étincelle. Le bateau a explosé avant même d'avoir parcouru deux cents mètres.

— Mais pourquoi se donner tant de mal ? pour laisser croire à un accident ? C'est fou !

Maman me lança un regard noir, prête à braver le monde entier, comme autrefois.

— C'est à ça que ton père tenait le plus ! Il ne voulait pas que tu oses un jour le traiter de fou !

Je m'accroupis à côté de sa chaise.

Quel soulagement de voir que ma mère pouvait encore se mettre en colère et qu'il restait quelque chose de vivant en elle !

— Qu'est-ce que tu veux dire par là ?

Elle se tourna vers moi et ses yeux se remplirent de larmes.

— Ton père se doutait bien que sa mort te causerait beaucoup de chagrin, mais il pensait que ce serait mille fois pire pour toi de savoir qu'il s'était suicidé. Il ne supportait pas que tu puisses t'imaginer, ne serait-ce qu'un instant, qu'il t'abandonnait.

Un silence s'installa.

Quelque part sous les décombres d'enfance qui traînaient encore dans un recoin de mon esprit, je compris que mon père avait agi ainsi par égard pour moi, sa pomme de Reinette, mais je ne savais pas trop comment je supporterais de vivre avec le poids de son sacrifice sur ma conscience.

En fermant les paupières, j'entendis mon père chuchoter mon prénom au creux de mon oreille – me chuchoter ses adieux.

Jessie. Jessie. Jessie.

De son vivant, pas une seule fois il n'a oublié mon nom.

Je laissai tomber ma tête sur les genoux de ma mère en laissant libre cours à mon chagrin. Je sentais le bord de sa culotte en dentelle contre mon front, sous sa fine jupe en coton. On devait se réunir aujourd'hui pour permettre à Maman de se soulager de la part de ténèbres qui la rongeait, pour lui donner une occasion de se remémorer son passé afin de redevenir telle qu'elle était autrefois. Et voilà le résultat : moi, sa fille, j'enfouissais ma tête dans son giron, tandis que sa main mutilée se posait sur mon crâne.

Au moment où nous sommes tous sortis de la boutique, l'île entière se fondait dans la brume bleu nuit du crépuscule. La procession venait de sillonner les rues jusqu'à l'embarcadère. En montant dans la voiturette de golf, j'aperçus la foule massée le long des rambardes. J'imaginai la succession devant les quais des crevettiers aux filets illuminés d'un tas de lumières colorées. La chaire bénite devait trôner sur son bout de moquette rouge cerise, à la clarté scintillante des bateaux.

Maman s'assit à côté de moi. Nous nous sommes mises en route, à la nuit tombante. Apparemment, ma mère ne se rappelait plus qu'elle avait oublié son doigt sur le comptoir, auprès de la caisse enregistreuse.

34.

Au mois de mai, la marée emporta les herbes mortes des marais le long des criques, comme une flotte de radeaux brunâtres en décomposition. Tôt le matin, à une heure où je ne risquais encore de croiser personne, je me faufilais en catimini à l'embarcadère de la réserve naturelle. Là, je m'asseyais en regardant la lumière du jour s'infiltrer dans les marais. Une odeur d'œufs et de semence me chatouillait les narines. J'observais le spectacle du grand exode flottant, de la purge printanière qui permet à la nature de se renouveler.

La découverte de la vérité sur la mort de mon père m'avait apporté une immense consolation. Je ne saurais trop vous expliquer pourquoi. Sans doute parce que la vérité a un effet libérateur, peu importe qu'elle s'avère plus ou moins angoissante. Un jour ou l'autre, il faut se résoudre à voir les choses telles qu'elles sont. Et après, on peut s'efforcer de les accepter – même si ça ne va pas de soi.

Maman me paraissait soulagée aussi, après de si longues années de silence ! Le soir, quand la lumière du soleil déclinait à travers les carreaux de la maison, elle me confiait un détail ou un autre sur les derniers instants de mon père. Kat et Hepzibah avaient fait bouillir des feuilles de « doigt mort » en les mélangeant aux racines pour obtenir une mixture aussi épaisse qu'une soupe aux petits pois. Mon père a insisté pour la boire dans l'un des calices utilisés pour la messe. Sans doute voulait-il montrer à ma mère qu'il y a quelque chose de sacré dans le sacrifice de soi – même si ma mère ne le comprendra probablement jamais.

D'ailleurs, je ne suis pas certaine de le comprendre moi-même. Je me demande si mon père n'a pas marché sur les plates-bandes du Seigneur en s'arrogeant un droit qui n'était pas le sien : celui de décider de l'heure et du jour. Ou alors, il s'est contenté d'usurper la miséricorde du Seigneur, en déposant à Ses pieds son existence, dans l'espoir de nous épargner bien des souffrances. Au bout du compte, je ne sais plus très bien si mon père a pris sa décision par arrogance ou par crainte ou par courage ou par amour ou… tout cela à la fois.

À plusieurs reprises, j'ai rêvé de baleines malades hissant leurs corps massifs sur le rivage pour y mourir selon leur volonté. Je me suis dressée dans mon lit en leur criant de retourner dans l'océan puis, au bout de quelques nuits, j'ai fini par leur passer une main sur le dos, histoire de faciliter leur passage vers l'au-delà mystérieux qu'elles s'étaient choisi.

Maman m'a raconté un soir que mon père avait pris le calice à deux mains pour avaler le poison le plus vite possible. Ensuite, Dominic a remis le calice à Shem, en lui donnant l'ordre de le déposer sur le bateau auprès de mon père, de peur que le poison ne s'en aille jamais tout à fait. Maman a ajouté qu'elle s'est mise à sangloter, dès que mon père a trempé ses lèvres dans le breuvage fatal, mais il a continué de boire quand même, jusqu'à ce qu'il ne reste plus une goutte.

— Je ne viens pas seulement de boire à la coupe de la mort, a-t-il ajouté en regardant ma mère droit dans les yeux. Essaye de ne jamais l'oublier, par amour pour moi. J'ai bu en hommage à la vie !

Mon vœu le plus cher était de voir un jour ma mère se conformer à la volonté de mon père.

Un jour, Hepzibah sonna chez nous pour apporter à Maman le bocal où se trouvait son doigt. Ma mère le plaça sur un mouchoir en dentelle, au-dessus de son chiffonnier, entre la statue de la Vierge et la photo de Papa à bord de son bateau. Petit à petit, d'autres objets vinrent le rejoindre : trois coquilles Saint-Jacques, une vieille étoile de mer et un petit oursin. L'ensemble ressemblait à un sanctuaire miniature.

Je ne demandai pas à ma mère ce que ce ramassis d'objets hétéroclites signifiait pour elle – je n'allais quand même pas m'immiscer de force dans son intimité ! Il me semblait qu'elle voulait offrir son doigt à l'océan en espérant qu'un jour il se métamorphoserait, comme les doigts de Sedna.

Un soir où la brise nous apportait le parfum de la mer par les fenêtres ouvertes, j'allai dire bonne nuit à Maman dans sa chambre. Assise à sa coiffeuse, elle examinait le bocal où se trouvait son doigt. J'effleurai son pouce puis la cicatrice au bout de son index.

— J'aimerais que tu me dises pourquoi tu as cru bon de te couper le doigt.

Lorsque Maman se tourna vers moi, ses yeux me parurent plus clairs que jamais.

— En février dernier, avant le mercredi des Cendres, j'ai découvert deux petites pousses de « doigt mort » près du tuyau d'arrosage. J'en ai reconnu l'odeur depuis le seuil de la cuisine. Le lendemain, une troisième pousse est sortie de terre. Pas une seule fois depuis la mort de Joe, je n'en avais trouvé dans mon jardin ! Je me suis mise à y penser sans arrêt. Je rêvais que les feuilles s'introduisaient à l'intérieur de la maison en passant par la fenêtre. Ça ne pouvait pas continuer comme ça ! Il fallait que je fasse quelque chose !

Ses yeux embués de larmes se posèrent sur la photo de Papa.

— Je voulais me rattraper, revenir en arrière. En fait, je voulais qu'il revienne.

Elle n'ajouterait rien de plus.

Je ne sais pas si je réussirai un jour à comprendre ma mère. Je me demande ce qu'elle espérait, en plantant son doigt dans le jardin de roses. En tout cas, une chose est sûre : elle cherchait à expier son passé – mais aussi, mais surtout ! à retrouver mon père, à ressusciter son souvenir à partir des fragments de sa mémoire tourmentée. Elle voulait se rappeler son mari, tel qu'il était autrefois, en mettant un terme à sa propre culpabilité.

Quant à moi, depuis, j'ai peint mon père, tel que je l'imagine la nuit de sa mort : assis dans la chaire aux sirènes, il boit à la coupe de la mort en hommage à la vie. J'ai pris modèle sur la photo que Maman gardait sur sa coiffeuse, et je l'ai dessiné avec un visage ridé par les intempéries, à la peau tannée comme du cuir. Ça lui donne la même allure de « vieux loup de mer » qu'à la plupart des habitants de l'île. Sur ma toile, il se tient bien droit, l'air majestueux, comme sur un trône, en serrant entre ses mains les sirènes ailées, les yeux tournés vers moi.

Sous la chaire, j'ai représenté une chambre secrète, pareille à un royaume souterrain et, à l'intérieur, j'ai dessiné une petite fille.

J'ai travaillé au salon et parfois aussi sur le perron, ne voulant pas cacher mon travail à Maman, qui restait assise des heures entières à regarder les images prendre forme sous mon pinceau, avec autant de ravissement que si elle assistait à la naissance d'un enfant.

Moi aussi, je ressentais la même chose que ma mère, mais pour d'autres raisons. Je commençais à me rendre compte que mon père avait toujours occupé une place centrale dans ma vie – lui, et aussi sa mort, ses pelures de pommes et sa pipe. J'en prenais conscience à mesure que sa silhouette se dessinait sous mes pinceaux : Joe Dubois était le centre autour duquel gravitait mon existence entière.

— Mais qui c'est, dans la boîte sous la chaire ? me demanda un jour Maman en jetant un coup d'œil à ma toile par-dessus mon épaule.

— Je suppose que c'est moi, répondis-je, irritée par son emploi du mot « boîte ».

Je ne voyais pas les choses sous cet angle, et pourtant, ma mère avait tout à fait raison ! La petite fille ne se trouvait pas dans un lieu enchanté, mais prisonnière d'une boîte. Et c'est elle qui, en grandissant, choisirait de s'exprimer par le biais de boîtes miniatures.

Le portrait de mon père a fini par trouver place sur le mur de ma chambre, où sa capacité à me révéler un tas de choses dont je ne m'étais encore jamais aperçue lui a bientôt valu un statut d'icône. Bien sûr, je ne me cachais pas que j'idéalisais mon père et que j'aurais fait l'impossible pour lui plaire – pour rester la « prunelle de ses yeux », pardon pour le cliché ! Avant de m'atteler à son portrait, je ne me rendais pourtant pas compte du côté pathétique de mon attitude – sans cesse dépendante de lui. Et je n'avais pas non plus conscience de reproduire la même situation avec Hugh. Voilà vingt ans au moins que je modelais ma conduite sur la sienne sans me demander ce que je voulais vraiment, sans vivre en accord avec moi-même.

En fait, c'était comme si je venais de découvrir le petit pois du conte de fées : celui qui se cache sous le matelas de la princesse et qui l'oblige à s'agiter sans répit.

Je passais beaucoup de temps assise en tailleur sur mon lit, à examiner mes toiles, en écoutant mon baladeur. Je me disais que Hugh avait été un père idéal pour Dee, mais pour moi aussi.

Je n'arrivais pas encore à imaginer à quoi ressemblerait ma vie si je décidais d'apprécier Hugh pour autre chose que son côté paternel ou si je lui laissais enfin la liberté d'être lui-même.

Dee me passa un coup de fil, le dimanche de la fête des mères. Je décrochai le combiné mural en m'adossant au réfrigérateur. Au début, la conversation roula sur ses projets de vacances. Dee m'annonça qu'elle ne suivrait aucun cours l'été prochain : elle comptait passer un peu de temps à la maison auprès de son père.

À l'évocation de son père succéda un long silence. Puis Dee s'écria d'un ton emporté où se devinait son incompréhension :

— Pourquoi est-ce que tu as fait ça ?

— Fait quoi ?

En voilà une chose idiote à répondre !

— Tu sais ce que je veux dire ! hurla-t-elle. Tu l'as quitté et tu ne m'as même rien dit.

Elle se mit à pleurer en essayant en vain de ravaler ses sanglots.

— Oh, Dee ! je suis navrée.

On aurait dit l'une de ces rengaines qu'on rabâche sans fin. « Je suis navrée. » « Je suis navrée. » « Je suis navrée. »

— Pourquoi ? supplia-t-elle. Dis-moi au moins pourquoi !

— Je ne sais pas comment te l'expliquer.

Soudain me revinrent en mémoire mot pour mot les paroles de Whit à bord de son canot. « Jamais je n'ai réussi à leur faire comprendre que j'avais besoin de me retrouver seul avec moi-même. D'un point de vue spirituel, s'entend. » Ce jour-là, il avait appelé cet abandon à soi la « solitude de l'être ».

— Essaye ! insista Dee.

Pourquoi pas ? Cela dit, je ne me sentais libre de me confier à ma fille que jusqu'à un certain point. J'inspirai à fond avant de commencer.

— Tu vas sans doute me trouver ridicule, mais j'avais l'impression que ma vie stagnait, qu'elle se résumait à mon rôle de mère ou d'épouse. Ne va pas croire que ça me déplaisait, non ! Seulement, ça ne correspondait plus vraiment à mes attentes. Tu comprends ce que je veux dire ? J'avais le sentiment qu'une autre vie m'attendait quelque part et je craignais de passer à côté.

Le silence de ma fille me réconforta. Je me laissai glisser par terre.

Au fond, j'avais perdu contact avec moi-même. Je ne savais plus qui j'étais, et surtout, je ne savais plus comment retourner explorer les abysses de ma sensualité enfouie.

— Tu n'aimes plus Papa ?

— Bien sûr que si ! Comment pourrais-je ne plus l'aimer ?

Je ne savais vraiment pas pourquoi je venais de lui dire une chose pareille. Je me demandai si je cherchais juste à rassurer ma fille ou si je le pensais sincèrement.

Hugh et moi, on était pétris de bonnes intentions, mais au fil du temps, notre présence continuelle l'un auprès de l'autre avait chassé de notre relation la moindre note de fantaisie. On était devenus une paire de partenaires remarquablement efficaces dans l'entreprise de la vie. Chacun de nous s'était coulé dans le moule de ce que l'autre attendait : un bon père, une bonne fille, une gentille petite fille enfermée dans sa boîte.

J'avais eu bien raison de renverser la situation. En revanche, je ne me pardonnerais jamais d'avoir causé de la peine à Hugh.

— Tu comptes rester là tout l'été ? me demanda Dee.

— Je n'en sais rien. Il n'y a qu'une chose dont je suis certaine…

Je m'interrompis en me demandant si j'allais terminer ou non ma phrase – et si ma fille souhaitait en entendre la fin ou pas.

— Tu m'aimes ! conclut-elle.

C'était exactement ce que je voulais lui dire.

À la mi-mai, je me rendis au monastère. Le thermomètre venait de grimper sans prévenir. Une chaleur quasi estivale pesait sur l'île comme une chape de plomb – et ça continuerait sur la même lancée jusqu'à l'automne.

Non loin de l'accueil, j'aperçus une douzaine de moines en train de confectionner des filets de pêche sur le gazon. Ils étaient tous assis à égale distance les uns des autres, comme les pièces d'un grand échiquier vert, à côté d'un tas de cordages en coton. Pour un peu, je me serais crue de retour en enfance, à l'époque où les frères fuyaient la chaleur intenable de leur atelier pour profiter de la brise rafraîchissante des marais.

— La climatisation nous a lâchés ! m'apprit un moine – le chauve que j'avais rencontré à la boutique de souvenirs en achetant le livret de Dominic.

Il fronça les sourcils en me dévisageant derrière ses énormes lunettes. Il me fallut un certain temps avant de me rappeler son nom. Père Sebastian. Celui qui manquait d'humour. Celui qui veillait à ce que les moines ne s'écartent pas du droit chemin.

— Je me demande comment vous tenez sous vos habits par une telle chaleur ! m'étonnai-je.

— C'est un petit sacrifice de notre part. Aujourd'hui, plus personne n'accepte de se sacrifier.

Son regard inquisiteur me fit un drôle d'effet, surtout après son insistance sur le mot « sacrifice ». Je pensai soudain à mon père. Puis je me tournai vers les moines assis dans l'herbe.

— Vous cherchez le frère Thomas ?

— Non ! Pourquoi ? m'écriai-je en me retournant.

Sebastian dut voir à mon expression que sa question m'étonnait.

— Vous ne tenez pas vraiment à ce que je vous réponde, si ?

Par quel miracle était-il au courant de notre liaison ? Whit n'avait quand même pas osé se confier à lui ! À Dominic, pourquoi pas ? mais à Sebastian !

— Non, reconnus-je d'une voix étouffée avant de reprendre ma route en redressant les épaules.

Le vent dispersait des bouts de cordages en tous sens, comme si les Parques se livraient à une orgie de découpe ! L'un des moines courait après un morceau de corde mais, chaque fois qu'il croyait l'atteindre, le vent le repoussait un peu plus loin. Je ne sais trop pourquoi, cette scène me plongea dans une profonde mélancolie. Je me mis à ramasser des bouts de fil qui traînaient sur mon chemin en les enfouissant dans ma poche au fur et à mesure. Sebastian ne me quittait pas des yeux.

Je ne lui avais pas menti, pourtant ! Je ne venais pas voir Whit. En revanche, je mourais d'envie de revoir la chaire aux sirènes, à la lumière de ce que j'avais appris sur la mort de mon père. D'un autre côté, je savais qu'en venant un matin à l'abbaye, je risquais de croiser Whit. En plus, je m'étais lavé les cheveux et je portais ce jour-là mon chemisier turquoise, son préféré.

Je n'avais plus vu Whit depuis un mois, depuis l'hospitalisation de Maman, en fait. Mon absence nous avait éloignés l'un de l'autre et je ne savais pas trop quoi en penser. On avait passé pas mal de temps sans se voir parce qu'on ne pouvait pas faire autrement, compte tenu des circonstances – mais pour d'autres raisons aussi, et je ne comprenais pas ce qui me rendait aussi distante.

À l'intérieur de l'église, je ne vis personne. Je longeai le déambulatoire avant de m'arrêter à l'entrée de la minuscule chapelle. La fenêtre qui se trouvait derrière la chaire dispensait une faible clarté. Mes yeux se posèrent sur les accoudoirs en forme de sirènes. Seules leurs couleurs éclatantes étincelaient dans la pénombre de la chapelle.

Au moment de peindre le portrait de mon père, je m'étais surtout attachée à l'aspect maternel de la chaire – une sorte de pietà capable d'accueillir un mourant dans son immense giron. Les sirènes des accoudoirs me firent penser à un couple de sages-femmes. Leurs ailes me rappelaient celles des anges qui avaient dû porter mon père au ciel ; et leurs queues de poisson, les passeurs des âmes qui l'avaient conduit dans les ténèbres de l'océan. Je me figurais les sirènes en train de chanter de drôles de complaintes, les yeux brillants de larmes – pas les cailloux en toc que Kat vendait dans sa boutique, non, d'authentiques larmes. Je m'attendais à ce que la force de ces images m'écrase, une fois devant la chaire, mais en fait, pas du tout : je me sentais le cœur on ne peut plus léger.

Je m'assis, la tête posée contre le motif celtique du dossier, en agrippant à pleines mains le dos des sirènes. Je me rappelai le temps que j'avais passé, enfant, à disperser aux quatre coins de l'île des pétales de roses – les cendres de mon père. Là où je préférais les lancer, c'était encore ici : sur le siège de la chaire aux sirènes. Je me demandai si je n'avais pas senti par hasard l'ombre de sa mort et le souvenir des adieux planer sur la chaire.

Tant de choses m'échappaient encore ! et pourtant j'en savais déjà beaucoup plus qu'avant. Mon père était mort ici – et moi aussi, d'une certaine façon. Quelques semaines plus tôt, j'avais décidé de donner libre cours à mon amour pour Whit en renonçant du même coup à ma vie passée. C'est à ce moment-là qu'assise sur la chaire, j'avais commencé à défaillir.

Je devinai la présence de Whit dans la chapelle avant même de le voir.

— Jessie, m'appela-t-il.

Il portait son froc et sa croix.

Je me levai. En le voyant s'approcher de moi, mon cœur se mit à battre à tout rompre.

— Comment va Nelle ?

— Mieux ! Elle est sortie de l'hôpital.

Whit semblait tendu. Sans pouvoir m'expliquer par quel miracle, je pressentis qu'il éprouvait la même chose que moi.

— Tant mieux !

— Oui, tant mieux.

Le fossé qui nous séparait se creusa encore. Ce qu'on venait de se dire ressemblait à s'y méprendre à une marque de détachement. Whit semblait attendre que je poursuive.

— Le père Sebastian m'a dit que tu voulais me voir ? lança-t-il d'un ton guindé.

Ma bouche s'arrondit sous l'effet de la surprise.

— Mais non !

Consciente qu'il risquait de mal interpréter mes paroles, je me hâtai de préciser :

— Je suis ravie de te voir, mais jamais je ne lui ai dit que je te cherchais.

Whit fronça les sourcils.

— Quand je l'ai croisé ce matin, repris-je, il m'a laissé entendre qu'il était au courant pour… nous deux.

Je me sentis gênée en utilisant ce pronom, en prononçant les mots « nous deux ».

— Je crains que Sebastian n'ait la vilaine manie de lire mon journal intime.

— C'est impardonnable de sa part !

À cet instant précis, la lumière vacilla. Je me souvins des rayons de soleil qui dansaient sur le visage de Whit pendant son sommeil. Un jour, il m'avait lavé les pieds dans l'eau des criques. Je ne comprenais pas comment notre intimité avait pu laisser place à une telle réserve de notre part.

— Je le soupçonne depuis longtemps de lire mon journal mais je n'en étais pas certain jusqu'à ce matin.

— J'ai cru comprendre – sans qu'il me le dise franchement – que Sebastian voulait que je te laisse tranquille. J'ose à peine imaginer à quel point il a dû te mener la vie dure !

— Oh non ! Ne crois pas ça ! Plus le temps passe, plus il est gentil avec moi. Comme si ça lui tenait à cœur de me voir prendre la meilleure décision possible. Il m'a conseillé de réfléchir aux raisons de ma présence ici auprès de Dieu, à ce que tout ça signifie pour moi. Je suppose qu'il en a eu assez d'attendre que je tire moi-même les choses au clair. Sebastian pense qu'il vaut toujours mieux aborder les problèmes de front.

« Aujourd'hui, plus personne n'accepte de se sacrifier. »

Il me semble que les commencements renferment en eux leur propre fin. En étudiant le visage de Whit, j'ai compris que la fin de notre liaison se profilait déjà à l'horizon de notre première rencontre, de part et d'autre du mur du monastère.

Whit aussi devait en avoir conscience. Je le devinai à sa manière de glisser les mains dans les manches de son habit, à la tristesse de son regard. Lui aussi venait de se sacrifier.

Nous sommes restés un bon moment plantés l'un en face de l'autre, à nous observer mutuellement. Est-ce que je serais tombée amoureuse de lui s'il avait été vendeur de chaussures à Atlanta ? La question peut paraître incongrue mais, au fond, je ne m'en étais jamais posé de plus sensée de toute ma vie. La réponse devait être « non ». Elle m'ôta mes dernières illusions. Mon amour pour Whit s'expliquait par le fait qu'il était moine, qu'il savait écouter la voix de son cœur et recherchait la solitude en voulant se transformer de l'intérieur. Mais ce que j'aimais le plus en lui, c'était encore le reflet de mes propres aspirations, de ma personnalité, telle que je voulais la découvrir depuis toujours.

J'éprouvai un pincement au cœur en m'avouant que notre relation n'aurait jamais de place dans le monde réel – dans une maison où il faut laver les chaussettes et couper des oignons. Notre amour ne sortirait jamais des zones d'ombre de notre âme.

Je me retrouvai face à une vérité aussi irréductible que celle de la mort de mon père. Il ne me restait plus qu'à l'accepter ; ou du moins à m'efforcer de le faire, jour après jour, le restant de ma vie.

Je fermai les paupières, et ce fut Hugh qui m'apparut. Hugh et ses mains. Hugh et ses pouces bandés de sparadrap. Tout me parut soudain simple, limpide, magnifique et douloureux en même temps. Je voulais retrouver mon mari ; pas en renouant avec le passé mais en réinventant un nouvel avenir avec lui. Je brûlais de découvrir enfin ce qui vient après la passion : l'amour d'un couple uni par le mariage, avec tous les défauts que cela comporte.

— Je me croyais capable d'aller jusqu'au bout. Je le souhaitais tellement ! m'avoua Whit en secouant la tête, puis il baissa les yeux sur un coin de moquette râpée de l'estrade.

— Je sais. Moi aussi.

J'espérais qu'il n'ajouterait rien de plus. Je voulais qu'on renonce l'un à l'autre en gardant le silence, sans s'appesantir.

Whit hocha la tête d'un air solennel, comme s'il consentait à quelque chose qui m'échapperait fatalement.

— Tu vas me manquer, ajouta-t-il.

— Je suis navrée.

Ma voix se brisa. Je me sentais coupable de l'avoir séduit. Je l'avais attiré, comme les sirènes de Homère, en me postant sur un rocher, au milieu de l'océan. Lui aussi voulait mettre un terme à notre aventure, pourtant il me semblait que, de nous deux, c'était moi, le traître. Comme si je revenais sur mon serment d'amour, sur ma promesse de fêter ensemble l'anniversaire de notre rencontre.

— Tu n'as pas à t'en vouloir ! En fait, j'avais besoin..., commença-t-il avant de me caresser le visage. J'avais besoin de t'aimer !

Il devait y avoir un bon millier de façons au moins d'interpréter sa remarque. Je choisis de croire que le décès de sa femme avait anesthésié son cœur, que seul son amour pour moi pouvait ressusciter. Mais dorénavant, son cœur appartiendrait au monastère. Il continuerait à travailler à la réserve naturelle. Chaque matin, il s'éveillerait en entendant coasser les crapauds sous les chênes noueux. Il humerait l'odeur du pain du frère Timothy en savourant ces infimes étincelles divines qui transparaissent dans la vie de tous les jours.

— Ça vaut aussi pour moi, ce que tu viens de dire. Moi aussi, j'avais besoin de t'aimer.

Je venais de m'exprimer avec une telle maladresse que je crus utile de lui fournir une explication mais il me devança en s'approchant de moi, un sourire aux lèvres.

— Un jour, je t'ai dit qu'on serait tous les deux damnés, puis sauvés. Tu te rappelles ?

Je voulus lui adresser un sourire – qui flotta un instant sur mes lèvres avant de se dissiper. Je tendis les bras à Whit. Il me serra contre lui sans se soucier que quelqu'un le surprenne en ma compagnie. Je ne versai pas une seule larme ; du moins, pas à ce moment-là. Je le serrai contre moi en ayant le pressentiment qu'au même moment, la marée laissait à découvert l'île où l'on s'était tant aimés. Une cachette s'ouvrit dans un recoin de mon cœur – la cachette où je conserverais à jamais son souvenir. Quand il tourna les talons en me laissant seule, je ressentis la même force d'attraction que les aigrettes quand la lune se lève à la tombée de la nuit : ma famille et mon foyer me réclamaient.

Je marchai jusqu'à la plage de Bone Yard, où je m'assis sur un bout de bois mort qui dépassait du sable. Des crevettiers tanguaient sur la crête des vagues vertes. Comble de l'ironie : c'était la marée montante. Le monde à l'envers, en somme ! Ça m'aurait semblé tellement plus naturel que le mouvement de la mer accompagne mon départ.

Je venais de les perdre tous les deux.

Il y a bien longtemps, un soir de pique-nique entre filles, j'avais regardé Maman, Kat et Hepzibah s'avancer dans l'eau jusqu'à la taille, à l'endroit même où je me tenais assise aujourd'hui. Je me rappelai leurs éclats de rires, au moment de nouer leurs trois fils ensemble avant de les jeter dans les vagues. Benne et moi, on ne demandait qu'à les suivre, on les suppliait, même, de nous laisser les rejoindre.

— Pas question ! nous avait répondu Kat. Restez où vous êtes.

Qui aurait imaginé sur quoi déboucherait leur serment d'amitié ?

J'ôtai mes sandales en retroussant mon pantalon aussi haut que possible. Malgré la chaleur ambiante, l'océan gardait sa fraîcheur hivernale. J'y pénétrai lentement.

Lorsque les flots se mirent à tourbillonner autour de mes genoux, je sortis de ma poche les bouts de cordages ramassés sur le carré d'herbe au monastère. À mon tour, je voulais former un nœud qui ne se déferait jamais – mais rien qu'avec moi, et moi seule.

Depuis toujours, je cherchais auprès des autres une forme de complémentarité (à commencer par mon père, et Hugh aussi, et même Whit). Il fallait que ça cesse ! Je ne souhaitais désormais plus qu'une chose : vivre en accord avec moi-même.

J'examinai les fils de coton en me demandant si, au moment de les ramasser, je ne me doutais pas déjà de ce que j'allais en faire.

Je restai immobile alors que les vagues se brisaient contre mes cuisses avant de rejoindre le rivage dans mon dos.

Jessie. Je m'engage…

Le vent soufflait à mes oreilles en fredonnant la douce mélodie de la solitude.

… à t'aimer et te chérir…

La formule de circonstance me revint en mémoire comme par magie.

… pour le meilleur et pour le pire.

Je nouai le fil le plus long sur lui-même. Je l'observai un instant avant de le lancer dans l'océan. Ça devait se passer à une heure de l'après-midi environ, le 17 mai 1988. Chaque jour je repense avec fierté à ce moment aussi solennel à mes yeux qu'une véritable union.

35.

Le dernier samedi de mai, Maman, Kat, Hepzibah et Benne m'ont accompagnée à l'embarcadère. Alignées le long de la rambarde, on a regardé un long moment la baie, sous les assauts du vent. Des ibis blancs volaient dans le ciel. On les voyait aller et venir d'un bout à l'autre de la baie, comme des boomerangs.

Ma valise m'attendait près de la passerelle d'embarquement. Kat avait apporté un panier de fleurs de jasmin et de laurier-rose qu'elle comptait lancer sur le ponton au moment où le bateau s'en irait, comme pour le départ du *Queen Mary*. Elle nous proposa des biscuits au sésame et nous versa de la limonade d'une thermos dans de petites coupes en papier. Kat estimait qu'il fallait à tout prix organiser une fête le jour de mon départ !

Faute d'appétit, je laissai ma part de biscuits à Max.

— Où est-ce que tu comptes habiter ? me demanda Benne.

Je songeai à mon immense maison pleine de courants d'air, à sa tourelle et ses impostes en vitraux, à mon atelier sous le toit mansardé. L'envie me prit de lui répondre « chez moi » mais je ne savais plus très bien si je retrouverais encore ma place à la maison.

— Je n'en sais rien.

— Tu peux toujours habiter ici, me proposa Maman.

Des balises orange décolorées signalant les pièges à crabes bondissaient à la surface de la mer en suivant le rythme des vagues. À cet instant, je pris conscience de l'attachement très fort que j'éprouvais pour ma mère autant que pour l'île. L'espace d'une seconde, je crus presque que je pourrais en effet rester ici.

— Je reviendrai, promis-je avant d'éclater en sanglots – ce qui déclencha une réaction en chaîne : Hepzibah, Benne, Maman et Kat se mirent toutes à pleurer les unes à la suite des autres.

— Qu'est-ce qu'on s'amuse ! Pas vrai ? s'écria Kat en nous offrant des mouchoirs en papier. Il n'y a rien de tel qu'une brochette de femmes en train de geindre pour pimenter l'ambiance !

À ces mots, nous avons toutes les cinq éclaté de rire, soulagées que Kat nous en ait offert l'occasion.

Je m'embarquai la dernière : je me postai contre la rambarde, conformément aux instructions de Kat, afin de la voir lancer les fleurs. Il plut des jasmins et des lauriers-roses pendant trente secondes à peine mais je conserve une image parfaitement nette de ces quelques instants. Il me suffit de fermer les yeux pour voir les pétales se poser sur l'eau comme de minuscules libellules.

Je contemplais encore le paysage depuis le pont alors que le quai avait disparu de ma vue depuis longtemps. Ma mère et ses amies devaient s'apprêter à rentrer chez elles, en ce moment. Je m'efforçai d'imprimer dans ma mémoire la lumière du soleil sur l'océan pendant que l'île s'éloignait à l'horizon – et le parfum des marais, et les cantiques que chantait le vent en soufflant sur la baie. Surtout, j'essayai de ne pas penser à ce qui m'attendait.

Hugh dormait sur le fauteuil en cuir de son bureau, des chaussettes noires trouées aux pieds, un livre ouvert sur sa poitrine. *La Vie et l'œuvre de Jung.* Il avait oublié de fermer les rideaux : la lueur des lampadaires trouait les ténèbres à travers la fenêtre.

Surprise de le voir dans un tel état, je restai figée sur place, en proie à une vague appréhension.

Des orages avaient retardé mon vol de Charleston à Atlanta. Minuit allait bientôt sonner. Je n'avais pas prévenu Hugh de mon retour – par lâcheté mais aussi parce que je voulais le surprendre sans défense. J'espérais un peu qu'il oublierait ses raisons de m'en vouloir et que l'amour qu'il éprouvait encore pour moi se montrerait plus fort que son envie de me renvoyer.

J'ai ouvert la porte à l'aide de la clé de secours cachée sous une pierre, derrière la maison, et j'ai posé mes bagages dans l'entrée. En apercevant de la lumière dans le bureau, j'ai d'abord cru que Hugh avait oublié d'éteindre en allant se coucher. Mais non : il était là !

Je passai un long moment à écouter son souffle ensommeillé, ce souffle sonore qui rythmait ma vie depuis tant d'années.

L'un de ses bras pendait par-dessus l'accoudoir. Il portait encore le bracelet de Dee à son poignet. Dehors, le tonnerre grondait au loin.

Hugh.

Un lointain souvenir me revint en mémoire, un souvenir qui remontait à l'année d'avant la naissance de Dee. Hugh et moi, nous faisions de la randonnée en forêt dans les montagnes Blue Ridge, quand tout à coup nous avons vu une cascade qui coulait à six ou neuf mètres de haut, depuis un amas de rochers en saillie. Nous sommes restés un long moment à contempler les chutes d'eau, où les rayons du soleil dessinaient de minuscules arcs-en-ciel irisés, semblables à un essaim de libellules.

Nous n'avons pas tardé à ôter nos vêtements, qui ont atterri un peu n'importe où, sur les rochers et les fougères. Il faisait une chaleur étouffante ce jour-là, mais l'eau avait gardé la fraîcheur de la neige. Nous nous sommes avancés sur les pierres couvertes de mousse en se tenant la main, jusqu'à ce qu'on arrive sous les rochers en saillie d'où tombaient les cascades. On aurait dit une pluie diluvienne au bruit assourdissant. Hugh a caressé mes cheveux trempés en m'embrassant les épaules puis les seins. Nous avons fait l'amour contre la paroi de l'à-pic. Pendant des semaines, j'ai senti bouillonner en moi la nature déchaînée.

En voyant Hugh dormir, j'ai eu envie de retourner avec lui sous la niche que formaient les rochers au milieu des montagnes. À vrai dire, ça aurait suffi à mon bonheur, de pouvoir l'entraîner à nouveau dans la niche de notre quotidien – celle qu'on avait creusée ensemble au fil des années – seulement, je ne savais pas comment m'y prendre.

C'est fou, la quantité de choix qu'il faut sans arrêt faire dans la vie – le choix de l'amour, par exemple : toujours à recommencer ! Aimer ou être amoureux, ce n'est vraiment pas la même chose !

Hugh remua sur son siège en tournant la tête. Parfois, je me dis que ce sont mes souvenirs qui l'ont réveillé, que s'il a ouvert les yeux, c'est à cause du bruit de la cascade qui résonnait dans ma mémoire.

Il posa sur moi un regard ensommeillé.

— Mais qu'est-ce que tu fais là ? s'étonna-t-il, en s'adressant plus à lui qu'à moi.

Je lui souris en silence, incapable de prononcer un traître mot.

Il se leva. Il redressa les épaules. Lui non plus ne semblait pas savoir comment réagir. Son expression me parut impénétrable. Une voiture passa dans la rue, son moteur pétarada un instant avant de s'éloigner.

— Qu'est-ce que tu fiches ici ? me lança-t-il enfin, d'un ton blessé.

Depuis ce jour, un bon millier de réponses au moins me sont venues à l'esprit. Mais quelle différence ça aurait fait, si je m'étais mise à genoux pour lui dresser l'interminable liste de mes fautes ?

— Je... je t'ai apporté quelque chose, dis-je en le priant de m'attendre.

Je partis dans l'entrée chercher mon porte-monnaie puis je revins en fouillant à l'intérieur. Enfin, j'en sortis son alliance.

— Tu l'as oubliée sur l'île aux Aigrettes.

Je la lui présentai, entre le pouce et l'index de ma main gauche ; comme ça, il verrait que moi aussi je portais la mienne.

— Oh, Hugh ! Tu ne peux pas savoir combien j'ai envie de revenir à la maison ! C'est ici que je veux être, auprès de toi.

Il ne bougea pas, il ne vint pas récupérer son alliance.

— Je suis désolée, désolée de t'avoir causé tant de peine.

Il ne bougea toujours pas. Je commençai à croire que je tenais son alliance à la verticale d'un gouffre, et que si jamais je la lâchais, elle tomberait jusqu'au centre de la terre. Une force mystérieuse retenait ma main en l'air – la force qui pétrifie les chats, quand ils grimpent au bout d'une branche, et qu'ils s'aperçoivent avec horreur qu'ils ne trouveront jamais le courage de descendre. Je lui tendis son alliance de plus belle. Prends-la ! Je t'en supplie, prends-la ! me disais-je en mon for intérieur, et j'espérais tant qu'il m'obéisse que l'alliance imprima sa marque sur mes doigts.

Hugh recula d'un pas, puis il se retourna et quitta la pièce.

Je posai son alliance sur la table basse auprès de son fauteuil, juste au dessous de la lampe. Je ne me sentais même plus la force de l'éteindre.

Je dormis dans la chambre d'amis ou, plus exactement : je passai une nuit blanche dans la chambre d'amis. En guise de pénitence, je me repassais en boucle le moment où il m'avait tourné le dos alors que son profil se découpait contre les vitres luisantes. Son visage tendu avait alors exprimé une dureté impensable.

C'est tellement plus difficile de pardonner que de ressasser sans arrêt ses remords ! Je n'osais même pas imaginer ce qu'un tel sacrifice coûterait à Hugh.

Il plut à verse, la majeure partie de la nuit. Je vis les premières lueurs de l'aube apparaître au carreau avant de m'endormir pour me réveiller peu après, les narines chatouillées par une bonne odeur de saucisses et d'œufs – les délicieuses senteurs de la cuisine de Hugh.

Il y a des choses qui ne s'expliquent pas, des moments où la vie s'ordonne si curieusement qu'on lui découvre soudain un sens entièrement nouveau. L'odeur du petit déjeuner a marqué pour moi l'un de ces moments d'exception.

Notre vie de couple s'était interrompue dans les mêmes circonstances au mois de février, le mercredi des Cendres. Hugh m'avait préparé un petit déjeuner à base d'œufs et de saucisses avant mon départ, comme s'il voulait me donner sa bénédiction.

Je descendis au rez-de-chaussée. Hugh se tenait aux fourneaux, une spatule à la main, face à la poêle où crépitaient les saucisses. Il venait de placer deux assiettes sur la table.

— Tu as faim ? me demanda-t-il.

Pas du tout ! Mais comme il croyait dur comme fer aux vertus de ses petits déjeuners pantagruéliques, j'acquiesçai tout de même en souriant. Je sentais qu'une harmonie nouvelle commençait à s'établir entre nous.

Je me hissai sur une chaise. Hugh me servit la moitié d'une omelette aux herbes, une saucisse et un muffin au beurre.

— Et voilà !

Je devinai sa présence dans mon dos. Je sentais son souffle haché sur ma nuque. J'étudiai le fond de mon assiette en mourant d'envie de lever les yeux – sauf que je craignais de rompre l'enchantement.

Le temps me parut s'éterniser. Une image me vint à l'esprit : celle d'un morceau de verre qu'on tournerait au soleil pour le voir réfracter la lumière.

Soudain, Hugh posa une main sur mon bras. Je restai immobile. Sa main remonta le long de mon épaule, puis dans mon dos.

— Tu m'as manqué, m'avoua-t-il en se penchant contre moi.

Je saisis sa main avec une avidité presque brutale, et je la pressai contre mon visage en baisant ses doigts du bout des lèvres. Il finit par se dégager avec douceur et versa l'autre moitié de l'omelette sur son assiette.

Nous avons mangé ensemble dans la cuisine. À travers les vitres, le monde au-dehors semblait complètement détrempé : les arbres, les pelouses et les buissons luisaient d'une myriade de gouttelettes argentées.

Entre mon mari et moi, il n'y aurait rien qui ressemble de près ou de loin à une absolution solennelle, non : Hugh me montrerait simplement qu'il me pardonnait. Et ça nous suffirait.

ÉPILOGUE

Dans quelques instants, le bac arrivera à l'île aux Aigrettes. Le capitaine actionne sa corne de brume. Je m'appuie contre la rambarde en me rappelant encore la pluie de fleurs sur l'océan, au départ du bateau, en mai dernier. Notre petite fête d'adieu tristounette me semble aujourd'hui bien lointaine, prête à se changer en poussière dans ma mémoire, et pourtant j'ai l'impression que je viens à peine de m'en aller. Comme si les pétales flottaient encore à la surface de la mer.

C'est à nouveau le mois de février, et les marais ne forment plus qu'un immense déluge de jaune d'or, de la même couleur que la chaude lumière du soleil.

Sur le débarcadère, Max aboie. Je pense aux sirènes dans la boutique de Kat, aux aigrettes qui survolent les criques à tire-d'aile, aux rosiers dénudés dans le jardin du monastère, et à la chaire aux sirènes, seule dans sa chapelle. C'est comme si l'île entière venait à ma rencontre ! Je me demande où je vais trouver la force de descendre du bateau. Je reste là, en attendant que ça passe – en sachant pertinemment que ça finira par passer. Comme tout le reste.

Quand j'ai dit à Hugh que je voulais rendre visite à Maman, et passer le mercredi des Cendres auprès d'elle, il m'a répondu : « Bien sûr » avant d'ajouter, un peu après, « c'est seulement ta mère que tu comptes aller voir ? ».

Parfois, je lis dans son regard une méfiance chagrine ; pas souvent, mais de temps en temps quand même. Dans ces cas-là, son visage se ferme et il s'en va. Son esprit et son corps ne bougent pas mais son cœur, lui, part explorer les frontières de notre couple et, un ou deux jours plus tard, il revient. C'est à ces moments-là que Hugh prépare l'un de ces petits déjeuners dont il a le secret – en sifflotant, en apprenant à nouveau à me pardonner.

Jour après jour, on se fraye notre propre chemin, en terre inconnue qu'on défriche. Hugh et moi, nous n'avons pas renoué avec notre ancienne vie de couple (ce n'était pas ce que je voulais et lui non plus). On l'a laissée aux oubliettes pour repartir sur de nouvelles bases. On ne s'aime plus comme avant. Notre amour me semble aujourd'hui vieux comme le monde mais aussi complètement inédit : il y a en lui la sagesse d'une femme arrivée au terme de sa longue existence mais aussi un je ne sais quoi de frais et de tendre. C'est à nous de le protéger, cet amour, de le chérir autant que possible. Hugh et moi, nous sommes devenus plus proches par certains côtés. Le fait d'avoir souffert tous les deux a resserré les liens qui nous unissaient, mais une distance nous séparera toujours – une distance nécessaire.

Je ne lui ai pas encore touché mot du nœud que j'ai lancé dans l'océan. En revanche, je lui ai beaucoup parlé des sirènes. Je lui ai raconté un jour qu'elles vivaient en accord avec elles-mêmes, et il a plissé le front, comme s'il soupesait mes paroles. Parfois, on dirait qu'il a peur de mon indépendance, de ma loyauté sans faille envers moi-même mais je crois qu'il finira par aimer cet aspect de ma personnalité autant que moi.

Je lui raconte souvent en souriant que ce sont les sirènes qui m'ont conduite là où je me sens à ma place, dans mon élément ; là où le courant des marées m'a emportée, sur l'île déserte que je brûlais d'explorer au plus profond de moi. Je voudrais aussi lui faire comprendre que ce sont les sirènes qui m'ont guidée jusqu'à lui. Je ne saisis pas très bien pourquoi le fait de vivre en accord avec moi-même m'aide à me sentir plus en harmonie avec mon mari, mais c'est comme ça.

— Non, non, je ne compte pas le revoir, affirmai-je à Hugh. Libre à toi de m'accompagner si tu le souhaites. On pourrait même partir ensemble !

— Non, autant que tu y ailles seule ! Tu as besoin de retourner là-bas régler tes comptes et en finir une bonne fois pour toutes avec cette histoire.

Au moment de poser le pied sur l'île, je me raidis en pensant à ce qui m'attend. Hugh a raison, il faut que je tire un trait sur ce qui s'est passé.

La maison de Maman a été repeinte en bleu cobalt. Kat me dépose devant le perron en voiturette de golf. Elle klaxonne un bon coup, et voilà Maman, Hepzibah et Benne qui surgissent sur le seuil !

J'entre et m'assieds à la table de cuisine. À les voir là, autour de moi, toutes les quatre, je me rends compte que la vie continuera toujours, sans jamais cesser d'évoluer.

Maman m'explique que Kat l'emmène tous les mois à l'hôpital. Elle prend de moins en moins de médicaments. Son doigt n'a pas quitté le bocal de formol sur sa coiffeuse. À la fin de l'été, elle est retournée cuisiner au monastère mais elle a renoncé aux recettes de Julia Child au profit des plats de James Beard.

— Les moines le regrettent bien mais ils s'en remettront ! m'affirme-t-elle.

Lorsque je demande à Hepzibah des nouvelles de sa visite guidée de l'île, elle redresse les épaules sous sa tunique africaine à motifs imprimés et m'apprend que tous les magazines touristiques de Charleston en parlent ces temps-ci. D'ailleurs, il se pourrait bien qu'elle en organise chaque jour cet été, tant elle a de demandes à satisfaire.

Mais c'est encore Kat qui m'étonne le plus : elle vient d'écrire sa propre brochure, qu'elle vend dans sa boutique, en concurrence avec le livret de Dominic. Ça s'intitule *Le chien de l'île*, et Kat y raconte la légende de Max, qui vient à la rencontre du bac chaque jour avec une ponctualité sans faille. Kat précise en dressant le menton (au risque de détruire le bel édifice de sa coiffure), qu'on pourra la voir aux informations télévisées avec Max, la semaine prochaine.

Benne ajoute que Max semble très enthousiaste. Il n'a pas du tout l'air de souffrir du trac.

La conversation roule ensuite sur mes toiles. Je préfère laisser les autres parler, même si ça me gêne moins qu'avant d'aborder le sujet. Kat revient en détail sur mon exposition dans une galerie de Charleston, en octobre dernier. C'est surtout à elle qu'en revient le mérite, puisqu'elle a pris l'initiative de montrer les toiles que j'avais laissées sur l'île à la directrice de la galerie.

— Je savais que ton travail lui plairait, me confie-t-elle.

Je n'ai pas assisté au vernissage car je ne me sentais pas encore prête à ce moment-là, mais Maman et ses amies sont venues me représenter. Aujourd'hui, je travaille à une série de paysages de l'île. De temps en temps, ça m'arrive encore de peindre une sirène pour Kat, rien que pour lui faire plaisir. L'autre jour, j'en ai dessiné une à la caisse de la boutique de Kat, en train de vendre des babioles aux touristes, vêtue d'un t-shirt où l'on peut lire « la légende de la sirène ».

Maman me demande des nouvelles de Dee mais je ne sais pas quoi lui répondre. À vrai dire, Dee a été très éprouvée par ce qui s'est passé entre Hugh et moi. À un moment donné, à la fin de l'été passé, elle a même parlé d'abandonner ses études un semestre. Je crois qu'elle cherchait à se rapprocher de nous, à nous protéger – comme si elle avait une part de responsabilité dans notre histoire ! Il a fallu qu'on la raisonne, qu'on lui explique qu'on s'en sortirait parfaitement tout seuls et que nos problèmes ne la concernaient pas. Elle a fini par repartir à la fac, un peu plus mûre. Il y a quelques jours, elle m'a appelée pour me dire qu'elle réfléchissait déjà à la chanson du prochain anniversaire de Hugh. Elle pensait l'intituler : « Si les divans nous étaient contés. »

Je réponds à Maman que Dee a renoncé à ses études de langue au profit de la médecine. Elle a décidé de devenir psychiatre, comme Hugh. Maman me demande si le choix de sa petite-fille a un lien avec ses tentatives de mutilation.

— Oh non ! Je crois plutôt qu'elle a pris sa décision à cause de mes bêtises à moi ! m'exclamé-je en riant, même si, à mon avis, il y a du vrai dans ce que je viens de dire.

Nous passons l'après-midi entier à bavarder, jusqu'à ce que le ciel s'obscurcisse et que les palmiers projettent leurs ombres fourchues contre les vitres.

Au moment de s'en aller, Kat me prend à part à côté de la Vierge à la baignoire. Elle me tend un sac de toile que je reconnais aussitôt. C'est celui que Whit emportait à bord de son canot à moteur quand il partait en tournée d'inspection dans la réserve naturelle.

— Dominic l'a apporté à la boutique, il y a quelques semaines, en me demandant de te le remettre.

Je ne l'ouvre pas tout de suite. J'attends de me retrouver seule dans ma chambre, alors que Maman dort.

En le vidant sur mon lit, je trouve : quatre pelures de pomme desséchées dans un sachet plastique, une boîte abîmée de larmes de sirène, des plumes d'aigrettes, le crâne de tortue et la pipe de mon père.

C'est tout ce que j'avais laissé sous le piège à crabes de l'ermitage de Whit. Depuis mon départ de l'île, pas une semaine ne s'est écoulée sans que j'y pense ou sans que je regrette de ne pas avoir ces bricoles sous la main.

Au fond du sac, je découvre une lettre de Whit.

Ma chère Jessie,

Je te rends tes affaires. Je les ai gardées tout ce temps dans ma cellule en pensant te les remettre en mains propres à ton retour sur l'île. Je ne voulais pas m'immiscer dans ta vie à Atlanta en te les envoyant par la poste. Je me suis dit que quand tu te sentirais prête, tu viendrais les récupérer.

Mais ce jour-là, je ne serai plus là pour te les donner. Je vais quitter le monastère le 1er février. J'ai prononcé mes vœux solennels en août mais – tu vas rire ! –, à Noël, j'ai finalement décidé de ne pas rester.

Je veux retourner vivre dans le monde. Avec du recul, je me rends compte que je ne cherchais pas à me rapprocher de Dieu mais à trouver un refuge à la vie, tout simplement. Je m'en vais renouer avec les hauts et les bas que tout le monde connaît au quotidien. Je suis venu ici en espérant trouver Dieu, sauf qu'en fait, je cherchais aussi une forme d'immunité par rapport à la vie. Or il n'y en a pas.

Bien entendu, il se peut aussi que je rencontre Dieu dans le monde. Dominic m'a rappelé que « Dieu est celui dont le centre est partout et la circonférence, nulle part ». Je verrai bien s'il a raison ou pas.

Au début, ça n'a pas été facile pour moi de retourner à l'ermitage en me souvenant de ta présence là-bas, ni de me faire à l'idée que je ne garderais de toi qu'un souvenir. Cela dit, c'est sans regret que je me rappelle les bons moments qu'on a passés ensemble. Tu m'as appris à vivre ma vie pleinement. Comment pourrais-je le regretter ?

Je te souhaite bien du bonheur. Promets-moi que tu seras heureuse !

Ton Whit

Je me suis mise à pleurer en me serrant la tête entre les mains – là, dans la maison bleue de ma mère. Il faudra tout de même que je me résigne un jour à tourner la page ! En attendant, je sais que ce que j'ai vécu me marquera pour le reste de ma vie, comme le crâne de tortue poli par la mer.

Avant mon départ, Hugh m'a demandé :

— Tu comptes revenir, cette fois-ci ?

Il disait ça pour me taquiner, pour soulager la tension qu'on éprouvait tous les deux depuis mon retour.

Voilà ce que je voudrais lui dire :

« Ne t'inquiète pas, Hugh, je compte bien revenir ! À l'heure de ma mort, ce sera ton visage que je verrai penché sur le mien, que ce soit en chair et en os ou en pensée. Tu sais quoi ? Ce dont j'ai le plus envie, c'est toi. Ce que je veux, c'est que notre aventure à tous les deux continue, encore et encore – qu'elle dure à jamais. »

Note de l'auteur

Le roman que vous venez de lire est une œuvre de fiction ; ce qui signifie que l'intrigue, les personnages et le décor sont tous le fruit de mon imagination.

J'ai situé l'île aux Aigrettes parmi les superbes îles qui bordent le littoral de la Caroline du Sud mais vous ne parviendrez jamais à la localiser sur une carte. Et pour cause : elle n'existe pas ! Ses plages, ses forêts, ses marais et ses estuaires peuplés d'oiseaux ressemblent toutefois à s'y méprendre à ceux des îles – bien réelles, celles-là – de la Caroline. De nombreux guides de la faune et de la flore de la région m'ont été très utiles, surtout celui de Todd Ballantine, intitulé *Tideland Treasure.* Les plantes et les animaux dont le nom apparaît au fil du texte existent tous – à l'exception d'une herbe que j'ai pris la liberté d'inventer. Je vous fais confiance pour l'identifier…

Je me suis promenée sur de nombreuses îles de la Caroline du Sud avant de me lancer dans la rédaction de ce roman, mais c'est Bull Island (une île vierge inhabitée) que je gardais présente à l'esprit en écrivant. D'un point de vue géographique, j'ai situé l'île aux Aigrettes à l'emplacement exact de Bull Island et j'ai aussi emprunté son nom à sa magnifique plage : Bone Yard.

Pour autant que je sache, il n'existe aucune sainte Eudoria canonisée par l'Église catholique. Sa légende m'a été inspirée par de nombreuses hagiographies de saints – tout ce qu'il y a de plus authentiques, ceux-là – dont la mutilation a marqué une étape essentielle de la quête spirituelle.

Chez les Indiens d'Amérique (et plus précisément les Inuits), la légende de Sedna est un véritable mythe, qui comporte d'ailleurs plusieurs variantes. En racontant cette histoire dans mon roman, je me suis efforcée de rester fidèle aux sources.

Le monastère de Sainte-Sénara n'existe pas. Pour traiter de la vie monastique, je me suis appuyée sur une liste de livres trop longue à énumérer ici. Mes années d'étude de la spiritualité contemplative m'ont aussi beaucoup servi.

La culture gullah, dont ma narratrice parle souvent (une culture riche de coutumes, d'une cuisine, d'un artisanat et d'une langue qui lui sont propres), correspond à l'héritage des Afro-Américains descendants d'esclaves qui vivent sur la côte sud-est des États-Unis. Les phrases gullah que vous avez rencontrées en cours de lecture offrent un reflet fidèle de la langue gullah, telle qu'elle est encore parlée de nos jours dans certaines parties de la Caroline du Sud. De ce point de vue, je reconnais que je dois une fière chandelle au livre de Emory S. Campbell : *Gullah Cultural Legacies.*

L'idée de départ du *Vol des aigrettes* m'est venue en 2001, suite à une remarque de mon amie Cheri Tyree qui m'a raconté cet été-là l'un de ses voyages en Angleterre où elle avait vu une « chaire aux sirènes ». C'est grâce à elle que je me suis intéressée à la chaire de Sainte-Sénara, du village de Zennor, dans le superbe comté de Cornouailles. Il s'agit en réalité d'un meuble fabriqué à partir de deux extrémités de bancs du XVe siècle, dont l'un est orné d'une mystérieuse sirène (sans doute par allusion à la légende de la sirène Zennor, qui serait tombée amoureuse d'un moine avant de l'attirer dans la mer).

Je n'ai découvert que peu de données historiques au sujet de sainte Sénara (celle qui a donné son nom à l'église de Cornouailles), mais une légende a tout de même retenu mon attention : à l'en croire, avant sa conversion, Sénara était une princesse celte nommée Asénora.

À partir de ces deux sources d'inspiration (la chaire aux sirènes, plus de maigres informations sur Sénara et Asénora), j'ai échafaudé ma propre histoire en imaginant une chaire assez différente pour le roman (différente en apparence, mais aussi du point de vue des mythes qui l'entourent). Bien sûr, je me suis aussi servie de la légende de la sirène Zennor. Je tiens à exprimer ici ma reconnaissance à l'église Sainte-Sénara de Cornouailles car, sans sa fameuse chaire, ce roman n'aurait jamais vu le jour !

Enfin, je voudrais saluer ici deux ouvrages qui sont devenus mes fidèles compagnons de route, à mesure que je m'immergeais dans le symbolisme, la mythologie, et l'histoire des sirènes : *Sirens* de Meri Lao et *Mermaids*, sous la direction d'Elizabeth Ratisseau.

Remerciements

C'est un privilège pour moi de remercier ceux qui ont permis à ce livre de voir le jour. Je commencerai par mon éditrice, Pamela Dorman. Je n'insisterai jamais assez sur l'importance de son remarquable travail ni sur l'ardent soutien qu'elle m'a apporté.

Je tiens à exprimer ici ma reconnaissance à mon agent, Jennifer Rudolph Walsh. Aucun écrivain ne pourrait souhaiter de mentor plus avisé ou de partisan plus convaincu. J'adresse ma profonde gratitude à Virginia Barber, agent de grande envergure qui m'a soutenue depuis mes débuts.

Je remercie le personnel des éditions Viking Penguin : Susan Petersen Kennedy, Clare Ferraro, Kathryn Court, Francesca Belanger, Paul Buckley, Leigh Butler, Rakia Clark, Carolyn Coleburn, Tricia Conley, Maureen Donnelly, John Fagan, Hal Fessenden, Bruce Giffords, Victoria Klose, Judi Powers, Roseanne Serra, Nancy Sheppard, Julie Shiroishi, et Grace Veras. Un grand merci aux commerciaux : Dick Heffernan, Norman Lidofsky, Mike Brennan, Phil Budnick, Mary Margaret Callahan, Hank Cochrane, Fred Huber, Tim McCall, Patrick Nolan, Don Redpath, Katya Shannon, Glenn Timony et Trish Weyenberg.

Je garde une immense dette envers ceux dont les noms suivent : Merci à eux d'avoir pris le temps de répondre à mes questions ! Greg Reidinger m'a fait partager ses connaissances sur les bateaux ; le Dr Deborah Milling a eu la gentillesse de m'éclairer sur les questions médicales que soulevait mon livre ; Tim Currie m'a expliqué les subtilités de la confection artisanale des filets de pêche ; Trenholm Walker m'a donné des précisions sur le droit de l'environnement ; enfin, le Dr Frank Morris a gracieusement résolu mes problèmes de traduction latine.

Je n'aurais jamais écrit ce livre sans le groupe d'amis chaleureux qui m'ont dispensé sans compter leurs encouragements et leurs sages conseils : Terry Helwig, Susan Hull Walker, Carolyn Rivers, Trisha Sinnott, Curly Clark, Lynne Ravenel, Carol Graf et Donna Farmer.

Je resterai à jamais reconnaissante à Jim Helwig de son amitié et de nos parties de fou rire. Merci à Patti Morrison pour sa disponibilité, ses conseils et son délicieux café.

Je tiens aussi à remercier ma famille. Ma fille, Ann Kidd Taylor, a bien voulu m'assister dans mes recherches et lire mon roman au fur et à mesure de sa rédaction en me communiquant ses idées pertinentes. Il ne fait aucun doute que, sans Ann, *The Mermaid Chair* n'aurait pas été une telle réussite. Scott Taylor, mon beau-fils, a joué auprès de moi le rôle de consultant informatique : il m'a aidée à collecter des données sur à peu près n'importe quel sujet depuis le base-ball jusqu'à la couleur des crevettes. Mon fils, Bob Kidd, et ma belle-fille, Kellie Kidd, m'ont encouragée avec un enthousiasme à toute épreuve. Roxie Kidd et Ben Taylor sont entrés dans ma vie pendant que je travaillais à ce roman. Chaque jour, ils me rappellent le sens des vraies valeurs. Mes parents, Leah et Ridley Monk, ont été d'ardents défenseurs de mon œuvre. Ils ont su me combler d'affection tout au long de ma vie.

J'éprouve pour mon mari, Sandy, la gratitude et l'affection les plus sincères. Pendant que je travaillais à ce livre, il m'a fait don de son amour et de son sens de l'humour, de son point de vue sur le monde et de ses conseils avisés, de sa patience et de ses talents culinaires, et surtout, il ne m'a menacée qu'une seule et unique fois d'adhérer à un groupe de soutien aux conjoints d'écrivains.

Ce volume a été composé
par Facompo à Lisieux (Calvados)

Impression réalisée sur CAMERON par
BRODARD ET TAUPIN
La Flèche
en mars 2007

Imprimé en France
Dépôt légal : avril 2007
N° d'édition : 92470/01 – N° d'impression : 40227